# सुर संसार

संगीत-संवाद

रज़ा फ़ाउण्डेशन | THE RAZA FOUNDATION

# सुर संसार

## सुधीर-संजय संवाद

सुधीर चन्द्र
संजय कुमार

राजकमल प्रकाशन

रज़ा पुस्तक माला : **संगीत** । **संवाद**
प्रधान सम्पादक : अशोक वाजपेयी । सम्पादक : पीयूष दईया
राजकमल प्रकाशन प्रा.लि. और रज़ा फ़ाउण्डेशन का सह-प्रकाशन

ISBN : 978-93-89598-35-3

मूल्य : ₹ 299



**पहला संस्करण** : 2020

**प्रकाशक :** राजकमल प्रकाशन प्रा. लि.
1-बी, नेताजी सुभाष मार्ग, दरियागंज
नई दिल्ली-110 002

**शाखाएँ :** अशोक राजपथ, साइंस कॉलेज के सामने, पटना-800 006
पहली मंज़िल, दरबारी बिल्डिंग, महात्मा गाँधी मार्ग, इलाहाबाद-211 001
36 ए, शेक्सपियर सरणी, कोलकाता-700 017

वेबसाइट : www.rajkamalprakashan.com
ई-मेल : info@rajkamalprakashan.com

**मुद्रक :** यश प्रिंटोग्राफिक्स
नोएडा-201 301 (उत्तर प्रदेश)

SUR SANSAAR
*Conversation with Sudhir Chandra* by Sanjay Kumar

# आमुख

कलाओं में भारतीय आधुनिकता के एक मूर्धन्य सैयद हैदर रज़ा एक अथक और अनोखे चित्रकार तो थे ही उनकी अन्य कलाओं में भी गहरी दिलचस्पी थी। विशेषत: कविता और विचार में। वे हिन्दी को अपनी मातृभाषा मानते थे और हालाँकि उनका फ्रेंच और अँग्रेज़ी का ज्ञान और उन पर अधिकार गहरा था, वे फ्रांस में साठ वर्ष बिताने के बाद भी, हिन्दी में रमे रहे। यह आकस्मिक नहीं है कि अपने कला-जीवन के उत्तरार्द्ध में उनके सभी चित्रों के शीर्षक हिन्दी में होते थे। वे संसार के श्रेष्ठ चित्रकारों में, २०-२१वीं सदियों में, शायद अकेले हैं जिन्होंने अपने सौ से अधिक चित्रों में देवनागरी में संस्कृत, हिन्दी और उर्दू कविता में पंक्तियाँ अंकित कीं। बरसों तक मैं जब उनके साथ कुछ समय पेरिस में बिताने जाता था तो उनके इसरार पर अपने साथ नवप्रकाशित हिन्दी कविता की पुस्तकें ले जाता था : उनके पुस्तक-संग्रह में, जो अब दिल्ली स्थित रज़ा अभिलेखागार का एक हिस्सा है, हिन्दी कविता का एक बड़ा संग्रह शामिल था।

रज़ा की एक चिन्ता यह भी थी कि हिन्दी में कई विषयों में अच्छी पुस्तकों की कमी है। विशेषत: कलाओं और विचार आदि को लेकर। वे चाहते थे कि हमें कुछ पहल करनी चाहिए। २०१६ में साढ़े चौरानबे वर्ष की आयु में उनकी मृत्यु के बाद रज़ा फ़ाउण्डेशन ने उनकी इच्छा का सम्मान करते हुए हिन्दी में कुछ नयी क़िस्म की पुस्तकें प्रकाशित करने की पहल रज़ा पुस्तक माला के रूप में की है, जिनमें कुछ अप्राप्य पूर्व प्रकाशित पुस्तकों

का पुनर्प्रकाशन भी शामिल है। उनमें गाँधी, संस्कृति-चिन्तन, संवाद, भारतीय भाषाओं से विशेषत: कला-चिन्तन के हिन्दी अनुवाद, कविता आदि की पुस्तकें शामिल की जा रही हैं।

संगीत पर, शास्त्रीय संगीत पर हिन्दी में बहुत कम सामग्री प्रकाशित है : उसकी आलोचना और रसिकता की कोई व्यवस्थित परम्परा भी नहीं बन सकी। शास्त्रीय संगीत के रसिक सम्प्रदाय में अनेक विधाओं के लोग भी शामिल रहे हैं। उन्हीं में से एक हैं इतिहासकार सुधीर चन्द्र जिनकी संगीत की समझ, संवेदना और व्याख्या को कई लोग जानते रहे हैं। उनके अनुभवों, स्मृतियों, समझ आदि को सहेजते हुए यह सुर संसार प्रस्तुत करते हुए हमें प्रसन्नता है।

अशोक वाजपेयी

मार्च २०२०, नयी दिल्ली

# क्रम

# प्रस्तावना

सुधीर चन्द्र पेशे से इतिहासकार हैं और बड़े इतिहासकार हैं। उनके लेखन के केन्द्र में उन्नीसवीं सदी का भारत, ख़ासकर उसका सामाजिक और सांस्कृतिक परिवेश और ब्रिटिश उपनिवेशवाद के चलते उसमें हो रहे परिवर्तन और उथल-पुथल रहा है। हाल-फ़िलहाल में उन्होंने गाँधी पर भी बहुत कुछ लिखा है। इतिहासकार होने के अलावा उनके व्यक्तित्व का एक पक्ष और है। वो शायद उनका नितान्त निजी पक्ष है जो उनके व्यक्तिगत/निजी बातचीत में उभरकर आता है और जिसे उनकी मित्र मण्डली के अलावा कम लोग ही जानते हैं। वो पक्ष है उनका संगीत से, ख़ासकर हिन्दुस्तानी शास्त्रीय संगीत से, गहरा लगाव। वे कोई गायक या कलाकार नहीं हैं संगीत की साधना में रत, बस एक रसिक, एक संगीतप्रेमी। संगीत की कोई औपचारिक शिक्षा नहीं पायी है, लेकिन बचपन के समय से ही पिता के सान्निध्य में, जिसे वे पिता से घुट्टी में मिला प्रसाद बताते हैं, संगीत से जुड़ाव शुरू हुआ, किशोरावस्था और युवावस्था (ख़ासकर विश्वविद्यालय के दिनों में) पनपा और आगे चलकर और गहराता गया।

यह संवाद उनके संगीत से इस जुड़ाव (सुधीर के शब्दों में पिछले ६०वर्षों की चेतन यात्रा और उससे पहले की अवचेतन यात्रा) की कहानी है। यह कहानी न सिर्फ़ रोचक है बल्कि महत्त्वपूर्ण भी है। एक तरह से बीसवीं सदी के साठ के दशक से लेकर वर्तमान सदी के पहले दशक तक हिन्दुस्तानी संगीत का जो पूरा परिदृश्य रहा है, उस पूरे परिदृश्य को यह संवाद हमारे सामने जीवन्त कर देता है एक चलचित्र की भाँति।

इस संवाद की योजना कैसे बनी, इसकी भी कहानी बड़ी रोचक है। और बतौर भूमिकाकार इस कहानी को भी बताना आवश्यक है। लेकिन इस कहानी को बताने से पहले एक आवश्यक बात।

मैं इस संवाद, जो आज एक किताब के रूप में शाया हो रहा है, की भूमिका लिख रहा हूँ, लेकिन इस पूरी परियोजना में मेरी भूमिका बिल्कुल 'नाम मात्र' की है। यह किताब मेरी नहीं है, सुधीर चन्द्र की है, पूरी तरह से उनकी है–उनके संगीत से जुड़े अनुभव और यादों के बारे में उन्हीं की ज़ुबानी। मैं तो बस एक निमित्त भर हूँ, महज़ एक प्रशंसक-श्रोता उनकी कही बातों और क़िस्सों को मगन होकर सुननेवाला और जिसका काम सुनने के क्रम में रह-रहकर हुँकारी भरना होता है। मैं अपने को उत्प्रेरक (catalyst) भी नहीं कह सकता चूँकि इस पूरी 'बातचीत' के दौरान मुझे शायद ही कभी सुधीर को प्रॉम्प्ट करने की ज़रूरत पड़ी। सवाल भी एकआध अगर पूछने की कोशिश की, तो सवाल पूरा होने से पहले ही सुधीर का जवाब शुरू। तो ये शायद सुधीर की बात ज़्यादा है और मेरी बातचीत कम या नहीं के बराबर। ऐसा क़तई नहीं है कि यह सब सफ़ाई देकर मैं अपनी ज़िम्मेदारी से बच निकलना चाहता हूँ। मेरा मक़सद सिर्फ़ इस संवाद, अगर इसको संवाद कहा जा सकता है तो, से जुड़े तथ्यों को आपके सामने रखना है।

यूँ ही बातों-बातों में इस संवाद की योजना बन गयी। हुआ यूँ कि एक दिन शाम को आईआईटी-बीएचयू के गेस्ट हाउस में मैं, सुधीर चन्द्र और गीतांजलि श्री (जिन्हें हम 'चौधराइन' कहते हैं) गप्पें लगा रहे थे। तारीख़ तो ठीक-ठीक याद नहीं, अगस्त का महीना था और साल २०१७। सुधीर और गीतांजलि आईआईटी-बीएचयू के नवप्रवेशी स्नातक छात्रों के लिए आयोजित ओरिएण्टेशन प्रोग्राम में उनको सम्बोधित करने आये थे। और अक्सर जैसा सुधीर और गीतांजलि के साथ होता है–कम से कम यह मेरा पिछले ९-१० वर्षों का अनुभव रहा है–कि गप्पों के दौरान संगीत की चर्चा ज़रूर होती है। फिर सुधीर शुरू हो जाते हैं अपने क़िस्से-कहानियों के साथ। सुधीर के पास तो क़िस्सों का ख़ज़ाना है। उस शाम भी कुछ ऐसा ही हुआ। बातचीत के क्रम में अचानक मुझे सूझा (शायद ये अचानक भी नहीं था। बहुत दिनों से यह ख़याल मन में था, उस दिन बोल बैठा) कि क्यों नहीं सुधीर ये जो तमाम क़िस्से और वाक़ये सुनाते रहते हैं, उनको

एक संस्मरण के रूप में इकट्ठा कर दिया जाए। अभी तक तो इनके मित्रगण इनको सुनते रहे हैं, संस्मरण के रूप में प्रकाशित होने से और भी लोगों को, जिनकी हिन्दुस्तानी शास्त्रीय संगीत में रुचि है उनको, इसका आस्वाद मिल सकेगा। या फिर ये भी हो सकता है कि इसको पढ़कर वैसे भी पाठक जिनकी संगीत में रुचि नहीं रही है, उनका भी ध्यान इस तरफ़ आकर्षित हो और उनकी रुचि जगे। इस पर गीतांजलि जी ने सुझाव दिया कि इसको अगर संवाद के रूप में पाठकों के सामने रखा जाये तो और भी अच्छा रहेगा। इसके साथ ही साथ उन्होंने यह भी जोड़ दिया कि तुम्हीं क्यों नहीं सुधीर के साथ बैठ के बातचीत करते हो। अब चौधराइन का सुझाव किसी आदेश से कम तो होता नहीं है। यह तय पाया गया कि इन सारे क़िस्सों को हम एक बातचीत के माध्यम से लोगों के सामने रखेंगे।

गीतांजलि जी के सुझाव से मुझे भी यह सूझा कि क्यों न इस बातचीत को एक ऑडियो बुक के रूप में निकाला जाए। ऐसे भी आजकल ऑडियो बुक का ख़ूब चलन है। फिर सुधीर का अन्दाज़ेबयाँ भी निराला है, उनके क़िस्सागोई का जो अन्दाज़ है–एक के बाद दूसरा क़िस्सा एक दूसरे में पिरोये चले जाते हैं और सुननेवाला (कम से कम मैं) और कहनेवाला भी कभी थकता नहीं। रुकना तभी पड़ता है जब वक़्त का काँटा टी. एस. इलियट की प्रख्यात कविता 'दी वेस्टलैण्ड' के बारमैन की तरह बार-बार यह याद दिलाने लगता है–"हरी अप प्लीज़ इट्स टाइम"–और आपको बातचीत वहीं रोक देनी पड़ती है। अगली शाम अगर फिर मुलाक़ात हुई तो फिर वहीं से शुरू–कल जो आप बता रहे थे...। ग़रज़ ये कि सबको यह विचार पसन्द आया। भई, एक तो ये क़िस्से–सब अपने आप में एक से बढ़कर एक–और फिर सुधीर का अनोखा अन्दाज़ेबयाँ। तो सुधीर की ज़ुबानी उनको सुनने में और भी आनन्द आयेगा।

इस तरह से इस योजना का बीज पड़ा और यह तय हुआ कि बनारस या दिल्ली जहाँ भी सुविधा हो, वहाँ एक हफ़्ते सुधीर और मैं संगीत के बारे में बातचीत करेंगे और उसको रिकॉर्ड कर ऑडियो बुक के रूप में निकाला जायेगा। उस ऑडियो बुक के साथ इस बातचीत की एक ट्रान्सक्रिप्ट भी जारी करेंगे ताकि कुछ पाठक अगर उसको पढ़ना चाहें, तो उसे पढ़ सकें।

और फिर अगले साल गरमी की छुट्टियों में जून के तीसरे हफ़्ते मैं पहुँच

लिया दिल्ली सुधीर और गीतांजलि के घर। उस समय कुछ दिनों के लिए सुधीर और गीतांजलि अपने पटपड़गंज वाले फ़्लैट को छोड़कर गीतांजलि की बहन जयन्ती के गुड़गाँव वाले फ़्लैट में रहने आ गये थे। सो मैं भी वहीं पहुँच गया उनका मेहमान बनकर। और फिर हुई सात दिनों की इंटेन्सिव बातचीत और उसकी रिकॉर्डिंग।

सबेरे नाश्ते के बाद मैं और सुधीर बैठ जाते और फिर लंच के समय तक तीन-साढ़े तीन घण्टे का बातचीत का सेशन चलता। लंच के बाद थोड़ा आराम करते और फिर चार-साढ़े चार बजे बैठ जाते और डिनर के वक़्त तक क़रीब चार से पाँच घण्टे की बातचीत करते। गीतांजलि जी की माँ जिनकी उम्र क़रीब 90 साल के आसपास होगी वो भी कभी-कभी आ के हमारे साथ बैठ जातीं और हमारी बातचीत सुनतीं। उन्हें भी बड़ा मज़ा आता था। गीतांजलि जी तो मेज़बानी की कमान सँभाले हमारे आसपास ही मँडराती रहतीं। हमारी सारी ज़रूरतों का ख़याल रखतीं। चाय-कॉफ़ी-जूस-स्नैक्स का दौर तो अनवरत चलता रहता और ये सब होता बिल्कुल चुपचाप, दबे पाँव ताकि हमारी बातचीत में कोई व्यवधान न हो। मैं तो पहले दिन थोड़ा हैरान हो गया कि गीतांजलि जी के पास ख़ुद इतना कुछ कहने को होता है, वो कैसे चुप रहती हैं अपने आप को ज़ब्त किये हुए। लेकिन बिल्कुल कड़ा अनुशासन। फिर जैसे ही हमारी बातचीत ख़तम होती, तो उनकी बारी होती बोलने की। और वो शुरू हो जातीं अपने एक्सपर्ट कमेंट्स के साथ—सुधीर तुमने ये क्यों बोला, तुम ये तो बताना भूल ही गये, इस चीज़ को ऐसे बताना था, आदि-आदि। और हम स्कूली बच्चों की तरह चुपचाप सिर झुकाये मैडम की डाँट सुन लेते।

ये सिलसिला चला पूरे सात दिनों तक। या यूँ कहें कि सातवें दिन बातचीत रोकनी पड़ी। पहले से जैसा तय था, मैं सिर्फ़ एक हफ़्ते के लिए दिल्ली आया था। क़िस्से थे कि ख़तम होने का नाम ही नहीं ले रहे थे। इतना कुछ कहने-सुनने के बाद भी शायद उतना ही कुछ छूट गया। और ऐसे भी क़िस्से-कहानियाँ कहाँ ख़तम होती हैं। उनको रोकना पड़ता है, बन्द करना पड़ता है। ये बात अलग है कि वे दूसरे क़िस्से-कहानियों के लिए या फिर उन्हीं क़िस्सों को फिर से दूसरे तरीक़े से कहने के लिए सम्भावनाओं के द्वार खुले छोड़ देती हैं।

ख़ैर, इस तरह से रिकॉर्डिंग पूरी हुई। जो बातें-क़िस्से मुख्य रूप से बताना-

कहना था, वो तो सब लगभग इसमें आ ही चुके थे। इसके बाद बारी थी इस बातचीत के ट्रान्सक्रिप्ट को तैयार करने की। हम लोगों ने सोचा था इसमें अशोक महेश्वरी जी से मदद मिल जायेगी। उनके यहाँ कई ऐसे लोग होंगे जो इसका ट्रान्सक्रिप्ट तैयार कर देंगे। लेकिन वहाँ से निराशा हाथ लगी। उनसे बात करने पर पता चला कि उनके यहाँ ऐसा कोई नहीं है।

तो यह ज़िम्मेवारी भी मुझ पर आन पड़ी। मरता क्या न करता। इसको करना तो था ही। और कोई उपाय भी न था। ख़ैर किया। क़रीब ६-७ महीने लगे। बड़ी मशक़्क़त लगी लेकिन इसको करने में मज़ा भी बहुत आया। करने से पहले ऐसा लगा था कि यार, ये तो बड़ा ही उबाऊ और बोझिल काम है। लेकिन जब करने बैठा, तो आनन्द आने लगा। बार-बार सुनना पड़ता था लेकिन सुनना बिल्कुल ही बुरा नहीं लगता था। तो एक तरह से आश्वस्ति भी हुई कि चलो मेहनत जो भी लग रही हो, काम तो अच्छा है। हाँ, सुधीर भी टेलीफ़ोन से लगातार मेरी ख़बर लेते रहते थे कि काम कितना पूरा हुआ।

जब जनवरी २०१९ के आख़िरी हफ़्ते (या शायद फ़रवरी की शुरुआत में, अब ठीक-ठीक याद नहीं मुझे) में ये काम पूरा हुआ, तो मैंने ट्रान्सक्रिप्ट को सुधीर के पास भेजा। और यहीं पर कहानी–जैसा कि कहानियों का चलन है–में एक ट्विस्ट आता है। फ़र्क़ सिर्फ़ इतना था कि ये कहानी नहीं हक़ीक़त थी। सुधीर ने ट्रान्सक्रिप्ट पढ़ने के बाद कहा कि चलो इसको किताब के रूप में छाप देते हैं। अब मैं हैरान-परेशान। बात तो ऑडियो. बुक निकालने की हुई थी। ट्रान्सक्रिप्ट का तो ये था कि चलो ऑडियो बुक के साथ उसको भी लगा देंगे। कुछ पाठकों को हो सकता है इससे सुभीता हो जाए। अब यहाँ तो बिल्कुल उलटी बात हो रही थी। ट्रान्सक्रिप्ट ही मुख्य हो गया और ऑडियो बुक गौण। एक तरह से वो तो एजेण्डे से बाहर ही हो गया। मेरे लिए बड़ा धर्मसंकट था।

फिर लगा कि सुधीर जो बात कह रहे हैं, वो व्यावहारिकता की दृष्टि से बिल्कुल ठीक है। ६-७ महीने तो लग गये ट्रान्सक्रिप्ट करने में, उसको ठीक करने में। अब अगर रिकॉर्डिंग पर काम शुरू करेंगे तो एक साल से कम नहीं लगेगा उसको भी ठीक करने में–एक तो रिकॉर्डिंग की गुणवत्ता सुधारने के लिए तमाम तकनीकी काम जिसका हम दोनों में से किसी को कोई अनुभव नहीं था और फिर उसे एडिटिंग करने का काम। हालाँकि

यहाँ मैं बता दूँ कि ट्रान्सक्रिप्शन करने के पीछे मेरा एक मक़सद यह भी था कि रिकॉर्डिंग को एडिट करने में सुभीता रहेगा। हमने यह भी सोच रखा था कि रिकॉर्डिंग को एडिट करते समय उसमें जहाँ जिस कलाकार की बात हो रही हो वहाँ उपयुक्त स्थान देख के उस कलाकार की रिकॉर्डिंग की एक छोटी सी क्लिपिंग (५-७ मिनट की) डाल देंगे जिससे सुननेवालों को उस कलाकार के गायन या वादन का आस्वाद मिल सके, एक झलक के तौर पे ही सही। मुझे भी ऐसा लगा कि ये सब करने में न जाने और कितना वक़्त लगेगा, तो चलो अभी किताब ही निकाल देते हैं।

तो इस तरह से यह संवाद ऑडियो बुक की जगह किताब के रूप में आपके सामने प्रस्तुत है। हाँ, इस बात का ध्यान हमने ज़रूर रखा है कि सामान्य बातचीत में जो रवानी होती है, बतकही का जो अन्दाज़ होता है वो इस किताब में वैसा ही रहे जैसा कि हमारी बातचीत के दौरान था। अक्सर ऐसा होता है कि बातचीत के दौरान हम कुछ कहते-कहते आधे में ही रुक जाते हैं और फिर कुछ और नया शुरू कर देते हैं। सुधीर के शब्द बातचीत के दौरान भी बड़े सधे हुए होते हैं। फिर भी कई बार तो ऐसा हुआ ही कि कुछ कहते-कहते बीच में ही रुक गये। तो जो वाक्य अधूरे रह गये, उनको वैसा ही छोड़ दिया। उनको सुधारने की क़तई कोशिश नहीं की। मेरे भी अधिकांश प्रश्न अधूरे ही हैं। उन्हीं अंशों और वाक्यों को सम्पादित किया है जहाँ मतलब स्पष्ट नहीं था। विराम चिन्हों का भी कम ही प्रयोग किया गया है। बतकही के अन्दाज़ से जहाँ तक हो सका है, कोई छेड़खानी की कोशिश नहीं की है हमने। जैसा बातचीत में था वैसा ही रहने दिया है। ताकि पाठक को पढ़ते हुए ऐसा लगे कि सुधीर उसके साथ भी बातचीत कर रहे हैं।

जैसा कि मैंने पहले बताया यह संवाद सुधीर के संगीत से जुड़े संस्मरण के बारे में हैं–आँखों देखी, कानों सुनी और ख़ुद की ज़ुबानी। यादें तो हमेशा ही चुनिन्दा होती हैं–अपनी पसन्द या नापसन्द के हिसाब से हम चुनते या तय करते हैं। सुधीर का भी चुनाव निहायत ही निजी और व्यक्तिगत है, अपनी पसन्द और रुचि के अनुसार। कहीं भी वस्तुनिष्ठता का दावा नहीं है, न ही बीसवीं सदी के हिन्दुस्तानी संगीत के सम्यक् इतिहास बताने का

दावा। बस एक 'कानसेन' के अनुभव। सुधीर इस संवाद में बार-बार और ज़ोर देकर ये बात कहते हैं कि उन्हें संगीत शास्त्र का कोई ज्ञान नहीं है : 'मुझे तो सा और रे का भी शऊर नहीं। मैं तो बस एक कानसेन हूँ जिसके कान संगीत सुन-सुन के थोड़े पक्के हो गये हैं।'

कानसेन से एक सन्दर्भ याद आया। पण्डित विष्णु दिगम्बर पलुस्कर के जीवनीकार बी.आर. देवधर लिखते हैं कि एक बार आतिया बेगम फ़ैज़ी रहमिन ने पहले ऑल इण्डिया म्यूज़िक कॉन्फ्रेन्स (१९१६) जिसे भातखण्डे जी ने आयोजित किया था में पण्डित पलुस्कर को नीचा दिखाने के लिए उनसे यह पूछा कि आपने अपने गन्धर्व महाविद्यालय में कितने तानसेन तैयार किये हैं। इस पर पण्डित पलुस्कर ने पलटकर जवाब दिया कि मियाँ तानसेन भी अपने शागिर्दों में से कोई दूसरा तानसेन नहीं पैदा कर पाये। मैंने अपने गन्धर्व महाविद्यालय में वो कर दिया है जो तानसेन भी नहीं कर पाये। मैंने ढेर सारे 'कानसेनों' को तैयार किया है। उनका आशय ये था कि उनकी संस्था से बड़ी तादाद में संगीत में शिक्षित-दीक्षित लोग निकले हैं जिन्हें संगीत की समझ और पहचान है। तो कुछ इसी तरह के कानसेन हैं सुधीर। हाँ, कोई औपचारिक शिक्षा तो नहीं पायी है संगीत में, बस एकलव्य की भाँति सुन-सुन के अपने कान तैयार किये हैं।

सुधीर हैं तो इतिहासकार, लेकिन यहाँ एक इतिहासकार के अन्दाज़ में क्रमवार या सिलसिलेवार घटनाओं का ब्योरा देने की कोई कोशिश नहीं है। बल्कि जैसा वाचिक परम्परा या मौखिक इतिहास में होता है, कड़ी से कड़ी जुड़ती है, बात से बात निकलती है, ऐसा कि बातों का न कोई ओर न छोर, घटनाक्रम सब गड्डमड्ड। सुधीर बातों ही बातों में कुछ ऐसा ताना-बाना बुनते हैं कि बीसवीं सदी के उत्तरार्ध के हिन्दुस्तानी संगीत का परिदृश्य पूरी तरह से जीवन्त होकर हमारी आँखों के सामने से गुज़रने लगता है और एक तरह से पाठकों को आमन्त्रित करता है कि वो भी उस संसार की अनुभूति कर ले, उसका हिस्सा बन जाये, सुर की उस सरिता में वह भी गोता लगा ले।

एक स्तर पर क़िस्सागोई और संगीत में काफ़ी समानता है। दोनों श्रोता के बिना पूरा नहीं होते। श्रोता की सक्रिय भागीदारी होती है। वह तटस्थ या निष्क्रिय श्रोता की तरह चुपचाप एक तरफ़ बैठ नहीं सकता। क़िस्सागो

या कलाकार का अपने श्रोता के साथ एक सीधा संवाद स्थापित होता है। क़िस्सागो श्रोता के मूड को भाँप कर, उसकी भावभंगिमा और प्रतिक्रिया के अनुसार क़िस्से में आवश्यक परिवर्तन या अपने कहने के अन्दाज़ में उतार-चढ़ाव लाता है। हर बार क़िस्से में एक नयापन होता है और ये सम्भव होता है श्रोता की सक्रिय भागीदारी के चलते। ऐसा ही कुछ होता है हिन्दुस्तानी संगीत में। राग वही, बंदिश वही, लेकिन हर बार कलाकार उसमें नये रंग भरता है। जितनी भी बार सुनो, उतनी बार कुछ नया, कुछ अलग। कलाकार स्वर, लय और सुर के माध्यम से राग का एक निहायत ही निजी या व्यक्तिगत स्वरूप रचता है और इस पूरी रचना-प्रक्रिया में श्रोता की सक्रिय भागीदारी का आग्रह होता है। गाने या बजाने से पहले यह तय नहीं होता कि आज उस राग का क्या स्वरूप बनेगा या उसकी किस प्रकार अभिव्यक्ति होगी। कलाकार को ये तो पता होता है कि शुरू कैसे करेगा, लेकिन उसका अन्त कैसे होगा ये वो नहीं जानता। कई बार तो पहले से ये भी नहीं पता होता कि शुरू कैसे होगा। वहीं मंच पर आकर तय कर पाता है कि क्या और कैसे शुरू करना है। तो राग का क्या स्वरूप बनेगा या उसकी किस प्रकार अभिव्यक्ति होगी, यह तो श्रोताओं के साथ मिलकर ही तय होता है। इस पूरी प्रक्रिया में श्रोता कलाकार का सहयात्री होता है और इस संगीत यात्रा में कलाकार और श्रोता दोनों पूरी तरह से रसमय होकर उस संगीत के साथ एकाकार हो जाते हैं।

तो कुछ क़िस्सागो की तरह सुधीर ने एक कानसेन के हिन्दुस्तानी संगीत सुनने का जो अनुभव रहा है, उसको पाठकों के साथ साझा किया है "वाह-वाह! क्या बात है" वाले अन्दाज़ में। लेकिन इस वाह-वाह वाले अन्दाज़ के पीछे एक इतिहासकार की पैनी नज़र है जो इशारे-इशारे में क़िस्से-कहानियों के माध्यम से बहुत कुछ कह जाती है।

सुधीर चन्द्र इतिहासकार के रूप में तो उन्नीसवीं सदी और आज़ादी से पहले के भारत के बारे में लिखते रहे हैं, लेकिन उनका यह संवाद बीसवीं सदी के उत्तरार्ध (आज़ादी के बाद के दौर) के बारे में है। यह कालखण्ड अन्य कई मायनों में महत्त्वपूर्ण होने के साथ ही साथ संगीत की दृष्टि से भी अतिमहत्त्वपूर्ण है। इस दौरान संगीत के परिदृश्य में कई महत्त्वपूर्ण बदलाव होते हैं। इस सन्दर्भ में चेतन करनानी अपनी किताब 'लिसेनिंग टु हिन्दुस्तानी म्यूज़िक' में लिखते हैं कि आज़ादी के बाद के बीस वर्षों में

भारतीय संगीत में जितने अधिक बदलाव हुए उतने तो पिछले दो सौ वर्षों में नहीं हुए थे। संगीत का चरित्र काफ़ी कुछ बदल जाता है। इसके ठीक पहले के दौर को (बीसवीं सदी का पूर्वार्ध) हिन्दुस्तानी शास्त्रीय संगीत, ख़ासकर कण्ठ संगीत, का स्वर्णिम काल कहा जा सकता है। इस दौर में किराना घराने के उस्ताद अब्दुल करीम ख़ाँ और अब्दुल वहीद ख़ाँ, आगरा घराने के आफ़ताब-ए-मौसिकी फ़ैयाज़ ख़ाँ, पटियाला घराने के बड़े ग़ुलाम अली ख़ाँ, जयपुर-अतरौली घराने के अल्लादिया ख़ाँ, मैहर घराने के अलाउद्दीन ख़ाँ, इन्दौर घराने के अमीर ख़ाँ जैसे बड़े गायक-वादक हुए। वैसे तो बीसवीं सदी का उत्तरार्ध भी कोई बहुत पीछे नहीं रहा और उसमें से अधिकांश कलाकारों का इस संवाद में ज़िक्र आ ही गया है। कुछ जिनकी चर्चा नहीं हुई है, बस उनके नाम यहाँ गिनाता चलूँ–हीराबाई बरोडकर, मोगुबाई कुर्दिकर (विदुषी किशोरी अमोनकर की माँ), केसरबाई केरकर, अन्नपूर्णा देवी, बिस्मिल्ला ख़ाँ, हाफ़िज़ अली ख़ाँ और उनके बेटे अमजद अली ख़ाँ, वी जी जोग–ये फ़ेहरिस्त भी बड़ी लम्बी है।

ख़ैर, मैं बात कर रहा था बीसवीं सदी के उत्तरार्ध में तेज़ी से बदलते संगीत के परिदृश्य की। पैट्रन बदल गये, श्रोता बदल गये, स्थान बदल गया, नयी तकनीक जैसे माइक्रोफ़ोन, रिकॉर्डिंग इत्यादि का समावेश हुआ। ज़ाहिर-सी बात है इन सब वजहों से संगीत में भी भारी परिवर्तन आया और कलाकारों में भी। यहाँ यह जोड़ देना आवश्यक है कि इन बदलावों की शुरुआत बीसवीं सदी के पूर्वार्ध में ही हो चुकी थी।

पहली बात तो यह हुई कि शास्त्रीय संगीत राज दरबारों और कोठों से निकलकर बुर्जुआ पब्लिक स्पेस में आता है। आज़ादी के बाद न उस तरह के राजा-रजवाड़े रहे न ही रईस। तो गायकों और कलाकारों को दरबारों, सामन्तों या रईसों से जो प्रश्रय मिलता था, वो एक तरह से बन्द हो गया। अगर बीसवीं सदी के पूर्वार्ध के तमाम गायकों और कलाकारों पर नज़र डालें तो सिवाय उस्ताद अब्दुल करीम ख़ाँ के (और उनका भी एक दूसरा ही क़िस्सा है), क़रीब सब-के-सब किसी न किसी दरबार से जुड़े थे। अगर आप गायिकाओं का ध्यान करें तो मोगुबाई कुर्दिकर से लेकर गंगुबाई हंगल तक कहीं न कहीं वो या तो तवायफ़ों की श्रेणी से आती थीं या समाज के निचले तबके से। ये बात अलग है कि एक संगीतकार-कलाकार के रूप में उन्हें अपार प्रतिष्ठा और सम्मान मिला।

राजा-रजवाड़ों और रईसों-सामन्तों का प्रश्रय हटा तो संगीत का आयोजन दरबारों और कोठों और रईसों की हवेलियों के अन्तरंग बैठकों से हटकर सभागारों, लॉनों, खुले मैदान में शामियानों में होने लगा। और इनका आयोजन संगीत समितियों, सभाओं, सम्मेलनों आदि के द्वारा किया जाने लगा। इन बदलावों के पीछे उन्नीसवीं सदी के अन्त और बीसवीं सदी की शुरुआत में नवोदित मध्यवर्ग (वकील, मुख़्तार, शिक्षक, डॉक्टर, कोलोनियल ब्यूरोक्रेसी, व्यापारी, नये ज़मींदार इत्यादि) और उसी के साथ सांस्कृतिक राष्ट्रवाद की बड़ी भूमिका रही। इस विषय के विस्तार में नहीं जाऊँगा क्योंकि ये अपने आप में एक स्वतन्त्र विषय है। फ़िलहाल इतना ही कि सांस्कृतिक राष्ट्रवाद की भावना प्रगाढ़ होने के साथ ही शास्त्रीय संगीत को एक नयी प्रतिष्ठा मिली और इसे राष्ट्रीय धरोहर के रूप में देखने और सँजोने का प्रयत्न किया जाने लगा। जो मध्यवर्ग संगीत को उसके दरबारों और कोठों से जुड़ाव के कारण अनैतिक और विलासिता की वस्तु समझता था और उसे हेय दृष्टि से देखता था, अब उसका परिष्कार और संवर्धन करने लगा। संगीत को व्यवस्थित और अनुशासित करने की प्रक्रिया शुरू हुई।

कई तरह की संगीत समितियों, सभाओं और सम्मेलनों का गठन हुआ। संगीत की शिक्षा देने के लिए विद्यालय और महाविद्यालय खोले गये। इस सन्दर्भ में पण्डित विष्णु नारायण भातखण्डे और पण्डित विष्णु दिगम्बर पलुस्कर का योगदान उल्लेखनीय है। पलुस्कर ने गन्धर्व महाविद्यालयों की स्थापना की और बाद में चलकर उनके शिष्यों ने भी कई संस्थाएँ खोलीं। इन संस्थाओं के माध्यम से 'कानसेनों' (जिनका उल्लेख मैं ऊपर कर चुका हूँ) की पूरी पीढ़ी तैयार हुई। भातखण्डे जी ने भी लखनऊ में राय उमानाथ बाली के साथ मिलकर मोरिस कॉलेज की स्थापना की। दोनों ने अलग-अलग ऑल इण्डिया म्यूज़िक कॉन्फ्रेन्स की शुरुआत की। संगीत पर किताब और लेख लिखे। भातखण्डे जी ने संगीत का व्यवस्थित इतिहास लिखने का उपक्रम किया। (यहाँ नोट के तौर पर यह जोड़ दूँ कि अपने इतिहास में भातखण्डे जी ने एक बहुत ही रैडिकल दावा किया। उनका ये मानना है कि हिन्दुस्तानी शास्त्रीय संगीत को जिस रूप में अब हम जानते-पहचानते हैं, जैसा उस समय इसे गाया-बजाया जा रहा था, उसका इतिहास सिर्फ़ २०० वर्ष पुराना है न कि २००० वर्ष। अब हम

उनके इस दावे से असहमत हो सकते हैं।) फ़िलहाल इस विवाद में न जाकर, लौटते हैं अपनी मूल बात पर। कहने का आशय यह कि मध्यवर्ग से एक बड़ा श्रोतावर्ग उभर के सामने आया और राजों, नवाबों, सामन्तों और रईसों की जगह अब यह मध्यवर्ग संगीत को पैट्रोनाइज करने लगा।

इन संस्थाओं में तालीम देने का तरीक़ा उस्ताद-शागिर्द या गुरु-शिष्य परम्परा से अलग था। यह फ़र्क़ कुछ ऐसा ही था जैसा कि अपनी ज़ुबान और किसी विदेशी ज़ुबान को सीखने का होता है। अपनी ज़ुबान हम सुनते-बोलते सीख लेते हैं। उसका व्याकरण और वाक्य-संरचना अलग से किसी नियम के रूप में सिखाने की ज़रूरत नहीं पड़ती बल्कि अपने आप एक स्वाभाविक रूप में सीख लेते हैं। साथ ही साथ हम अपने ज़ुबान की बारीकियाँ भी सीख लेते हैं और फिर उससे जैसा चाहे वैसा खेल सकते हैं। जबकि विदेशी ज़ुबान सीखने के लिए हम व्याकरण और वाक्य-संरचना के नियमों का सहारा लेते हैं। ज़ुबान तो सीख लेते हैं, लेकिन अक्सर उसमें रवानी नहीं आ पाती या फिर रवानी आते-आते सारी उम्र निकल जाती है। लगभग ऐसा ही कुछ संगीत की तालीम के साथ हुआ। इन संस्थाओं में संगीत को नोटेशन, राग के स्ट्रक्चर और उसके व्याकरण के माध्यम से सिखाया जाने लगा जबकि घरानों की परम्परा में ऐसा नहीं होता था। उस्ताद राग के नियम तो दूर, अक्सर नाम तक नहीं बताते थे। बस शागिर्द सालों तक स्वर और सुरों का अभ्यास करता था और इसी अभ्यास के दौरान उसको राग की गहरी समझ भी पैदा हो जाती थी। करत-करत अभ्यास के, जड़मति होत सुजान की भाँति। फिर तालीम पाने के बाद शागिर्द भी स्वरों और सुरों के साथ खेल सकते थे राग के मूल स्वरूप से छेड़खानी किए बिना।

शायद यही वह वजह है कि इन संस्थाओं से कानसेन तो सैकड़ों की तादाद में निकले लेकिन बड़ा कलाकार कभी ही कभी। बड़े कलाकार अभी भी घरानों से उस्ताद-शागिर्द या गुरु-शिष्य परम्परा के तहत ही निकलते रहे। तो इन संस्थाओं के आने के बाद भी घराना या गुरु-शिष्य परम्परा तो बदस्तूर जारी रही, लेकिन इसमें भी महत्त्वपूर्ण बदलाव आये। पहले घराने पुश्तैनी हुआ करते थे और अपने परिवार और कुनबों तक ही सीमित रहते थे। बिरले ही परिवार के बाहर ग़ैर-रिश्तेदार को शिष्य-शागिर्द बनाया जाता था। लेकिन अब घरानों के दरवाज़े खुल गये और

ग़ैर-रिश्तेदारों या बाहरी लोगों को भी प्रवेश मिलने लगा। लेकिन ये बाहरी या ग़ैर-रिश्तेदार शागिर्द उस्ताद के साथ उनके घर पर नहीं रहते थे। सिर्फ़ तालीम के मुक़र्रर वक़्त उस्ताद के पास जाते थे। पहले जब शागिर्द उस्ताद के साथ रहते थे तो रात-दिन सिर्फ़ संगीत को ही जीते थे। कड़े अनुशासन में रहते थे। अब ये सुविधा सिर्फ़ अपने बेटे-बेटियों या रिश्तेदारों को ही उपलब्ध थी। इन सबका भी तालीम पर असर पड़ा।

एक और चीज़ यह हुई कि संगीत समारोहों, जलसों और आयोजनों में टिकट या पास से प्रवेश होने लगा। जो कलाकार पहले राज्याश्रय में रहते थे, उनकी बाज़ाब्ते फ़ीस होने लगी और वही अब उनके आमदनी का ज़रिया था। बाद में तो कई औद्योगिक घराने जैसे आइटीसी, डीसीएम इत्यादि सामने आये और उन्होंने संगीत को स्पॉन्सर करना शुरू किया। आइटीसी ने तो आगे चलकर कलकत्ता (अब कोलकाता) में एक संगीत अकेडमी की भी स्थापना की। निसार हुसैन ख़ाँ, लताफ़त हुसैन ख़ाँ, निवृत्तिबुआ सरनायक, ए. कानन, गिरिजा देवी, बुद्धदेव दासगुप्ता जैसे गायक कलाकार इस संस्था से रेज़िडेण्ट गुरु और स्कॉलर की तरह जुड़े और यहीं से पण्डित अजय चक्रवर्ती और राशिद ख़ाँ जैसे कलाकार निकले। वर्तमान में पण्डित अजय चक्रवर्ती, पण्डित उल्हास कशालकर और पण्डित उदय भवालकर इस अकेडमी से जुड़े हैं।

और संगीत की सबसे बड़ी पैट्रन तो सरकार हो गयी। अखिल भारतीय (केन्द्र) और राज्यों के स्तर पर तमाम संगीत और कला अकादमियों का गठन हुआ। इन अकादमियों की तरफ़ से कलाकारों को तरह-तरह के फ़ेलोशिप, स्कॉलरशिप, पुरस्कार और सम्मान दिये जाने लगे। अब तो ये हाल है कि जब भी स्टेज पर किसी आर्टिस्ट का परिचय दिया जाता है तो सबसे पहले यही बताया जाता है कि उसे कौन-कौन से पुरस्कार और सम्मान मिले हैं। ऑल इण्डिया रेडियो (आकाशवाणी) और आगे चलकर दूरदर्शन शास्त्रीय संगीत का सबसे बड़ा प्लेटफ़ार्म और सरंक्षक बना। उन्होंने आर्टिस्ट की रेटिंग की प्रथा (ए-टॉप, ए, बी हाई, बी श्रेणी) शुरू कर दी और उसी हिसाब से उसका पारिश्रमिक तय होने लगा।

तो इस तरह से कलाकारों के प्रश्रय और संरक्षण की व्यवस्था में आमूलचूल परिवर्तन हुआ। एक तरह से कलाकार सेल्फ़ इम्पलायड प्रोफ़ेशनल हो

गया जिसकी आय का स्रोत वो फ़ीस थी जो उसे जलसों, सम्मेलनों, आकाशवाणी और दूरदर्शन के कार्यक्रमों से मिलती थी। लेकिन कॉन्फ्रेन्स या कन्सर्ट सर्किट का अपना डायनामिक्स होता है और यहाँ कलाकार की कला की उत्कृष्टता अपने आप में काफ़ी नहीं होती है उसकी सफलता की गारण्टी के लिए। कितने ऐसे कलाकार हुए जो कला की दृष्टि से उत्कृष्ट थे लेकिन उनको उतनी शोहरत नहीं मिली। इस संवाद में सुधीर ऐसे कई कलाकारों का ज़िक्र करते हैं—पण्डित मणिराम, शराफ़त हुसैन ख़ाँ, कुमार मुखर्जी। पण्डित मल्लिकार्जुन मंसूर को भी अखिल भारतीय स्तर पर सफलता बहुत देर से मिली जब वो बड़े-बड़े समारोहों और जलसों में नियमित रूप से बुलाये जाने लगे। सफलता के कई और कारक तत्त्व होते हैं। इसमें प्रचारतन्त्र की बड़ी भूमिका होती है। इसमें यह कोई ज़रूरी नहीं है कि आप अपना सेल्फ़-ऐडवर्टाइज़मेंट करें। यह बड़े सूक्ष्म और अदृश्य (subtle) तरीक़े से काम करता है। इसमें शागिर्दों, श्रोताओं, आयोजकों (और अब तो म्यूज़िक क्रिटिक, रिपोर्टर, अख़बार, पत्रिकाओं) की भूमिका अहम होती है। एक तो चेले और शागिर्द अपने उस्ताद का प्रचार करते थे। फिर उनको जानने और सुननेवाले। और यह प्रचार वर्ड ऑफ़ माउथ के ज़रिये होता था। जानने और सुननेवालों ने दूसरों को बताया, फिर वो दो-चार जलसों में बुलाये गये। वहाँ उन्होंने अच्छा प्रदर्शन किया, फिर क्या था उनका नाम चल निकलता था और फिर वो हर जगह बुलाये जाने लगते थे। इसमें श्रोताओं को रिझाना महत्त्वपूर्ण होता था चूँकि वो आपके सबसे बड़े प्रशंसक और प्रचारक का काम करते थे।

लेकिन यहाँ एक नयी परेशानी उठ खड़ी हुई। पहले किसी कार्यक्रम को सुननेवाले अधिक से अधिक १००-२०० की संख्या में होते थे और वो भी जब दरबार में कोई बड़ा जलसा हो रहा हो। अन्तरंग बैठकों में तो उनकी संख्या महज़ १५-२० हुआ करती थी। अब उसके स्थान पर ८००-१००० की संख्या तो आम बात हो गयी। और इस बड़े श्रोता समूह में रसिकों की संख्या कम ही होती थी। तो श्रोताओं को रिझाने के लिए लोकप्रिय या हल्के राग गाये-बजाये जाने लगे। कठिन राग या तो तालीम देते वक़्त गाये और सिखाये जाते थे या फिर अन्तरंग बैठकों में रसिकों के सामने। तो एक तरह से कठिन रागों का चलन न के बराबर हो गया। इसी वजह से ठुमरी और दादरा की भी लोकप्रियता बढ़ी। पहले तो बड़ा कलाकार ठुमरी

और दादरा गाना तो दूर उसकी तरफ़ देखते भी नहीं थे। लेकिन उन्नीसवीं सदी के अन्त और बीसवीं सदी की शुरुआत आते-आते, इसमें भी बदलाव आया। बड़े कलाकार भी अब ख़याल के साथ ठुमरी भी गाने लगे। अगर मेरी जानकारी सही है तो उस्ताद अब्दुल करीम ख़ाँ ने इसकी शुरुआत की। और फिर तो कौन ऐसा बड़ा गवैया है जिसने ख़याल गायकी के साथ ही साथ ठुमरी और दादरा भी नहीं गाया। फ़ैयाज़ ख़ाँ, बड़े ग़ुलाम अली और न जाने कौन-कौन (केसरबाई केरकर को छोड़कर)–इन सारे कलाकारों का उदाहरण हमारे सामने है। इन लोगों ने न सिर्फ़ ख़याल गायकी में नये मुक़ाम हासिल किये, बल्कि ठुमरी भी उतने ही चाव से गाया। अगर कोई बिल्कुल शुद्धतावादी (प्यूरिस्ट) या रूढ़िवादी है तो उसके शोहरत की गुंजाइश कम थी। फिर एक चीज़ और हुई। अपनी प्रस्तुति देने के पहले कलाकार राग के नाम की घोषणा करने लगा। पहले इसकी ज़रूरत ही नहीं पड़ती थी। कलाकार जानता था वो क्या गा रहा है और रसिक और पारखी श्रोता गायन सुनकर समझ लेता था कि कौन-सा राग है। इस तरह से नये श्रोतावर्ग और कार्यक्रमों के फ़ॉर्मेट के हिसाब से गायन और वादन में भी बदलाव हुए।

उधर, दूसरी तरफ़ माइक्रोफ़ोन, रिकॉर्डिंग और ऑडियो तकनीक के आने से भी संगीत में काफ़ी कुछ बदलाव हुए। बीसवीं सदी के द्वितीय दशक में हिन्दुस्तान में रिकॉर्डिंग कम्पनियाँ आयीं। शुरुआती दौर में तो रिकॉर्डिंग को लेकर कलाकारों में काफ़ी हिचक और संशय था लेकिन पचास के दशक आते-आते रिकॉर्डिंग बहुत ही लोकप्रिय हो गया। फिर तो मानो जैसे होड़-सी लग गयी। कौन-सा कलाकार कितनी रिकॉर्डिंग कर रहा है, वह उसकी सफलता या वो कितना बड़ा कलाकार है इसका पैमाना हो गया। अब इसे रिकॉर्डिंग तकनीक की अनिवार्यता कहें या विवशता कि गायक को अपने संगतियों से अलग और दूर बैठ के गाना पड़ता था। इससे पहले ये अकल्पनीय था कि गायक अपने संगतियों से दूर बैठ के गायेगा। लेकिन ये हुआ और कलाकारों ने इसके साथ बख़ूबी तालमेल बिठाया। एक और बात इसके साथ हुई कि गायक न सिर्फ़ अपने संगतियों से दूर बैठता था बल्कि सामने कोई श्रोता नहीं होता था। जैसा कि मैं ऊपर उल्लेख कर चुका हूँ, सुर का संसार तो बिना श्रोता के पूरा ही नहीं होता। यहाँ कलाकार और श्रोता के बीच एक जीवन्त और अन्तरंग संवाद होता

है। लेकिन इस कठिनाई से भी कलाकारों ने बख़ूबी तालमेल बिठाया।

इस सन्दर्भ में एक क़िस्सा याद आता है। आफ़ताब-ए-मौसिकी फ़ैयाज़ ख़ाँ बड़ोदा दरबार में गायक थे। एक दिन महाराजा सयाजीराव गायकवाड़ का आदेश हुआ कि हफ़्ते में अमुक दिन अमुक समय फ़ैयाज़ ख़ाँ का महल में गायन हुआ करेगा। अक्सर ऐसा होता था कि फ़ैयाज़ ख़ाँ नियत समय पर गाने पहुँच जाते थे लेकिन वहाँ कोई श्रोता नहीं होता था। लेकिन महाराज का आदेश, तो श्रोता हों न हों गाना पड़ता था। एक दिन उन्हें महाराज सयाजीराव से मुलाक़ात का मौक़ा मिला तो उन्होंने उनसे अपनी परेशानी बतायी। महाराज ने तुरन्त हुक्म दिया कि फ़ैयाज़ ख़ाँ के गायन के समय महल के कर्मचारी अगर उस समय कुछ और न कर रहे हों तो वो वहाँ श्रोता के रूप में बैठ जाया करें। अँग्रेज़ी में एक कहावत है जिसका मतलब है कि उपचार मर्ज़ से भी ज़्यादा नुकसानदेह निकला (cure is worse than the disease)। तो कुछ ऐसी ही बात यहाँ हुई। ये बात अलग है कि आगे चलकर तो महाराज ख़ुद फ़ैयाज़ ख़ाँ के ऐसे मुरीद बन गये कि फ़ैयाज़ ख़ाँ जब तक गायें तब तक महाराज बैठ के सुनते या महाराज की जब तक इच्छा होती तब तक फ़ैयाज़ ख़ाँ गाते। ग़रज़ ये कि बिना श्रोता के गायन या वादन पूरा नहीं होता। लेकिन रिकॉर्डिंग के समय कोई श्रोता सामने नहीं होता था और गाते समय यह भी नहीं पता होता था कि कौन-सा या कैसा श्रोता उस रिकॉर्डिंग को सुनेगा। (यहाँ यह भी जोड़ दूँ कि बाद में आकाशवाणी ने अपने नैशनल प्रोग्राम ऑफ़ म्यूज़िक की रिकॉर्डिंग के समय श्रोताओं को बुलाना शुरू कर दिया।)

एक तीसरी कठिनाई जो रिकॉर्डिंग के साथ हुई वह थी वक़्त की सीमा। शुरू में तो सिर्फ़ ७८ आरपीएम होता था, तीन-साढ़े तीन मिनट का। बाद में ईपी आया, १२-१५ मिनट का। अब आप ही सोचें कि एक राग जिसे कलाकार दो-दो, तीन-तीन घण्टे बजाता है तब कहीं जाकर वो पूरा होता है, उसको तीन मिनट में समेटना कलाकार के लिए कितनी बड़ी चुनौती रही होगी। फिर शास्त्रीय संगीत की जान तो इम्प्रोवाइजेशन है जिसके माध्यम से कलाकार अपनी सर्जनात्मकता को अभिव्यक्ति देता है। इस तीन मिनट में तो सर्जनात्मकता या इम्प्रोवाइजेशन के लिए कोई गुंजाइश ही नहीं बनती है। राग की एक हल्की सी झलक ही मिल सकती है। लेकिन कलाकारों ने इस पाबन्दी के साथ भी बख़ूबी तालमेल बिठाया। अगर आप

उस समय की रिकॉर्डिंग सुनें, तो ये समझ पाते हैं कि कैसे उस समय के कलाकारों ने कमाल किया और एक तरह से गागर में सागर भर दिया। कैसेट तो बहुत बाद में शायद सत्तर के दशक के अन्त में आया और फिर लाइव रिकॉर्डिंग सम्भव हो सकी। इसी के साथ एक और चीज़ की पाबन्दी हुई। पहले तो गाने-बजाने के समय ही या उसके ऐन पहले ग्रीन रूम में गायक कलाकार का जैसा मूड बना उस हिसाब से वो तय करता था कि वो कौन-सा राग गायेगा या बजायेगा। लेकिन रिकॉर्डिंग में तो सब कुछ पूर्वनियोजित, सब कुछ पहले से ही तय होता था और कलाकार को उसी हिसाब से बजाना-गाना होता था।

रिकॉर्डिंग के साथ ही और भी तकनीकी बदलाव आए जैसे माइक्रोफ़ोन और अन्य तरह के ऑडियो यन्त्र और तकनीक। इसका एक फ़ायदा तो यह हुआ कि अब कलाकार बड़े से बड़े श्रोता समूह को आसानी से सम्बोधित कर सकता था। दूसरा यह हुआ कि मद्धिम से मद्धिम ध्वनि भी अब दूर तक बिल्कुल साफ़ सुनायी पड़ती थी। लेकिन इसके उलट माइक्रोफ़ोन की वजह से कलाकारों को नयी चुनौतियों का सामना करना पड़ा। पहला तो ये कि माइक्रोफ़ोन के चलते स्वाभाविक आवाज़ में परिवर्तन आ जाता था। तो माइक्रोफ़ोन के हिसाब से कलाकार को अपनी आवाज़ को साधना पड़ता था। अच्छे-अच्छे गायकों की आवाज़ बेसुरी हो जाती थी तो दूसरी तरफ़ कमज़ोर या कम दमख़म वाले गायक जो माइक की मदद के बिना सिर्फ़ गुनगुना सकते थे, अब गवैये होने लगे। कहा जाता है कि फ़ैयाज़ ख़ाँ साहब की आवाज़ इतनी बुलन्द थी कि गाते समय माइक को उनसे दो फ़ीट दूर रखना पड़ता था। केसरबाई केरकर तो अपने सार्वजनिक कार्यक्रम में माइक का इस्तेमाल ही नहीं करती थीं। उनके कार्यक्रमों में उतने ही श्रोताओं को प्रवेश मिलता था जितने उनका गायन बिना माइक के सुन सकें। दूसरा, हिन्दुस्तानी संगीत में, ख़ासकर गायकी में, स्वरों, लय और सुर में जो गतिशीलता (rich dynamic quality) होती है, स्वरों में उतार-चढ़ाव के साथ उनमें जो परिवर्तन होता है, उसको माइक्रोफ़ोन पूरी तरह पकड़ पाने या सम्प्रेषित करने में असमर्थ था। अब तो ऑडियो तकनीक इतना विकसित हो चुका है कि साउण्ड इंजीनियरिंग की मदद से आप आवाज़ या स्वर को जैसा चाहें वैसा बना दें और किसी भी तरह का साउण्ड इफ़ेक्ट पैदा कर दें। इन सबका परिणाम

यह हुआ कि कलाकार की ऑडियो सिस्टम पर निर्भरता बढ़ गयी है। ऑडियोवाला चाहे तो आपका कार्यक्रम बना दे, चाहे तो बिगाड़ दे। इसी से बड़े कलाकार अपने कार्यक्रमों में ऑडियो सिस्टम को लेकर बड़े सजग रहते हैं।

दूसरी तरफ़ माइक्रोफ़ोन ने वाद्य संगीत के लिए नयी सम्भावनाएँ पैदा कीं, ख़ासकर एकल वाद्य के मामले में। तबले की हल्की से हल्की थाप या थाप बन्द कर देने पर भी उसकी गूँज को अब साफ़-साफ़ सुना जा सकता था। सितार या सरोद के तार से निकली कोमल से कोमल झंकार या तार को छेड़ना बन्द कर देने पर भी उसके कम्पन की सूक्ष्म ध्वनि को सुना जा सकता था। माइक्रोफ़ोन या ऑडियो तकनीक के आने से पहले ऐसा कर पाना सम्भव ही नहीं था। तो आधुनिक ऑडियो तकनीक ने वादकों के लिए सम्भावनाओं के नये द्वार खोल दिये और वादन को नयी ऊँचाइयों तक पहुँचाया। अब वादक अपनी कला की बारीकियों को आसानी से श्रोता के सामने परोस सकता था। इस ऑडियो तकनीक के आने से वादकों ने अपने वाद्य और बाज में कई परिवर्तन भी किये। हालाँकि इस नयी तकनीक का दुरुपयोग भी कम नहीं हुआ। वादक तरह-तरह के gimmicks, posturings और emotings कर सकता था और कइयों ने ऐसा किया भी। इसके तमाम उदाहरण हमारे सामने हैं।

इस तरह बीसवीं सदी के उत्तरार्ध में हिन्दुस्तानी शास्त्रीय संगीत के परिदृश्य में व्यापक बदलाव हुए। हाँ, एक चीज़ उस समय नहीं हुई या हो पायी जो अब हो रही है या हो चुकी है, वो है संगीत का पूरी तरह बाज़ारीकरण। उस दौर तक संगीत अभी ख़रीदने-बेचने की वस्तु नहीं हुई थी। कलाकारों के लिए संगीत सिर्फ़ एक व्यवसाय या पेशामात्र नहीं था। संगीत ही उनका जीवन था जिसे वो दिन-रात जीते थे। संगीत उनकी साँसों में बसता था। संगीत के प्रति पूरी तरह समर्पित हुआ करते थे वो। दूसरी तरफ़ संगीत प्रेमी, रसिक और कला पारखी का भी संगीत और कलाकार के प्रति पूर्ण समर्पण और अगाध श्रद्धा का भाव हुआ करता था। कलाकारों के प्रति अतिशय सम्मान था। तभी तो सुधीर इस संवाद में बार-बार कहते हैं : "मैं तो पण्डित भीमसेन जोशी का भाँड़ हूँ।" कलाकारों को रसिक श्रोता किसी सिद्ध पुरुष या साधक से कम नहीं समझते थे जो उन्हें संगीत के माध्यम से किसी और ही दुनिया, एक दिव्य और अलौकिक संसार में ले

जाता था। ये बात अलग है कि ऐसे सुधी श्रोताओं या रसिकों की संख्या उत्तरोत्तर घटती जा रही है जबकि सामान्य श्रोताओं की संख्या में लगातार इज़ाफ़ा हो रहा है। लेकिन फिर भी ऐसे पारखी श्रोता बचे थे जिन्होंने कलाकारों के साथ संगीत की अलख जगाये रखी। कहने का आशय यह कि कलाकार और रसिक दोनों के लिए संगीत किसी साधना से कम नहीं थी और इसके प्रति एक विस्मयमिश्रित श्रद्धा का भाव था। और इसी वजह से तमाम बदलावों के बावजूद संगीत की रूह फिर भी बची रही।

परिवर्तन तो जीवन का सच है और यहाँ भी हुए। लेकिन ये परिवर्तन परम्परा के तहत ही हुए। दूसरे शब्दों में कहें तो परम्परा के अन्दर रहते हुए परम्परा का परिष्कार और नवीनीकरण हुआ। एक तरफ़ तो परम्परा का नैरन्तर्य बना रहा, दूसरी तरफ़ उसका परिष्कार और विकास भी हुआ और यही उसकी जीवन्तता का कारण रही। ऐसा पहले भी होता रहा है। उन्नीसवीं सदी के पहले तक ध्रुपद गायकी का स्थान प्रमुख था और ख़याल गायकी का गौण। उन्नीसवीं सदी में ख़याल गायकी ने ध्रुपद को विस्थापित किया। फिर बीसवीं सदी आते-आते ठुमरी और दादरा को भी स्थान मिला। सिर्फ़ यही नहीं हुआ कि एक विधा की जगह दूसरी विधा ने ले ली बल्कि विधाओं के भीतर भी तमाम तरह के परिवर्तन होते रहे। लेकिन ये सारे परिवर्तन परम्परा के भीतर ही रह के हो रहे थे न कि परम्परा को छोड़कर या उसे तोड़-मरोड़कर। जैसा कि मैंने ऊपर कहा कि यही वजह थी कि बीसवीं सदी के उत्तरार्ध में इतने सारे बदलावों के बावजूद संगीत की आत्मा बची रही। और इस समृद्ध परम्परा को बचाये रखने का श्रेय अगर किसी को जाता है तो वो हैं हमारे कलाकार और उन्हीं के साथ सुधीर जैसे रसिकों और संगीत प्रेमी।

यह संवाद इसी बीते दौर की कहानी कहता है। गुज़र गया वो ज़माना कहें तो किससे कहें। लेकिन सुधीर फिर भी कहते हैं और उनके कहने में एक गहरा दर्द छलकता है। वर्तमान को लेकर उनके स्वर में गहरी निराशा है और भविष्य को लेकर चिन्ता और डर। अब तो न वैसे कलाकार बचे न वैसे श्रोता। बाज़ारीकरण के इस दौर में संगीत भी आसानी से ख़रीदने और बेचने वाली वस्तु बन के रह गयी है, महज़ एक उत्पाद या उपभोग की वस्तु। कलाकार के लिए अब यह साधना कम व्यवसाय ज़्यादा है। उसका काम है अपने उत्पाद को बेचना। लेकिन शायद कलाकार की

हैसियत दुकानदार या विक्रेता की भी नहीं है, दुकान चलानेवाले तो और लोग हैं–म्यूज़िक डायरेक्टर, प्रोड्यूसर, इवेंट मैनेजर, बड़ी-बड़ी कम्पनियाँ और स्पान्सर्ज़। कलाकार तो ख़ुद एक उत्पाद बनकर रह गया है या एक कठपुतली जिसकी डोर तो किन्हीं और हाथों में होती है और वो उसे जैसे चाहता है नचाता है। श्रोता भी महज़ उपभोक्ता हैं और उनके लिए संगीत की पूरी मण्डी तरह-तरह के संगीत से अँटी पड़ी है–फ़िल्मी से लेकर लोकगीत तक। एक पसन्द न आये, दूसरी ले लो, दूसरी न पसन्द आए, तीसरी ले लो। जो चाहो और जब चाहो ले लो। टीवी पर २४X७ चैनल हैं तरह-तरह के संगीत परोसते। लेकिन दूरदर्शन के चैनलों के अलावा किसी भी म्यूज़िक चैनल पर शास्त्रीय संगीत के लिए जगह नहीं है।

तो क्या सुधीर की चिन्ता और डर सही है। क्या सचमुच हिन्दुस्तानी शास्त्रीय संगीत किसी कठिन संकट से ग्रस्त है? एक तरफ़ तो वर्तमान को देखकर भविष्य का डर सही लगता है। लेकिन दूसरी तरफ़ मन का कोई कोना कहता है कि ज़्यादा निराशा ठीक नहीं। शास्त्रीय संगीत के भविष्य को लेकर सुधीर भी पूरी तरह आशाहीन नहीं हैं, पर मैं उनके मुक़ाबले अधिक आशान्वित हूँ। कोई पूछे कि सिवाय कोरी भावुकता और आशावादिता के आपके इस विश्वास का कोई कारण या ठोस आधार। ठोस आधार तो मेरे पास कोई नहीं है। लेकिन कुछ संकेत देखता हूँ जो मुझे आशान्वित करते हैं भविष्य के प्रति। ये सच है कि बहुत कुछ बदला है, बहुत कुछ खोया है। लेकिन इतना कुछ बदलने और खोने के बाद भी बहुत कुछ बचा हुआ है। एक तो यह है कि संचार के तमाम साधनों के आ जाने से संगीत की पहुँच बढ़ी है और इसका थोड़ा-बहुत फ़ायदा शास्त्रीय संगीत को भी मिला है। अब छोटे-छोटे शहरों और क़स्बों तक शास्त्रीय संगीत पहुँचा है। वहाँ भी अब संगीत के कार्यक्रम और आयोजन होने लगे हैं। इन जगहों से भी एक बड़ा श्रोता वर्ग निकलकर सामने आया है और कुछ कलाकार भी। इनमें से कुछ तो बड़े ही ज़हीन और पारखी होते हैं और संगीत से उनका गहरा लगाव है। तो एक तो आशा की किरण यहाँ दिखाई पड़ती है। दूसरे, स्पिक मैके जैसी संस्थाएँ भी आजकल के युवाओं में शास्त्रीय संगीत को प्रोमोट करने के लिए बहुत ही अच्छा काम कर रही हैं। तो वहाँ भी थोड़ा सम्बल है। फिर तमाम चाइल्ड प्रोडिजी और जीनियस भी उभर के सामने आ रहे हैं, भले ही उनमें से अधिकांश संगीत घरानों से हैं। अब

आप उस्ताद ज़िया मोहिउद्दीन डागर के बेटे बहाउद्दीन डागर को ही ले लें। रुद्रवीणा के अद्भुत कलाकार। उनके हाथों डागर घराना और ध्रुपद संगीत की विरासत पूरी तरह सुरक्षित है। किराना घराना के सारंगी वादक मरहूम उस्ताद शकूर ख़ाँ के बेटे अरशद अली ख़ाँ जो आजकल आइटीसी संगीत अकादमी से जुड़े हैं ने महज़ छः साल की उम्र में पण्डित विजय किचलू, पण्डित शिवकुमार शर्मा, पण्डित हरिप्रसाद चौरसिया, उस्ताद ज़ाकिर हुसैन, विदुषी गिरिजा देवी जैसे दिग्गजों के सामने अपना गायन प्रस्तुत किया और उनको अपने गायन से प्रभावित किया। और अब तो वो बड़े कलाकार हैं। इमदादी घराने के उस्ताद इमरत ख़ाँ (उस्ताद विलायत ख़ाँ के छोटे भाई और प्रख्यात सुरबहार वादक) के बेटे अज़मत अली ख़ाँ ने महज़ आठ वर्ष की उम्र में अपने सितार वादन से लोगों को बहुत प्रभावित किया। वह तीन वर्ष की उम्र से सितार और सुरबहार बजा और सीख रहा है। ये तो मैंने ऐसे लोगों का नाम लिया जिनको संगीत विरासत में मिली है। लेकिन घराने से बाहर से भी तमाम ऐसे प्रोडिजी और जीनियस उभर के सामने आ रहे हैं। तो इससे भी भविष्य सुरक्षित दिखता है। एक दूसरी बात जो मुझे समझ में आती है, हालाँकि यह पूरी तरह से अटकल है, वो यह कि इस भागमभाग और रेलमपेल वाली ज़िन्दगी से कई लोग ऊबकर एक सहज और शान्त जीवन जीने की ओर मुख़ातिब हो रहे हैं। ऐसे में मुझे इस बात की पूरी सम्भावना लगती है कि इनमें से कुछ लोग शास्त्रीय संगीत की तरफ़ आकर्षित होंगे। आप चाहें तो मेरी इस अटकल को पूरी तरह ख़ारिज कर सकते हैं।

बहरहाल, उम्मीद सुधीर ने भी नहीं छोड़ी है, और मैं तो उम्मीदों में ही जीता हूँ। ये संवाद भी तो आपके सामने हम इसी उम्मीद से प्रस्तुत कर रहे हैं कि इसको पढ़कर आपके मन में भी कोई तार झंकृत होगा। ऐसा हुआ तो फिर तो उम्मीद ही उम्मीद है। आइये हम सब मिलकर शास्त्रीय संगीत (हिन्दुस्तानी और कर्नाटक) के उज्ज्वल भविष्य की मनोकामना करें।

शुरू में मैंने लिखा कि ये किताब सुधीर की है। है तो सुधीर की, लेकिन ये किताब बन न पाती अगर गीतांजलि न होतीं। इस पूरी परियोजना को अमल में लाने का श्रेय उन्हीं का है। अब अगर मैं यहाँ यह कह दूँ कि "बिहाइण्ड एवरी सक्सेसफुल मैन देयर इज अ वुमन," तो मेरी तो ख़ैर नहीं। अब मैन का तो मैं नहीं जानता, इस किताब के पीछे तो गीतांजलि

हैं। सुधीर इस बात को मानें ना मानें, मैं तो मानता हूँ और यह भी जानता हूँ कि ये कहकर मैंने ख़तरा मोल लिया है। मेरे साथ और मेरे पीछे भी दो 'अदृश्य' ताक़तें हैं जिनकी मदद के बिना मुझ अकेले से एक तिनका भी नहीं हिलता। तो हमेशा की तरह अर्चना और राजकुमार का आभार। हम कृतज्ञ हैं अशोक वाजपेयी जी, पीयूष दईया और रज़ा फ़ाउण्डेशन के जिन्होंने रज़ा पुस्तक माला के तहत इस किताब को छापने की सहर्ष स्वीकृति दी। शुक्रगुज़ार हैं हम अशोक महेश्वरी जी के जिन्होंने पहले ऑडियो बुक निकालने के हमारे प्रस्ताव पर सहमति दी और फिर जब हमारा इरादा बदला तो उन्होंने किताब के लिए भी हामी भरी। हर हाल में हमारे साथ। ये बात अलग है कि ट्रान्सक्रिप्शन वाले मसले पर पल्ला झाड़ लिया। उनका फिर से आभार।

और चलते-चलते, सुधीर तो कानसेन हैं, मैं तो वो भी नहीं। तो मेरे कहने-लिखने में कोई त्रुटि हो गयी हो, तो आप मुझे अबूझ मानकर क्षमा करेंगे।

—संजय

६ दिसम्बर, २०१९

# दो शब्द

गीतांजलि ने तो बैठे-बिठाये उछाल दिया इस बातचीत का सुझाव। पर है यह संजय की किताब। हर नज़रिये से। बैठ लिये हवाई जहाज़ में और आ गये अपना रिकॉर्डिंग का तामझाम ले के। मुझे तो अन्त तक यक़ीन नहीं था कि कुछ बनने वाला है, कि मेरे पास कुछ है पते का कहने को। कर ली बातचीत तो जुट गये संजय उसे किताब की शक्ल देने में। दोस्त के प्रति आभार व्यक्त करने में औपचारिकता की गन्ध आने लगती है, पर यह आभार दिल से निकल रहा है।

–सुधीर चन्द्र

# सुधीर-संजय संवाद

संजय : तो चलिए बिस्मिल्ला किया जाये।

सुधीर : ज़रूर, साहब।

*जब भी सुधीर जी से या सुधीर और गीतांजलि जी से मुलाक़ात होती है, और कुछ ऐसा संयोग है कि जब भी मुलाक़ात हुई तो बहुत लम्बी और बातचीत का सिलसिला घण्टों चलता है। जब बातचीत का सिलसिला घण्टों चलता है तो ज़ाहिर सी बात है उसमें बहुत सारे क़िस्से-कहानी आते हैं। हर बार बात घूम-फिर के संगीत पर आ ही जाती है। सुधीर जी को सुनना संगीत के बारे में, कलाकारों के बारे में, गायकों से जुड़े तमाम क़िस्से-कहानी सुनना, वो अपने आप में संगीत-सा ही मज़ा देता है। ऐसे ही पिछली बार कुछ बातचीत हम लोग की हो रही थी, तो ये ख़याल आया कि क्यों नहीं ये जो क़िस्से सुनाते हैं, उनको एक जगह इकट्ठा किया जाये। आज उसकी शुरुआत हम लोग कर रहे हैं। इसके पीछे मक़सद ये था कि अभी तक सिर्फ़ मित्र मण्डली ही इन क़िस्सों का आनन्द लेती रही है उनको अगर इकट्ठा करके किताब या ऑडियो बुक के रूप में इसे जारी करें तो फिर ज़्यादा से ज़्यादा लोग उनका आनन्द ले सकेंगे। बहुत सारे इसमें क़िस्से ऐसे होंगे जिनसे आप वाक़िफ़ होंगे, लेकिन बहुत सारे क़िस्से ऐसे भी होंगे जिनसे आप वाक़िफ़ नहीं होंगे : उनको सुधीर जी की ज़ुबानी सुनने का एक अलग आनन्द है, एक अलग रस है। आज उसी की शुरुआत हम लोग कर रहे हैं।*

आपका संगीत से कब जुड़ाव हुआ और आपकी ये यात्रा कब शुरू

हुई, बचपन में कब आप कैसे संगीत से जुड़े कैसे ये सिलसिला शुरू हुआ और फिर आगे बढ़ता गया, हम लोग यहीं से बातचीत शुरू करें।

संजय, ये जो बात जहाँ से शुरू हम लोग करना चाह रहे हैं कि मेरा संगीत से सम्बन्ध किस तरह से शुरू हुआ। संगीत से, इस तरह का रिश्ता रहा है कि मैंने कभी उसके बारे में सोचा ही नहीं। लेकिन एक बार कुछ ऐसा इत्तफ़ाक़ हुआ कि प्रयाग जी ने—प्रयाग शुक्ल, वो संगीत नाटक अकादेमी की त्रैमासिक पत्रिका *संगना* का सम्पादन उन दिनों कर रहे थे—कहा कि सुधीर क्यों नहीं अपने संगीत के अनुभवों पर कुछ लिखते हो हमारे लिए। मुझे अच्छा लगा ये ख़याल कि चलो एक मौक़ा है। जब मैं वो लिखने बैठा तो पहली बार ये सवाल मेरे मन में आया कि ये मेरा रिश्ता कब शुरू हुआ, कैसे शुरू हुआ। मैं बताऊँ कि जो शीर्षक मैंने दिया था, वो शीर्षक शायद कुछ इस तरह का था, शब्दश: मैं याद नहीं कर पा रहा हूँ, लेकिन उसका भाव ये था कि पिता से घुट्टी में मिला प्रसाद।

ये कब की बात रही होगी?

१० साल से ज़्यादा नहीं है, हो सकता है ५ साल पहले की बात हो। मतलब, ये कि बहुत पुराना सम्बन्ध संगीत से चल चुका था। जब प्रयाग जी ने...

लेकिन आपने इस सम्बन्ध के बारे में कभी नहीं सोचा?

कभी नहीं सोचा। भई, अब लोगों को अतिशयोक्ति लग सकती है, लेकिन संगीत के बारे में मैं सोचूँ क्यों। भई, आप साँस लेने के बारे में नहीं सोचते, खाना खाने के बारे में नहीं सोचते। सोचते तभी हैं जब कोई या तो सवाल पूछे या आपको कोई दुश्वारी हो रही हो साँस लेने में। वरना तो साँस ले रहे हैं। मुझे कभी परेशानी नहीं हुई संगीत सुनने में। सवाल मुझसे प्रयाग जी से पहले किसी ने पूछा नहीं। जब उन्होंने सवाल पूछा, तो मेरे मन में ये हुआ और सच ये है कि बात शायद इतनी आसान भी नहीं है कि पिता से प्रसाद मिला और घुट्टी में मिला। मिला तो प्रसाद पिता से ही, लेकिन

घुट्टी तो पैदा होने के बाद शुरू होती है और मेरा मन कहीं ये कहता है... अब ये उस तरह की बात है जिसको आप सिद्ध तो कर नहीं सकते। यह आपके विश्वास की, आपकी आस्था की बात है। आप मानते हैं तो मानते हैं, नहीं तो न मानिए। मुझे ऐसा लगता है कि ज़रूर ऐसा हुआ होगा कि मैं अपनी माँ के गर्भ में संगीत सुनता रहा होऊँगा। ये लगभग कुछ अभिमन्यु वाली कहानी है। अब यह ऐसा कुछ अवचेतन वाला सम्बन्ध है, शुरुआत में, कि मैं उसकी बात आपसे ये कहके नहीं कर सकता हूँ कि इस तरह, इस दिन, इस वक़्त मेरा सम्बन्ध शुरू हुआ। ये पिता का प्रसाद है, उनकी कृपा है। आप चाहें तो मैं पिता वाली बात भी थोड़ी आगे बढ़ा सकता हूँ।

जी, बिल्कुल, बिल्कुल। लेकिन ये अवस्था कितनी रही होगी आपकी जब पिताजी से...५ साल, ६ साल या उससे भी पहले।

हाँ, अच्छा। भई संजय, इतिहासकार मैं हूँ और इतिहास की बात आप कर रहे हैं कि कब से। अब अगर (हँसते हुए) ये विवशता है ही...

अगर सहज रूप से याद आ रहा तो बतायें?

नहीं, नहीं। इसके तरीक़े होते हैं। मैं इतिहासकार हूँ और लोग मानते हैं कि इतिहास में तारीख़ों का बड़ा महत्त्व होता है। अब मैं जिस तरह का इतिहास कर रहा हूँ या आजकल बहुत से लोग जो इतिहास कर रहे हैं उसमें तारीख़ें काफ़ी गौण हो गयी हैं। मैं अक्सर मज़ाक़ किया करता हूँ लोगों से कि भैया मैं इतिहासकार हूँ, मेरी तारीख़ों पर विश्वास मत करना। वरना दो-तीन साल इधर-उधर हो सकते हैं। ये जो बात है, मुझे लगता है, मैं कुछ हिसाब लगा लूँगा। मैंने १३ साल पर हाई स्कूल पास किया और जो मैं याद कर पा रहा हूँ वह हुआ जब मैं शायद तीसरे दर्जे में था। चौथा मैंने कभी किया नहीं। १ साल का मुझे वो फ़ायदा मिला। मोटा-मोटी मान लीजिये कि ५ साल का या उसके आसपास रहा होऊँगा। पहली याद इसलिए बता रहा हूँ कि हमारा घर...मैं मैनपुरी का रहने वाला हूँ। ये उस ज़माने की बात है जब मैनपुरी में बिजली भी नहीं थी। लालटेनें जलती थीं। सड़कों पर भी शाम को आदमी आता था, बत्ती जला जाता था, नसैनी लेकर आता था और उसी में उसने तेल डाला, बत्ती ऊपर की, माचिस से उसे जलाया

और सुबह बन्द करने भी आता था। मुझे वो दृश्य याद है। फिर हमारे घर में पहला रेडियो आया। मैं जिस वक़्त की बात कर रहा हूँ, उस वक़्त हमारे चार मुहल्ले मैनपुरी के केवल चौबों के मुहल्ले थे। चौबों के मुहल्ले होने का मतलब ये कि सब का एक-दूसरे से सम्बन्ध था। कोई मेरा चाचा था, कोई मेरा भाई था, कोई मेरी बहन थी, सबसे सम्बन्ध था। अब चार मुहल्लों में पहला रेडियो आया और अपना तेरा वाला भाव उस ज़माने में वैसा था नहीं जैसा आज है, सो शाम को सबको न्योता भेजा गया कि भई आइये रेडियो सुनें। और बहुत विशाल फ़र्श बिछाये गये हमारे घर में। घर भी बड़ा ही था। एक मेज़ लगी उस पर वो, मेरे ख़याल से वह फिलिप्स का रेडियो था, मुझे उसका रूप, स्वरूप भी याद है।

पुराने ज़माने में रेडियो बिजली से चला करते थे।

नहीं, नहीं। बिजली तो थी ही नहीं। जितना बड़ा रेडियो था उतनी बड़ी बैटरी थी। तीन पॉइंट का एक प्लग था। मुझे वो प्लग भी याद है उसकी शेप और ऊपर से पकड़ने के लिए जगह थी। अँगूठे और उँगली से उसको यों लगाते थे, फिर उसको निकाल देते थे। बैटरी से चलता था। बैटरी चार्ज नहीं होती थी, बिजली थी नहीं। तो फिर बैटरी भी बदली जाती थी। मैं ये बात इसलिए कह रहा हूँ कि जो नियमित संगीत का सुनना हुआ, वो उस समय हुआ। चूँकि उस समय रेडियो से, आकाशवाणी से बहुत अच्छे-अच्छे कार्यक्रम और प्रतिदिन...वो निर्धारित समय था। सुबह ८:०० से ८:१५ तक अँग्रेज़ी में समाचार, ८:१५ से ८:३० हिन्दी में और ८:३० से ९:०० तक शास्त्रीय संगीत गायन या वादन। उस समय यह था कि एक कलाकार बुलाते थे ये लोग। ये मैं दिल्ली केन्द्र की बात कर रहा हूँ। वही कलाकार ८:३० से ९:०० बजे तक, फिर ११ बजे के लगभग, फिर शाम को, और रात में १०:०० बजे। ग़रज़ ये कि जो भी कलाकार आ रहा है उससे आप सुबह का राग सुनेंगे, दोपहर का राग सुनेंगे, तीसरे पहर का राग सुनेंगे और रात का राग सुनेंगे। ये भाँति-भाँति के राग एक ही कलाकार के आपको सुनने को मिलते थे। नियमित रूप से पिता समाचार सुनते थे और ८:३० से ९:०० तक संगीत सुनते थे। चूँकि आपने मुझको पिन पॉइंट कर दिया है कि बताओ, तो ये बात मैं इसलिए भी कह पा रहा हूँ थोड़े विश्वास के साथ कि जो आनन्द आता था उसकी मुझे उतनी याद नहीं

जितनी इस बात की याद है कि दो या तीन राग ऐसे थे जो अगर रेडियो पर आयें, तो मैं ये सोचता था कि यहाँ से उठ लूँ। वो मुझसे बर्दाश्त नहीं होते थे। मैं बताऊँ वो राग थे—सबेरे ललित और तीसरे पहर और शाम को मारवा और अरे क्या भला-सा राग है, अभी याद आ जायेगा नाम। ये तीन राग ऐसे थे जो मैं बर्दाश्त ही नहीं कर पाता था।

बर्दाश्त नहीं कर पाने से मतलब।

मुझे लगता था कि ये संगीत तो नहीं है।

अच्छा ये कुछ और है।

ये कुछ और है। आज वे मेरे प्रिय राग हैं। मारवा, ललित और तीसरा राग है मुल्तानी। ग़ज़ब का राग। ये मुझे इतना साफ़-साफ़ याद है कि वो मैं नहीं सुन पाता था। मेरे पिता कहते थे कि बेटा तनिक ध्यान से सुनौ, मन लगाइकै सुनौ, आनन्द आवेगो। (हँसते हुए) लेकिन मैं नहीं कर पाता था।

नियमित सुनना रेडियो से शुरू हुआ। उससे पहले ७८ आरपीएम होते थे। हमारे घर में नहीं था। लेकिन हमारे चाचा थे—लालू चाचा। हमारे परिवार की तीन शाखाएँ थीं। उनमें एक एटा में थी और दो हमारी मिश्राना मुहल्ले में ही। हमारे लालू चाचा बुला के कि आओ बेटा तुम्हें सुनवाएँ। तो उसमें हवा भरी जाती थी, फिर ७८ आरपीएम, जो भी सुनना होता था, वो उसका सुनना। लेकिन तब वह नियमित नहीं था। अब जब बातें बचपन की चल रही हैं तो मुझे ये भी याद है कि कभी-कभार आफ़ताबे मौसिकी उस्ताद फ़ैयाज़ ख़ाँ साहब उनका अगर गाना आ जाये, तो वो तो एक बड़ा इवेंट होता था। मैनपुरी के हम लोग रहने वाले। कार्यक्रम तो मालूम नहीं होता था। बस ये है कि १०:०० बजे पिता को लगाना है जो भी आ जाये। मुझे याद है कि रात के १०:०० बजे...तब मेरी उम्र ही क्या थी, बिजली है नहीं सड़कों पर, तो वो जो एक बत्ती जल रही है, टिमटिमा रही है, वो कितनी रोशनी देगी सड़क को। मैं एक ही दिन की बात बताऊँ कि रेडियो पर ये आया कि फ़ैयाज़ ख़ाँ से आप ये राग सुनिए। मेरे पिता ने कहा, बेटा इतैं आओ, इतैं आओ। मैं आया, पूछा, चाचा का बात है। बोले, बेटा दौड़ि

कै जाओ चौथियाने। ये चौथियाना मुहल्ला हमारे बग़ल में था। कि बेटा दौड़ि कै जाओ और टिल्लन से कहौ कि फ़ैयाज़ ख़ाँ गाइ रहे हैं, और दौड़ि कै जइयो। तो संजय, अब वो रास्ता तो रहा होगा मुश्किल से ३ या ४ मिनट का। लेकिन हम जैसे ही अपने घर के फाटक से बाहर निकलते थे, गली में दाहिने मुड़े तो ५०-६० गज़ के फ़ासले पर बायें हाथ को एक खड़ेरा होता था। खड़ेरा हम लोग कहते हैं वो जब कोई पुरानी इमारत गिर जाये तो वो खड़ेरा हो जाता है। उसको कोई साफ़-वाफ़ नहीं करता था : ईंटें-वीटें गिरी हुईं और झाड़-झंखाड़ उग आये हैं। ये माना जाता था कि ये भुतहा खड़ेरा है। तो मैं बताऊँ कि जाना तो है ही। अन्दर ऐसा डर लगता था और मैं उसे छुपाना भी चाहता था कि मुझे डर नहीं लगता है। मैं खड़ेरे वाले हिस्से को दौड़ के (हँसते हुए) जैसे दौड़ के ही बच जाऊँगा भूत से। जाते वक़्त भी उतना हिस्सा दौड़ के, तो पिता की इच्छा भी पूरी हो जाती थी कि दौड़ि कै जइयो। और मैं बताऊँ कि हमारे टिल्लन चाचा भी जो भी कर रहे हों...

जैसे ही सुनते बस उल्टे पाँव चल देते थे।

हाँ, बस ये कि चप्पल में पैर डाला तो डाला वरना वो मुझसे पहले वहाँ पहुँच जाते थे। इस तरह का वातावरण था, इस तरह का संगीत प्रेम था। अब संगीत प्रेम की ही बात चल निकली तो अब सारी बातें समझ में आती हैं कि जब हमारे यहाँ होली होती थी तो होली से पहले ही होरी गायी जाने लगती थी। हमारे चारों मुहल्लों का एक मन्दिर था। वराह जी का मन्दिर। तब तो मैं वराह जी भी नहीं जानता था कि ये वराह जी भी एक अवतार और कौन-सा अवतार...तो वराह जी के मन्दिर में होरियों का गायन होता था रोज़ शाम और सब हमारे लोग होते थे। फिर जिस दिन होली होती थी उस दिन ज़बरदस्त हंगामा होता था। हौज़ के हौज़ रंगीन पानी के, और बड़ी-बड़ी पिचकारियाँ, ऐसी बड़ी पिचकारियाँ कि कुछ तो मैं उठा ही नहीं सकता था उस उमर में...तो वो हमारे लिए छोटी आती थीं। धार आये कि आँख फाड़ दे, ऐसी ज़बरदस्त धार। वो कि आँख का ही निशाना लगायें, सो इस तरह के खेल भी चलते थे। क़रीब ढाई-तीन बजे वो उत्पात सम्पन्न होता था। उसके बाद जैसे कपड़े हैं उन्हीं कपड़ों में किसी ने हारमोनियम अपने गले में डाल लिया, किसी ने तबला, किसी ने ढोलक, किसी ने

मंजीरा। वो टोली मुहल्लों में घूमती थी होरी गाते हुए। मैंने होरी सुनना तब से शुरू किया...

थोड़ा-सा रोकूँगा। चूँकि होली की बात चली है और हम तो बनारस से आते हैं, तो होली का तरंग तो तभी चढ़ता है जब उसके साथ भंग हो। भाँग वहाँ लोग पीते थे कि नहीं।

अब भई संजय, ये हम लोगों की जो बातें हो रही हैं ना, उसमें इस तरह की कोई पाबन्दी तो है नहीं कि संगीत की ही चर्चा होगी। भई भाँग तो हमारे इष्टदेव का प्रसाद है।

जी, तो हम लोग अभी ये बात कर रहे थे कि होली के समय बिना भाँग के कम से कम बनारस में तो होली होती नहीं है...

अब आप चूँकि उसमें बनारस ले आये तो पहले मैं ये कहूँ कि अगर बनारस और भाँग की बात आप केवल होली के सन्दर्भ में कर रहे हैं, तो मैं कहूँगा कि भाँग का महत्त्व समझा नहीं।

बिल्कुल।

होली हो, न होली हो, दिवाली हो...भाँग का तो हमारे जीवन में नित दिन का सम्बन्ध था। और अब...इससे पहले मैंने ये बात नहीं महसूस की थी...अचानक मुझे ये ध्यान आया और ये इससे भी अन्दाज़ लगता है कि कितना अवचेतनवाला सम्बन्ध संगीत से रहा होगा। मुझे ध्यान आ रहा है कि रोज़ शाम को हमारे घर के थोड़ी दूर पे, क़रीब १० मिनट के फ़ासले पर, एक बहुत विशाल तालाब था, बड़ा साफ़-सुथरा। उस तालाब के किनारे थोड़े से खेत। वहाँ एक कमरा मेरे बाबा ने बनवाया था। कमरे के चारों तरफ़ प्लेटफार्म, दालान समझ लीजिये चारों तरफ़। ये उनकी बगिया थी। बाबा जी हमारे बगिया में पाये जाते थे या बजरिया में। बजरिया, छोटा-सा बाज़ार...बाज़ार कौन जाता है! घर पर तो वे केवल भोजन के लिए आते थे। रोज़ शाम बगिया में बूटी छनती थी। लेकिन छनने से पहले जो प्रक्रिया है वो इतनी लम्बी प्रक्रिया है और जैसे ही,

वो भिगो-विगो तो पहले ही दी जाती थी, सिल पर वो सामग्री रखी गयी और जैसे ही उसको पीसने की क्रिया प्रारम्भ हुई, संगीत प्रारम्भ हो जाता था, शिव की स्तुति में। सब संगीतमय। अभी अचानक मुझे ध्यान आया कि वो तो रोज़ शाम संगीत होता था। मैं यों सालाना होली की बात कर रहा था। लेकिन आपने तो मुझे रोज़ शाम के संगीत की याद दिला दी। मेरा संगीत से ये ७८ आरपीएम और रेडियो से बहुत पहले, ...अभी ये बातों में ये बात निकली कि वो तो उस तरह का सम्बन्ध था। मैं उनकी बात नहीं कर रहा हूँ जो घर में भजन और गीत होते थे। गीत तो आप जानते ही हैं कि जहाँ जाइये, कोई भी अवसर होगा गीत तो होंगे ही होंगे। मैं उनकी बात ही नहीं कर रहा हूँ। लगे हाथ ये सुना दूँ कि मेरा अपना सम्बन्ध भाँग से क्या था। उससे बात उजागर हो जायेगी।

दोनों बात हम सुनना चाहेंगे।

कौन-सी...

बाबा की बगिया का विवरण अगर आप दें कि शाम को क्या होता था और फिर आपका भाँग से सम्बन्ध वाली बात।

भई, बगिया बड़ी सुन्दर जगह थी। एक तो ये है कि तब साइकिल भी शायद एक या दो रही होगी। जो भी है अपना सब पैदल चलना है। बगिया के सामने से एक सड़क जाती थी, बाक़ी सब गलियाँ थीं।

घर से कितना दूर रहा होगा।

५ मिनट। जहाँ हमारा मिश्राना मुहल्ला ख़त्म होता है, ये सड़क, तो सड़क के उधर ताल, तालाब तो हम लोग कहते ही नहीं थे, ताल। उधर ताल और इधर मुहल्ला, बस बीच में ये सड़क। जो बगिया थी बाबाजी की वो ताल और सड़क के बीच में थी। मतलब ये कि बगिया से आप ताल में ही सीधे जाते थे। स्नान भी होता था, तैरना भी होता था। मुझे तो तैरने नहीं दिया गया कि कछु है न जाये बच्चा कौं। उस चक्कर में न पेड़ पर चढ़ने दिया गया, ना तैरने दिया गया। ये बगिया एक छोटी सी फटकिया थी।

फाटक उसको क्या कहें, वो खोली और उसके बाद आप गये, प्लेटफार्म पर चढ़े जैसे ही प्लेटफ़ॉर्म पे चढ़े, एक मशीन थी चारा काटने की। घर की गाय-भैंस के चारे की व्यवस्था वहीं होती थीं।

हम लोग अपनी तरफ़ इसको कुट्टी काटना कहते थे।

अरे हाँ, हाँ, कुट्टी...मैं भूल गया था। ए, नैंक कुट्टी काटि देओ तो कोई न कोई फिर वो करता था। ये तो नौकरों के काम होते थे। उसके बग़ल में या कभी-कभी उसके पीछेवाले हिस्से पे जो ताल की तरफ़ था वहाँ भाँग पीसी जाती थी। हमारे एक थे बप्पू बाबा,...मैंने बताया न कि सब रिश्ते में थे। बप्पू बाबा खजांची थे मैनपुरी में। वे खजांची कहलाते थे या बप्पू कहलाते थे। बाबाजी के परम मित्र थे। ये बप्पू बाबा का काम था। मुझे याद है बिल्कुल अँगोछा पहने हुए और कुछ नहीं।

ये तो बनारस में भी होता है। जो भाँग पीसनेवाले होते हैं, वो सिर्फ़ अँगोछा पहने होते हैं और ऊपर-नीचे कुछ और नहीं...फिर वो रियाज़ भाँग पीसने में जो रियाज़ होता है उसकी तो बात ही क्या। ये पूरी प्रक्रिया किसी धार्मिक अनुष्ठान से कम नहीं होती है।

वाह, वाह। होली पे कोई अगर अन्तर आता होगा, अब मैं तो इतना छोटा था कि मुझे मालूम भी नहीं, तो हो सकता है कि वो कुछ विशेष उसको और पक्का और तेज़ कर दिया जाता हो ताम्बा-वाम्बा डाल के।

या हो सकता है कि मेवा वग़ैरह भी उस समय थोड़ा और गरिष्ठ बनाने के लिए...

थोड़ा बढ़ा दिया जाता होगा। बगिया का ये था कि एक तरफ़ खेत, और खेत में वो मैं नाम भूल रहा हूँ उस कुट्टीवाली फ़सल का, वो ऊँची-ऊँची,...अरे ख़ैर उसी को नीचे से काट लिया और आ के उसकी कुट्टी काट ली। एक बार शिमला में जब मैं भारतीय उच्च अध्ययन संस्थान में था तो उस ज़माने के एक जाने-माने इतिहासकार एस.आर. मेहरोत्रा, (श्रीराम मेहरोत्रा), मेरे घर आये। भोजन के लिए मैंने उन्हें बुलाया था।

हमारे शिमला संस्थान की एक विशेष संस्कृति थी। प्रोफ़ेसर एस.सी. दुबे निदेशक होते थे, मस्त आदमी थे। दरबार भी उनके यहाँ लगता था। आये दिन पार्टियाँ होती थीं। एक परम्परा-सी बन गयी थी। मैंने पूछा कि मेहरोत्रा साहब, आप व्हिस्की लेंगे या रम। कहा कि अरे तुम शराब पीते हो। मैंने कहा कि आप नहीं पीते। राम, राम, वे बोले। मैंने कहा, मेहरोत्रा साहब कुछ बूटी का बन्दोबस्त करूँ। बूटी, ये क्या? मैंने कहा आप तो इटावा के हैं, भाँग। कहे तुम भाँग भी पीते हो। मैंने कहा, जी। कब से शुरू की। मैंने कहा मेहरोत्रा साहब ये तो मैं नहीं बता सकता कि कब से शुरू की, ये बता सकता हूँ कि पहली बार छोड़ी कब। उन्होंने कहा, कब छोड़ी पहली बार। मैंने कहा, जब मैं पाँच साल का था। मुझे याद है उस दिन कुछ ज़्यादा नशा हो गया होगा, सो मैं खाये ही चला जा रहा था। मेरी दादी जी ने, जो मुझे बेहद लाड़ करती थीं, एक तमाचा मारा मुझको और सबको हिदायत दी कि अब इसको भाँग नहीं दी जायेगी। पहली बार मेरी भाँग तब छूटी। मेरा भाँग से कुछ वैसा ही सम्बन्ध है जैसा संगीत से, कि होश ही नहीं कि कब रिश्ता बन गया। यही होश है कि छूटा कब, सौभाग्य से संगीत से नहीं छूटा। वो चला आ रहा है। सो ये बचपन की...

> बात हम लोग कर रहे थे बाबा की बगिया की। इसी क्रम में आपको अभी अचानक ध्यान आया कि आपका संगीत से सम्बन्ध तो उसी समय से चला आ रहा है। आपको कुछ याद है बप्पू बाबा के अलावा और कौन से लोग थे जो उस शामवाली बैठक में आते थे...गाते तो सब होंगे लेकिन कोई ऐसा जिसकी आवाज़ अच्छी लगती हो, उसका नाम याद है आपको?

जो एक आवाज़ मुझे याद आती है...अब देखो जानेवाले तो ये हैं कि कुछ तो रोज़ पहुँचते थे और हमारे घर में बहुत बुरा भी माना जाता था कि अब वे तो पहुँच गये होंगे बगिया में, सब ठलुए उनके संग बैठे होंगे। मतलब ये था कि बाबा हमारे सब करते थे। ज़मींदार थे, ख़र्च करने में उन्हें कोई परेशानी नहीं होती थी। जो आदमी एक दिन में हज़ारों हार जाये, हज़ारों जीत जाये। जुए के बड़े शौक़ीन थे। बड़े अद्‌भुत व्यक्ति थे। गाँधी के हर आन्दोलन में वो जेल गये। जो स्वतन्त्रता सेनानी हैं उत्तर प्रदेश के, उनमें बाक़ायदा उनका नाम आता है। अगर आप किताबें पढ़ें स्वतन्त्रता संग्राम

के सेनानियों की तो उनका...

उनका नाम क्या था।

उनका नाम था पण्डित अमरनाथ मिश्र। लेकिन अमरनाथ मिश्र करके सिवाय किताबों के कोई और नहीं जानता था। वो भैय्ये के नाम से जाने जाते थे। या तो भैय्ये जी या भैय्ये बाबा। और वो उन्होंने गेरुआ लिबास...

अच्छा।

कोई उनको देखके कह नहीं सकता था कि ये गण्यमान्य यहाँ के ज़मींदार हैं, रुतबेवाले हैं। घुटने से नीचे तक की उनकी गाँधी जैसी धोती या ज़्यादातर तहमद, ऊपर बहुत हो गया तो बनियान बाँहवाली या कफनी, सब गेरुआ और एक कमण्डल। कमण्डल उनका हर वक़्त चलता था। बायें हाथ में कमण्डल और दायें हाथ में उनका सोंटा। ये उनका रूप था —छह फुटा, बेहद सुन्दर और आकर्षक व्यक्तित्व। गीतांजलि ने तो बाद में एक कहानी लिखी है उनके ऊपर। हाँ, हमारे बाबा जो थे ना उनमें कोई भी क्षुद्रता नहीं थी। न उनके गुण छोटे थे, न उनके अवगुण छोटे थे। जो भी था...हँसते हुए, बड़े अद्‌भुत व्यक्ति थे मेरे बाबा। ख़ैर! बात हो रही थी उनके संगी-साथियों की। मुझे याद आया, एक हमारे अच्छे बाबा थे। उनका नाम था पंछी। अब किसी के असल नाम जैसे भैय्ये...

पुकार के नाम से ही जाने जाते थे।

हाँ, अब मुझे ही याद करना पड़ता है पण्डित अमरनाथ मिश्र। भैय्ये, तो ये पंछी। तो पंछी या अच्छे बाबा, मैं यही जानता हूँ। एक अच्छे बाबा के छोटे भाई थे लापा। तो लापाजी, फिर एक बप्पू के बड़े भाई थे। चूँकि बड़े भाई थे तो सब उनको काका कहते थे। वो मेरे काका बाबा थे। काका बाबा कभी-कभी आते थे। उनका नाम था बेनी। उनका नाम मुझे याद आ गया। बेनी भी इन महफ़िलों में हिस्सा लेते थे। लेकिन सबसे आकर्षक और वज़नदार आवाज़ लालू चाचा की थी।

अच्छा। जिनके यहाँ आप आरपीएम (रिकार्ड) सुनने जाया करते थे।

हाँ। हमारे लालू चाचा बिल्कुल उन्होंने जैसे अपने को बाबाजी यानी अपने चचा की छवि में ढाल लिया था सिवाय इसके कि गेरुआ वस्त्र नहीं... वो बहुत सुन्दर और श्वेत, इतने साफ़ और क्रीज़दार पाजामा, चूड़ीदार पाजामा और कुर्ता, मौसम के हिसाब से बण्डी या नहीं बण्डी, और टोपी। वो कांग्रेसी थे, बाबा भी कांग्रेसी। वे ज़िला कांग्रेस कमेटी के प्रेसिडेण्ट भी हुए। उनको गर्व इस बात का था कि जीवन में उन्होंने कभी कोई काम नहीं किया। रईस थे, कवि थे, गायक थे। स्थानीय राजनीति, स्थानीय या बीच-बीच में प्रान्तीय राजनीति...कमलापति त्रिपाठी के ख़ास आदमी हुआ करते थे। अन्त तक लालू चाचा की आवाज़ ऐसी बुलन्द कि पुकार भी लें तुम्हें तो बस बिजली का करंट लग जाये उनकी आवाज़ सुन के। अद्‌भुत गवइये थे। जब मेरे पिता जा रहे थे...अब वो तो अन्त...मैं तो था नहीं। ख़बर आयी, मैं गया। क़रीब ४:०० बजे सवेरे पहुँचा था, उस वक़्त लालू चाचा बैठे थे। लालू चाचा ने मुझे बताया और इसकी चर्चा मैं बाद में करूँगा। लालू चाचा ने कहा कि बेटा कल संजा भाई जी ने बुलाऔ हमें और बोले कि लालू कछू सुनाऔ। भाई साहब का सुनौगे हमने पूछी उनसैं। तो बोले अपैं मन की सुनाऔ। तो बेटा हमने उन्हें दो राग सुनाये कल। लालू चाचा ऐसे ही थे। मेरे पिता ९२ के थे जब गये। कोई रोग-वोग तो उनको था नहीं। लालू चाचा भी उस समय अस्सी-वस्सी के तो रहे ही होंगे। उतने ही कड़क बस सिवाय इसके कि उन्होंने भी एक सोंटा पकड़ लिया था और कपड़े-वपड़े उनके कलफ़दार नहीं रह गये थे। वो भी एक कफ़नी और लुंगी में आ गये थे, बाक़ी सब उनकी कड़क वैसे ही थी। लालू चाचा अद्‌भुत गवइये थे। अच्छे गवइयों में अद्‌भुत थे। ये नहीं है कि बाक़ी लोग गा नहीं सकते थे। ये तो कुछ ऐसा हुआ कि मेरे पिता बेहद शौक़ीन संगीत के, वो नहीं गाते थे, मैं नहीं गाता। मेरा छोटा भाई, अरे, एक बार उसने दिल्ली में अपने यहाँ होली पर कोई आयोजन किया, और जब वो होरी गाने लगा तो मैंने कहा यार पुच्चन तुम इत्तौ अच्छौ गाउत हौ। सो बोला दादा अब तुमने तो कबहुँ चिन्ता ही नाइं करी हमारे बारे में, का जानों हमारे गुण का हैं। मेरा भाई बहुत अच्छा गाता है। तो आम बात थी, जो ना गाये वो ऐब्नॉर्मल होता था या कहें सबनॉर्मल।

इसका मतलब ये कि जो आपने कहा कि कभी ऐसे अलग से सोचने का मौक़ा ही नहीं मिला संगीत के बारे में, चूँकि जैसे खाना खाते हैं, जैसे साँस लेते हैं, तो संगीत तो लगता है कि सचमुच में आपके चारों तरफ़ था।

बिल्कुल वैसा ही था।

उसी माहौल में चूँकि आप पले-बढ़े थे, तो कभी ये सोचने की ज़रूरत नहीं पड़ी कि संगीत से मेरा लगाव कब शुरू हुआ, कब जुड़ाव हुआ।

लगे हाथ ये भी कह दूँ कि संगीत और काव्य इनसे ऐसा ही जुड़ाव था इसलिए कि उस वक़्त कोई बात ही नहीं होती थी बग़ैर कविता के। वैसे भी आशु कवियों का ज़माना था। हर मुहल्ले में एक आशु कवि तो मिलता ही था। किसी भी बारात में आप जाओ, आशु कवि नहीं है तो बारात कैसे पूरी होगी। बात-बात में कविता कही जाती थी। भई आज भी...अब तो लोग दिशाशूल जानते नहीं हैं। लेकिन उस समय दिशाशूल कितनी बड़ी चीज़ होती थी, आप निकल नहीं सकते थे यात्रा पर। और आप दिशाशूल जानें और दिशाशूल की कविता न जानें, वो तो पूरा...अब लेकिन कैसा वक़्त आ गया है कि मुझे वो पूरी जो कविता है, पद जो है उसकी केवल एक वो पंक्ति याद है बुद्ध बिछोह। बाक़ी सब मैं भूल गया हूँ। ये वक़्त भी कुछ ऐसा है...

आपने आशु कवि की बात की तो मुझे भी याद आता है कि हमारी तरफ़ भी, जब मैं छोटा था तो मैं अपने दादा के साथ अक्सर... दादा वकील थे तो उनके जो क्लाइंयट होते थे, उनके यहाँ कुछ भी शादी वग़ैरह...तो वकील साहब ज़ाहिर सी बात है कि उनको बड़े सम्मान के साथ बुलाया जायेगा। मैं भी अपने दादा के साथ जाया करता था। मुझे याद है कि ऐसी कोई शादी नहीं होती थी जिसमें आशु कवि नहीं होते थे। दोनों पक्ष के होते थे और एक वक़्त ऐसा होता था कि दोनों आमने-सामने बैठते थे एक तरह का मुक़ाबला होता था कि उसमें कौन जीते। ये बहुत ही रोचक हुआ करता था।

उस समय मैं सात-आठ-दस साल का रहा होऊँगा। आपने जब ये चर्चा छेड़ी तो मुझे याद आया कि बाक़ायदा मुक़ाबला हुआ करता था दोनों पक्षों के बीच में, वर और वधू पक्ष के बीच में और ये लोग पूरी तैयारी के साथ जाते थे कि हारना नहीं है।

बिल्कुल। और संजय जब ये बारात की बात चली, तो उस समय एक और प्रथा हमारे यहाँ थी और ज़रूर आपकी तरफ़ भी रही होगी, कि जब बारात आती थी और पंगत बैठती थी भोजन के लिए...वो तो सब ज़मीन में ही होता था। तो छतों पे औरतें बैठ के गाली गाती थीं। वो गाना भी संगीतमय होता था। और ये नहीं है, बहुत कुछ तो पहले से चला आ रहा है, उन्हें मालूम है लेकिन नाम तो बदले ही जायेंगे। कि वो जो वर है उसके पिता और उसके मामा और उसके चाचा और ताऊ, गाली तो सबको दी जानी है। और उसके मित्र भी, कुछ विशेष मित्र हैं तो उनको भी, और अगर आपका नाम गाली में नहीं आया...

ये तो बड़ी बेइज़्ज़ती वाली बात थी कि मेरा नाम लेके गाली नहीं दी।

है ना, भई! अच्छा फिर कुछ मनचले ऐसे भी होते थे वो नीचे बैठ के उत्तर देते थे गाली का। फिर सवाल-जवाब भी कई बार गाली में हो जाते थे। कहाँ अब वो सब बचा है। मुझे तो याद नहीं कि पिछले ३०-४० साल में मैंने कोई ऐसी शादी देखी हो जिसमें कि...अब तो संगीत भी निकल गया, अब आपका जो भी है वो प्रीरिकॉर्डेड और बॉलीवुड। ख़ैर! अब ये बात छोड़ें।

हम लोग बात कर रहे थे होली की और आप याद कर रहे थे कि बचपन में आपके यहाँ होली कैसी होती थी और किस तरह से जब वो रंग-वंग से सब सराबोर हो जाते थे, तो फिर जिसके हाथ में जो वाद्ययन्त्र लगा, जो कुछ भी झाल, मंजीरा, ढोलक, हारमोनियम सब अपने गले में डाल के, फिर कैसे मुहल्ले-मुहल्ले, टोली-टोली घूमा-फिरा करते थे। तो उस समय की बात को थोड़ा आगे बढ़ायें।

उस समय की बात तो लगभग यही है। सो जितने दिन भी रहा और मैं रहा कितने दिन। पाँचवें दर्जे में था, छमाही का इम्तहान दिया। पिता वक़ील से मजिस्ट्रेट हो गये, मथुरा पहली पोस्टिंग हुई। मैनपुरी छूट गया। उसके बाद ये था कि कभी आये, कभी नहीं आये। पिता और छोटे भाई फिर भी ज़्यादा आते रहे। मेरा लगभग मैनपुरी से सम्बन्ध टूट ही गया। मैनपुरी की बात, मुझे लगता नहीं कि मैं अब इससे ज़्यादा कुछ कर पाऊँगा। जो एक नया रिश्ता मेरा संगीत से बना, और अब ये ज़्यादा चेतन रिश्ता है। वो रिश्ता मेरा बरेली में बना जब मैं इण्टरमीडिएट कर रहा था। ये बरेली के मनोहर भूषण इण्टरमीडिएट कॉलेज की बात है। वहाँ एक लड़का होता था, उसका नाम था विजय ज़ौहरी। हमारा मनोहर भूषण कॉलेज कुछ इस तरह था कि सड़क के किनारे एक फ़ील्ड, वो हमारी क्रिकेट, हॉकी, फुटबॉल की फ़ील्ड थी। उस फ़ील्ड के बाद हमारे स्कूल या कॉलेज की इमारत। लेकिन सड़क और मैदान के किनारे एक दो मंज़िला इमारत थी। नीचे हमारे खेलकूद का सामान रहता था और पहली मंज़िलवाले दो कमरे संगीत के लिए थे। एक ऐसा इण्टरमीडिएट कॉलेज था जहाँ संगीत की शिक्षा दी जाती थी। अलग से था संगीत एक विषय। विजय ज़ौहरी न सिर्फ़ हमारे मनोहर भूषण इण्टर कॉलेज का, बल्कि बरेली का उदीयमान संगीतज्ञ माना जाता था। मैं क्रिकेट में तेज़ था। कप्तान भी हो गया टीम का। पढ़ने-लिखने में भी बुरा नहीं था, तो मुझे उन्होंने चीफ़ प्रॉक्टर बना दिया। मैं इस लायक़ था नहीं लेकिन बना दिया चीफ़ प्रॉक्टर। उधर विजय ज़ौहरी अपने विषय में तेज़। हम दोनों की दोस्ती हो गयी। विजय ज़ौहरी मुझे अक्सर ऊपर ले जाता था जब उसका रियाज़ होता था। उसका रियाज़ होता था और मैं बैठ के सुनता था। बीच-बीच में पूछ भी लेता था कि यार ये कैसे हो रहा है, ये कैसे हो रहा है। उस वक़्त एक बहुत ही दिलचस्प चीज़ हुई। मौक़ा लगा तो इसकी अलग से चर्चा करेंगे। अभी सिर्फ़ इतना बता दूँ कि विजय ज़ौहरी ने जो पारम्परिक बन्दिशें थीं, हर राग की कुछ विशेष...और कभी ये कि आप किस घराने के हैं इससे भी फ़र्क़ पड़ जाता है। वरना ये है कि हर राग की...प्रमुख रागों की ख़ास तौर से कुछ बन्दिशें हैं उन्हीं को लोग गाते हैं। तो विजय ने वो तो सुनायीं मुझे। जब दोस्ती गाढ़ी हुई तो उसने कहा मालूम है कुछ और भी होता है। आप उसको पैरलेल बन्दिश कहना चाहें तो कह लें हालाँकि विजय ने पैरलेल बन्दिश नहीं इस्तेमाल किया था। उसने मुझे पैरलेल बन्दिशें सुनायी।

एक तो ऑरिजिनल, उसके बाद पैरलेल।

अब आप समझ सकते हैं कि पैरलेल बन्दिशें वो हैं जो कभी नहीं...

उसमें श्लील और अश्लील का अन्तर है।

और क्या अन्तर है! वो तो एक से एक अश्लील, ऐसी अश्लील कि...

वो भी बिल्कुल राग में बँधे।

निबद्ध। आप कह ही नहीं सकते कि ये बन्दिश खटक रही है, बन नहीं रही है। फ़ैयाज़ ख़ाँ का जब ज़िक्र आयेगा तब ये बात आगे बढ़ेगी, लेकिन अभी सिर्फ़ इतना कहूँ कि लगभग, इसको अश्लील नहीं कहेंगे, लेकिन लगभग वहाँ तक पहुँचती हुई या इशारा करती हुई एक पारम्परिक बन्दिश मुझे याद है। अच्छा दादरे अगर आपने सुने हों, दादरों में तो आज भी ऐसी बन्दिशें हैं जिनके द्विअर्थी, एक अर्थ आप और दूसरा अर्थ और असल अर्थ वही है...तो दादरे में तो बहुत मिलेगा, ठुमरी-वुमरी में गुंजाइश कम है। ख़ैर! मैं ठेठ शास्त्रीय गायन की बात कर रहा हूँ। एक जयजयवन्ती की बन्दिश बहुत लोकप्रिय थी उस ज़माने में जिस ज़माने की मैं बात कर रहा हूँ। मैं इण्टरमीडिएट में, बीए में जिस समय रहा होऊँगा, मेरे अडोलेसेन्स की अगर बात करें, वो बन्दिश थी : 'पइयाँ परूँगी, पलंगा ना चढ़ूँगी'। अब ये लगभग वहाँ तक पहुँचने वाली बन्दिश है। इससे आगे की मैंने कभी कोई सुनी नहीं। विजय ने मुझे ये सब बताया कि ये भी होता है। विजय ने कान जो मेरे थे वो ऐसे तैयार कर दिये। चूँकि दिन में होते थे, तो सारंग के प्रकार, अब ११:०० बजे गा रहे हो, १२:०० बजे गा रहे हो, तो सारंग तो होगा ही होगा। सारंग के इतने प्रकार मैंने उस वक़्त सुने, उतने उसके पहले ना उसके बाद।

लेकिन जो एक विशेष घटना मेरे जीवन में मनोहर भूषण इण्टर कॉलेज में हुई उसका थोड़ा विस्तार से मैं वर्णन करना चाहूँगा।

बिल्कुल, बिल्कुल।

विजय की तो बड़ी मेहरबानी रही मेरे ऊपर। उसने मेरे कान काफ़ी तैयार कर दिये। लेकिन उसी वक़्त एक जो बहुत ही महत्त्वपूर्ण घटना, अब जब मैं सोचता हूँ तो समझ में आता है कि वो तो बिल्कुल जैसे निर्णायक घटना रही हो मेरे और संगीत के रिश्ते के सम्बन्ध में। मनोहर भूषण इण्टर कॉलेज में एक संगीत का आयोजन हुआ शाम को। हमारा एक बड़ा हॉल था, बहुत अच्छा हॉल था। वहाँ महाराज किशोर कपूर, ठीक-ठीक याद नहीं महाराज किशोर कपूर या महाराज कृष्ण कपूर, मैंने नेट में भी जानने की कोशिश की कि पता लग जाये असल नाम क्या था। तो वहाँ तो दूर-दूर तक उनका कोई ज़िक्र नहीं है। इसमें सच पूछें तो अचम्भे की भी कोई बात नहीं है। नेट का ये जलवा है कि ग्वालियर घराना देखना चाहें तो वहाँ मीता पण्डित छायी होंगी! कोशिश करें कि पण्डित, कृष्ण राव शंकर पण्डित के बारे में आपको मालूमात मिलें, तो अब थोड़ा बहुत उनके बारे में पता लग जायेगा, उससे थोड़ा ज़्यादा लक्ष्मण कृष्णराव शंकर पण्डित के बारे में पता लग जायेगा जो कृष्णराव जी उनके सुपुत्र हैं। और सबसे ज़्यादा इत्तिला आपको मिलेगी मीता पण्डित के बारे में। जैसे कि बस वही ग्वालियर घराना...

में बची हैं।

बची हैं तो ख़ैर बची हों (हँसते हुए), वही सब कुछ हैं तो अब...छोड़िये, उस नेट का क्या रोना रोयें। लेकिन नाम से कोई फ़र्क़ नहीं पड़ता। ग़रज़ ये कि वो पहली संगीत सभा थी जिसमें जाने का मुझे मौक़ा मिला। और वो अनुभव जो है, भई वाह! आज भी वो शाम ऐसे याद है मानो अभी हुई हो। उस समय मैं नहीं समझ पाया कि कैसे इन्होंने फ़ैसला किया लेकिन जो राग उन्होंने उस समय चुना वो था दरबारी। समय तो नहीं था दरबारी का और जो बन्दिश जो पहली बार...प्रसिद्ध बन्दिश है...उसके बाद पण्डित भीमसेन जोशी ने तो ग़ज़ब ही कर दिया है उस बन्दिश में। पण्डित भीमसेन की बात चलेगी तो ज़रूर उसका ज़िक्र करना चाहूँगा। बन्दिश है : और नहीं कछु काम के, हम सहारे अपने राम के। ऐसे गूँजता है वो दरबारी मेरे मन में आज भी। भुलाये नहीं भूलती वो शाम। अब जब हम लोग बात कर रहे हैं, तो मैं ये भी सोच पा रहा हूँ, कहने की स्थिति में हूँ कि रेडियो पर सुनना या रिकॉर्ड सुनना, उसमें एक दूरी होती थी। अब बिल्कुल कलाकार के सामने आप बैठे हुए हैं और ये कहना आज भी मुश्किल है

कि वो कौन-सी केमिस्ट्री होती है, कौन-सा रसायन आ जाता है, जिससे कि जैविक सम्बन्ध श्रोता और कलाकार के बीच में स्थापित होता है। तो वो रस उस दिन पहली बार मिला। फिर तो आप समझ लीजिये कि जैसे एक बड़ी ख़ूबसूरत लत पड़ गयी और वह लत पूरी तरह से निखरी जब मैं इलाहाबाद पहुँचा।

> अभी तक तो हम लोगों ने आपकी बरेली तक की यात्रा की बात की। फिर आप बीए करने के बाद बरेली से इलाहाबाद आये। इलाहाबाद में आपका कैसा अनुभव रहा?

इलाहाबाद ने जो संगीत जगत् से मेरा परिचय करा दिया। यह सिलसिला सालों तक चला। आज भी चलता अगर संगीत सम्मेलनों का रूप न बदल गया होता। लेकिन वो बात अभी नहीं, फ़िलहाल इलाहाबाद की बात करूँ। १९५८ में मैं इलाहाबाद गया और सर सुन्दरलाल हॉस्टल में मुझे प्रवेश मिला। इत्तेफ़ाक़ ऐसा हुआ कि १९५८ में इलाहाबाद विश्वविद्यालय के ७० साल पूरे हो रहे थे। ७० साल पूरे होने के उपलक्ष्य में एक उत्सव की योजना बनायी गयी। उस उत्सव का एक हिस्सा था एक लम्बा संगीत सम्मेलन। मुझे जहाँ तक याद पड़ता है, ये पाँच दिन का संगीत सम्मेलन था। वहाँ एक लक्ष्मी टॉकीज़ होता था, यूनिवर्सिटी के बिल्कुल पास में। ८-१० मिनट पैदल का रास्ता। तो लक्ष्मी टॉकीज़ बुक कर दिया गया इस संगीत सम्मेलन के लिए। शाम को ६-६:३० बजे ये शुरू होता था और इस पर निर्भर करता था कि कौन कलाकार है। ४:३०-५:०० बजे से पहले ख़त्म होने की तो कोई गुँजाइश ही नहीं थी। अन्तिम दिन जब पण्डित ओंकारनाथ ठाकुर ने समापन किया, उस दिन हम लोग सुबह ८:०० बजे वहाँ से निकले। आप इससे अन्दाज़ लगा सकते हैं कि कैसा भव्य ये समारोह रहा होगा कि ६-६:३० बजे शुरू हो और भोर तक चले। इसमें जो कलाकार आये, वो उस समय के बड़े प्रतिष्ठित कलाकार थे। नृत्य का भी एक आयोजन था। उसमें पण्डित गोपी कृष्ण कत्थक..., नाम अगर सुना हो, बाद में ये बम्बई फ़िल्मों में भी गये। गोपी कृष्ण का कत्थक नृत्य हुआ। पण्डित मल्लिकार्जुन मंसूर, उनको पहली बार...सबको ही पहली बार सुन रहा था। पण्डित मल्लिकार्जुन मंसूर थे, पण्डित राधिका मोहन मोइत्रा...आज तो पण्डित राधिका मोहन मोइत्रा का नाम भी बहुत

लोगों को नहीं मालूम। ये सरोद वादक थे। बड़ा ही मीठा बाज था पण्डित राधिका मोहन मोइत्रा का। फिर पण्डित रविशंकर वहाँ आये, पण्डित ओंकारनाथ ठाकुर आये। इस तरह के दिग्गज कलाकार वहाँ आये। अब क्या आनन्द आता था, पहुँच जाते थे ६:०० बजे। जाड़े के दिन, इलाहाबाद की दिसम्बर की ठण्ड...आप समझ सकते हैं कि क्या समाँ रहा होगा। एक तो ये कि इतने बड़े कलाकार सुनने को मिले। दूसरा ये कि १२-१२ घण्टे, १४ घण्टे बैठे रहो, कोई परेशानी ना हो। दूसरे दिन आके यूनिवर्सिटी में अपने क्लासेस..., क्या आनन्द के वो ५ दिन थे। तो एक तो ये हुआ।

ये सब सन् ५८ की ही बात है।

५८, ये दिसम्बर ५८ की बात है। मैं ये तो नहीं बता पाऊँगा कि किसने कौन सा राग गाया या कौन-सा राग बजाया। एक बस याद है, उसकी बाद में चर्चा करूँगा। पण्डित ओंकारनाथ ठाकुर का वन्दे मातरम् लेकिन वो २ मिनट बाद। एक तो मुझे अनुभव ये हुआ कि जब इस तरह के आयोजन में आप जाते हैं तो आपके अंग जो हैं वो स्थिर नहीं रहते।

थिरकने लगते हैं।

वो थिरकने लगते हैं। मुझे ताल का बिल्कुल ही ज्ञान नहीं है। सिद्धान्त तो मैं जानता हूँ कि कौन-सी ताल में कितनी मात्रा होगी, वो मैं समझता हूँ। लेकिन ये मुझसे कोई कहे कि तुम ताल..., कीपिंग द बीट जिसको कहते हैं, वो मेरे बूते की बात नहीं है। अब होता ये था कि वो गा रहा है और मैं सुन रहा हूँ। मुझे लग रहा है कि अब ये सम पर आयेगा और जैसे ही वह सम पर मेरे हिसाब से आना है, तो मेरा हाथ बढ़ा घुटने की ओर सम देने को, पर कभी सम आये और कभी मुझे धोखा दे जाये। एक दिन मेरे बग़ल में एक महाशय बैठे थे, तो उन्होंने मेरे कान में धीरे से कहा..., अब मुझे हँसी आती है कि उन्होंने क्या समझ के मेरे कान में कहा।

और वो बिल्कुल अपरिचित थे।

बिल्कुल अपरिचित। वो तो बग़ल में बैठे थे। उम्र में काफ़ी बड़े रहे होंगे।

उन्होंने मुझे एक ऐसा नियम बताया जो नियम होता ही नहीं है।

क्या था वो।

उन्होंने कहा तुम पहली बार में समझते हो कि सम पे आयेंगे। नहीं, नहीं, ये पहली बार में नहीं आते, ये दूसरी बार सम पे आते हैं। भैया ये दूसरी बार क्या, ये तो आवर्तन चल रहा है। मान लो तीन ताल में बजा रहा है, तब वो १६ पे भी सम पे आ सकता है, ३२ पे भी आ सकता है, ४८..., वो तो उसकी इच्छा १२८ पे...तो इन्होंने मुझे बिल्कुल ही गुमराह कर दिया। इस तरह की चीज़ें भी हुईं। अब ऐसा आनन्द आने लगा कि भई सब कुछ छोड़ सकते हैं, संगीत नहीं छोड़ सकते। फिर मैंने कुछ और चीज़ें देखीं कि संगीत के साथ इन लोगों का कैसा लगाव होता है। एक क़िस्सा सुनाऊँ। ये क़िस्सा तो अद्‌भुत क़िस्सा। पण्डित रविशंकर बजा रहे थे और पण्डित चतुर लाल उनकी संगत कर रहे थे। द्रुत में पण्डित रविशंकर जा चुके थे। पण्डित रविशंकर सन् ५८ में..., ये उनके जवानी के दिन थे, अति द्रुत में चले जा रहे थे। सुन के लोगों को यक़ीन नहीं हो रहा था कि कोई इतनी तेज़ बजा सकता है। अचानक तबले की आवाज़ बन्द हो गयी। तो गयी नज़र स्टेज पे, लोगों ने देखा कि चतुर लाल ने तबला बजाना ही बन्द कर दिया। हम श्रोता जैसे देख रहे थे कुछ इसी तरह रविशंकर चौंके कि ये क्या हुआ, संगत रुक गयी। वे भी रुके और उन्होंने चतुर लाल की तरफ़ देखा, इशारे से पूछा क्या है। चतुर लाल ने बिल्कुल उनकी तरफ़ कोई तवज्जो नहीं दी। चतुर लाल बिल्कुल छोटे से थे, ख़ासे दुबले थे, और रंग उनका बहुत गहरा था। कोई ख़ास उमर नहीं थी, वो तो बहुत जल्दी चले भी गये, ...दुर्भाग्य से लम्बा जीवन उन्हें नहीं मिला। ख़ैर! उन्होंने रविशंकर को देखा भी नहीं। सामने देख के सोफ़े पे जो सज्जन विराजमान थे उनको सम्बोधित करके कहा पी लीजिये, पी लीजिये, बहुत ठण्ड है, बहुत जाड़ा पड़ रहा है, गरम चाय आनन्द देगी, आराम से पीजिये, उसके बाद हम आगे बजायेंगे।

अच्छा, उनके पीने से जो सुड़-सुड़ आवाज़ हो रही थी...

आवाज़ नहीं, भई आवाज़ है या नहीं है, कि भई हम बजा रहे हैं और आप चाय पी रहे हो। सुड़-सुड़, वुड़-सुड़ का कोई चक्कर नहीं है, ये कि चाय पी रहे हो। अब भाई आप ये समझ सकते हैं कि उस पर क्या बीती होगी। उसने अपना कप हटाना चाहा तो चतुर लाल बाज़िद नहीं, नहीं, नहीं, अब कार्यक्रम तभी चलेगा जब आप अपनी चाय पूरी कर लेंगे। अब वो इनसे कहें कि आप बजाइये। ये कहें नहीं, आप तो चाय पूरी पियेंगे उसके बाद ये कार्यक्रम आगे बढ़ेगा। रविशंकर ने कुछ इशारा किया लेकिन चतुर लाल टस से मस नहीं हुए। और ये थे डॉ. श्री रंजन, इलाहाबाद विश्वविद्यालय के उप-कुलपति।

जो चाय पी रहे थे।

जो चाय पी रहे थे। भरे आम, सारी, भरी सभा में, सरेआम श्री रंजन की टोपी चतुर लाल ने उछाल दी और टस से मस नहीं हुए। बेचारे जल्दी-जल्दी वो चाय पूरी किये और तब इन्होंने...लेकिन मज़ा ये था, संजय, जहाँ रुके थे...

वहीं से फिर...

वहीं से फिर...

क्या बात है!

चतुर लाल ने भी और रविशंकर ने भी। तब मुझे लगा कि भई कलाकार की इज़्ज़त और उसका अपना आत्मसम्मान और वो आपसे क्या और अपेक्षा करता है। इतना ही नहीं अन्तिम दिन जब पण्डित ओंकारनाथ ठाकुर का गायन हुआ, तो उन्होंने अपने गायन से पहले इस घटना का ज़िक्र किया।

अच्छा ये...

बात आयी-गयी नहीं हुई। उन्होंने कहा कि मुझे पता लगा, ये शोभा नहीं

देता, आप लोगों को कलाकार का सम्मान करना सीखना चाहिए। कोई छींक भी दे, तो अच्छा नहीं है। ये मैंने वहाँ एक सबक़ सीखा। एक चीज़ मैं बताऊँ जो मुझे याद है, पण्डित मल्लिकार्जुन मंसूर का गाना मैंने सुना।

वहीं उसी समारोह के दौरान...

हाँ, पण्डित मल्लिकार्जुन मंसूर तो एक मामले में थोड़े...उनको लोकप्रियता बहुत देर से मिली। मसलन, ये दिल्ली के बहुत बड़े सर शंकरलाल संगीत समारोह में मैंने पहली बार पण्डित मल्लिकार्जुन मंसूर को ८० के आसपास सुना। तो कहाँ ५८ का इलाहाबाद और कहाँ ८० के आसपास का शंकरलाल समारोह। उससे पहले उन्होंने मल्लिकार्जुन मंसूर को याद तक नहीं किया। तो बड़ी देर से ये बड़े समारोह में बुलाये जाने शुरू हुए। लेकिन भाई क्या गायन था! पण्डित मल्लिकार्जुन मंसूर की एक चीज़ जो उसी वक़्त मेरी समझ में आ गयी, वो ये कि इनका गायन जो था वो एक प्रपात की तरह होता था।

अच्छा, वो कैसे।

ये सम पे आकर भी रुकते नहीं थे। सम पर आये और अगली तान ले ली उन्होंने। और अकेले गवैये पण्डित मल्लिकार्जुन मंसूर, उनसे पहले नहीं, उनके बाद नहीं, आज तक नहीं। और ये वर्जित है शास्त्रों में, वो तान के बीच में साँस लेते थे जो कि आप सुन सकते थे। उनकी तान चल रही है,...उच्छ्वास (साँस लिया), ये उन्होंने किया आप ने सुना, और फिर...

अच्छा, ये तो...

वर्जित है। लेकिन ये प्रपात चलेगा। बाद में निखिल बैनर्जी के वादन में ये गुण आया। मल्लिकार्जुन मंसूर के अलावा और किसी में मैंने यह नहीं देखा। ये अलग बात है कि बाद के मल्लिकार्जुन मंसूर, उन्होंने यह समझ लिया कि भई अब उम्र साथ नहीं देती। उन्होंने फिर अपनी गायन शैली थोड़ी-सी इस तरह बदल दी कि वो भी बीच-बीच में विराम देने लगे। वैसे तो सच बात ये है सिद्धान्ततः भी, व्यवहार में भी कि ये जो पॉज़ होते

हैं ये भी पॉज़ नहीं हैं। ये भी उसी संगीत का हिस्सा है, मौन हमको लग सकता है लेकिन वो मौन जो है वो भी उसी...सो उन्होंने...लेकिन उनकी जो प्रारम्भिक शैली थी, वो इस तरह की शैली थी। अब भई सत्रह-साढ़े सत्रह साल की उम्र थी, पहली बार इस तरह का कोई आयोजन...और एक बात और बहुत ज़रूरी है, भई ये तो बेईमानी होगी अगर मैं ये बात न कहूँ। वो ये कि एक तरह से मैं बड़ा सौभाग्यशाली रहा कि संगीत माँ के पेट से ही मुझे मिल गया। चूँकि कभी मैंने विधिवत् सीखा नहीं, विजय ज़ौहरी ने भी सिखाया नहीं बस सुनाता था। तो मैं ये बताऊँ...ये तक़ाज़ा है ईमानदारी का...कि मुझे सा और रे का शऊर नहीं है। मुझसे कोई कहे कि भैरवी के स्वर बता दो क्या हैं, तो मैं भैरवी के स्वर नहीं बता सकता। भैरवी और कॉफी में क्या अन्तर हो जाता है, कौन से सुर...अब आप मुझसे कहो कि तीव्र निषाद और कोमल निषाद का क्या..., वो मेरे बूते का नहीं है। लेकिन वो हमारे यहाँ एक शब्द चला आ रहा है जिसको कहते हैं कानसेन। हम जैसे श्रोताओं के महिमामण्डन के लिए ये शब्द गढ़ा गया है कानसेन कि उनके कान जो हैं थोड़े जगे रहते हैं, वो सुन लेते हैं। अब स्थिति ये है कि राग का स्वरूप मैं समझ लूँगा। वो स्वरूप ऐसा नहीं है कि आप जिसको कहते हैं कि साहित्य से आप अन्दाज़ लगा लेते हैं, सॉरी, जान लेते हैं कि कौन-सा राग है। आप ने बन्दिश सुनी हुई है, जैसे ही वो बन्दिश आयी और आप समझ लेंगे कि ये राग फ़लाना है। पण्डित भीमसेन जैसे भी गवैये हैं कि वो बन्दिश एक रखेंगे और राग तीन गा देंगे। ऐसा नहीं है कि साहित्य से आप सही राग पे पहुँच ही जायेंगे। वैसे भी आपके पहले की सुनी बन्दिश है तो आपने राग पहचान लिया। अगर बन्दिश बदल गयी तो आप राग कैसे...तो ये नहीं है कि मैं साहित्य से राग पहचानता हूँ। वो जब रूप पूरा बन के आता है, तो अमूमन अगर निहायत अछोभ राग नहीं है, कभी पहले नहीं सुना वो अलग बात है, लेकिन जो सुने हुए राग हैं मैं अक्सर बता देता हूँ कि भई ये राग बज रहा है। वैसे भी अगर आप सितार या सरोद सुन रहे हैं, वाद्य, तो वहाँ तो उस तरह से शब्द भी नहीं होते और साहित्य भी नहीं होता। ज़रूरी ये है कि मैं बता दूँ कि सा और रे का मुझे शऊर नहीं है फिर भी भगवान की कृपा है कि थोड़ा-बहुत संगीत समझ लेता हूँ।

ये जो अनुशासन है सुनने का और उस अनुशासन में आनन्द प्राप्त करना

ये मुझे लक्ष्मी टॉकीज़ के उन पाँच दिनों ने सिखाया। वो जो मैं कह रहा था कि बस एक ही रचना मुझे याद है वो है पण्डित ओंकारनाथ ठाकुर की। पण्डित ओंकारनाथ ठाकुर आये, भव्य स्वरूप उनका, बड़ा आकर्षक चोंगा पहनकर वो गाने के लिए आया करते थे। उनकी संगत करनेवाले कलाकार, पण्डित गोपाल मिश्र, सारंगी पर संगत कर रहे थे।

वो तो बनारस घराना के थे।

भैया, बनारस घराना...और राजन-साजन मिश्र...भई, पण्डित हनुमान मिश्र इनके पिता उन्होंने जो सिखाया सिखाया, लेकिन अगर आप इनसे बात करें तो कहेंगे ये तो चाचा ने हमें सिखाया। तो चाचा ने जो...और दोनों में १५ साल का फ़र्क़ था हनुमान प्रसाद जी में और गोपाल जी में, १५ साल का फ़र्क़ था। तो ये चचा भतीजे भी उतना...पहले तो वैसा बहुत होता था कि चाचा भतीजे एक उमर के होते थे। चाचा छोटे भी होते थे... ख़ैर इतना अन्तर तो नहीं था...पण्डित गोपाल मिश्र...

गोपाल मिश्र जी तो भाई हुए ना हनुमान मिश्र के।

हाँ, तो ये इन दोनों के चाचा हुए...

राजन-साजन मिश्र के...

तो इनसे बात करेंगे तो वो कहेंगे कि चाचा जी ने जो हमको सिखाया है... बड़ी इज़्ज़त से चाचा जी की बात करते हैं। पण्डित गोपाल मिश्र सारंगी पर, और लगता था कि बोल रही है सारंगी। पण्डित अनोखेलाल तबले पर। अब बहुत कुछ तो याद नहीं है। ये क़िस्से याद हैं पर राग याद नहीं है। मुझे याद है कि जब पण्डित ओंकारनाथ ठाकुर गाने लगे, तो गाने के बीच-बीच में वो जब बहुत प्रसन्न हो जाते थे तो कहते थे वाह बेटा अनोखे, वाह बेटा अनोखे। तो वो तुरन्त गर्दन झुका के...अब चूँकि पण्डित अनोखेलाल थे आदाब तो करना नहीं, तो गर्दन झुका के अभिवादन...

स्वीकार करते थे...

जी, जी, जी। तो ये वाह बेटा अनोखे मुझे याद है। एक और बात उनकी याद है जिसका मेरे ऊपर बड़ा असर हुआ। सच पूछें तो वो बुरा असर हुआ। मैं मुद्दत तक पण्डित ओंकारनाथ ठाकुर की ये बात मानता रहा जो सिद्धान्ततः ग़लत है। लेकिन पण्डित ओंकारनाथ ठाकुर ने कही थी और प्रचलित धारणा भी रही थी उस समय। उन्होंने कहा, और वो बोलने के बड़े शौक़ीन थे और उनका गाना भी कुछ इस तरह बीच-बीच में हो जाता था जैसे कि समझा रहे हों। अब जैसे उनका 'जोगी मत जा, मत जा' है, तो कई बार तो ऐसा लगता है कि जैसे जोगी को समझा रहे हैं कि मत जा, मत जा। सो इस तरह वो...लोगों को बीच-बीच में समझाते थे। तो एक बार वो...

तो ये समझते होंगे कि सामने छात्र बैठे हैं...

नहीं, ये तो वो जानते थे कि छात्र हैं, अध्यापक हैं और इलाहाबाद की जनता भी आयी हुई है। ऐसा नहीं था कि केवल छात्र थे। केवल विश्वविद्यालय का आयोजन था और सब लोग आते थे। और टिकट लगा हुआ था।

अच्छा।

अरे ये वो ज़माना नहीं था। आजकल जो प्रायोजित होते हैं ना...

छात्रों को भी टिकट...

अरे, बहुत छोटा...इतना कम पैसा...जिस ज़माने में यूनिवर्सिटी की फ़ीस १५ रुपया महीना रही होगी, वहाँ टिकट कहाँ वो...अब याद नहीं कि डेढ़ रुपया था या दो रुपया था और सीज़न टिकट भी था। हो सकता है मैंने पाँच रुपये में पाँचों दिन सुन लिया हो...जो भी रहा हो। पण्डित ओंकारनाथ ठाकुर ने कहा कि देखिये कैसा ज़माना आ गया है कि भाई लोग मालकौंस गाते हैं और मालकौंस में रचना होती है 'मुख मोर मोर

मुसकात जात'। अरे भाई मालकौंस मुस्काने का राग है, मुख मोर मोर मुस्काने का राग है? ये गम्भीर राग है। मोर मोर मुसकात जात क्या होता है। जो आपका स्थायी हो, राग की भावना के अनुकूल होना चाहिए। राग की गरिमा के अनुकूल होना चाहिए। अब कौन समझाये। तो बहुत दिनों तक मैं ये मानता रहा कि कुछ राग बस एक ही तरह की रसोत्पत्ति के लिए बने हैं, दूसरी रसोत्पत्ति उनसे नहीं हो सकती। ये तो बहुत बाद में समझ में आया कैसे और...अली अकबर का एक..., उनकी एक रिकॉर्डिंग है, लाइव रिकॉर्डिंग जिसमें वो बागेश्री कान्हड़ा बजा रहे हैं। ये स्टुटगार्ट की रिकॉर्डिंग है और वो उसके प्रारम्भ में ही एक छोटा-सा अनाउंसमेण्ट करते हैं। अनाउंसमेण्ट कुछ इस तरह का है कि लेडीज़ एण्ड जेण्टलमेन, वी आर वैरी प्लीज्ड टू बी प्लेइंग फ़ोर यू दिस इवनिंग। आइ विल प्ले एन इवनिंग मेलोडी, अ ट्रैडिशनल मेलोडी कॉल्ड बागेश्री कान्हड़ा। द मूड ऑफ़ द राग इज़ डिवोशन, पेथॉस एण्ड जॉय। अब...

पेथॉस भी, जॉय भी।

डिवोशन, पेथॉस एण्ड जॉय। अब जिसने मालकौंस में मुख मोर मोर मुसकात जात की आमद पर पण्डित ओंकारनाथ ठाकुर का आगबबूला होना देखा हो, तो संजय, वक़्त लगता है चीज़ों को सीखने में। कि ये नहीं है कि राग स्थिर कर दिये गये हैं। अगर इस रस की उत्पत्ति करनी है तो ये राग गाओ या बजाओ। दूसरे रस की उत्पत्ति करनी है...जैसे हमारे यहाँ अभी भी ये माना जाता है कि वीर रस की अगर आपको उत्पत्ति करनी है तो शंकरा...अब शंकरा वीर रस के लिए ही है और किसी रस के लिए नहीं है। अरे बड़ा कलाकार शंकरा में जो खेल दिखा देगा...तो ये एक ऐसी मान्यता चली आ रही है। पण्डित ओंकारनाथ ठाकुर ने सालों तक मुझे बन्दी बनाये रखा इसका।

मैं तो अभी भी इसका बन्दी हूँ। चूँकि मेरा भी ऐसा मानना रहा है... जो भी इसके बारे में पढ़ा-सुना है वो यह कि हर रस से राग जुड़े हुए हैं और जो राग एक रस को बिलांग करता है वो दूसरे रस में नहीं जा सकता। लेकिन आपने ये बहुत अच्छी बात कही कि जो

बड़ा कलाकार है तो उस पे रस की कोई बन्दिश लागू नहीं होती।

अब इस समय मैं गायन की बात कर रहा हूँ...कि विलम्बित रचना और द्रुत रचना, आप कभी बैठ के इसका अध्ययन करिए कि जो विलम्बित रचना...जो स्थायी उनका है उसके क्या बोल हैं और द्रुत के क्या बोल हैं, और आप देखेंगे कि दोनों में बिल्कुल अलग भाव है। ये तभी सम्भव है जब एक ही राग में एक से अधिक और आपकी इच्छानुसार रसोत्पत्ति हो सके। वरना ये डिवोशन, पेथॉस एण्ड जॉय होगा नहीं।

ख़ैर! ये हुआ। अन्त में पण्डित ओंकारनाथ ठाकुर ने वन्दे मातरम् गाया। जब वन्दे मातरम् गाया तो सब लोगों से कहा कि अब आप अपने स्थान पे खड़े हो जाइये। सो पण्डित गोपाल मिश्र सारंगी ले के खड़े हैं, अनोखेलाल मेज़ पे तबला रख के खड़े हैं। पण्डित ओंकारनाथ ठाकुर खड़े हैं। तब वन्दे मातरम् उन्होंने गाया और वन्दे मातरम् के साथ उस संगीत समारोह का समापन हुआ। ये पाँच दिन, ये मेरा पहला संगीत सम्मेलन था। अब क़िस्मत की बात, क़िस्मत के धनी...ये ५८ की बात है, ५९ में प्रयाग संगीत समिति...

ने आयोजन किया...

प्रयाग संगीत समिति का वार्षिक आयोजन होता था। वहाँ भी वही रूप... कि शाम को पहुँच जाओ और दूसरे दिन सुबह तक वो चलेगा। उसका एक क़िस्सा, संजय, मैं सुनाऊँ। उस्ताद विलायत ख़ाँ को पहली बार मैंने वहाँ सुना और विलायत ख़ाँ के बारे में तब तक ये प्रसिद्ध हो गया था कि बड़े दम्भी व्यक्ति हैं ये और उनसे लोग थोड़ा घबराये रहते थे। और विलायत ख़ाँ को अन्तिम ही होना...कोई कितना भी बड़ा कलाकार क्यों ना हो। आप इससे अन्दाज़ लगाइये कि उनसे पहले उस्ताद बड़े ग़ुलाम अली ख़ाँ का गायन हुआ। अब बड़े ग़ुलाम अली ख़ाँ, उन्होंने अपना गायन कर लिया तब उस्ताद विलायत ख़ाँ आये। उस्ताद विलायत ख़ाँ ने एक लम्बा राग सुनाया। अब याद नहीं कौन-सा राग सुनाया। उसके बाद उन्होंने मध्यान्तर किया। जब मध्यान्तर के बाद हम लोग आये, तो जो कोई सोच ही नहीं सकता था वो हुआ। प्रयाग संगीत समिति के विशाल हॉल में ग्यारह या बारह लोग।

मात्र...

मात्र ग्यारह या बारह लोग। अब ग्यारह या बारह लोग...तो हम लोग तो परेशान।

क्या समय रहा होगा।

ऐसे ही ४-४:३० सवेरे के बजे होंगे। अब सब कोई, आपस में बात करने की ज़रूरत ही नहीं थी, सब परेशान कि अभी ख़ाँ साहब आयेंगे तो क्या होगा। ख़ाँ साहब आये, उन्होंने देखा और इससे पहले कि वो कुछ बोलें, कुछ करें, हममें से एक आदमी ने कहा—ख़ाँ साहब, एक गुज़ारिश है। तो उन्होंने कहा फ़रमाइए। ख़ाँ साहब, आज सूर्योदय यहाँ होना चाहिए। बस प्रसन्न हो गये ख़ाँ साहब। और लग रहा था जैसे...

इस बात की चिन्ता नहीं है कि ऑडियन्स में कितने लोग हैं।

उनको लगा कि ये संगीत प्रेमी हैं, गुणग्राही। उन्होंने कहा ज़रूर, ज़रूर। और संजय, भाई ये मुझे याद है..., कोई राग मुझे याद नहीं..., एक जोगी मत जा मत जा और ये राग याद है। उन्होंने ललित भटियार बजाया उस दिन...आ हा हा...मैं पहले ही कह चुका हूँ कि ललित मुझे पसन्द ही नहीं आता था। मुद्दत लग गयी, बीत गयी ललित पसन्द करने में। वो जो ललित भटियार के साथ हमारा सवेरा उस दिन हुआ। दो घण्टा-ढाई घण्टा कितना उन्होंने वो बजाया ये ठीक याद नहीं। फिर एक भैरवी बजायी और तब...और ये मैं पहली बार सुन रहा था..., विलायत ख़ाँ को तो इस बात का बड़ा गर्व था कि उन्होंने गायकी अंग सितार में शुरू किया।

इसका क्या मतलब कि वो सितार में गायकी अंग को ले आये।

वो, वो अभी...

जी, तो फिर हम लोग कल जहाँ बातचीत रुकी थी वहाँ से शुरुआत करते हैं। आप इलाहाबाद के अपने शुरुआत के दिनों की चर्चा कर रहे थे। पहले तो १९५८ में आपके प्रवेश लेने के तुरन्त बाद विश्वविद्यालय ने जो संगीत सम्मेलन आयोजित किया और ठीक उसी के बाद प्रयाग संगीत समिति के द्वारा आयोजित संगीत सम्मेलन में आपको जाने का और सुनने का मौक़ा मिला। उस क्रम में आप विलायत ख़ाँ साहब की बात कर रहे थे। हम लोग वहीं से आज की बात शुरू करते हैं।

कल जो बात पहुँची थी वो उनके ललित भटियार, बहुत ही लम्बा ललित भटियार, आलाप, जोड़, झाला, फिर गत और जो भी हम १०-१२ लोग थे वो बिल्कुल ही विभोर हो गये। जब वो ख़तम हुआ तो मुझे लगा कि ये हुआ क्या, ये क्यों ख़तम हो गया। वो बिल्कुल ही अविस्मरणीय अनुभव रहा है। पहली बार विलायत ख़ाँ को सुन रहा था। ये भी कैसा संयोग है कि इलाहाबाद जाते ही जाते ये संगीत सम्मेलनों में जाने का सिलसिला मेरा शुरू हुआ। एक ही साल के अन्दर-अन्दर पण्डित रविशंकर को भी सुना और उस्ताद विलायत ख़ाँ को भी सुना। अब कोई ऐसी उमर तो थी नहीं जब थोड़ी-बहुत भी संगीत की समझ रही हो लेकिन जो प्रभाव विलायत ख़ाँ का पड़ा, वो पण्डित रविशंकर का नहीं...ये मेरी अपनी कच्ची समझ की बात रही होगी। रही होगी क्या, थी। अभी तक...अब मैं समझ सकता हूँ चूँकि दोनों ही अद्‌भुत, महान् संगीतज्ञ और अपने-अपने तरीक़े से उन्होंने सितार को जहाँ पहुँचा दिया उसका कोई जवाब ही नहीं है। मुझे नहीं लगता कि जिस बुलन्दी पर सितार को ये लोग ले गये, सिवाय निखिल बैनर्जी के किसी ने वो चीज़ सितार में पैदा की हो। निखिल बैनर्जी की बात हम लोग आगे करेंगे। तो कल जहाँ बात रुकी थी वो थी कि अन्त में विलायत ख़ाँ ने भैरवी शुरू की और वो गायकी अंग की बात हुई थी। उस समय तो मैं नहीं जानता था कि गायकी अंग का क्या मतलब होता है। विलायत ख़ाँ निहायत गर्व के साथ बताते हैं कि ये है...तो उन्होंने भैरवी शुरू की। भैरवी बजा रहे थे और अचानक सितार पर उँगलियाँ तो रखे रहे, लेकिन सितार बजाना उन्होंने बन्द कर दिया और गाना शुरू कर दिया।

अच्छा, बजाते-बजाते बन्द कर दिया बजाना और गाना शुरू कर दिया।

मुझे आज भी याद है वह बन्दिश जो गायी थी, 'बाट चलत चुनरी मोरी रंग डारी'। अब ये बाट चलत, रस्ता चल रही है गोरी और ये सब कृष्ण के खेल हैं। गोकुल की गलियाँ हैं उसमें बाट चलत...बाट चलत चुनरी मोरी रंग डारी...और ये विलायत ख़ाँ का कमाल था कि बाट चलत मोरी चुनरी रंग डारी की मोरी चुनरी को उन्होंने चुनरी मोरी कर दिया उससे छन्द में जो बदलाव आया अय, हय, हय। आप भी कभी कोशिश करिये गाने की नहीं सिर्फ़ गुनगुनाने की, कितना अन्तर पड़ जाता है मोरी चुनरी रंग डारी और चुनरी मोरी रंग डारी। फिर उन्होंने क़रीब ४-५ मिनट बाट चलत...उसके बाद वो सितार पर वापस आ गये और अब ये हो कि एक टुकड़ा बजाया चुनरी मोरी फिर रंग डारी और फिर उसके जो टुकड़े थे वो टुकड़े को बजाते थे। तो लगा कि ये क्या कलाकार हैं, इस तरह से वो खेल सकते हैं अपने बाज के साथ जो चाहे कर सकते हैं। मज़ा ले रहे हैं, आपको जो मज़ा दे रहे हैं वो तो दे ही रहे हैं, ख़ुद मज़ा ले रहे हैं। तो विलायत ख़ाँ के बजाने में एक जो...

उनको इस बात से कोई फ़र्क़ नहीं पड़ा कि गिन-चुन के १४-१५ लोग ही सुननेवाले हैं।

१४-१५ तो थे ही नहीं भाई। बहुत मैं बढ़ाऊँ तो १२-१३ कर पाऊँगा। थे ही कितने सब। पीछे बैठने की बात ही नहीं थी, सब आगे की पंक्ति में जाके बैठ गये थे। ये तो एक बैठक हो गयी, एक अन्तरंग बैठक बजाय संगीत सम्मेलन के। फिर अपना कार्यक्रम समाप्त किया और हम सब उनको याद करते हुए आये। और जैसे पण्डित ओंकारनाथ ठाकुर के गाने के बाद निकले थे, जाड़े के दिन थे, आठ के आस-पास निकले, उस दिन भी सात तो बज ही गये होंगे। लेकिन संजय वो जो ललित भटियार की झंकार, भटियार अगर आप सुनें, बहुत अलग ललित और सम उनका भटियार पर आता था। ऐसी अद्भुत झंकार होती थी और उसी दिन कुछ ऐसा इत्तेफ़ाक़ हुआ...मैं ये बता नहीं पाया चूँकि मुझे याद नहीं है कि ये स्थिति पैदा कैसे हुई...लगभग १५ मिनट के लिए वो जो संचालन कर रहा था म्यूज़िक

सिस्टम का, मैं उसके कमरे में थोड़ी देर के लिए पहुँचा...बिल्कुल याद नहीं है कि वो सम्भव कैसे हुआ...और उसने वो क्या हेडफ़ोन कहते हैं उसको मेरे कान पे लगा दिये। ऐसे प्युरेस्ट नोट्स आप सुन सकते थे। वो उन १५ मिनटों में सुनने का सौभाग्य मिला। उस वक़्त जो भटियार का सम आ रहा था, अय, हय, हय, क्या अनुभव था! इस तरह से ये दो पहले संगीत सम्मेलन अपनी ज़िन्दगी के मैंने वहाँ अटेण्ड किये। मैं ये कह सकता हूँ कि एक ही बार में साल भर के अन्दर इतने बड़े-बड़े कलाकारों को सुन लेना रात-रात—भर। संगीत समिति वाला सम्मेलन तो और लम्बा चलता था। विश्वविद्यालय वाला तो पाँच ही दिन चला। पर वो बड़ा कमाल का था और फिर तो उसने ऐसी लत लगायी कि घर से सौ रुपये आते थे, पन्द्रह रुपये फ़ीस के मैंने बताया, याद नहीं मेस का कितना जाता था, तीस-पैंतीस मेस के जाते होंगे। तो आधे से ज़्यादा पैसा इसी में निकल जाता था लेकिन क्या लत लगी! वहाँ दो कार्यक्रम और हुए जिन दो सालों में मैं वहाँ था, जब एम.ए. कर रहा था।

उन दो वर्षों के दौरान जब आप एमए कर रहे थे।

एक बार उस्ताद हलीम ज़ाफ़र...हलीम ज़ाफ़र ख़ाँ का अलग ही...

इनको प्रयाग संगीत सम्मेलन में आप पहले सुन चुके थे।

प्रयाग संगीत समिति सम्मेलन में पहली बार सुना। जवानी के दिन थे, अजीब-अजीब चीज़ें मैं कर लेता था जो कि आज मैं चाहूँ भी तो नहीं कर सकूँगा। उस वक़्त पण्डित कन्हैयालाल मिश्र इलाहाबाद हाई कोर्ट के सबसे बड़े वकील माने जाते थे और एडवोकेट जनरल भी यूपी के रहे। संगीत के बड़े शौक़ीन थे और अनाप-शनाप दौलत थी। वकालत उनकी वैसी चलती थी। वो अपना काफ़ी पैसा संगीत में भी लगाते थे। वो थे पेट्रन संगीत समिति के। विशाल बँगला सिविल लाइन्स में। इलाहाबाद के सिविल लाइन्स में इतने अच्छे-अच्छे बँगले थे और फिर कन्हैयालाल जी का बँगला...वहीं ये सारे कलाकार ठहराये जाते थे। मैं हलीम ज़ाफ़र ख़ाँ साहब से मिलने पहुँच गया। वो इतने प्यार से मिले, देर तक बातें करते रहे, ख़ूब बातें...

ये उसी सम्मेलन की बात है जिसमें रविशंकर और विलायत ख़ाँ भी आये थे, या ये बाद की बात है।

नहीं, रविशंकर आये इलाहाबाद विश्वविद्यालय वाले सम्मेलन में जिसमें मल्लिकार्जुन थे, राधिका मोहन मोइत्रा थे, ओंकारनाथ ठाकुर थे। ये प्रयाग संगीत समिति वाले सम्मेलन में आये जिसमें बड़े ग़ुलाम अली ख़ाँ थे, विलायत ख़ाँ थे। हलीम ज़ाफ़र ख़ाँ को पहली बार मैंने वहीं सुना; ये दुर्भाग्य की बात है कि हलीम ज़ाफ़र ख़ाँ का उतना नाम नहीं हुआ जितना कि होना चाहिए था। बाज उनका बिल्कुल अलग था। वैसी झंकार सितार में कम ही सुनने को मिली है और वो खेल भी ख़ूब करते थे। मसलन, उन्होंने दायें से एक बार सितार को झंकारा और फिर वो हाथ अपना उन्होंने हटा लिया और बायें से अब स्वर उत्पन्न करने लगे। दिखा रहे हैं कि देखिये कितनी दूर तक जा रहा है। एक स्ट्रोक उनका,...एक स्ट्रोक क्या कर सकता है, ये हलीम ज़ाफ़र ख़ाँ...ये बड़ा था उनका कि भई मैं जो कर सकता हूँ...मेरा जो स्ट्रोक है किसी के पास नहीं है। एक स्ट्रोक में मैं कहाँ तक जाता हूँ। तो लगता है कि लोगों को बहुत पसन्द आये होंगे हलीम ज़ाफ़र ख़ाँ। चूँकि उसके तुरन्त बाद उनको आमन्त्रित किया गया एक कार्यक्रम के लिए।

अच्छा, वो फिर प्रयाग समिति वालों ने बुलाया।

पूरा उन्हीं का कार्यक्रम...

एकल कार्यक्रम।

एकल कार्यक्रम। वहाँ सिविल लाइन्स में दो सिनेमा हॉल थे—पैलेस और प्लाज़ा। ये पैलेस सिनेमा जो था वो रात का, हम लोग उसको नाइट शो बोला करते थे, ९:३० बजे शुरू होता था। तो मैटिनी, इवनिंग और नाइट। नाइट शो उस दिन वो ख़त्म कर देते थे जिस दिन संगीत का कार्यक्रम होता था।

तो एकल कार्यक्रम उनका आयोजित किया गया।

ये इनका कार्यक्रम पैलेस हॉल में हुआ। मैं बता रहा था कि कैसी लत पड़ी कि तुरन्त पैलेस जाके टिकट ख़रीदा उस कार्यक्रम का और वहाँ फिर पहली बार पण्डित शामता प्रसाद, गुदई महाराज...

जी, जी, ये सब तो बनारस घराने के हैं।

पहली बार पण्डित गुदई महाराज को सुना। जब ये कार्यक्रम चल रहा था तो नहीं समझ पाया कि क्या हो रहा है इसलिए कि हलीम ज़ाफ़र तो अपने झाला के लिए मशहूर थे और गुदई महाराज का भी कोई ऐसा-वैसा हाथ नहीं। हलीम ज़ाफ़र ख़ाँ का झाला बड़ी देर तक बजा, और फिर वो तेज़ होता जाये, तेज़ होता जाये। दूसरे दिन सुनने में आया कि हलीम ज़ाफ़र ख़ाँ बेहद ख़फ़ा हो गये। उन्होंने कहा कि ये मेरी संगत कर रहे थे या मुझ पर हावी होना चाह रहे थे। तो जो हम समझ रहे थे कि क्या आनन्द आ रहा है वो गुदई महाराज उनको...

ये आपस में राइवलरी हो गयी...

वहाँ हो गयी...अब मैं तो नया-नया...मेरी समझ में भी नहीं आया। मुझे तो आनन्द आ रहा था उस तरह का...ये क्या कमाल हो रहा है। दूसरे दिन यह सब ख़बरें सुनने को मिलीं और कहा कि बहुत नाराज़ होकर हलीम ज़ाफ़र ख़ाँ वहाँ से लौटे। एक तो ये हुआ। और दूसरा अनुभव..., उस्ताद अली अकबर, ये आये पैलेस में एक एकल कार्यक्रम के लिए। वही ९:०० बजे के बाद शुरू हुआ। जब पूरा कार्यक्रम सुनके लौट रहा था तो बार-बार मैं ये सोच रहा था कि अली अकबर ख़ाँ के संगीत में क्या बात है। और वहाँ तो देखिये आलाप, जोड़, झाला, विलम्बित गत, द्रुत गत, फिर द्रुत गत का अपना झाला, तब जाकर राग पूरा होना है। मैं ये नहीं समझ पा रहा था कि अली अकबर कैसे बजाते हैं कि वो अति विलम्बित आलाप से शुरू कर अति द्रुत तक जाते हैं, और ये समझ में नहीं आता है कि ये कब वहाँ पहुँच गये। वो...अब उसको बढ़त ही कहेंगे, ऐसी बढ़त कि पता ही ना लगे। मैंने पहली बार ये अनुभव अली अकबर को सुनते हुए किया। उसी के आस-पास अमीर ख़ाँ आये और अमीर ख़ाँ तो जाने ही जाते थे इस बात के लिए। कुल मिला के ये दो साल जो मेरे थे ५८ से

लेकर ६० तक, जो मैंने एम.ए. किया इलाहाबाद विश्वविद्यालय से, ये मेरे बड़े अच्छे साल रहे और सुनने की जो असल नींव थी,

वो वहीं पड़ी...

बड़े-बड़े कार्यक्रम, लम्बे-लम्बे कार्यक्रम, ये नींव इलाहाबाद में पड़ी। वो चस्का लग गया, वो चस्का तो छूटता नहीं है। और हाँ..., इसके बाद एक और चीज़ हुई।

प्रयाग, इलाहाबाद के ही दिनों में।

नहीं, नहीं। अब इलाहाबाद मेरा छूट गया। कुछ दिन बाद मैं कुरुक्षेत्र विश्वविद्यालय अपनी पीएचडी करने के लिए पहुँचा। वहाँ पॉलिटिकल साइंस में श्रीवास्तव करके एक लेक्चरर थे। मैं रिसर्चर, श्रीवास्तव साहब लेक्चरर। लेकिन हम लोगों की दोस्ती हो गयी। श्रीवास्तव साहब संगीत के शौक़ीन निकले। एक दिन मैं उनके घर बैठा था। उन्होंने कहा कि सुधीर आज मैं तुम्हें एक ज़बरदस्त चीज़ सुनाना चाहता हूँ। उन्होंने एक ३३ आरपीएम लगाया और वो पहला ही सुर लगा होगा कि मैं तो बिल्कुल मुग्ध हो गया। वो आवाज़ उससे पहले कभी सुनी नहीं थी। सीधे विलम्बित गत शुरू हुई और बन्दिश थी—पग लागन दे। मैं सुनता रहा, फिर ५-७ मिनट सुनने के बाद मैंने कहा श्रीवास्तव साहब, ये कौन गा रहा है। उन्होंने कहा कि बहुत बनते हो, ये नाम भी तुमने नहीं सुना। मैंने कहा नहीं, मैंने तो नहीं सुना। यह सन् ६३ की बात है। उन्होंने कहा, ये भीमसेन जोशी हैं। मैंने कहा कि श्रीवास्तव जी, बड़े मालकौंस सुने हैं लेकिन ऐसा मालकौंस तो सुना ही नहीं। बोले, अब चुप बैठो, सुनो। तो भाई, वो मालकौंस...फिर उन्होंने पलटा उस रिकॉर्ड को। दूसरी तरफ़ मारू बिहाग था भीमसेन जोशी का। अब दोनों एक-दूसरे से इतने अलग राग..., ये धीर-गम्भीर..., मारू बिहाग उसके मुक़ाबले थोड़ा, थोड़ा हल्का पड़ता है। बिहाग से अलग मारू बिहाग की बात कर रहा हूँ। लेकिन भाई उसने भी वही आनन्द दिया। उस दिन जो भीमसेन जोशी को सुना, तो पहले ही सुनने में मैं भीमसेन जोशी का ऐसा मुरीद हो गया और आज तक मेरी स्थिति ये है कि भीमसेन जोशी का गायन सम्भव हो तो मैं रात में लगा लूँगा और उसी को सुनते-सुनते

सो जाऊँगा। दो लोगों के साथ मेरा यह सम्बन्ध है : निखिल बैनर्जी और भीमसेन जोशी। जब मैं ये कह रहा हूँ तो इसका ये मतलब नहीं कि मैं उनको सबसे बड़ा गवैया मानता हूँ। ये हम लोगों का सौभाग्य रहा है कि कुछ ऐसे साल हमारे रहे हैं जबकि कम से कम ५-७ बड़े गवैये और बड़े वाद्यकार हमारे यहाँ हुए हैं। अब आप सोचिये कि बड़े ग़ुलाम अली ख़ाँ, अमीर ख़ाँ, पण्डित भीमसेन जोशी, मल्लिकार्जन मंसूर, गंगूबाई हंगल, फिर किशोरी अमोनकर..., अब मैं गिनाने बैठूँ...इस समय तो ये मैं ऐसे ही बता रहा हूँ, न जाने कितने बड़े नाम इस वक़्त छूट रहे होंगे। मैं जिस पीढ़ी का आदमी हूँ उस पीढ़ी के लिए कोई स्वर्णिम युग रहा है शास्त्रीय संगीत का तो मेरी ख़ुशक़िस्मती रही है कि मैं उस स्वर्णिम युग में श्रोता रहा हूँ। मैं जानता हूँ कि इससे पहले का तो युग और भी बढ़कर था जब उस्ताद फ़ैयाज़ ख़ाँ और ओंकारनाथ ठाकुर जैसे लोग थे। भीमसेन जोशी के बारे में, मैं मुरीद हूँ उनका, लेकिन ये भी जानता हूँ कि और लोगों ने भी बड़े-बड़े काम कण्ठसंगीत में किये हैं। ख़ैर, इस बीच जो बड़ी घटना मेरे जीवन में हुई वो थी, अगर मैं इसको कह सकूँ, भीमसेन जोशी की खोज। अब इसके बाद तो भीमसेन जोशी का कोई एलपी आये, भीमसेन जोशी का रेडियो पर कोई कार्यक्रम हो, कहीं वो गा रहे हैं, तो मैं कोई मौक़ा नहीं छोड़ता था। यह एक सिलसिला है। जो दूसरा बड़ा सिलसिला संगीत को सुनने का है वो दिल्ली में है। दिल्ली में मैंने जितना संगीत, और जितना अच्छा संगीत उस वक़्त सुना...मैं उस वक़्त पर ज़ोर दे रहा हूँ, इसलिए कि आज वो संगीत सुनना सम्भव ही नहीं है। उस समय जो संगीत सुना, उसकी तुलना में केवल बड़ौदा में जो संगीत बाद में जा के सुना और ये बात होगी १९८५ से लेकर २००१-०२ तक की। लेकिन वो तो बहुत बाद में बात आयेगी अभी तो हम थोड़ा दिल्ली की बात करें तो अच्छा रहेगा।

१९६४-६५ के दौरान मैं दिल्ली आ गया। यहाँ जो संगीत सुनने को मिला उसके क्या कहने। सर शंकरलाल संगीत समारोह हर साल होता था। वो होली के आसपास, मार्च के महीने में प्राय: होता था। उस वक़्त के शंकरलाल संगीत समारोह की ख़ास तौर से चर्चा करनी इसलिए ज़रूरी है कि आज का जो समारोह होता है नाम उसका भी सर शंकरलाल संगीत समारोह है, लेकिन वो बिल्कुल अपने स्वरूप में बदल चुका है। आज जो है वो तो सभी जानते हैं। उस वक़्त जो था वो मैं थोड़ा बताना चाहता हूँ।

ये शाम को शुरू होता था ६-७ के बीच में और कितनी देर तक चलेगा ये कोई नहीं जानता था। ये इस पर निर्भर करता था कि अन्तिम कलाकार कौन है। वो अन्तिम कलाकार ३:०० बजे भी समाप्त कर सकता था या कर सकती थी और ७:०० बजे भी हो सकता था समापन। वो बहुत अच्छा वक़्त था दिल्ली का जबकि डीटीसी विशेष व्यवस्था करती थी संगीत सम्मेलन से लोगों के लौटने की। आने का तो ये है कि ६:०० बजे, ७:०० बजे अगर स्पेशल सर्विस नहीं भी है तो आप अपना बदल-बदल के आ जायेंगे लेकिन आप सबेरे ४:०० बजे क्या करेंगे। आज का ज़माना तो था नहीं। आज तो ज़्यादातर लोगों के पास अपने वाहन  होते हैं, कार नहीं है तो कम से कम स्कूटर, मोटरसाइकिल तो होगा ही। आपको कोई परेशानी नहीं होती। वो दूसरा ज़माना था। डीटीसी व्यवस्था करती थी कि दिल्ली की सारी दिशाओं में उनकी बसें जायेंगी जिस समय ये दिन का कार्यक्रम समाप्त होगा। ४:०० बजे हों तो ४:०० बजे, ७:०० बजे हों तो ७:०० बजे। आकर खड़ी हो जाती थीं बसें और मैंने देखा कि उनमें से कुछ ड्राइवर और कंडक्टर भी पहुँच लेते थे संगीत का आनन्द लेने।

बिल्कुल ही अलग युग था वो। प्राय: तीन कलाकार होते थे और कोई जल्दी में नहीं होता था, बहुत आराम से...सम्मेलन ऐसे होता था कि बीच में इतवार ज़रूर पड़े। इतवार के दिन सुबह भी कार्यक्रम होता था, शाम को भी। सुबह वाले कार्यक्रम में केवल एक कलाकार। वो ३ घण्टे गाये-बजाये, ४ घण्टे गाये-बजाये, ये उसकी इच्छा, श्रद्धा पर निर्भर करता था। शंकरलाल समारोह में आने का मतलब था कि आप अपनी कला का अच्छा प्रदर्शन करेंगे। वहाँ गड़बड़ कुछ नहीं होता था। मैंने देश के बड़े-बड़े संगीतज्ञों को उस वक़्त सुना। जैसा कि मैं पहले बता रहा था कि इसमें फिर मल्लिकार्जुन मंसूर भी आने लगे। लेकिन देखिये जब तक मल्लिकार्जुन मंसूर आये तब तक इस समारोह का स्वरूप थोड़ा-बहुत बदल गया था।

शुरू में जब यह समारोह होता था तो एक कोई मैदान ढूँढ़ लिया जाता था उस मैदान में एक बड़ा-सा पण्डाल लगता था उस पण्डाल में ये कार्यक्रम होता था। हॉल में नहीं होता था ये कार्यक्रम। मुझे याद है पहले के कुछ सालों में, और मैं बात कर रहा हूँ...मैंने बताया कि ६४-६५ में मैं दिल्ली आ गया, तो उस वक़्त से ये सिलसिला शुरू होता है। अब ठीक-ठीक

नहीं बता पाऊँगा कि ७०-७२ तक ये हुआ, फिर ये हुआ। जब मैंने जाना शुरू किया तो बंगाली मार्केट के आसपास एक ख़ाली मैदान होता था। अब तो आप तसव्वुर ही नहीं कर सकते उस इलाक़े में ख़ाली जगह का। तो वहाँ कुछ साल चला। फिर वहाँ से हटके आया ये फ़िरोज़शाह रोड जो वहीं पास ही में है। शायद ये वो जगह है जहाँ अब आईसीएचआर की इमारत है, रवीन्द्र भवन के बग़ल में। वहाँ होते थे ये कार्यक्रम। लेकिन जब पण्डित मल्लिकार्जुन मंसूर आये तब तक ये हॉल में चला गया था। मॉडर्न स्कूल का एक बहुत अच्छा हॉल है, उस हॉल में ये चला गया। वहाँ किशोरी अमोनकर आनी शुरू हुईं, पण्डित मल्लिकार्जुन मंसूर आने शुरू हुए।

मल्लिकार्जुन मंसूर उस वक़्त की दिल्ली के लिए बहुत परिचित कलाकार नहीं थे। मुझे याद है कि पहली साल जब ये बुलाये गये, और इन्होंने...ये तो लम्बे राग तो...घण्टा-डेढ़ घण्टा तो ये गाते नहीं, ३० मिनट-३५ मिनट में एक राग ये पूरा कर देते हैं। इन्होंने दो राग या तीन राग गाये और उसके बाद इन्होंने नमस्कार कर लिया। मैं बताऊँ कि मैं ख़ासा शर्मीला आदमी हूँ और सार्वजनिक स्थल पर तो कोई भी पहल करना मेरे बूते का है ही नहीं। लेकिन वो जो क्षण थे मेरे लिए जीवन-मरण के क्षण हुए जा रहे थे कि इन्होंने नमस्कार कर लिया, अब उठ के जा रहे हैं। ना कोई आयोजक कह रहा है, ना कोई श्रोता कह रहा है, और अगर मैं इस वक़्त भी चुप रहा तो अब पण्डित जी को और आगे कैसे सुनूँगा और अचानक बिल्कुल चीख़ के मैंने कहा अभी नहीं। ना उससे पहले मैंने ऐसी कोई हिमाक़त की, ना उसके बाद। फिर कुछ और लोगों ने कहा और, और पण्डित जी। उसके बाद तो पण्डित जी ने जम के गाया। लेकिन ये स्थिति भी रही है... ख़ैर ये तो बाद की बात है।

शुरू की बात करना चाहूँगा। वहाँ घण्टों एक-एक कलाकार...अब जैसे दो की मिसाल मैं दूँ : पण्डित रविशंकर और उस्ताद विलायत ख़ाँ। पहले भी ज़िक्र इनका हो ही चुका है। शायद ही कोई शंकरलाल समारोह किसी साल होता हो जब दोनों नहीं बुलाये जाते हों। ये तो सम्भव ही नहीं था कि दोनों एक ही दिन हों, दोनों को अलग-अलग होना है। और अन्त में होना है। तो ऐसी-ऐसी चीज़ें मैं बताऊँ उस वक़्त मैंने देखीं कि रविशंकर का, मान लीजिये, विलायत ख़ाँ से पहले किसी दिन हो गया कार्यक्रम।

मान लीजिये उन्होंने एक राग डेढ़ घण्टा बजाया, और २-३ राग बजाये, ४ घण्टा उन्होंने अपना कार्यक्रम रखा। आप आश्वस्त हो सकते थे कि अब विलायत ख़ाँ जब बजायेंगे तो उनका एक राग डेढ़ घण्टे से ज़्यादा तो चलेगा ही चलेगा और इनका कुल कार्यक्रम ४ घण्टे से ज़्यादा होना ही होना है।

एक साल का अद्‌भुत अनुभव सुना रहा हूँ। ये आये, और ऐसे ही १२-१२:३० बजे रहे होंगे जब ये आये। इमरत उनके साथ उस दिन बजा रहे थे...इनके छोटे भाई और इन दोनों का ये था कि जब संगत इन दोनों की होती थी तो विलायत ख़ाँ सितार बजाते थे और इमरत सुरबहार। अब सुरबहार जिस तरह का वाद्य है उसमें गत की गुंजाइश बहुत कम होती है। वो आलाप, जोड़, झाला...उसमें कमाल होता है। विलायत ख़ाँ सितार पर और ये सुरबहार पर। बागेश्री की घोषणा कर दी ख़ाँ साहब ने। ३ घण्टा बागेश्री चलता रहा। उस साल इन्होंने एक नया प्रयोग किया। कत्थक के कुछ तोड़े इन्होंने अपने वादन में डाल दिये जब वो कत्थक वाले तोड़े आयें तो लोग तो झूम जायें। ये अपना करें थोड़ी देर के लिए, फिर आगे बढ़ लें। फिर थोड़ी देर बाद वही फिर से। ऐसा लोकप्रिय हुआ उनका ये प्रयोग कि अगले साल लोगों ने फ़रमाइश की जब उन्होंने नहीं किया। मैंने उनके अलावा उस तरह का प्रयोग किसी और को करते नहीं सुना जो विलायत ख़ाँ ने उस दिन किया। ग़रज़ ये कि ३ घण्टा अकेला बागेश्री विलायत ख़ाँ ने बजाया। हमारे एक मित्र थे, जब कार्यक्रम हो गया तो बोले...अब ये बहुत ही भद्‌दा कमेण्ट था लेकिन सच ही था, बोले यार विलायत ख़ाँ ने अपने भाई की सुरबहार को तो बैंजो बना दिया। अच्छा, मैं सही बता रहा हूँ कि इमरत ख़ाँ इतने बड़े कलाकार हैं लेकिन विलायत ख़ाँ के आगे तो वो भी...तो मैं इमरत को कभी भी, किसी भी वक़्त सुनने जाने को तैयार हूँ। लेकिन विलायत ख़ाँ के सामने इमरत भी फीके पड़ जाते थे। उस वक़्त हमें पूरा एहसास हुआ कि इन दोनों में कितनी ज़बरदस्त प्रतिस्पर्धा चलती है।

रविशंकर और विलायत ख़ाँ में।

रविशंकर और विलायत ख़ाँ में। इस पे तो उसी ज़माने में बहुत बातें होने

लगी थीं, लिखा जाने लगा था। माना ये जाता था कि रविशंकर इससे ज़्यादा प्रभावित नहीं हैं, लेकिन विलायत ख़ाँ पर इसका थोड़ा बुरा असर पड़ रहा है।

इस राइवलरी से...

मसलन, मैं ये बताऊँ...ये भी इत्तेफ़ाक़ की बात है कि मेरा एक मित्र था इतिहासकार। उसने लॉर्ड कर्ज़न की वाइसरॉयलटी पर बहुत अच्छी किताब लिखी है। बाद में वो चाइना एक्सपर्ट हो गया। दिल्ली विश्वविद्यालय में पढ़ाने लगा।

क्या नाम था उनका।

डॉक्टर वी.सी. भूटानी (विनय चन्द्र भूटानी)। भूटानी मेरे साथ उस वक़्त ग्रेटर कैलाश की एक बरसाती में रह रहा था। भूटानी को भूत सवार हुआ सितार सीखने का। एक दिन सितार ख़रीद लाया। अब मैं भूल रहा हूँ वो कनॉट प्लेस में एक बड़ी दुकान थी, क्यों इस वक़्त नाम नहीं याद...जहाँ बड़े-बड़े कलाकारों के वाद्य बनते थे, सो उस दुकान से भूटानी सितार ख़रीद के लाया। बोला कि मैं सितार सीखूँगा और विलायत ख़ाँ मेरे गुरु होंगे। मैंने कहा यार, विलायत ख़ाँ तुम्हारे गुरु क्यों होंगे। बोला क्यूँ, मैं जाऊँगा, कहूँगा। एक दिन आया और बहुत नाराज़ कि क्या समझते हैं वो अपने आप को। मैंने कहा कौन। वही, विलायत ख़ाँ तुम्हारे, क्या समझते हैं अपने आप को। बात नहीं की सीधे मुँह मुझसे। मैंने पूछा—हुआ क्या। बोला, मैं गया और मैंने कहा कि ख़ाँ साहब मैं सितार सीखना चाहता हूँ और आप मुझे अपना शागिर्द बना लीजिये। उन्होंने सीधे मुँह बात नहीं की मुझसे। मैंने कहा कि ये बताओ, यार, तुम जब गये तो तुमने क्या किया। बोला, गया और अपने को इण्ट्रोड्यूस किया। मैंने कहा, तुमने उनके पैर छुए थे। मैं क्यूँ उसके पैर छूऊँ। मैंने कहा, यार तुम उसके पैर नहीं छुओगे और वो तुमको सितार सिखाए, ये कैसे हो सकता है। ख़ैर, हफ़्ते भर बाद भूटानी लौटा बड़ा ख़ुश-ख़ुश एक रात। बोला, यार ख़ाँ साहब मान गये। वो सिखायेंगे मुझे। उन्होंने कहा है कि बेटा विनय ऐसा करो कि अभी तुम मेरे पीए बन जाओ। फिर मैं तुम्हें धीरे-धीरे सिखाना शुरू करूँगा।

भूटानी तक़रीबन २ साल उनका पीए रहा। उनके साथ अफ़ग़ानिस्तान भी गया। ख़ाँ साहब हर साल...काबुल का उस ज़माने में अमीर होता था, राजा। अमीर की जो वर्षगाँठ होती थी, जन्मदिन, उस पर वो एक बहुत बड़ा आयोजन करता था और हर साल विलायत ख़ाँ को बुलाता था। भूटानी उसमें भी पहुँचा ख़ाँ साहब के साथ। भूटानी मुझे इनके इतने क़िस्से सुना चुका है। अब उसमें ये प्रतिस्पर्धा...मसलन कि ख़ाँ साहब की फ़ीस इससे निर्धारित होती थी कि रविशंकर क्या ले रहे हैं। उससे एक रुपया ज़्यादा होगा, एक रुपया कम नहीं हो सकता। और तो और, उन्होंने हद ये कर दी कि एक बार राष्ट्रपति भवन से न्योता आया बजाने के लिए। उन्होंने कहा कि मैं दस हज़ार लूँगा। ये वो ज़माना...अब आजकल दस हज़ार तो टुटपुँजिये भी नहीं लेंगे, अब तो लाखों में जाती है ये फ़ीस। ये बात मैं इसलिए कह रहा हूँ कि ज़बरदस्त राइवलरी चलती थी। इन दोनों में आपस में जो भी रहा हो, दुर्भाग्य हम सुनने वालों का रहा। तमाम सुनने वाले और मैं भी उनमें एक था इतने मूर्ख थे कि एक के अन्धभक्त हो गये या दूसरे के अन्धभक्त हो गये।

श्रोता भी खेमों में बँट गये।

अरे ऐसे-वैसे...अब मैं अपनी अगर बात करूँ और मैं अकेला...मैंने कहा ना कि मैं अकेला नहीं था, ना जाने कितने लोग ऐसे थे...मैं बहुत दिनों तक, कई साल तक विलायत ख़ाँ को रविशंकर से बड़ा मानता रहा। अरे भई जहाँ वो दोनों हैं, वहाँ छोटा और बड़ा...और दूसरे ये जो कला का सवाल है उसमें आज थोड़े ही तय हो जायेगा कि कौन बड़ा है और कौन छोटा है। ये तो भविष्य निर्धारित करेगा। ख़ैर! बहुत मैंने दूसरों की तरह बेवकूफ़ी की। मैं जब इनका अन्धभक्त था तो भी एक बात जानता था कि रविशंकर के आप दस कार्यक्रम सुनिये। दसों कार्यक्रम एक ख़ास स्तर के नीचे जा ही नहीं सकते। वो स्तर तो वहाँ होगा ही होगा। किस दिन वो...

उससे ऊपर उठ कुछ ऐसा अद्‌भुत...

वो, वो शायद वो भी नहीं जानते, आप भी नहीं जानते। यह आपका भाग्य है कि किस दिन वो वहाँ पहुँच गये, आजकल जिसको ज़ोन कहते हैं।

कब ज़ोन में वो पहुँच जायेंगे, ना वो जानते हैं ना आप जानते हैं। विलायत ख़ाँ का ये था कि ये पक्की बात थी कि दस बार सुनने जाओगे तो ७ बार तो वो डिसअपोइंट करेंगे ही करेंगे। लेकिन जो तीन बार होता था, उसके लिए, बस उस इन्तज़ार में आप रहते थे। और विलायत ख़ाँ तो फिर जो कमाल करते थे, बह जाते थे...एक और था कि वहाँ जैसे पूर्वनिर्धारित कुछ नहीं होता था। बजा रहे हैं और बजाने में जिधर लहर उनको ले गयी, उधर वो चले जाते थे। आलाप का मूड है, तो लम्बा आलाप चल रहा है। आलाप का मूड नहीं है तो सीधे गत पर आ जायेंगे। रविशंकर का ये था कि बहुत ही वेल-रिहर्स्ड। अब ये बात चल निकली है तो मैं बताऊँ संजय कि रविशंकर अपना सितार सेट करने में इतना समय लेते थे और बजाने के दौरान ना जाने कितनी बार एकदम रोक के, फिर वो...

टयून करने लगते थे।

फिर उसको ठीक करते थे। अब कहने वाले ये कहते हैं कि वो दरअसल टयून जो करना होता था कि एक ग़लत नोट ज़रा सा भी...उनको लगा कि बनी नहीं...कुछ गड़बड़ हो गया, तो वो रुक के जैसे कि ग़लती बाज की है...अली अकबर कुछ और करते थे। अली अकबर ने एक तान ली और उनको लगा कि नहीं, ये कुछ गड़बड़ हुआ तो वो उस तान को फिर से लेते थे। इसी सिलसिले में मैंने अपने एक मित्र से, जो पण्डित उमाशंकर मिश्र का शिष्य था, वो इसी घराने के हैं, उमाशंकर मिश्र रविशंकर के चेले और ये मेरा मित्र उमाशंकर मिश्र का चेला। बहुत अच्छा इतिहासकार था ये मित्र मेरा। भूटानी नहीं, दूसरा। मैंने उससे एक बार कहा, रोबी तुम मुझे बताओ कि ये रविशंकर जो...तो वो हँसने लगा। बोला यार वही है जो तुम समझते हो। वो नहीं दिखाना चाहते हैं कि उँगली फिसल गयी। अब ये...अली अकबर, बोला और अली अकबर भी क्या। बाबा अलाउद्दीन ख़ाँ साहब...बाबा एक बार बजा रहे थे और बजाते बजाते उन्होंने कहा गोलती हो गया, वही चीज़ फिर से बजायी। तो...तो विलायत ख़ाँ सीधे कभी कुछ नहीं कहते थे। वो इशारे से बातें करते थे और अक्सर रविशंकर को वो...रविशंकर की आलोचना इशारे से...मसलन, बजा रहे हैं और बजाते-बजाते रुक गये। बड़ा नाज़ुक बाजा है ये, बहुत ही नाज़ुक है। इसके कान उमेठने की ज़रूरत नहीं होती है...

कटाक्ष उनके ऊपर...

अब वो नहीं कह रहे हैं कि कान कौन उमेठता है। लेकिन...कोमल बाजा है, कान नहीं उमेठे जाते। तो इस तरह की चीज़ें...मैंने बहुत अपना समय बर्बाद किया इस चक्कर में। और जब समझ में आया कि दोनों ही पहुँचे हुए हैं...

> मैं अभी आपको बीच में रोक रहा हूँ चूँकि आपने ये कहा कि आपके जो इतिहासकार मित्र थे उनको विलायत ख़ाँ के साथ रहने का सौभाग्य मिला और उनके पास रहते-रहते इन लोगों के बीच जो प्रतिस्पर्धा थी उनसे जुड़े कई वाक़िये...तो एकाध तो हम लोग भी जानना चाहेंगे, अगर आपको इस समय कुछ याद हो तो...

अब भई क़िस्से तो बहुत हैं। चूँकि ज़बरदस्त दोस्ती थी हम दोनों की... अब वो जब पीए भी था तो भी मेरे ही साथ रहता था, अक्सर ये होता था कि उस दिन जो बातें हुईं वो बतायेगा मुझे। या जैसे काबुल गया, तो काबुल गया तो मेरे यहाँ से उसने टैक्सी पालम के लिए ली, लौटा तो मेरे घर ही लौटा। क्या-क्या हुआ काबुल में, बताना ही बताना होता था उसे मुझे। ज़्यादातर बातें तो उनमें ऐसी हैं कि जो मैं बता दूँ तो भूटानी ही मुझसे ख़फ़ा हो जायेगा कि मैंने इसलिए तो नहीं बतायी थी कि दूसरों को बताओ। लेकिन एक-दो बातें मैं बता सकता हूँ। एक बात तो ये कि आप किसी दार्शनिक पर काम कर रहे हैं, किसी नेता के बारे में आप लिख रहे हैं, किसी कलाकार की जीवनी मान लीजिये आप लिख रहे हैं, तो अक्सर आप ये बताते हैं कि जब उसने ये चीज़ लिखी, या ये चित्र बनाया, या ये पार्टी छोड़कर उस पार्टी में गया, तो उसके अपने जीवन में ये हो रहा था। निजी जीवन और सार्वजनिक जीवन के बीच का सम्बन्ध या निजी जीवन और आप जो काम कर रहे हैं, जो लेखन कर रहे हैं, जो कला कर रहे हैं, उसका सम्बन्ध अक्सर जीवनीकार और इतिहासकार स्थापित करने की कोशिश करते हैं। मुझे लगता नहीं कि हमारे संगीतकारों के बारे में इस तरह की कोई चर्चा हुई है कि फ़लाँ संगीतकार जब अपनी कला के फ़लाँ फ़ेज़ में था तो उसके जीवन में क्या हो रहा था। तो इस उम्मीद में मैं ये बात शेयर कर रहा हूँ कि भविष्य में जो लोग संगीत पर लिखें,

संगीतकारों पर लिखें, ये भी कोशिश कर सकते हैं कि इस तरह का जो निजी जीवन और कला का सम्बन्ध है उसको पता कर सकें तो करें। एक वक़्त ऐसा था विलायत ख़ाँ की ज़िन्दगी में जब इन्होंने अपनी पहली पत्नी को छोड़ दिया और ये दूसरी पत्नी कौन थी ये भी...तो बस केवल इतना अभी कहूँगा कि जब दूसरी पत्नी से इन्होंने विवाह कर लिया, तो बहुत टूट गये थे विलायत ख़ाँ।

पहली पत्नी के मरने के ग़म में...

नहीं-नहीं, मरने के ग़म में नहीं, छोड़ा था...

अच्छा, छोड़ा था उन्होंने...

वो कुछ हुआ था। वो कहानी बतायी नहीं जा सकती। उन्होंने छोड़ दिया था। लेकिन बिल्कुल विचलित हो गये थे। उस समय जो संगीत उन्होंने दिया है, ये ऐसा अवसाद, ऐसा दुःख, ऐसी पीड़ा विलायत ख़ाँ के वादन में आपको मिलती थी...एक उदाहरण दूँ। निर्मल वर्मा का एक बड़ा ही अवसादमय उपन्यास है *एक चिथड़ा सुख*। शीर्षक से ही पता लगता है कि क्या उपन्यास होगा—चिथड़ा सुख। और मैं...शायद मैंने सुबह पढ़ना शुरू किया। उसी बरसाती में मैं अकेला था। शाम हो गयी थी, अँधेरा-सा छा रहा था जबकि एक चिथड़ा सुख मैंने पूरा किया। पूरा करते ही मैंने किताब रखी, उठा और विलायत ख़ाँ का दरबारी ३३ आरपीएम मैंने लगा दिया। चूँकि उस अवसाद के बाद मुझे लगा कि बस यही सम्भव है मेरे लिए। मैं और कुछ सोचना नहीं चाहता, कुछ करना नहीं चाहता, इसी मनःस्थिति में मैं रहना चाहता हूँ। कहना मुश्किल था कि एक चिथड़ा सुख में अवसाद का जो..., अगर आप उसको रसोत्पत्ति कहना चाहें, कि रसोत्पत्ति एक चिथड़ा सुख में ज़्यादा प्रभावकारी हो रही है या विलायत ख़ाँ के दरबारी में। और ये नहीं है कि दरबारी वैसे ही बज सकता है। दरबारी तरह-तरह से बज सकता है, दरबारी तरह-तरह से गाया जा सकता है। भीमसेन जोशी का 'और नहीं कछु काम के' अवसाद नहीं पैदा करता, पीड़ा नहीं आपके मन में..., पीड़ा का भाव नहीं लाता..., कुछ और होता है।

ये बिल्कुल इत्तेफ़ाक़ था कि मैं अन्दर की बात जानता था और उस समय का उनका संगीत सुन रहा था। तो सीधा सम्बन्ध बनता था। और कुछ होता ही नहीं था उस ज़माने में विलायत ख़ाँ के सितार में। जिस तरह से छूते थे विलायत ख़ाँ आपको। एक तो ये बात। दूसरी बात कि बड़े ही निश्छल व्यक्ति और इसमें आप ये न समझिए कि कोई विरोधाभास है। ऐसा घमण्डी आदमी आपको नहीं मिलेगा जैसे विलायत ख़ाँ थे। इतना दम्भ..., बड़ा ही दम्भी व्यक्ति। एक मिसाल दे रहा हूँ। जिस ज़माने में मैदान में पण्डाल लगाके सर शंकरलाल होता था, विलायत ख़ाँ अपनी मर्सिडीज़—और उस ज़माने में मर्सिडीज़—ख़ुद ड्राइव करके आये और सड़क के ऐन बीच में गाड़ी रोकी, पहले से लोग वहाँ खड़े हुए थे, एक आदमी ने दरवाज़ा खोला, ख़ाँ साहब बिल्कुल दोहरे होते हुए, अब ये भी...बिल्कुल ही इन्वर्टेड ह्यूमिलिटी, दोहरे हुए जा रहे हैं, और चेहरे पे मुस्कुराहट है और वहाँ जैसे गार्ड ऑफ़ ऑनर होता हो, दो लाइनें लगी हुई हैं, और हुसैन के टक्कर के लोग उनके ख़ैरमकदम के लिए खड़े हैं। और वो बीच-बीच में एकाध से जिसको इस लायक़ समझा, उससे हाथ भी मिला लिया।

कृपा बख़्शी।

बस, बस वही। तो...और एक चेले ने सितार बाइज़्ज़त उठाया और सुन्दर मखमल का कवर उस पर...और इस तरह ले के गया। ये विलायत ख़ाँ का रूप, एक तरफ़ ये, और दूसरी तरफ़ ऐसे निश्छल। भूटानी बताता था कि जब पहली बार गया तो ख़ाँ साहब ने सीधे मुँह बात नहीं की। जब दुबारा गया और पैर छुए तो बोले, ख़ुश रहो, बैठो, बातचीत करने लगे। फिर बोले, बेटा विनय, ज़रा उगालदान तो उठाना। बेटा विनय ने तुरन्त पीकदान उठाया और सामने पेश किया, उन्होंने पीक उसमें की, फिर उसने जा के रखा। जब वो रूप उसने अपना दिखा दिया, तब पीए बना। पहली बार तो छुट्टी कर दी थी। ये सब बिल्कुल जायज़ है। लेकिन दूसरी तरफ़ उनका ये था—भूटानी ने बताया ये क़िस्सा...कि कनेडियन हाई कमिश्नर ने एक दावत दी ख़ाँ साहब के ऑनर में। उसमें और लोग भी बुलाये गये। जब ख़ाँ साहब पहुँचे, तो फिर वही गार्ड ऑफ़ ऑनर। लोगों से तअर्रुफ़ कराया जा रहा है। और पीछे-पीछे डॉक्टर वी.सी.

भूटानी, डॉक्टर वी.स. भूटानी ख़ाँ साहब के पीए। वहाँ इत्तेफ़ाक़ से दिल्ली यूनिवर्सिटी के रजिस्ट्रार थिस्सु थे। ख़ाँ साहब के बाद थिस्सु साहब का परिचय उनके पीए डॉ. वी.सी. भूटानी से कराया गया। उन्होंने पूछा कि सो यू आर ए मेडिकल प्रैक्टिशनर। तो उसने कहा, नो, नो-नो, आइ एम अ हिस्टोरियन। आपने कहाँ से पीएच.डी. किया? आप ही की यूनिवर्सिटी से, भूटानी ने बताया। थिस्सू के पूछने पर कि बीए, एमए भी आपने हमारी यूनिवर्सिटी से किया है, भूटानी ने कहा, नहीं, वो मैंने पंजाब यूनिवर्सिटी से किया। ख़ाँ साहब एकदम मुड़े, बोले, अरे बेटा विनय, तुम बीए पास भी हो। प्रसन्न हो गये कि हमारा पीए तो...तो इस तरह की चीज़ें।

रघु राय की एक बड़ी सुन्दर पुस्तक है जिसमें कि सिर्फ़ संगीतकारों के फ़ोटोग्राफ़्स हैं और उसमें विलायत ख़ाँ का एक फ़ोटोग्राफ़ है। विलायत ख़ाँ के जो गुरु हैं—पीरो मुर्शिद तो पीरो मुर्शिद, विलायत ख़ाँ के पास खड़े हुए हैं और—विलायत ख़ाँ नीचे उकड़ूँ बैठे हैं उनके पैरों को अपनी बाँहों में लिये हुए, और अपार विनती के भाव में निहार रहे हैं पीरो मुर्शिद को।

विलायत ख़ाँ...

विलायत ख़ाँ पैर पकड़े हुए हैं और ऐसे कि बस आपकी कृपा चाहिए। विलायत ख़ाँ के तो इतने रूप हैं। लोगों को तो एक ही रूप वो दम्भी विलायत ख़ाँ वाला मालूम है। मैं तो भूटानी से बातें करके, ये एक तस्वीर देख के, रघु राय की एक तस्वीर विलायत ख़ाँ के बारे में इतना बता देती है जो कि लोगों को अन्दाज़ तक भी नहीं कि भई ये दम्भी व्यक्ति ये भी हो सकता है। तो बड़े, बड़े ही संश्लिष्ट व्यक्ति थे, बस दुर्भाग्य उनका ये रहा कि उनका ये पक्ष लोगों को नहीं मालूम। और वो जो एक वल्नरेबिलिटी अगर उसको कह सकें संगीत में..., विलायत ख़ाँ बजाते वक़्त ये जोख़िम उठाने को तैयार थे कि ग़लती हो सकती है।

क्या जोख़िम...

कि ग़लती हो सकती है...

उठाने को तैयार थे। जो कि रविशंकर नहीं करते थे।

रिहर्स्ड वहाँ कुछ नहीं। ज़ाहिर है कि ज़बरदस्त रियाज़ है लेकिन रियाज़ नहीं तय करेगा कि...अरे, कभी-कभी तो विलायत ख़ाँ पर ऐसी मासूमियत टपकने लगती थी उनके बजाने में जैसे कोई बच्चा किलकारी मार रहा हो। मैंने वो चीज़ सिर्फ़ महालिंगम की बाँसुरी में सुनी। बीच-बीच में महालिंगम की बाँसुरी वही कर सकती थी। ये मासूमियत, ये बच्चे की किलकारी, बच्चे का हँसना, ये संगीत में आप ले आयें, तो आप ज़रा अन्दाज़ लगाइये कि एक तरफ़ ये और दूसरी तरफ़ बिल्कुल भव्य...

> और एक तो इन लोगों के बारे में जो कहा जाता है, जो हमने सुना है और आपने भी उसकी ओर इशारा किया कि रविशंकर किसी भी समारोह में जाने से पहले, कहीं भी बजाने से पहले पूरी तैयारी के साथ जाते थे कि आज क्या बजाना है। विलायत ख़ाँ के बारे में कहते हैं कि अक्सर ये तय नहीं होता था, वो वहाँ जा के ही तय करते थे कि क्या बजायेंगे, और उस दौरान फिर वो इम्प्रोवाइज़ भी ऐसा करते थे कि सुनने वालों को मज़ा आ जाता था। ये ऐसा लोग कहा करते हैं।

वो कहते थे कि भई मुझे तो नहीं कान उमेठने। तो रविशंकर को १५-२० मिनट तो कम से कम लगने हैं स्टेज पे आ के। और कहना उनका ये था कि भई ग्रीन रूम में भी मैं सेट करता हूँ, लेकिन ग्रीन रूम का जो टेम्परेचर है वो एक टेम्परेचर है। यहाँ मैं आ गया हूँ, दूसरा टेम्परेचर है और अब मुझे फिर से ये सेट करना...ये ज़रूरी है सेट करना। किशोरी अमोनकर का यही हाल था। वो तो गवैया थीं, गायिका थीं। विलायत ख़ाँ के यहाँ ये सब नहीं था। बस ज़रा सा तबलची ने एक-दो बार किया और सब कुछ ठुक-ठुक बड़ी जल्दी इनका अपेक्षाकृत कम समय में हो जाता था और चल देते थे। तो सेट करके आये हैं एक राग के लिए और वहाँ आकर बैठे और मूड बदल गया। तो अब जो संगत करने वाला कलाकार है वो नहीं जानता कि ये कौन-सा राग बजाने जा रहे हैं। वो तो समझ रहा है कि...

ग्रीन रूम वाला राग बजाने जा रहे हैं।

हाँ, वहाँ मूड बदल गया और उन्होंने वो शुरू कर दिया। तो विलायत ख़ाँ...और इनका ये भी था कि एक राग बजाया है, अब उस राग के बाद जो मूड बनेगा, उनको लगेगा उसके बाद अब ये होना चाहिए...पूर्व निर्धारित कार्यक्रम शायद ही कभी विलायत ख़ाँ का रहा हो। लेकिन ये बात सही है कि रविशंकर का सब कार्यक्रम पूर्व निर्धारित रहता था।

उससे रत्ती भर भी इधर-उधर नहीं करते थे।

अब कभी कोई उनको प्रेरणा आ जाती हो तो करते होंगे। वैसे तो जब बातें चल रही हैं, तो मैं बताऊँ कि इण्डिया टुडे में मैंने रविशंकर का एक इण्टरव्यू पढ़ा। और मैं तबसे विलायत ख़ाँ के दम्भी होने की बात कर रहा हूँ, दम्भी तो रविशंकर भी थे।

बिल्कुल थे।

रविशंकर अपने उस इण्टरव्यू में कहते हैं कि भूले-भटके किसी दिन सही 'सा' लगता है। उसी इण्टरव्यू में, इण्डिया टुडे वाले में, रविशंकर कहते हैं कि इस जन्म का सीखा सब याद रख सकूँ अगले जन्म में और उस जन्म का सीखा याद रख सकूँ उसके अगले जन्म में, तो हो सकता है कुछ जन्मों में इस संगीत के अथाह सागर का कुछ हासिल कर सकूँ। तो हम लोग तो अन्दाज़ भी नहीं कर सकते कि ये लोग जो इतना हासिल कर गये...

इतना कुछ हासिल करने के बावजूद भी ये एहसास...

वो क्या सोचते थे कि हम हैं कहाँ। ये एहसास तो हम लोग कर ही नहीं पाते हैं; वो उनको एहसास होता था। और ये लोग जब अपने पूर्वजों की बात करते थे, ये बस कान पर हाथ या उँगली रख लें सिर्फ़ औपचारिकता इनके यहाँ नहीं होती। वो भी कुछ लोगों की होती है। लेकिन बाबा अलाउद्दीन की बात ऐसे ही नहीं कर सकते थे।

तो थोड़ा उनकी बात भी हम लोग अगले सेशन में करेंगे कि रविशंकर बाबा अलाउद्दीन के बारे में क्या कुछ कहा करते थे।

अलाउद्दीन खान ने जो किया है ये तो ना उससे पहले किसी ने किया और अब तो सम्भावना नहीं है। वो कौन-सा वाद्य था जो वो नहीं बजा सकते थे। कितने चेले उन्होंने पैदा किये—अली अकबर, रविशंकर, अन्नपूर्णा देवी, निखिल बैनर्जी, तिमिर बरन, पन्नालाल घोष। ये लिस्ट तो एकदम बड़े नामों की याद आ रही है और कितने होंगे। अपना बेटा है, अपनी बेटी सिर्फ़ दो, उसके अलावा सब ख़ानदान के बाहर। रविशंकर, विलायत ख़ाँ, अली अकबर ने पूरी कोशिश कर ली, एक बड़ा चेला नहीं पैदा कर पाये मय अपने बच्चों के। और अक्सर शिकायत करते थे दोनों, रविशंकर भी और अली अकबर, कि हमको जिस तरह की मदद की ज़रूरत है वो नहीं मिल रही, सरकार ज़मीन नहीं दे रही। अरे, बाबा अलाउद्दीन की मदद कौन कर रहा था। और क्या था उनके पास। वो तो भई घर के रईस भी नहीं थे। तो क्या चीज़ थी बाबा अलाउद्दीन ख़ाँ में...हाँ शरणरानी, शरणरानी का नाम लेना मैं भूल गया। तो कोई उनकी फ़ेहरिस्त बनाने बैठे...और वो राकेश रोशन रोशन का ये प्रसिद्ध क़िस्सा है कि ये गये बाबा के पास सीखने और यमन सिखाया उन्होंने। प्राय: वो यमन ही सिखाते थे शुरू में। साल भर बाद रोशन ने पैर छूके छुट्टी माँगी कि अब आप मुझे इज़ाज़त दें। बाबा ने कहा बेटा अभी तो यमन भी नहीं पूरा हुआ। रोशन ने कहा कि बाबा मैं जानता हूँ कि मेरी अपनी योग्यता क्या है। मैं उस तरह का पात्र हूँ ही नहीं कि आपसे और ज़्यादा मैं पा सकूँ। बस आप आशीर्वाद दे दीजिये। और वो एक यमन सीख के चले गये। अब फिर जो संगीत उन्होंने दिया है...

वैसा अद्भुत संगीत तो कम लोगों ने दिया है।

है ना। तो बाबा की क्या बात की जाये और बाबा का बजाना..., भई हम लोगों ने जो सुना है बाबा का, वो तो बिल्कुल ही उनके अन्तिम...संजय क्या, किस तरह का संगीत...

अगले रिर्कार्डिंग सत्र में बाबा के बारे में थोड़ी बातचीत करें तो अच्छा हो।

बाबा के बारे में...मैं इस योग्य भी अपने को नहीं पाता...भई मैं जो भी बात कर रहा हूँ उसमें कोई ऐसा तो है नहीं कि बड़ी बारीकियाँ संगीत की आ रही हैं। वो तो एक कनरसिये के जो अनुभव हैं, जो यादें हैं उनकी बात कर रहा हूँ। इनको एक बार ले-दे के नेशनल प्रोगाम ऑफ़ म्यूज़िक में सुना। फिर एक सीरीज़ रिलीज़ हुई ८-१० सीडीज़ की बाबा की, वो सुनी है। तो मैं चाहूँ भी तो उनके बारे में ज़्यादा बात कर नहीं पाऊँगा। और क्यों अपना वक़्त ज़ाया करें एक ऐसी महान् हस्ती पर बात करने में जिनके बारे में बात करने के मैं बिल्कुल भी योग्य नहीं। बस उनको तो मैं नमन ही कर सकता हूँ।

तो हम लोग पिछली बार शंकरलाल म्यूज़िक फ़ेस्टिवल की बात कर रहे थे और इस क्रम में फिर विलायत ख़ाँ और रविशंकर की प्रतिस्पर्धा की भी बात कर रहे थे और कैसे विलायत ख़ाँ एक तरफ़ तो निहायत घमण्डी और दूसरी तरफ़ इतने निश्छल थे, ये सब बात हुई, और हम लोगों ने पिछली बातचीत को विराम दिया था बाबा अलाउद्दीन को नमन करते हुए। तो थोड़ी और शंकरलाल संगीत समारोह की बात हो जाये। चूँकि विलायत ख़ाँ और रविशंकर की बात जब चल ही निकली है, तो उसके बाद ज़ाहिर सी बात है कि हम लोग अली अकबर की भी बात थोड़ा सुनना चाहेंगे आपसे। लेकिन पहले शंकरलाल।

भई, उस्ताद अली अकबर की बात छिड़ जाये और रोकना पड़े अपने आपको उनकी बात करने से...

नहीं, रोक नहीं रहा हूँ आपको...

ये बड़ा भारी...

नहीं, नहीं...

नहीं, नहीं...वो रोकना ये कि मैं इन्तज़ार करूँगा। ख़ैर, तो यही सही। भई उस समय का शंकरलाल तो बड़ा ही अद्‌भुत समारोह होता था। काफ़ी कुछ तो उसके बारे में मैं बता ही चुका हूँ। लेकिन अब मैं बताऊँ कि वहाँ मुझे किन बड़े कलाकारों को पहली बार सुनने का मौक़ा मिला। एक बड़ा नाम उनमें है उस्ताद अमीर ख़ाँ का। इससे पहले कि मैं अमीर ख़ाँ को रूबरू सुन सकूँ, मैं उनको पढ़ चुका था। अब आप पूछेंगे कि अमीर ख़ाँ को पढ़ चुके थे इसका क्या मतलब है। बहुत कम लोग इस बात को जानते हैं कि अमीर ख़ाँ की जो आत्मछवि थी वो एक चिन्तक और बुद्धिजीवी की थी, निराधार नहीं थी उनकी ये आत्मछवि। सबसे पहली बार मैंने *क्वेस्ट* में इनका एक लेख पढ़ा। और *क्वेस्ट*, संजय, आपको याद होगा अम्लान दत्ता और अबू सईद अयूब, ये सम्पादक होते थे और यह इण्डियन कमिटी फ़ॉर कल्चरल फ्रीडम की त्रैमासिक पत्रिका होती थी। मैं विश्वास के साथ कह सकता हूँ कि उस वक़्त हिन्दुस्तान में उससे अच्छी कोई और पत्रिका अँग्रेज़ी में नहीं निकलती थी। इसमें उन्होंने तराने पर एक लेख लिखा और बताया कि मैं काफ़ी दिनों से शोध कर रहा हूँ तराने पर। और बताया कि लोग ये मानते हैं कि तराना जो है ये...इसमें शब्द नहीं होते और जो बोल हैं वो निरर्थक हैं। तो उन्होंने कहा कि ये बात है नहीं। तराने में भी बोल होते हैं और उनके बड़े गूढ़ सूफ़ियाना अर्थ होते हैं। और फिर उन्होंने अपने शोध के आधार पर कुछ बन्दिशें दीं कि देखिये तराने में ये भी होता है। तो वो सब सूफ़ी। सो मैं ख़ासा प्रभावित हुआ अमीर ख़ाँ का वो सब पढ़ के। फिर उनको सुनने का मौक़ा मिला।

वहीं सर शंकरलाल में...

शंकरलाल में...अब मैं भई बताऊँ...एक तो इतने सीधे-साधे व्यक्ति थे अमीर ख़ाँ। गाने की बात मैं एक मिनट में अभी करूँगा कि लोग आते थे, अपना गाना है तो सीधे ग्रीन रूम में पहुँच गये, स्टेज पर आये, गाया, चले गये, बजाया, चले गये। अमीर ख़ाँ वाहिद कलाकार थे जो आकर

बैठते थे। और आप उनको वहाँ घूमते-फिरते देख सकते थे। एक बार का मैं बताऊँ कि मैं जा रहा था पण्डाल की तरफ़, और सामने से देखा कि अमीर ख़ाँ पण्डाल से निकल रहे हैं। जब हम दोनों क्रॉस हुए तो मैंने संगीत सुना। अमीर ख़ाँ गुनगुनाते हुए जा रहे थे। वो जो गुनगुनाना है, क्या दिव्य गुनगुनाना था, आनन्द आ गया उस...उनके गुनगुनाने को सुन के। वो इस तरह के आदमी थे कि अपना तो गाते ही थे, दूसरों को सुनते भी थे। पहली साल जो मैंने उनको सुना, तो रात, मध्य रात्रि हो चुकी थी। उसके बाद अमीर ख़ाँ गाने आये। उन्होंने दरबारी प्रस्तुत किया। अगर संजय आपको याद हो मैंने अली अकबर की बात करते हुए कहा था कि जब मैं उनको सुन के निकलने लगा तो मन में ये आया कि ये बढ़ते कैसे थे। तो पता ही नहीं लगा कि ये बढ़ गये। वही कैफ़ियत अमीर ख़ाँ को सुनते हुए हुई।

उनका ये था कि उनके गायन में हाथ-वाथ नहीं चलते थे। बहुत हुआ तो ज़रा सा कोई हाथ हिल गया, वरना वो अपना लगभग स्थिर और ये भी नहीं समझ में आता था कि आवाज़ निकल रही है तो कहाँ से निकल रही है। वो तो जैसे कोई समाधिस्थ योगी बैठा हो। वो दीन-दुनिया से बेख़बर अपना बैठे हुए हैं और गाना चल रहा है। और दरबारी वैसे भी भव्य राग...मन्द्र सप्तक में उन्होंने...और अमीर ख़ाँ की गायकी भी ऐसी थी जिसमें अलग से आलाप भूले-भटके उन्होंने कभी किया हो तो किया हो। महफ़िलों में करते रहे होंगे लेकिन उनकी जो पब्लिक परफॉर्मेन्सेज़ होती थीं उनमें ज़्यादातर वो सीधे बन्दिश पर आ जाते थे। उनको तो जैसे गुनगुनाने की भी ज़रूरत नहीं पड़ती थी।

एक और बात उनमें थी कि वो अन्तरा गाते तो थे, कभी मूड हो जाये तो अन्तरा पर दोबारा-तिबारा आ जाते थे। लेकिन उनका गायन ये था कि जो उनका स्थायी है...स्थायी उन्होंने पहले प्रस्तुत किया और स्थायी की प्रस्तुति के तुरन्त बाद पूरा का पूरा अन्तरा उन्होंने गा दिया और बस अन्त हो जाता था अन्तरे का। अब वो स्थायी पर आ जाते थे और पूरा उनका जो ख़याल होता था वो स्थायी पर ही चलता था। अन्तरा तो बस जैसे एक औपचारिकता है, वो निभा दी और आगे चल दिये। सो ये मैंने देखा...अब गाये जा रहे हैं, गाये जा रहे हैं, आनन्द आ रहा है। फिर द्रुत की बन्दिश भी उन्होंने गायी और मैंने उस दिन अनुभव किया कि अमीर ख़ाँ अति द्रुत में भी जाते थे। वो तारसप्तक में पहुँचते थे और पता नहीं लगता था

कि तारसप्तक में पहुँच गये। अब जैसे भीमसेन जोशी को सुनो तो अलग मालूम होता है। अमीर ख़ाँ तो बस ऐसे ही कर जाते थे ये सारी चीज़ें...।

और तब एक ऐसा रोमांचकारी अनुभव हुआ जो कि मैं बताऊँगा तो भी विश्वास नहीं होगा। वो अनुभव ये था कि लम्बा दरबारी गा लिया, द्रुत ख़याल को अति द्रुत तक ले गये और उस अति द्रुत दरबारी की अन्तिम तान समाप्त हुई, दरबारी पूरा हुआ, और इस अन्तिम अति द्रुत दरबारी की तान के बाद जो अगली तान आयी वो ललित की अति विलम्बित तान थी। आप ज़रा कल्पना कीजिये कि क्या ये सम्भव है। लोग रुकते हैं, तैयारी करते हैं, घोषणा होती है, संगतिये तैयार होते हैं। सोचिये कि तबलची चला जा रहा है और अचानक वो देखता है कि अरे ये तो बदल गया। और विलम्बित भी ऐसा विलम्बित! ऐसा विलम्बित तो बस उस्ताद वहीद ख़ाँ का उससे पहले सुना गया। लोग तो वापस उस रोमांचकारी क्षण पर जब दरबारी की उस अति द्रुत अन्तिम ज्ञान के बाद, बग़ैर किसी अन्तराल के, अमीर ख़ाँ साहब ने ललित की अति विलम्बित तान छेड़ दी। लोग दंग रह गये कि ये हुआ क्या। सुरों पर ऐसा अधिकार केवल अमीर ख़ाँ किसी का मैंने नहीं देखा। ये पहला अनुभव अमीर ख़ाँ को सुनने का। फिर तो बहुत बार अमीर ख़ाँ को सुनने का मौक़ा मिला।

कुछ हमारी क़िस्मत अच्छी थी। जिस बरसाती में मैं रहता था उसके ठीक पीछे, बस बीच में एक गली, ठीक पीछे एक पेण्टर और एक होम्योपैथ, ये दो भाई थे महेन्द्र सिंह और कुलदीप सिंह। ये सरदार थे और इनको संगीत का बड़ा शौक़ था। बड़े-बड़े कलाकार इनके यहाँ आ के ठहरते थे। अमीर ख़ाँ तो मानो इनको बिल्कुल अपना बेटा मानते थे। कुलदीप और महेन्द्र के घर ही आ के वो रुका करते थे। और अमीर ख़ाँ के जाने के बाद, उनका तो बड़ा दुखद निधन हुआ कार एक्सीडेण्ट में, कलकत्ता में वो मरे, तो इन दोनों भाइयों ने दिल्ली में एक आयोजन, एक वार्षिक आयोजन प्रारम्भ किया अमीर ख़ाँ की स्मृति में। और ये तो कलाकार था कुलदीप, तो उसने जो तस्वीर..., एक बहुत बड़ी तस्वीर, फ़ोटोग्राफ़ वो स्टेज पर बड़ी तस्वीर रखी रहती थी और वो तस्वीर थी अमीर ख़ाँ बनियान पहने उनके घर में बैठे हैं।

उनका ये रूप तो कोई देखा ही नहीं होगा।

बनियान पहने बस। कमर तक की तस्वीर, कमर से ऊपर बनियान वाली...तो वहाँ फिर ये किशोरी अमोनकर, भीमसेन जोशी, अमीर ख़ाँ, बलराम पाठक...पहली बार मैंने बलराम पाठक का सितार वहीं सुना। तो ये भी अच्छा था कि मैं इनका पड़ोसी था, इनसे मेरी..., कुलदीप से मेरी मित्रता थी, महेन्द्र से उतनी नहीं थी। एक बार तो भीमसेन जोशी ने बैठक भी उनके यहाँ की। तो ख़ैर, अमीर ख़ाँ की स्मृति में इन दोनों भाइयों ने..., और कई साल वो चला। अमीर ख़ाँ की जो विरासत है वो पण्डित अमरनाथ ने निभायी। उसके बाद बहुत ही दुर्भाग्य की बात है कि वो नहीं चली। वैसे तो देखिये कहने को सिंह बन्धु, बड़ा नाम सिंह बन्धुओं का एक ज़माने में हुआ था, फिर जो भी कारण रहा हो दोनों अलग हो गये और अलग होने के बाद फिर वो दोनों में से किसी में वो चीज़ रही नहीं। तो वो तो बिल्कुल एक तरह से सीन से अलग हो गये। लेकिन पण्डित अमरनाथ, वही बुद्धिजीवी, चिन्तक, बिल्कुल गुरु के मोल्ड में वो थे, मृदुभाषी। उनसे बात करो..., सेमिनार्स में जाते थे, बहुत सोच-समझ के बोला करते थे। सो अमीर ख़ाँ की परम्परा तो अब एक तरह से समाप्त हो गयी। अब वैसे तो भाई गोकुल जी महाराज हैं। आप ध्यान से न सुनो तो आपको शक होगा कि आप अमीर ख़ाँ को सुन रहे हैं। और कभी गाते वक़्त वो ये नहीं कहेंगे कि वो अमीर ख़ाँ से प्रभावित हैं, प्रभाव तक की बात नहीं करेंगे।

> कुलदीप से तो आपकी दोस्ती थी, तो वो भी कुछ क़िस्से सुनाता होगा इन लोगों के बारे में।

कुछ ऐसी बात है कि कुलदीप क़िस्से नहीं सुनाता था, बातें ख़ूब होती थीं उससे। मेरी तो कलाकारों से पुराने ज़माने से मित्रता रही है। परमजीत जामिया में मेरे साथ था, रामचन्द्रन मेरे साथ था। हम लोग तो सब एक साथ के थे। कुलदीप और परमजीत की बड़ी गाढ़ी छनती थी। लेकिन संगीत पे कुलदीप अलग से कभी बात नहीं करता था। हाँ, अगर कोई आयोजन हो रहा है तो बुलाता था। तो वही मैंने बताया कि बलराम पाठक और भीमसेन जोशी...तो भई ये अमीर ख़ाँ को उस तरह से सुनने का जो सौभाग्य मिला और बार-बार मिला...फिर ज़ाहिर है कि अमीर ख़ाँ का जो मिल जाये वो हम रखते थे। और जो गीतांजलि का और मेरा अपना

कलेक्शन है उसमें सबसे ज़्यादा तो भीमसेन जोशी, भई मैं तो कह चुका हूँ कि मैं भीमसेन जोशी का मुरीद हूँ।

वैसे एक बात और बताऊँ। ये जो होता है...एक बार मैं कलकत्ता गया। और मेरा एक मित्र प्रदीप, सोशिअलॉजिस्ट, तो मैं उससे मिल रहा था। वो संगीत का बड़ा प्रेमी था। मैंने कहा कि प्रदीप तुमको मालूम है मेरे पास अब ९० घण्टे भीमसेन जोशी के हो गये हैं। वो मुस्कुराया और बोला कि सुधीर मैं कल अपने एक दोस्त के साथ बात कर रहा था। उसने मुझे बातों ही बातों में बताया कि उसके पास निखिल बैनर्जी के १५० घण्टे हैं। प्रदीप ने मुझको मेरी हैसियत जता दी कि बहुत ज़्यादा तुम ९० घण्टे-९० घण्टे ना करो। अगर उसके बाद है तो उस्ताद अमीर ख़ाँ।

गीतांजलि को तो अमीर ख़ाँ इतने पसन्द हैं संजय, और जब ये बात चली है तो बताऊँ कि हम लोग सूरत में काफ़ी दिन रहे और हमारा जो घर था सूरत में वो था कि आप तीन या चार सीढ़ियाँ चढ़ के एक प्लेटफॉर्म पर आते थे। और प्लेटफॉर्म के बाद घर का दरवाज़ा, और फिर आप घर में प्रवेश करते थे। हम लोगों ने जो प्लेटफॉर्म था घर का, उसके बग़ल में एक क्यारी बना ली थी और उस क्यारी में कुछ फूल के पौधे लगाये। और वहाँ ये था कि सुधीर और गीतांजलि का घर कोई पता पूछने आये तो ये कहते थे कि जिस घर में बाहर झूला लटका हो...अब ये भी कैसी विडम्बना है कि गुजरात में नॉन-गुजराती का घर वाहिद घर था जिसकी पहचान ये थी कि जहाँ झूला लटका हो वो सुधीर और गीतांजलि का घर है। और अगर सुबह का वक़्त है तो कहते थे कि झूला लटका होगा और शास्त्रीय संगीत बज रहा होगा। तो उस तरह की हमारी जीवनचर्या थी। और ये क्यारी फूलों की...

एक दिन हम लोग हस्बेमामूल सुबह की चाय पी रहे थे। हम लोग की चाय क़रीब घण्टा-डेढ़ घण्टा चलती, आराम से हम लोग पीते। गीतांजलि क्यारी की तरफ़ देखे जा रही थी। उसने कहा कि देखा सुधीर तुमने, हम चाय पी रहे थे और ये जो सफ़ेद गुड़हल है एक कली थी और हमारे देखते-देखते ये फूल बन गयी और हम नहीं समझ पाये कि ये कली फूल कैसे बनी। उसने कहा कि ये तो अमीर ख़ाँ के गायन की तरह है। अब मुझे ऐसी उपमा अमीर ख़ाँ के गाने की मैंने भाई न सुनी न पढ़ी। और फिर इसने

एक कहानी लिखी, गीतांजलि ने, उसका नाम ही रखा सफ़ेद गुड़हल। तो अमीर ख़ाँ तो उस तरह बढ़ते थे, आय, हाय हाय क्या...आप समझ नहीं सकते थे कि ये क्या हो रहा है। योग की अवस्था अगर गाने में किसी ने प्राप्त की है तो अमीर ख़ाँ ने। उनको सुनना तो बिल्कुल दिव्य अनुभव है। तो अमीर ख़ाँ को सुना और एक बहुत अच्छी गायिका...बहुत ही दुर्भाग्य की बात है कि इनका नाम नहीं हुआ, सुलोचना यजुर्वेदी।

आपने अमीर ख़ाँ के साथ एक और...

मैं सुलोचना यजुर्वेदी की बात कर रहा था। ये बहुत अच्छी गायिका थीं, थीं क्या अभी जीवित हैं और बीच-बीच में गाती भी हैं। सुलोचना यजुर्वेदी को भी वहाँ सुनने का मौक़ा मिला। गंगूबाई हंगल लगभग हर साल आती थीं। अफ़सोस की बात ये है कि जैसे बहुत बाद में पण्डित मल्लिकार्जुन मंसूर आने शुरू हुए वैसे ही एक और उस ज़माने के बड़े अच्छे गायक थे बासवराज राजगुरु।

हाँ, किराना घराने के।

बासवराज राजगुरु केवल एक बार बुलाये गये शंकरलाल संगीत समारोह में। तो उनको पहली बार रूबरू सुनने का मौक़ा..., मैं बहुत पसन्द करता था बासवराज राजगुरु को। रेडियो के जिस ज़माने की मैं पहले बात कर रहा था, उस समय बहुत रिकॉर्डिंग बासवराज राजगुरु की आकाशवाणी से आया करती थी। तो एक बार बासवराज राजगुरु को सुनने का मौक़ा मिला। फिर एकाध बार इमरत ख़ाँ को अकेले सुनने का मौक़ा मिला।

उसी शंकरलाल संगीत समारोह में।

हाँ, शंकरलाल ने ऐसा अद्‌भुत संगीत साल दर साल सुनवाया है कि मैं तो उनका अनुगृहीत रहूँगा। एक विशेष बात जो सर शंकरलाल संगीत समारोह में ही जो हुई, उसका ख़ास तौर से ज़िक्र करना चाहूँगा। हम लोग अक्सर ये मानते हैं और शायद सही मानते हैं कि हमारे कलाकार और शास्त्रीय संगीतज्ञ..., ये सोशल कान्शेन्स की बात अगर करें, ये जो

ज्वलन्त मसाइल होते हैं समाज के उन पर प्राय: ख़ामोश रहते हैं। आप और मैं जिन चीज़ों को लेकर परेशान हो जायेंगे, लिखने लगेंगे, विद्रोह पर उतारू हो जायेंगे, ये लोग अपना...जैसे सब चलता है। ये मान्यता इनके बारे में है और बहुत ग़लत भी नहीं है। प्राय: ऐसा ही होता है और शास्त्रीय संगीतज्ञों का तो आप मान के ही चलिए। तो ऐसी जहाँ स्थिति हो, वहाँ एक ऐसा अनुभव हुआ जो कि याद करने के लायक़ है। इमरजेन्सी के दिन थे। इतवार की सुबह का कार्यक्रम भीमसेन जोशी का था। इमरजेन्सी और वो भी दिल्ली। ये बिल्कुल दहशत पैदा करने वाला माहौल था। देश के बाक़ी हिस्सों में क्या हो रहा था, वो अलग बात है लेकिन आप बिल्कुल, इन्दिरा गाँधी के ज़ेरे साया रहे हों, सो दहशत पराकाष्ठा पर थी। उस दिल्ली में...

> आप एक नाम भूल जा रहे हैं। आप इन्दिरा गाँधी का नाम ले रहे हैं लेकिन उनके सुपुत्र का नाम नहीं ले रहे हैं।

नहीं-नहीं, उनके सुपुत्र...असली तो मैं उनको कभी कहूँगा ही नहीं। इसलिए कि इन्दिरा गाँधी अगर ना चाहती...

> तो ऐसा हो नहीं सकता था।

तो इसलिए असली तो वो नहीं है। उस पाप के भागीदार हैं वो अलग बात है। सो चलो ये भी कह लें इन्दिरा गाँधी—संजय गाँधी की दिल्ली में। हाँ, इतना मैं मान लूँगा कि दिल्ली में जो दहशतगर्दी हो रही थी वो इन्दिरा गाँधी से ज़्यादा संजय गाँधी की कृपा से हो रही थी। तो उस दिल्ली में भीमसेन जोशी गा रहे थे। तब तक ये मैदान और वो पण्डाल से हट चुका था और ये कमानी ऑडिटोरियम में होने लगा था।

> आप सर शंकरलाल संगीत समारोह की ही बात कर रहे हैं ना?

शंकरलाल...वो जो मॉडर्न स्कूल था वहाँ के हॉल से भी आ गया और कमानी ऑडिटोरियम..., अब वही परमानेण्ट जगह है शंकरलाल संगीत समारोह की। भीमसेन जोशी आये और उन्होंने एक लम्बा सुबह का राग...मुझे ठीक याद नहीं तोड़ी थी, क्या था, असावरी थी, जो भी उनका

राग रहा हो, विस्तार से वो राग प्रस्तुत किया। और उसके बाद उन्होंने एक रचना प्रस्तुत की। कोई घोषणा नहीं, कुछ नहीं। तो हम सब सुनने लगे। वो रचना थी सोच-समझ नादान। अब पहले भी सुनी हुई थी तो ऐसा लगा नहीं कि कोई ख़ास चीज़ होने जा रही है। फिर जैसे-जैसे ये बढ़ते गये, ये एहसास होने लगा कि ये जो अब तक गाते थे, ये वो गायन नहीं है, कुछ और चीज़ हो रही है। और हो ये रहा था कि सोच-समझ नादान के बाद जब वो अन्तरा पे आये 'जिस नगरी में दया धरम नहीं, उस नगरी में रहना चाहे, सोच-समझ नादान।'

अरे ये सीधा, सीधा उस समय के माहौल पर कॉमेंट था।

नहीं-नहीं संजय, नहीं-नहीं...ठीक है सीधा-सीधा लेकिन फिर भी वो तो पहले भी गाते थे...

उसमें वो रेज़ॉनन्स नहीं था...

लेकिन वो इससे सन्तुष्ट नहीं थे कि मैं आपातकालीन भारत में ये बन्दिश पेश कर रहा हूँ। उनको उस बन्दिश में कुछ और करना था। अब जितनी बार 'जिस नगरी में दया धरम नहीं,' अब वो दया धरम नहीं, दया धरम नहीं उसको ऐसे विकृत कर करके, दया और धरम ऐसे विकृत करके उसको वो पेश करें...उस नगरी में रहना चाहे...आपसे कह रहे हैं कि इस नगरी में रहना चाह रहे हो। कोई ऐसा नहीं था जिसकी समझ में न आया हो कि भीमसेन जोशी ने क्या किया। सर्वेश्वर दयाल सक्सेना, उनका कलेजा था...वो *दिनमान* के संगीत आलोचक। उन्होंने पूरा इसका विवरण *दिनमान* में दिया।

*दिनमान* वालों ने छापा उसको।

कि जो नहीं पहुँचे हैं उनको भी पता लगे भीमसेन जोशी ने उस दिन वो चीज़ की जो बड़े-बड़े बुद्धिजीवी उस ज़माने में नहीं कर पा रहे थे। एक ही और मिसाल है, वो इस तरह की नहीं है। एक बार गंगूबाई हंगल से बात हो रही थी। उस बातचीत की चर्चा भी मैं करना चाहूँगा, लेकिन इस

सन्दर्भ में मैं ये बता दूँ कि उस बातचीत के दौरान..., बहुत लम्बी बातचीत हो रही थी, उनकी कृपा हो गयी उस दिन, वो उठने ही नहीं दे रही थीं गीतांजलि को और मुझको। और वो बात से बात निकलती जा रही थी।

ये मुलाक़ात कहाँ हुई।

ये सूरत में, बहुत लम्बी मुलाक़ात हुई। उन्होंने और बातों के साथ-साथ ये कहा कि भई मैं ग्वालियर गयी थी गाने के लिए तानसेन समारोह में... बाबरी मस्जिद ढहा दी जा चुकी थी। बोलीं कि एक पत्रकार मेरे पास आया और उसने कहा कि गंगूबाई ये जो अयोध्या में हुआ उसके बारे में आप क्या सोचती हैं। मैंने उस पत्रकार को घूरा और कहा कि भैया तुम नहीं जानते कि मैं तानसेन समारोह में गाने आयी हूँ। इसके बाद भी तुम मुझसे पूछ रहे हो कि मैं क्या सोचती हूँ। ये है...मैं...भीमसेन वाली दूसरी चीज़ है लेकिन फिर भी ये कहना...और वो जानती थीं कि ये रिपोर्ट होगा उनका जवाब, फिर भी उन्होंने दिया ये जवाब कि तुम पूछ क्या रहे हो मुझसे। तो मैं तो कम से कम ये दो ही उदाहरण ऐसे जानता हूँ। और लगे हाथ एक और बात कहूँ कि ये जो याद का है, स्मृति का जो सिलसिला होता है, वो बड़ा विचित्र सिलसिला होता है। मैं तो इतिहासकार आदमी हूँ। तो मेरे लिए तो ये सब जो आज मैं याद कर रहा हूँ..., अभी बोलते वक़्त भी मैं सचेत हूँ कि ये कहानी पिछली बार मैंने बतायी थी, तो कैसे बतायी थी। या मैंने इसके बारे में लिखा है, तो क्या लिखा है। और आज कोई तब्दीली तो इसमें नहीं आ गयी। और बहुत सोच-समझ के मैंने पूरी बात कही है याद करते हुए। इसी का एक और वर्णन क़रीब ५-६ साल पहले मुझे पढ़ने को मिला। मैंने सोचा कि अब इसको नज़रअन्दाज़ करो कि उसको अगर इसी तरह याद है तो इसी तरह याद होगा। मैं जानता हूँ कि ऐसे नहीं हुआ था। लेकिन उसका मेरे पास ईमेल आया जिसने ये लिखा था, सुहेल हाशमी। मित्र है मेरा।

दिल्ली में रहते हैं?

हाँ, दिल्ली में ही रहता है। तो उसने इस घटना को याद करते हुए कहा, एक मिनिस्टर का नाम लेते हुए, मैं भूल रहा हूँ कि कौन-सा मिनिस्टर...,

वो आगे बैठे हुए थे। भीमसेन जोशी ने अपना कार्यक्रम शुरू किया 'सोच-समझ नादान...' से और मिनिस्टर की तरफ़ देखे जा रहे थे। मुझे लगता नहीं कि बात का असर इससे बढ़ जाता है कि शुरू ही किया या समापन किया मिनिस्टर को...वहाँ मिनिस्टर अहम नहीं था। जो सारे सुनने वाले आये थे..., ये तो जैसे सबसे कह रहे हैं कि हो क्या गया है, नपुंसक बने बैठे हो, सोचो। तो ये बिल्कुल ही अभूतपूर्व घटना थी। इसको याद रखना बहुत ज़रूरी है जब हम भारतीय या हिन्दुस्तानी शास्त्रीय संगीत की बात करें, संगीतज्ञों के और राजनीति के सम्बन्धों की बात करें, या उनकी सांस्कृतिक राजनीति की बात करें, तो जहाँ दस बुरी बातें कही जाती हैं संगीतज्ञों और कलाकारों के बारे में..., संगीतज्ञों के बारे में ज़्यादा, कलाकार तो अक्सर बड़े विद्रोही हो जाते हैं। तो ये घटना या गंगूबाई का वो उत्तर...ये हमें याद रखना चाहिए। अगर इस तरह की और भी घटनाएँ हैं तो उनको भी याद किया जाना चाहिए, रिकॉर्ड किया जाना चाहिए। शंकरलाल में ये अनुभव भी मुझको...

> बहुत ही ख़ास...

बहुत ही ख़ास! क्या दया-धरम नहीं...रहना चाहे...ये था संजय। तो मोटा-मोटी शंकरलाल की बात हम लोग यहाँ समाप्त करें।

> चूँकि बात से बात निकलती है। जब आपने शंकरलाल संगीत समारोह का ज़िक्र किया तो कई इतने बड़े-बड़े नाम आ गये उसमें–गंगूबाई हंगल, मल्लिकार्जुन मंसूर, बासवराज राजगुरु, और उन सब की चर्चा होनी ही चाहिए, लेकिन एक चर्चा जो हम लोग करने वाले थे, उसको थोड़ी देर के लिए रोक दिया था और वो है अली अकबर। पहले हम लोग अली अकबर की बात कर लें, फिर औरों की बात करेंगे।

मैं याद दिलाऊँ कि मैंने इलाहाबाद में पहली बार पैलेस टॉकीज़ में अली अकबर को सुना। उसके बाद जब हमने अपना म्यूज़िक सिस्टम ख़रीद लिया तो रविशंकर और अली अकबर की जुगलबन्दी उस ज़माने में बड़ी प्रसिद्ध थी और न जाने कितने रिकॉर्ड्स उस वक़्त इन दोनों की जुगलबन्दी

के निकले थे। जब कोई नया एलपी आता था इन दोनों का, तो मैं उसको ज़रूर हासिल करता था। एक बार मुझे दोनों की जुगलबन्दी सुनने का भी मौक़ा मिला। वो अद्‌भुत अनुभव था। दोनों बिल्कुल अलग प्रकृति के संगीतज्ञ थे। रविशंकर पूरे होशो-हवास में, सोच-समझ के, अब जीनियस तो थे ही, लेकिन जो कुछ वहाँ होता था वहाँ सचेतन..., उनके इन्स्पायर्ड मोमेण्ट्स जो होते थे वो होते थे...रियाज़ के वक़्त भी, सोचने के वक़्त भी होते होंगे। लेकिन जो उनका संगीत सामने आता था...

बिल्कुल सधा हुआ।

हाँ, अली अकबर बिल्कुल इसके विपरीत। वो तो सन्त। एक बड़ी अच्छी बात मैंने पढ़ी। अली अकबर का कोई साक्षात्कार छपा और उसमें अली अकबर कहते हैं कि मैं शुरू करता हूँ तो सरोद बजाता हूँ और जल्दी ही सरोद मुझे बजाने लगती है। तो ये जो है कि मैं नहीं बजा रहा हूँ, सरोद मुझे बजा रही है। ये बिल्कुल भिन्न प्रकृति के..., बिल्कुल अलग जीनियस के लोग जब इकट्‌ठे हों तो अद्‌भुत अनुभव होता था। एक बार मैंने इनकी जुगलबन्दी भी सुनी।

आप दूसरे शब्दों में शायद यूँ कह रहे हैं कि रविशंकर तो पूरी तैयारी के साथ आते थे वो बिल्कुल सधा हुआ, बिल्कुल सोचा-समझा हुआ...और दूसरी तरफ़ अली अकबर या विलायत ख़ाँ का भी नाम यहाँ जोड़ लें उनका ये था कि शुरुआत तो वो करते थे किसी सोचे हुए राग से कि इस राग से करना है, लेकिन कहीं न कहीं उस बीच में दे विल लेट गो ऑफ़ देमसेल्व्ज़।

बस, बिल्कुल।

फिर जो आपने कहा कि सरोद मुझे बजाती है, देन दे आर ट्रांस्पॉर्टेड टुगेदर विथ द म्यूज़िक एण्ड देयरफ़ोर इट बिकम्स एन इंटायरली यूनिक एण्ड डिफ़रेण्ट काइंड ऑफ़ इक्सपीरियन्स।

बिल्कुल।

सॉरी मैंने आपको रोका।

नहीं, नहीं, बिल्कुल सही बात है। बस मैं इसमें इतना जोड़ना चाहूँगा कि..., बग़ैर पारखी हुए मैं ये जोड़ना चाहूँगा इंटूयटिवली...आख़िर हर श्रोता अपने ही अनुभव की बात कर सकता है किसी दूसरे के अनुभव की बात तो नहीं कर सकता...और कोई पण्डित भी मुझसे कहे कि नहीं अली अकबर ये नहीं करते तो मेरे लिए ये बेमानी है। मैं जिस अली अकबर को सुन रहा हूँ वो अली अकबर...और मैं ये जानता हूँ कि मैं अकेला नहीं हूँ अली अकबर को उस तरह सुनने वाला। मैं इतना ज़रूर जोड़ूँगा कि क्रिएटिविटी के मामले में अली अकबर विलायत ख़ाँ से भी अलग थे। वो...वो उनकी अपनी जगह थी...जो वो करते थे, और जो वो कर सकते थे वो वही कर सकते थे। मेरा जैसा सुनने वाला, वो ये महसूस कर सकता था कि अली अकबर का जो बजाना है, वो ऐसी-ऐसी चीज़ वो कर रहे हैं, सोच रहे हैं,...वो दुस्साहस...और दुस्साहस ये है कि मैं किस सीमा तक अपने सुरों को ले जा सकता हूँ कि ये बेसुरे ना हो जायें, मेरा सा कहाँ तक जा सकता है कि वो रे ना बने। ये...ये...ये जो एक्सटेंशन है...तो जो विस्तार उनको मिल जाता था, जो स्पेस...अब भई सचिन तेन्दुलकर... सचिन तेन्दुलकर की महानता क्या थी। वही २२ गज़ का पिच तेन्दुलकर के लिए जितना बाक़ी लोगों के लिए, उसी ९० मील की रफ़्तार से या उतनी घूमती हुई बॉल उसको मिल रही है जितनी कि दूसरे को मिल रही है। लेकिन सचिन तेन्दुलकर के पास वक़्त ज़्यादा होता था, उसके २२ गज़ औरों के मुक़ाबले...

मानो ४४ गज़ हो जाते हैं।

४४ नहीं तो ३२ तो हो ही जाते थे। दूसरों को जहाँ प्वाइंट, लेट्स से, ५ सेकण्ड मिल रहे हैं वहाँ इसको प्वाइंट ९ सेकण्ड्स मिलते थे। ये जो स्पेस क्रिएट होती है...अली अकबर को वही नोट्स मिल रहे हैं जो औरों को मिल रहे हैं। लेकिन अली अकबर उन नोट्स को कहाँ तक ले जा रहे हैं और यह अकारण नहीं है—अली अकबर ने वर्जित स्वर का जितना प्रयोग अपने संगीत में किया है, कम लोगों ने किया है। वर्जित स्वर, ये तो वैध है। वर्जित स्वर वर्जित नहीं हैं, बस शर्त ये है कि आप में हिम्मत होनी

चाहिए, आप में योग्यता होनी चाहिए कि जो इस राग में स्वर वर्जित है आप उस स्वर को ले आयें। तो ये वर्जित स्वर लगा रहे हैं, इतना। इतनी बार लगाते हैं, बहुत कम लोग उतना लगाते थे। लेकिन उससे भी बड़ी बात जो अली अकबर के वादन में हो रही है, उनकी कला जो बड़ी बनती है, महान् बनती है वो ये कि जब वर्जित स्वर नहीं भी लगा रहे हैं तो जो राग के स्वर हैं उन स्वरों को वहाँ तक ले जाना चाह रहे हैं जहाँ वो कुछ दूसरे ना हो जायें। ये जो स्पेस की बात मैं कर रहा हूँ...ये अली अकबर ने जो स्पेस अपने लिए क्रिएट कर लिया...ये तो हुई एक बात। दूसरी बात, इसकी चिन्ता नहीं कि ये राग, इसका रूप क्या है। वो राग के साथ भी वही चीज़ कर रहे हैं जो सुरों के साथ करते हैं। वो जो उस दिन बात हुई, बागेश्री कान्हड़ा की जो घोषणा हो रही है, वो तो खेल-खेल में... जैसे कोई बड़ा अभिनेता हो और किसी बड़े अभिनेता से आप कहें कि भई वो हमको आप नवरस करके दिखाइये। तो जो अभिनय होता है, वो किस आसानी से कोई बड़ा अभिनेता अगर है या बड़ी, बड़ा कोई नाचने वाला, नाचने वाली है, नृत्यांगना, नर्तक वो जो करते हैं कि एक-एक क्षण में कितने रूप वो आपको दिखा सकते हैं, अली अकबर ये चीज़ कर रहे हैं। कुछ भी सायास नहीं हो रहा है। वो सरोद उनको बजाये जा रही है, जो वो करवा रही है वो करे जा रहे हैं। ऐसा महान् संगीत..., वो तो कुछ बजा दें...अली अकबर तो वाह...और हम जैसे तो इस काबिल ही नहीं हैं, बस सुनें, प्रसन्न हों, दूसरे लोग सुनें, प्रसन्न हों। अली अकबर इज सुई जेनेरिस, नितान्त अनोखे। मैं यही अली अकबर के बारे में कह सकता हूँ। बार-बार मैं अली अकबर के पास जाता हूँ, उनको सुनता हूँ और हर बार कोई नयी चीज़...जिस बागेश्री कान्हड़ा की बात कर रहा था, कोई हिसाब नहीं है कितनी बार वो सुना है। बस सुनते रहो, सुनते रहो। अब कौसी कान्हड़ा, आप कौसी कान्हड़ा लोगों का सुनिए। सुनेंगे आप, आप सुनते वक़्त समझ सकते हैं ये मालकौंस चल रहा है, अब दरबारी चल रहा है, ये मालकौंस चल रहा है, ये कान्हड़ा...और मिल रहे हैं। अली अकबर दोनों को ऐसे मिला देते हैं कि जैसे अब ये मालकौंस और कान्हड़ा नहीं है, ये अब कोई एक अलग राग बन गया है। वहाँ आपके लिए इतना मुश्किल हो जाता है और फिर आप ख़ुद महसूस करने लगते हैं यार, इस पचड़े में पड़ो ही क्यों कि कहाँ मालकौंस है कहाँ कान्हड़ा है। ये तो कौसी कान्हड़ा

अली अकबर का है। तो अली अकबर तो भाई इस तरह की चीज़ें करते हैं। मैं तो उनको सुनके, और ज़रूरी भी नहीं कि किसी विशेषण की खोज करूँ मैं ये बताने के लिए कि अली अकबर मुझे क्यों इतना पसन्द हैं।

> कल जहाँ से बातचीत रुकी थी, वहीं से हम लोग फिर शुरुआत करते हैं मुझे ध्यान आ रहा है कि अली अकबर का एक क़िस्सा कहते-कहते रुक गये चूँकि और सारी बातें शुरू हो गयीं गायकों के बारे में और कलाकारों के बारे में। उसी क़िस्से से जो कल छूट गया था, उससे शुरुआत की जाये।

दरअसल वो क़िस्सा नहीं है, वो मेरा एक बड़ा ही विशिष्ट अनुभव अली अकबर को सुनने का है। मुझे लगा कि मैं ये बात बता ही दूँ। बात दिल्ली के मॉडर्न स्कूल के हॉल की है। उस्ताद अली अकबर ख़ाँ का एकल कार्यक्रम होना था अपार भीड़ उमड़ी हुई थी। ज़ाहिर है मुझे तो पहुँचना ही था। जब जाने लगा हॉल में, मेरे मन में आया कि अब ख़ाँ साहब का तो कुछ पता ही नहीं है ये कितनी देर एक ही राग बजायेंगे, तो अच्छा हो कि ज़रा एक बार टॉयलेट हो लो ताकि वो...तो लघुशंका के लिए मैं वहाँ टॉयलेट गया तो देखा कि ख़ाँ साहब भी वहाँ मेरे बग़ल वाले में...मुझे बड़ा अच्छा लगा कि जो कैफ़ियत मेरी है कि भई अब कितनी देर वहाँ पता नहीं बैठना पड़े, उठने की फ़ुरसत नहीं होगी तो पहले ही फ़ारिग़ हो लो...तो कुछ वही ख़ाँ साहब भी उसी क्रिया में मशगूल थे। ख़ैर! फिर मैं आया और शाम का वक़्त था। उन्होंने राग श्री की घोषणा की...बस केवल यही आलाप, जोड़, झाला, विलम्बित और द्रुत लय और कुछ नहीं कहा। राग श्री मुझे बेहद प्रिय है। सबसे पहले मैंने डी.वी. पलुस्कर का राग श्री सुना था रिकॉर्डिंग में 'हरि के चरण कमल'। तो वो श्री हमेशा...नाम कोई श्री ले और मेरे मन में वो बन्दिश गूँजने लगती है। लगभग बचपन से वो स्मृति चली आ रही है। तो श्री की घोषणा हुई, मैं प्रसन्न हो गया कि आज तो आनन्द आ जायेगा...श्री और वो भी अली अकबर का बजाया हुआ। अब मैं क्या बताऊँ कि श्री जिस तरह से मैं सुनता रहा था, ये वो

श्री था ही नहीं। श्री में आप थोड़ा शान्तचित्त होके, थोड़ा भक्ति का भाव भी उसमें आ सकता है, लेकिन मेरे साथ ऐसा नहीं हुआ था कि किसी तरह की कोई उद्विग्नता या किसी तरह की कोई परेशानी श्री को सुनते वक़्त हो। पर जैसे-जैसे अली अकबर का श्री बढ़े वैसे-वैसे मेरी परेशानी बढ़ती जाये। अमूमन अली अकबर का जो संगीत है वो अमूर्त होता है। वो कोई तस्वीर आपके सामने नहीं खींचता, आपके...आपको एक दूसरे भावलोक में...भावना लोक में पहुँचा देता है। पर उस दिन जैसे चित्र खींच रहा था और वो चित्र कुछ इस तरह का था। जैसे-जैसे श्री बढ़े ऐसा लगे कि विशाल...विशाल असीम आकाश है और उसमें एक सुन्दर चिड़िया स्वच्छन्द आनन्द से उड़े जा रही है इधर से उधर, उधर से इधर। बड़ी देर तक ये चिड़िया अपना विहार कर रही है और अचानक जैसे वो चिड़िया परेशान...अब वो इधर से उधर नहीं कर रही है, वो भागने की कोशिश में है। फिर पीछे से एक बाज़ उसके...उसका पीछा करने को, पकड़ने को आ रहा है। चिड़िया परेशान भाग रही है और बाज़ उसका पीछा कर रहा है। देर तक चला ये सिलसिला। कभी नहीं सुना था वैसा श्री...

श्री का समापन हुआ और ये वहाँ समझ में नहीं आया कि अन्ततोगत्वा हुआ क्या चिड़िया का। अब ये बिल्कुल ही अनोखा अनुभव था लेकिन ये जो आनन्द की स्थिति होती है वो तो...कोई भी रसोत्पत्ति हो उसमें आनन्द तो होता ही है। मैं बहुत ही सन्तुष्ट आया कि आज जैसा संगीत अली अकबर का इससे पहले कभी नहीं सुना। एक नया अनुभव हुआ। कुछ दिन के बाद पता ये लगा कि संयुक्त राष्ट्र संघ ने बांग्लादेश के बनने के बाद...सन् ७२...उसके बाद कोई एक आयोजन किया था जिसमें अली अकबर को बुलाया गया था और उन्होंने यही श्री उस दिन वहाँ बजाया था। अब ये कमाल होता है कलाकार का कि उनके दिमाग़ में बांग्लादेश की लड़ाई है और वो उस बांग्लादेश की लड़ाई...वो कुछ आपसे कह नहीं रहे हैं। मुझे पता भी नहीं...न पता चलता तो आज मैं ये बताने के लिए यहाँ ये बात ही नहीं करता होता। केवल ये बताता कि श्री ऐसा सुना, ये अनुभव हुआ। बाद में समझ में आया कि एक विशेष अवसर के लिए, किसी एक विशेष विषय को लेकर अली अकबर के मन में श्री की ये कल्पना आयी और उस कल्पना को उन्होंने इस तरह से अपने संगीत में साकार किया। तो ये अली अकबर...का ये जो सुनना है...वो...मैंने उनके

श्री कई बार सुने हैं। लेकिन या तो ये है कि उसकी रिकॉर्डिंग उपलब्ध नहीं होती है, जो भी है जो उनके श्री मैंने रिकॉर्डिंग में सुनी है, उस शाम वाला श्री तो बिल्कुल अलग श्री है। मैंने सोचा कि मैं ये बात ज़रूर बताऊँ कि किस तरह के वो संगीतज्ञ थे...निहायत अमूर्त से इतना मूर्त कर सकते थे कि आप चाहें भी तो वो चित्र आप भूल नहीं सकते और आयेगा ही आयेगा आपके मन में।

> ऐसे अनुभव बिल्कुल अविस्मरणीय हो जाते हैं, बिल्कुल छप जाते हैं दिमाग़ में।

अरे बिल्कुल छप जाते हैं। अब स्थिति ये है कि पहले तो ये था कि श्री, और तुरन्त जैसे रिफ़्लेक्स ऐक्शन...हरि के चरण कमल पलुस्कर वाला। अब हरि के चरण कमल अकेला नहीं है, अब ये चिड़िया और बाज़ भी मेरे मन में...ये बिल्कुल, नितान्त परस्पर विपरीत भावबोध है जो मैं बता रहा हूँ। अब जो हम लोग पहले बात कर रहे थे कि पण्डित ओंकारनाथ ठाकुर ने हमें ये सिखा दिया था १९५८ में। और अनुभव ने, सुनने के अनुभव ने ये भी सिखाया और दिखाया। ये अलग बात है कि इस बीच जो थोड़ा-बहुत पढ़ते रहे, अच्छे मित्र भी मिले मसलन मुकुन्द लाठ... उनका संगीत का ज्ञान अपार है। मुकुन्द लाठ को पढ़ो, मुकुन्द लाठ से बात करो, तो सैद्धान्तिक स्तर पर भी ये समझ में आता है कि रागों को किसी रस विशेष से बाँधा नहीं जा सकता और अगर बाँधा जा रहा है तो ये ज़्यादती है। लोग कोशिश तो करते हैं और लोगों का विश्वास भी... बहुतों का होता है।

> मेरा तो अभी तक यही मानना था कि राग जो हैं वो किसी न किसी रस से बँधे हैं इस अर्थ में कि अगर वो राग गायेंगे तो इसी रस की उत्पत्ति होगी।

चलो अब ये बात...हम ये कह दें कि जुड़े हुए हैं। जो प्रचलित विश्वास... तो वो जुड़े हुए हैं लेकिन न व्यवहार में और न सिद्धान्त में ये बात सही है। कोई बड़ा कलाकार आ जाता है और...

बहुत प्रतिभासम्पन्न कलाकार होगा, तो रागों की भी सीमाएँ टूटती हैं और रसों की भी सीमाएँ टूटती हैं।

और ये भी है कि कोई भी कलाकार उस समय उसकी अपनी मन:स्थिति क्या है...वही राग अब मैंने न जाने कितनी बार...भीमसेन जोशी का दरबारी सुना है। मालकौंस की तो गिनती नहीं है, दरबारी से भी कहीं ज़्यादा उनका मालकौंस सुना है। हमारे अपने ही पास तीन रेकॉर्डिंग्स उनके दरबारी के हैं।

आपके अपने व्यक्तिगत कलेक्शन में।

चार रिकॉर्डिंग मालकौंस की हैं। अब वो मालकौंस वाली रिकॉर्डिंग में तो फिर भी ये है...कि वो जो पग लागन दे है जिससे मैंने पहली बार जाना भीमसेन जोशी को...तो तीन में वो पग लागन दे गाते हैं स्थायी जो...जो बोल हैं और दूसरे में पीर ना जानी। पीर ना जानी तो बहुत ही लोकप्रिय बन्दिश किसी ज़माने में थी और पण्डित ओंकारनाथ ठाकुर की ये प्रिय बन्दिश थी। अब मालकौंस का उनके दिमाग़ में तो ये था कि मालकौंस इस तरह का राग है। पण्डित ओंकारनाथ ठाकुर ने एक मालकौंस गाया है। वो है पीर ना जानी। अब आप बोल से ही समझ सकते हैं कि क्या इसमें, इस रचना में है। पीर ना जानी के बाद वो द्रुत में गाते हैं पग घुंघरू बाँध मीरा नाची।

अच्छा।

अब मीरा का नाचना कोई साधारण नाचना तो है नहीं। नाच के साथ हम अक्सर आनन्द जोड़ते हैं। मीरा का जो नाचना हो रहा है वो दूसरी मन:स्थिति, भावबोध का नाचना है। उसमें विरह का भाव भी है, राणा जी ने प्याला भी भेजा हो सकता है उस समय, अब ये तो आप जितना सोचना चाहें सोच लें, लेकिन मीरा का नाचना असाधारण नाचना है। पण्डित ओंकारनाथ ठाकुर उस पग घुँघरू बाँध मीरा नाची...और उसको गाते-गाते वो तराने में आ जाते हैं। तो बोल तो अब घुँघरू बाँध मीरा नाची के नहीं हैं लेकिन आप तराना जो सुन रहे हैं, गूँज रहा है पग घुँघरू बाँध

मीरा नाची। मैंने ना जाने कितनी बार इसको...और इसका एक अलग से ईपी बना था...

अच्छा, इक्स्टेंडेड प्ले।

वो जो होता है ना कितने १५, १६, १८ मिनट, अब मुझे ठीक याद नहीं... तो वो केवल यही पग घुँघरू बाँध मीरा नाची। मेरा एक दोस्त था शेली। उसे हम लोग मामू कहते थे चूँकि वो मेरे विनोद भैया का सगा मामा था। तो सबका मामू हो गया। उसके पिता दिल्ली में यूपीएससी के सदस्य थे। मैं आगरा कॉलेज में पढ़ाता था। ये सन् ६२-६३ की बात है। वो मुझे कभी सुधीर नहीं कहता था। हमेशा पोंगू कहता था। मुझसे कहता था, फ़ोन करता था और कहता था कि पोंगू सुनोगे। मैं जानता था कि ये क्या सुनवाएगा। फिर वो पग घुँघरू बाँध मीरा नाची लगा देता था दिल्ली में अपने घर में और मैं आगरा में वो पूरी की पूरी रिकॉर्डिंग उसकी सुनता था। आये दिन हम लोगों का ये होता था कि उसने फ़ोन किया पोंगू को और सुना दिया पण्डित ओंकारनाथ ठाकुर का पग घुँघरू बाँध मीरा नाची। ये भी अद्भुत बन्दिश है और अब तो ये हो गया है कि पण्डित ओंकारनाथ ठाकुर के सुनने वाले भी कम बचे हैं।

ये पण्डित ओंकारनाथ ठाकुर का ज़बरदस्त ईपी है। अब जिनको मिल जाये...हो सकता है यूट्यूब पर मिल जाये। जिनको मिल जाये वो एक बार तो ज़रूर इसको सुनें। हाँ, और उसका जो तराना है...और ये भी देखने की बात है कि जो आख़िरकार संगीत का जो भी स्रोत है, आधार है वो स्वर है। ये तो हमारी अपनी कोई एक सीमा है या ज़रूरत है कि हमें शब्द चाहिए होते हैं। जैसे साकार और निराकार...सबके बूते का निराकार की उपासना नहीं है, सबके बूते की नहीं है, तो उन्हें तो साकार की उपासना करनी है...बहुतों के लिए संगीत में शब्द या साहित्य इतने अनिवार्य हो जाते हैं कि उसके बग़ैर उनको आनन्द ही नहीं आता। ये जो रिकॉर्डिंग जिसकी मैं बात कर रहा हूँ...वो कमाल होता है, तराना चल रहा है और आप सुन रहे हैं पग घुँघरू बाँध मीरा नाची...ये भी एक अनुभव है। अब ये भी अजीब चीज़ हो रही है कि ओंकारनाथ ठाकुर को हम सोच रहे थे कि ५८ में छोड़ आये लेकिन आज फिर ओंकारनाथ जी अवतरित हो गये।

स्मृति का यही खेल है कि बात कुछ करो, पहुँच कहीं और जाती है। अली अकबर से...कल भूल गया अली अकबर का, आज ओंकारनाथ ठाकुर याद आ गये। मेरे ख़याल से ये शंकरलाल और दिल्ली...

दिल्ली की एक बात तो छूट गयी।

वो क्या है।

मुझे यूँ याद आया कि वो क़िस्सा आपने पहले भी सुनाया था और शायद इस क़िस्से को आना पहले चाहिए था लेकिन...जब हम लोग रविशंकर और विलायत ख़ाँ की आपसी प्रतिस्पर्धा की बात कर रहे थे तो एक क़िस्सा आपने सुनाया था सीरी फ़ोर्ट स्टेडियम का।

ओ हो हो, ठीक-ठीक, ठीक-ठीक।

वो इसके साथ जुड़ता है कि प्रतिस्पर्धा के बावजूद आपस में कितना एक-दूसरे के प्रति सम्मान था, इस बात की भी यहाँ चर्चा हो जाये तो अच्छा हो। श्रोताओं को ये क़िस्सा आपकी जुबानी बहुत ही अच्छा लगेगा।

ये बड़ा ही अच्छा किया कि इस घटना की याद दिला दी। चूँकि अब बात सही परिप्रेक्ष्य में हो जायेगी मुकम्मल। हुआ ये कि सीरी फ़ोर्ट...और पता नहीं आपने वो प्रेक्षागृह देखा या नहीं, विशाल, बहुत ही बड़ा है और दुमंज़िला है। आप नीचे बैठते हैं और ऊपर बैठते हैं। उस्ताद विलायत ख़ाँ का कार्यक्रम था। खचाखच भरा हुआ था हॉल। ज़ाकिर हुसैन संगत कर रहे थे तबले पर। अब ख़ाँ साहब बजाने वाले, ज़ाकिर हुसैन संगत करने वाले। तो पहुँच लिए भारी तादाद में लोग। कार्यक्रम चल रहा था, बड़ा आनन्द आ रहा था। कोई एक राग पूरा हुआ, और दूसरा राग बजाने की तैयारी कर रहे थे ख़ाँ साहब कि ज़ाकिर हुसैन ने उनके कान में कुछ कहा। अब हम लोगों को क्या मालूम आपस में क्या कानाफूसी हो गयी। ज़ाकिर हुसैन ने जब कुछ कहा, तो विलायत ख़ाँ ने इधर-उधर देखा हॉल

में, फिर कहीं एक जगह उनकी निगाह टिकी। उन्होंने कहा आदाब अर्ज करता हूँ रवि भाई। हम लोग कुछ समझे नहीं। फिर दुबारा इन्होंने कहा रवि भाई, आदाब अर्ज करता हूँ आपकी खिदमत में। लोगों ने मुड़ के देखा कि रविशंकर बैठे हुए हैं। वो अपना आ गये होंगे चुपचाप, पहले से नहीं...ज़ाकिर हुसैन ने देख लिया उनको और बताया। अब ये कोई गोपनीय रहस्य तो किसी के लिए नहीं...जो रविशंकर और विलायत ख़ाँ को सुनने गया है उसको ये इतिहास तो मालूम है कि इन दोनों के बीच में क्या है। उस दिन अपार करतल ध्वनि से दोनों का स्वागत हुआ। मानों लोग कह रहे हैं कि हमें ख़ुशी है कि तुम दोनों कम से कम इतने सौहार्द से बात तो...तो रविशंकर ने भी बहुत ही ग्रेसफुली अकनॉलेज किया। ये बड़ा अच्छा उस दिन हुआ।

> लेकिन इससे एक चीज़ और समझ में आती है कि रविशंकर का विलायत ख़ाँ के सितार वादन को सुनने आना...

ये बहुत बड़ी बात है अपने आप में।

> और जो कि आपका प्रतिद्वन्द्वी या प्रतिस्पर्धा जिससे आपकी हो, तो आप उसकी महफ़िल में जायें उसका वादन सुनने के लिए, ये तो अपने आप में बहुत बड़ी बात है।

ये संजय बिल्कुल सही बात है। ये ज़ाहिर है कि वो विलायत ख़ाँ के बुलाये तो नहीं ही गये थे।

> उनको जानकारी हुई और वो अपने से गये थे ख़ाँ साहब को सुनने। ये भी एक बहुत बड़ी बात है।

बहुत बड़ी बात है, बहुत बड़ी बात। कौन जाने सुनने के साथ-साथ ये भी रहा हो कि अब हो गया। अच्छा विलायत ख़ाँ छोटे थे रविशंकर से उम्र में। लेकिन उस तरह के फ़र्क़ का कोई असर तो इन चीज़ों में पड़ता नहीं है। कहा ये जाता है कि जब रविशंकर दिल्ली में थे तो उस समय विलायत ख़ाँ के और इनके बड़े अच्छे सम्बन्ध थे। एण्ड विलायत ख़ाँ वुड

लुक अप टू रविशंकर। फिर बाद में जो भी हुआ हो, और हुआ तो बहुत कुछ। भूटानी की मानें, मैंने बताया था मेरा दोस्त जो उनका पीए हो गया, उसकी मानें तो उसका कहना ये है कि ख़ासा असर पड़ा था विलायत ख़ाँ की मनोवृत्ति पर, उनकी पर्सनैलिटी पर। उस असर को किसी भी तरह से अच्छा असर नहीं कहा जा सकता। जो भी था लेकिन ये अच्छा हुआ, संजय, ये याद दिला दी।

अब हम लोग दिल्ली के दिनों से आगे की ओर बढ़ें।

दिल्ली में ही जब मैं था तो मेरी अपनी निजी प्रोफ़ेशनल लाइफ़ में कुछ परेशानियाँ आयीं और मैंने जामिया की नौकरी छोड़ दी। अलीगढ़ मुस्लिम यूनिवर्सिटी में मैं कुछ दिन हिस्ट्री डिपार्टमेण्ट में पढ़ाने लगा। लेकिन दिल्ली से कुछ ऐसा लगाव था कि मैं हफ़्ते में ५ दिन अलीगढ़ जाता था सुबह, और शाम को अलीगढ़ से लौट आता था। इस आवाजाही में एक ऐसा क़िस्सा हुआ जिसका संगीत से सम्बन्ध है। उसकी मैं विस्तार से थोड़ी चर्चा करना चाहूँगा। दिल्ली बाद में छोड़ेंगे, पहले ये बात...जब कोई आदमी हफ़्ते में ५ दिन २ घण्टे एक तरफ़, २ घण्टे दूसरी तरफ़ यात्रा करेगा तो उसके मन में ये बात तो आयेगी ही कि भई चार घण्टे अपना ज़ाया मत करो। मैं इन चार घण्टों का बड़ा सदुपयोग किया करता था। एक तो मैंने फर्स्ट क्लास का सीज़न टिकट ले रखा था, मंथली सीज़न टिकट। ये वो ज़माना था कि मैं फ़र्स्ट क्लास सीज़न टिकट से एसी सेकण्ड स्लीपर में भी चल सकता था। दोनों के किराये उस ज़माने में एक होते थे। मौसम के हिसाब से मैं तय करता था कि मुझे फ़र्स्ट क्लास में चलना है या एसी में चलना है। फ़र्स्ट क्लास और एसी में चलने का कारण भी ये था कि आराम से बैठूँगा, पढ़ना है पढ़ूँगा, टाइप करना है टाइप करूँगा, लिखना है लिखूँगा, लेकिन ये ४ घण्टे मैं अपना ज़ाया नहीं करूँगा। आप जानते हैं हिन्दुस्तान में यात्रियों की क्या मनोवृत्ति होती है। फ़र्स्ट क्लास और एसी में अपेक्षाकृत कम लेकिन वहाँ भी ये ख़तरा बना रहता है कि जैसे ही आप बैठेंगे आपका जो सहयात्री है सामने का या बग़ल वाला, वो आपसे कुछ बात ज़रूर छेड़ देगा। अब मैं इतना अशिष्ट हो नहीं सकता था कि वो बात करे और मैं उसको ख़त्म कर दूँ। मैंने ये नियम बना लिया था कि जैसे ही बैठो या तो किताब खोल लो, या

अपना...मेरा एक ओलिवेट्टी, छोटा पोर्टेबल टाइपराइटर था तो मैं उसको खोल लेता था या कॉपी-पेन निकाल लिया।

जिस दिन का मैं ज़िक्र कर रहा हूँ, उस दिन हुआ ये कि कालका मेल आयी और मैं एसी स्लीपर में घुसा। एसी स्लीपर में वो जो साइड की एक बर्थ होती है जो बर्थ हटा दो तो दो सीटें बन जाती हैं आमने-सामने। इससे अच्छी कोई जगह नहीं होती अगर काम करना है तो। मैं कम्पार्टमेण्ट में घुसा और तुरन्त मैंने जो पहली बायीं तरफ़ सीट मिली वो हथिया ली। मैं बैठ रहा था और अपने झोले से किताब निकाल रहा था, इस बीच कुछ कनखियों से मैंने देखा कि सामने वाले का चेहरा परिचित है। लेकिन मेरी तो आदत थी। सो मैंने किताब निकाल ली और पढ़ना शुरू किया। लेकिन मन नहीं माना कि देख तो लें ये परिचित कौन है। मैंने ऐसे कि सामने वाले को पता न लगे देखने की कोशिश की और देखा कि उस्ताद शराफ़त हुसैन ख़ाँ बैठे हुए हैं सामने। अब उस्ताद शराफ़त हुसैन ख़ाँ को जैसे ही मैंने पहचाना, मेरे मन में...अब पढ़ना-लिखना तो मैं भूल गया...मेरे मन में ये आया कि अगर ख़ाँ साहब से मैं बात करूँ तो इनको अच्छा लगेगा या बुरा लगेगा। थोड़ी देर सोचा और मन में ये भरोसा हुआ...हो सकता है कि मैं चाह रहा था ये भरोसा करना तो भरोसा हो गया। वो जो भरोसा हो गया कि ख़ाँ साहब बुरा नहीं मानेंगे...और भैया जैसे ही मन में ये भरोसा आया, मैंने किताब बन्द की, खड़ा हुआ और खड़े होकर झुक के मैंने आदाब अर्ज़, आदाब अर्ज़ ख़ाँ साहब। ख़ाँ साहब कुछ अचकचाये से... कि ये अचानक हुआ क्या कि ये आदमी अभी आकर बैठा था, पढ़ रहा था, अचानक खड़ा हो गया। उन्होंने कहा आदाब अर्ज़, आदाब अर्ज़, तशरीफ़ रखिए, तशरीफ़ रखिए। मैं बैठा, उन्होंने कहा कि माफ़ कीजियेगा मैं पहचाना नहीं आपको। मैंने कहा, ख़ाँ साहब, आप भला कैसे मुझे पहचानेंगे। नाचीज़ को सुधीर कहते हैं। उन्होंने कहा, अच्छा, आपका नाम सुधीर है। पूरा नाम—मैंने कहा, सुधीर चन्द्र। आप अलीगढ़ में रहते हैं। मैंने कहा कि नहीं ख़ाँ साहब, अलीगढ़ में रहता नहीं हूँ, अलीगढ़ में काम करता हूँ और दिल्ली में रहता हूँ। काम करके वापस जा रहा हूँ। तो आप क्या करते हैं अलीगढ़ में। मैंने कहा कि ख़ाँ साहब, अलीगढ़ मुस्लिम यूनिवर्सिटी में मुदर्रिस हूँ। अरे, आप प्रोफ़ेसर हैं। मैंने कहा जी। किस डिपार्टमेण्ट में हैं। मैंने बताया कि मैं हिस्ट्री डिपार्टमेण्ट में हूँ। बड़ी

ख़ुशी हुई आपसे मिलके।

तब मैंने कहा, ख़ाँ साहब, आपसे एक बात पूछने का मन है। बोले, फ़रमाइये, फ़रमाइये क्या बात है। मैंने कहा, ख़ाँ साहब, वालिद हुज़ूर मुझे बचपन से एक बात बताते रहे हैं कि गवैये दो ही हुए मुल्क में, एक आफ़ताब-ए-मौसिकी और दूसरे पण्डित ओंकारनाथ ठाकुर। ख़ाँ साहब क्या अर्ज़ करूँ आपसे, आफ़ताब-ए-मौसिकी जन्नतनशीं हो गये जब मैं ७ साल का था। लेकिन क़िस्मत अच्छी थी, पण्डित ओंकारनाथ ठाकुर को मैंने सुना है। मैं ये जानता हूँ कि सामने सुनना और रिकॉर्डिंग में सुनना, दोनों में ज़मीन-आसमान का फ़र्क़ होता है। इस फ़र्क़ के बावजूद मैं ये नहीं समझ पाता हूँ कि वालिद हुज़ूर ने ऐसा दोनों में क्या पाया कि वो दोनों को बराबर का मानते हैं। मुझे तो लगता है कि आफ़ताब-ए-मौसिकी तो बिल्कुल अलग हैं और ये तुलना मुझे भाती नहीं। इस पर उस्ताद शराफ़त हुसैन बोले, सुधीर साहब, अब देखिये मैं जो कहूँ आप ये मत समझिएगा कि मैं अपने उस्ताद के बारे में बात कर रहा हूँ। मन में आपके आ सकता है कि उस्ताद की बात कर रहा है, तरफ़दारी तो करेगा ही उस्ताद की। बात दरअसल ये है कि ख़ाँ साहब बेजोड़ थे। ना वैसा कोई हुआ, ना वैसा कोई होगा। आप से अर्ज़ करूँ कि ख़ाँ साहब हमारे मौसिकी के समन्दर थे, समन्दर। मैंने कहा जी और ग़ालिबन आप समझेंगे नहीं कि जब मैं मौसिकी का समन्दर कहता हूँ, तो मेरी मुराद क्या है। बोले, अब मैं आपको एक क़िस्सा सुनाके ये बात समझाऊँगा।

क़िस्सा इस तरह है। ख़ाँ साहब बोले कि भाई आप तो जानते हैं कि हम अतरौली के रहने वाले हैं और फ़ैयाज़ ख़ाँ साहब मेरे दूरदराज़ के मामू लगते थे, मेरी माँ के दूर के भाई। इस तरह वो मेरे मामू हुए। एक बार ख़ाँ साहब अतरौली तशरीफ़ लाये और ज़ाहिर है हमारे ही घर ठहरे। गाँव वालों को कुछ ख़बर मिली होगी कि ये इनके यहाँ जो मेहमान आये हैं ये बहुत बड़े गवैये हैं। गाँव के कुछ बुज़ुर्ग ख़ाँ साहब से मिलने आ गये और अपना तअर्रुफ़ कराया। ख़ाँ साहब ने कहा आइये, आइये, तशरीफ़ रखिए। उनमें से एक बुज़ुर्ग बोले भैया फ़ैयाज़ ख़ाँ तुमाऔ बड़ौ नाँउ सुनौ है, कछु हमैंऊ सुनाऔ। उन्होंने कहा, काये नाय साहब काये नाय। मैंने कहा कि ख़ाँ साहब ब्रज बोलते थे। क़माल करते हैं आप, ब्रजवासी थे तो ब्रज नहीं बोलेंगे तो क्या बोलेंगे ख़ाँ साहब। मैंने कहा जी, जी। फ़ैयाज़

ख़ाँ ने फ़रमाइश मानते हुए कहा कि ठीक है, है जाइगौ बन्दोबस्त। कल रक्खैं। बुज़ुर्गवार बोले, हाँ भैय्या कल्लई रक्खौ। सो ख़ाँ साहब ने एक वक़्त मुकर्रर कर दिया। जगह तो हमारा ही घर होना था। अब ये बुज़ुर्ग गये ही थे कि मैंने कहा, ख़ाँ साहब, मामू, ये क्या ग़ज़ब कर रहे हैं। इनको सा और रे का शऊर नहीं है। आपकी मौसिकी ये क्या समझेंगे। मत करिये ये। उन्होंने कहा कि नहीं भाई, अब तो वादा कर दिया है। वादाख़िलाफ़ी कैसे कर सकता हूँ।

ग़रज़ ये कि दूसरे दिन लोग आ गये और ख़ाँ साहब तैयार गाने को। मैंने कहा, मामू, अब एक बात मेरी मान लीजिये। ख़ुदा के वास्ते कोई ख़याल-वयाल मत छेड़िएगा। छोटा ख़याल भी मत सुनाइयेगा। कोई हल्की-फुल्की चीज़ सुनाइयेगा। उन्होंने कहा ठीक है, ठीक है। अब महफ़िल शुरू हुई और ख़ाँ साहब ने एक दादरा छेड़ दिया कि भई ये तो लोगों को पसन्द आयेगा ही। उन्होंने देखा कि कुछ जम नहीं रहा है, लोग थोड़ा परेशान से हो रहे हैं कि कहाँ फँस गये। उन्होंने उसको कुछ बदला। लेकिन मैं तो आपसे अर्ज़ कर चुका हूँ कि उनको तो सा और रे का शऊर नहीं। कुछ उनके पल्ले ना पड़े। अब ख़ाँ साहब इस तिकड़म में कि इनको कुछ तो अच्छा लगे...और इसी बीच वही बुज़ुर्ग जिन्होंने कहा था, भैय्या फ़ैयाज़ ख़ाँ, कछु सुनवाइ देउ, वो बोले भौत है गयी भैय्या फ़ैयाज़ ख़ाँ, अब चलेंगे। ख़ाँ साहब ने कहा कि नाय साहब, ऐसैं कैसैं जाओगे। नाश्ता-पानी करे बग़ैर थोड़े ही न जान दैंगे हम आपकौं। उन्होंने मुझे इशारा किया कि जाओ नाश्ते-पानी का बन्दोबस्त करो।

मैंने पीठ मोड़ी ही थी कि तबलची ने ठेका दिया और ख़ाँ साहब ने एक बन्दिश छेड़ दी। अब वो बन्दिश मैं आपको सुनाता हूँ। बन्दिश थी मौधू आइ बैठे गोरी के बुलाइबे कूँ। मैंने कहा, ख़ाँ साहब, ये मौधू क्या होता है। बोले, देखिये, मौधू आइ बैठे गोरी के बुलाइबे कूँ...गोरी यानी बीवी। मैंने कहा ख़ाँ साहब, वो मैं समझ गया, ये मौधू क्या होता है। बोले, पहले बात तो समझ लीजिये। बीवी ख़फ़ा हो गयी है, रूठ के अपने मैके चली आयी है। ये हुआ है तो अब सुनिए, मौधू आइ बैठे गोरी के बुलाइबे कूँ। मैंने कहा वो ठीक है, लेकिन ये मौधू क्या होता है। बोले, मौधू माने बेवकूफ़, चूतिया। मैंने कहा अच्छा। तो आप नहीं जानते। मैंने कहा जी नहीं, नहीं जानता। तो अब आगे सुनिए। मौधू आइ बैठे गोरी के बुलाइब

कूँ। और देखिये ख़ाली हाथ तो आयेंगे नहीं। बीवी रूठी हुई है, उसको मनाना है। सो अब अन्तरा सुनिए। लहँगा ऊ लाये, दुपट्टा ऊ लाये, नाड़ा न लाये लटकाइबे कूँ। अब ये नाड़ा न लाये लटकाइबे कूँ...अब वाह भैय्या फ़ैयाज़ ख़ाँ, वाह भैय्या फ़ैयाज़ ख़ाँ। अब सम हो गया उनका नाड़ा न लाये लटकाइबे कूँ...और ख़ाँ साहब जो हैं अब राग के बाद राग पिरो रहे हैं और लोग वाह-वाह किये जा रहे हैं, कोई उठने का नाम नहीं ले रहा। शराफ़त हुसैन बोले, देखिये, मेरी मुराद मौसिकी के समन्दर से ये थी। ख़ाँ साहब कुछ भी कर सकते थे। कोई चीज़ नहीं थी जो ख़ाँ साहब को न आती हो। तो वो मौसिकी के समन्दर थे समन्दर।

मैंने कहा कि ख़ाँ साहब इज़ाज़त हो तो लिख लूँ ये बन्दिश। शौक़ से लिखिए, शौक़ से। तो मैंने काग़ज़ और पेन...उसकी तो कोई कमी मेरे पास रहती नहीं थी..., झोले से निकाले। ख़ाँ साहब ने डिक्टेशन शुरू किया। मौधू आइ बैठे गोरी के बुलाइबे कूँ। अब मैं अपने को ब्रजवासी मानता हूँ, ब्रज मेरी भी मातृभाषा है। तो मैंने लिखा और मैं भी बोलता गया। मौधू आइ बैठे गोरी के बुलाइबे कौं। हमारे यहाँ 'कौं' होता है। मेरा 'कौं' सुन के शराफ़त हुसैन ने झुँझलाते हुए बड़ी शिद्दत से कहा 'कौं' नहीं, कूँ, कूँ। तो संजय उन्होंने पूरी इबारत डिक्टेट करके मुझे लिखवा दी।

जब दिल्ली आने को हुई और मैं शुक्रिया अदा करने लगा ख़ाँ साहब का, तो उन्होंने कहा कि सुधीर साहब मैं आजकल ख़ाँ साहब पर एक किताब लिख रहा हूँ। आप यक़ीन मानिए जब मेरी किताब लोग पढ़ेंगे तो वैसे ही हँसेंगे जैसे आप हँसते रहे हैं। एक बात और होगी। उस किताब को पढ़कर लोग रोयेंगे भी। दिल्ली आ चुकी थी। इतना भी वक़्त नहीं था कि ये पूछ सकूँ कि और ख़ाँ साहब वो रोने वाली क्या बातें हैं।

इसी सिलसिले में...चूँकि अब आफ़ताब-ए-मौसिकी का ज़िक्र छिड़ गया है...तो मैं कुछ और बताऊँ। ये भी क़िस्मत की बात है कि एक बार कुमार मुखर्जी साहब से मिलने का अवसर मिला। वो मिलना फिर ऐसा था कि लगभग मित्रता..., अपने से बड़ी उमर वालों के साथ जिस तरह की दोस्ती होती है उस तरह की दोस्ती मेरी कुमार दा से हो गयी। अगर आप इज़ाज़त दें तो वो बात भी...हुआ यूँ कि मैं अपनी रिसर्च के सिलसिले में कलकत्ता गया। जैसा कि मैं कल या परसों बता रहा था वहाँ प्रदीप बोस, मेरे मित्र, बोले कि तुमको तो बहुत इण्टरेस्ट है म्यूज़िक में, कुमार मुखर्जी

से मिलोगे। मैंने कहा, अरे यार, कुमार मुखर्जी, कैसे। बोले, मूड हो तो बताओ। मैंने कहा, भैया तुरन्त तय करो। उसने कहा, आज शाम को चलो। मैंने कहा, फ़ोन-वोन तो कर लो। बोले, कुछ नहीं, चलो शाम को। शाम को नेशनल लाइब्रेरी से मैं प्रदीप के पास पहुँचा और वो मुझे कुमार मुखर्जी के घर ले गया। घण्टी बजायी, नौकर ने दरवाज़ा खोला। एक बँगलानुमा पुराना घर था जिसमें कुमार दा रहते थे। हम दोनों अन्दर गये। वहाँ कुमार मुखर्जी दो चेलों को तालीम दे रहे थे। प्रदीप आगे, मैं पीछे। उन्होंने इशारे से हम लोगों को बैठने को कहा। वो फ़र्श था, हम भी बैठ गये। बीच में कुमार दा जब ज़रा कुछ रुके तो प्रदीप ने कहा कि कुमार दा, एई आमार बोंधु सुधीर। सो कुमार मुखर्जी मेरी तरफ़ मुड़े, बोले, नाइस मीटिंग यू। मैंने कहा, थैंक यू मिस्टर मुखर्जी फ़ॉर पर्मिटिंग मी टू कम। कुमार दा नॉट मिस्टर मुखर्जी, वह बोले। मैंने कहा, थैंक यू। कहा, दैट्स बेटर। तो इस तरह से कुमार दा से मुलाक़ात की शुरुआत हुई।

ज़रा सी देर में...,

अभी मैं फ़ैयाज़ ख़ाँ पर आऊँगा लेकिन ये ज़रूरी है कि कुमार दा का परिचय करा दूँ। थोड़ी देर में उनका नौकर एक ट्रे लेके आया, उस ट्रे में एक रम की बोतल थी, दो गिलास थे, आइस पेल और नाश्ते के लिए एक या दो नमकीन। प्रदीप ने बनाना शुरू किया, तो मैंने फुसफुसा के कान में उससे कहा और कुमार दा। उसने इशारे से मुझे चुप कर दिया। उसने अपने लिए और मेरे लिए रम बनायी और कुमार दा की तरफ़ दिखा के हमने चियर्स किया। वो अपना तालीम दिये जा रहे हैं दोनों शागिर्दों को। अब जितनी भी देर उस दिन का सबक़ चलना था, वो सबक़ चला। बीच-बीच में ये ख़ुद भी गाते थे, तो इस तरह सुनने को मिला। इससे पहले तो मैंने इनको नेशनल प्रोग्राम ऑफ़ म्यूज़िक में ही सुना हुआ था। जब दोनों शागिर्द चले गये, तो कुमार दा मुख़ातिब हुए हमारी तरफ़। इसी बीच प्रदीप बोला कि मैं चला जाऊँ, मुझे कुछ काम है। उन्होंने कहा, हाँ, तुम जाओ।

अब कुमार दा और मैं। कुमार दा का पहला सवाल था : हाउ डु यू नो मी। प्रदीप सेज़ यू नो मी। आइ सेड दैट्स वाई आइ वाज़ सो ग्लैड वेन ही सेड...ही आस्क्ड मी इफ़ आइ वुड लाइक टु मीट यू। नो, नो, टेल मी हाउ डु यू नो मी। आइ सेड आइ नो यू ऐज अ वोकलिस्ट, अ लीडिंग

एक्सपोनेंट ऑफ़ द आगरा घराना। डोंट टेल अ लाई; नोबडी नोज मी एज़ अ म्यूज़िशयन। मैंने कहा, कुमार दा आइ हैव हर्ड यू ऑन नेशनल प्रोग्राम ऑफ़ म्यूज़िक। ही सेड यू हैव हर्ड मी ऑन नेशनल प्रोग्राम। आइ सेड ऑफ़ कोर्स आइ हैव। जब इतनी बातें हो गयीं तो कुमार दा आश्वस्त हो गये कि ये फेंक नहीं रहा है, वाक़ई इसने मुझे सुना हुआ है और ये मुझसे मिलना चाहता है। कुमार दा बोले...उस दिन ख़ूब बातें हुईं...बोले कि सुधीर वेन एवर यू आर फ्री, यू हैव नथिंग बेटर टु डु, कम हीयर आफ़्टर योर वर्क एट द लाइब्रेरी। आइ सेड थैंक यू वेरी मच, दैट इज़ वेरी काइंड ऑफ़ यू। एण्ड लेट मी वार्न यू देयर वांट बी मेनी डेज़ वेन आइ वुड बी बिज़ी आफ़्टर द लाइब्रेरी। यू आर वेलकम। तो अक्सर अब मैं लाइब्रेरी के बाद वहाँ जाने लगा।

लगे हाथ एक बात और बता दूँ। ये बहुत ही दिलचस्प बात है कि जब शागिर्द चले गये, प्रदीप चला गया, अब कोई इशारा-विशारा नहीं। नौकर एक और बोतल लेके आया और एक गिलास लाया साथ। मैंने देखा वो बोतल थी जैक डेनियल्स की, बर्बन ह्विस्की। सो कुमार दा ने बग़ैर कोई माफ़ी माँगे, एक्सप्लेनेशन दिये अपना जैक डेनियल्स का पैग बनाया, मैं अपनी रम पी ही रहा था। ये हमारा हर शाम का सिलसिला कि तालीम चल रही है, मेरी रम आ गयी, नाश्ता आ गया, फिर दिन का सबक़ पूरा हुआ, उनकी जैक डेनियल्स आ गयी।

एक दिन जब मैं चल रहा था तो कुमार दा मुझसे बोले, यू माइंड डूइंग मी अ फ़ेवर। मैंने कहा, कुमार दा आप हुक्म करिए। आइ हैव रिटेन अ फ़्यू पेजेज़ ऑन उस्ताद फ़ैयाज़ ख़ाँ। प्लीज़ रीड दोज़ पेजेज़, करेक्ट देम वेयर एवर नेसेसरी एण्ड गिव मी योर कमेण्ट्स। सो आइ सेड कुमार दा देयर इज़ नो क्वेसचन ऑफ़ माइ करेक्टिंग एनीथिंग यू राइट। यू राइट सो वेल। नो, नो, नो, डोंट से दैट, करेक्ट माइ राइटिंग, गिव मी योर कमेण्ट्स। और ये फ़ैयाज़ ख़ाँ पर लगभग ५० पेज अँग्रेज़ी में लिखे हुए थे। अब मैं तो बेसब्री से...कि भई जल्दी से पहुँचें और खाना खा के अब ये पढ़ें। रात जो भी वक़्त १:०० बजे–१:३० बजे...मैं एक साँस में वो ५० पेज पढ़ गया। फ़ैयाज़ ख़ाँ के बारे में ऐसी पैनी नज़र और ऐसा मार्मिक विवरण मैंने तो नहीं पढ़ा। ऐसे-ऐसे क़िस्से कुमार मुखर्जी के..., अब ये सवाल उठता है कि कुमार मुखर्जी ये सब कैसे लिख सकते थे। कुमार मुखर्जी के पिता

धूर्जटी प्रसाद मुखर्जी, प्रोफ़ेसर डी.पी. मुखर्जी, द ग्रेट सोशियोलोजिस्ट, लखनऊ यूनिवर्सिटी में प्रोफ़ेसर थे। वो संगीत के बड़े प्रेमी और पारखी थे। लखनऊ गढ़ हुआ करता था उस ज़माने में शास्त्रीय संगीत का। एस. एन. रतनजंकर फ़ैयाज़ ख़ाँ के शिष्य, वो भी वहीं थे लखनऊ में। फ़ैयाज़ ख़ाँ का आना-जाना था डी. पी. मुखर्जी के यहाँ। कुमार मुखर्जी तब से फ़ैयाज़ ख़ाँ को सुनते थे। घर का आना-जाना था तो बातचीत भी होती थी। फ़ैयाज़ ख़ाँ के बारे में बहुत कुछ ये जानते रहे थे। उस आधार पर उन्होंने अपना लेख लिखा था। तब मुझे शराफ़त हुसैन की याद आयी। मैं कई बार रोने लगा इनके...

अच्छा, वो शराफ़त ख़ाँ ने जो कहा था...

कि लोग रोयेंगे भी। अब ये रोयेंगे भी जो चीज़ है वो ऐसी नहीं है कि वो कोई बड़े ग़ुरबत में उन्होंने दिन बिताए या किसी ने उनके साथ कोई बदतमीज़ी कर दी। लेकिन ये कि बड़ा गवैया, बड़ा कलाकार उसको जो सम्मान मिलना चाहिए उस सम्मान में अगर ज़रा भी कोई कमी आ जाये, उसे लगे कि लोग उसको वो इज़्ज़त नहीं बख़्श रहे जिसका वो हक़दार है, इस तरह की चीज़ें...तो तमाम बातें पता लगीं...कुछ तो शराफ़त हुसैन भी मुझे बता चुके थे। मसलन, हिन्दू और मुसलमान की बहुत बात होती है, ये कहा जाता है कि कृष्ण राव शंकर पण्डित बहुत ही कर्मकाण्डी थे और अपने को कट्टर हिन्दू मानते थे। उनके बारे में बड़ी कहानियाँ कही जाती हैं कि वो, तास्सुबी हिन्दू थे। शराफ़त हुसैन ने बताया कि कृष्ण राव शंकर पण्डित बड़ौदा पहुँचे ख़ाँ साहब से मिलने। उनके घर जाके रहे। इस तरह की बातें भी फ़ैयाज़ ख़ाँ के बारे में शराफ़त हुसैन ख़ाँ ने मुझे बतायीं। ऐसी चीज़ें हैं जो कुमार मुखर्जी के लेख में हैं। कि एक रियासत में गाने गये ख़ाँ साहब और जितने भी दिन रखा राजा या महाराजा ने... तो यही क़ायदा हुआ करता था कि जब तक वो चाहें आप रहिए। इनको लगा कि इनकी वो इज़्ज़त नहीं हो रही जो होनी चाहिए और इनसे कमतर गवैयों को ज़्यादा इज़्ज़त बख़्शी जा रही है। इन्होंने एक दिन महाराज से कहा कि अब मेरी रुख़सती करवा दीजिये जो कि कहा नहीं जाता था। महाराजा ने कहा कि नहीं, नहीं, आपको कोई परेशानी...तो उन्होंने कहा जी नहीं, आपकी इनायत है, बस इज़ाज़त दें, और काम भी करने हैं।

महाराज ने कहा ठीक है, आप कब तशरीफ़ ले जाना चाहते हैं। उन्होंने कहा, आज मुमकिन हो तो आज, नहीं तो कल। ख़ैर, रुख़सती तय हो गयी जब ये चलने लगे तो एक थाल आया। महाराज ने इशारा किया कि इनको भेंट किया जाये। ख़ाँ साहब ने उसमें से एक सिक्का उठाया, झुकके सलाम किया महाराज को, और बाक़ी थाल के लिए कहा कि हुज़ूर इनको नौकरों में तक़्सीम करवा दीजियेगा मेरी तरफ़ से। इस तरह के आदमी थे फ़ैयाज़ ख़ाँ।

मैं कुमार मुखर्जी के लेख की बात कर रहा था। उसमें एक और रोचक घटना आती है जो मुझे इस वक़्त याद आ रही है। वैसे तो तमाम घटनाएँ थीं उस लेख में। एक बार फ़ैयाज़ ख़ाँ के पास एक आदमी गया और उसने कहा कि मैं फलाने स्टेशन का स्टेशन मास्टर हूँ। कोई छोटा-सा रेलवे स्टेशन था। उसने कहा कि मेरी इच्छा है कि मेरे बच्चे के जन्मदिन पर आप आयें और गायें। अब कहाँ फ़ैयाज़ ख़ाँ और कहाँ ये अदना स्टेशन मास्टर, वो भी बड़ौदा जैसे बड़े जंक्शन का नहीं। फ़ैयाज़ ख़ाँ मान गये और उससे पूछ लिया कि भैय्या पता बता दो अपने...और जिस दिन की बात हुई थी दलबादल पहुँच लिये। स्टेशन मास्टर तो अभिभूत। उसको विश्वास तो नहीं हुआ था कि आयेंगे ख़ाँ साहब। फिर महफ़िल भी जमी। जब ख़ाँ साहब चल रहे थे तो बेचारे स्टेशन मास्टर ने जो भी उसकी सामर्थ्य रही होगी, अपनी सामर्थ्य के हिसाब से कुछ पेश करने की कोशिश की। उन्होंने उसको इशारे से समझा दिया कि अब ये न करो और ख़ुद बच्चे को जो भी अच्छा-ख़ासा देना था वो देके चले आये।

उस स्टेशन मास्टर से उनका पहले से कुछ परिचय रहा होगा।

कुछ नहीं, वो चला गया। अब संजय वैसे तो मैं फ़ैयाज़ ख़ाँ की बात कर रहा हूँ और कुमार मुखर्जी के सन्दर्भ में। लेकिन लगे हाथ एक ऐसा ही क़िस्सा और सुना दूँ, फिर फ़ैयाज़ ख़ाँ पर वापस आते हैं। हमारे मित्र हैं टी. एन. मदान, बड़े सोशोयॉलोजिस्ट। ये उस वक़्त धारवाड़ में यूनिवर्सिटी में रीडर थे। इन्होंने पण्डित मल्लिकार्जुन मंसूर को सुना और उनका विभास इनको बहुत पसन्द आया। उमाजी, टी.एन. मदान की पत्नी...वो गर्भवती थीं उस समय और उन्होंने पुत्र को जन्म दिया। पुत्र का नाम टी.एन. मदान

और उमा मदान ने विभास रखा। मल्लिकार्जुन का विभास सुनने के बाद। पहली वर्षगाँठ आयी बच्चे की तो टी.एन. मदान पहुँच लिये मल्लिकार्जुन के पास और बताये कि मैं इस तरह से यूनिवर्सिटी में पढ़ाता हूँ और हमने आपका वो गाना सुना था और हमने अपने बच्चे का नाम विभास रखा है। कल उसका जन्मदिन है। हम चाहते हैं कि आप आके आशीर्वाद दें और थोड़ा सुना भी दें कुछ। उन्होंने कहा कि हाँ आयेंगे और ४०० रुपया हम लेंगे। सो, टी.एन. मदान की तो तनख़्वाह ही नहीं थी उस वक़्त ४०० रुपया मासिक। मुँह लटकाये अपना लौट आये। जन्मदिन मनाकर ये लोग अपना सोने-वोने की तैयारी में थे कि दस्तक हुई दरवाज़े पर। दरवाज़ा खोला तो देखा मल्लिकार्जुन अपने संगतियों के साथ खड़े हुए हैं। उन्होंने कहा कि अरे पण्डित जी आप। हाँ भई, आप ही ने तो बुलाया था। अब इनकी हालत ख़राब कि ये ४०० रुपये...मैंने तो कहा नहीं था कि मैं ४०० दूँगा। ख़ैर, कहा, आइये। अब ये बहुत परेशान कि क्या करेंगे, कैसे करेंगे। तो ख़ैर जो भी हो, पण्डित जी आये, कहाँ है बच्चा, उसको आशीर्वाद दिया। फिर गाना पण्डित जी का हुआ।

तो लोग तो सब जा चुके होंगे।

वो तो आशीर्वाद देने आये थे। उनको तो...ये है भई कि तुमने बुलाया। तो सब ख़ुशी-ख़ुशी हो गया, इनको विदा भी कर दिया।

गाना भी गाया।

गाना गाया उन्होंने। संगतिये इसीलिए उनके साथ आये थे। बाद में पता ये लगा कि मल्लिकार्जुन के बड़े भाई सुन रहे थे टी.एन. मदन वाली बातचीत। उन्होंने डाँट पिलायी छोटे भाई को कि तुमको शर्म नहीं आती। अब मल्लिकार्जुन बेचारे...भई उनके अच्छे दिन तो बिल्कुल ही जीवन के अन्तिम वर्षों में आये। बड़ा परिवार था, पैसे की तंगी रहती थी, तो उनका ४०० माँगना नाजायज़ नहीं था। टी.एन. मदन कहाँ से लायें ४०० रुपयें। तो...लेकिन ये है कि बड़े भाई ने डाँटा तो वो पहुँच लिये। मदन साहब बहुत ही प्यार से ये बात बताया करते हैं।

अब वापस कुमार मुखर्जी पर...कुमार मुखर्जी ने अपने उस लेख में नहीं वर्णन किया है इस घटना का। वो एक दिन शाम को बताने लगे कि सुधीर, अपार्ट फ्राम व्हाट आइ हैव रिटेन, देयर आर अदर थिंग्स आल्सो। इन्हीं अदर थिंग्स के सन्दर्भ में ये वाक़या बताया था। बोले कि सयाजीराव गायकवाड़ अपने दरबार में रत्न इकट्ठे करते थे। फ़ैयाज़ ख़ाँ साहब भी उनके रत्नों में एक थे। एक दिन फ़ैयाज़ ख़ाँ ने देखा कि एक नया रतन दरबार में आ गया है। पता ये लगा कि ये कोई बड़ा आलिम है और वो आलिम काहिरा का..., हाँ, अल अज़हर का प्रोडक्ट, वहाँ का आलिम उसको सयाजीराव अपने दरबार में ले आये। फ़ैयाज़ ख़ाँ को लगा कि भई अगर महाराज इसको अपना रतन बनाकर लाये हैं, तो यह भी अपने फ़न में वैसा ही माहिर होगा जैसा मैं अपने फ़न में हूँ। ये तो इज़्ज़त के क़ाबिल है। एक-दो दिन बाद वो उसके घर पहुँच गये पता करके कि वो कहाँ रह रहे हैं। आलिम ने दरवाज़ा खोला और दंग रह गया कि फ़ैयाज़ ख़ाँ मेरे घर आये हैं। ख़ैर! उसने बिठाया और कहा कि ख़ाँ साहब ये तो आपने ग़ज़ब कर दिया। मैं सोच ही रहा था कि आपकी ख़िदमत में आदाब अर्ज़ करने हाज़िर होऊँगा और आपने ये ज़हमत फ़रमा दी। उन्होंने कहा कि भैय्या इससे क्या फ़र्क़ पड़ता है आप पहले आये या मैं पहले आऊँ। ज़रूरी है मिलना। इन दोनों की दोस्ती इस तरह से शुरू हो गयी।

एक दिन ये आलिम ख़ाँ साहब के पास पहुँचे और कहा, ख़ाँ साहब, मेरी एक दोस्त कलकत्ता से आयी हुई हैं, मेरी मेहमान हैं और उनको मौसिकी का बड़ा शौक़ है। उनकी बड़ी इच्छा है कि वो आपको सुनें। ख़ाँ साहब बोले कि साहब इसमें क्या बात है, बस आप हुक्म करिए किस दिन हाज़िर होना है। उन्होंने कहा, नहीं ख़ाँ साहब, ये नहीं होगा, मैं उनको आपके घर लाऊँगा। बोले, नहीं साहब, ये नहीं हो सकता। आपकी मेहमान, मेरी मेहमान। मैं क़ैसे उनको ज़हमत दे सकता हूँ। बहरहाल! तारीख़ और वक़्त तय हो गया। ख़ाँ साहब पहुँच लिये। महफ़िल शुरू हुई। ख़ाँ साहब ने... शाम का वक़्त था...एक राग ख़ूब लम्बा प्रस्तुत किया और वो पूरा करने के बाद उन्होंने मोहतरमा से पूछा कि देखिये, ये तो मैंने अपनी पसन्द से आपकी ख़िदमत में पेश किया, अब आप हुक्म करें आप क्या सुनना चाहती हैं। वो थोड़ी परेशान हुईं कि मैं इनसे क्या कहूँ। ख़ाँ साहब ने कहा देखिये, मैं तो आया ही आपके लिए हूँ। जो आपका मन हो, बस हुक्म

कीजिये। इधर मोहतरमा का यह कि जो मन में है वो कहना तो चाहें पर कह न पायें। ख़ाँ साहब ताड़ गये। कहा कि मोहतरमा बस हुक्म की देरी है। उन्होंने कहा कि ख़ाँ साहब, अब मैं क्या आपसे कहूँ। मन तो है सुनने का, लेकिन कह नहीं पा रही हूँ, हिम्मत नहीं कर पा रही। उन्होंने कहा कि ऐसी क्या मजबूरी है आपकी। बोलीं, देखिये, मई का महीना है और मेरा मन मल्हार सुनने का है। बोले, तो क्या हुआ, अरे भई आपका मन है, मैं सुनाना चाहता हूँ, मई उसमें क्या कर लेगी। लीजिये, पेश है मल्हार। शुरू कर दिया फ़ैयाज़ ख़ाँ ने मल्हार गाना। इनका मल्हार पूरा हुआ नहीं कि बारिश शुरू हो गयी। जो चेले थे वो लोट गये इनके पैरों पे कि ख़ाँ साहब, देखिये आपकी मौसिकी का फ़ज़ल, बारिश शुरू हो गयी। ख़ाँ साहब बेहद शर्मिन्दा कि ये शागिर्द कितने बेवकूफ़ हैं। सो उन्होंने कहा कि अब आप इज़ाज़त दें। तो वो आ गये बहुत ही नाराज़।

दूसरे दिन सोच रहे थे कि अब जाऊँगा, माफ़ी माँग लूँगा आलिम से कि बदसलूकी की मेरे शागिर्दों ने। लेकिन इसके पहले कि वो जा सकें आलिम के यहाँ, आलिम पहुँच लिये फ़ैयाज़ ख़ाँ के यहाँ। तो इनको उन्होंने बिठाया और माज़रत शुरू कर दी कि देखिये, आप तो आलिम फ़ाज़िल हैं, आप बताइये ये मुमकिन है...अरे, बारिश कुदरत से होती है, अल्लाह के दिये होती है, मेरी मौसिकी कहाँ से बारिश को ले आयेगी। आलिम ने कहा, ख़ाँ साहब, क्या आप जानते हैं अल्लाह कब, क्यों, क्या करता है। उन्होंने कहा, जी नहीं, मैं तो नहीं जानता। बोले, तो फिर आप ये कैसे जान सकते हैं कि बारिश आपके गाने से नहीं आयी। अल्लाह ने बारिश नहीं भेजी आपके गाने के बाद, कैसे आप कर सकते हैं यह दावा? ख़ाँ साहब इस तरह से चुप हुए, पता नहीं माने या नहीं माने। ये आलिम भी कैसे थे और फ़ैयाज़ ख़ाँ भी कैसे थे। कमाल के लोग अपने-अपने फ़न में...दोनों का बड़प्पन और क्या बताऊँ कि ये भी इत्तेफ़ाक की बात है कि एक बार कपूर साहब की बैठक में, जो कि मई के महीने में हुई।

विनोद कपूर।

विनोद कपूर की बैठक की बात तो लम्बी होगी कभी। राजन-साजन मिश्र पता नहीं क्या उनके मन में आयी उन्होंने उस ठेठ गर्मी में मल्हार गा दिया

और पानी बरसने लगा बाहर। मैंने दूसरे दिन फ़ोन किया कि पण्डित जी ये तो कमाल ही हो गया। वो भी हँसने लगे कि अब भई हम इसमें क्या...तो मैं कम से कम ख़ुद इस बात को देख चुका हूँ। अब इसको संयोग कहा जाये, क्या कहा जाये। लेकिन जो फ़ैयाज़ ख़ाँ की मल्हार के बाद बड़ौदा में हुआ था, मैं कम से कम देख चुका हूँ। सो कुमार मुखर्जी का ये क़िस्सा जो है मुझे बड़ा पसन्द आया। और बड़े लोगों के बारे में...कि भई किस तरह के लोग होते थे, क्या ह्यूमिलिटी...

ये तो कुमार मुखर्जी साहब ने अलग से आपको बताया। ये वो...

ये उस लेख में नहीं था, ये अलग से उन्होंने बताया। और वैसे संजय मैं जब शराफ़त हुसैन ख़ाँ की बात कर रहा था तो शायद इसलिए मैं कुछ बातें भूल गया। मेरी नीयत उस दिन ठीक नहीं थी। मैंने बात शुरू ही इस इरादे से की थी कि मैं फ़ैयाज़ ख़ाँ के बारे में इनसे कुछ जान सकूँ। लेकिन उस बातचीत के दौरान मैंने शराफ़त हुसैन ख़ाँ के बारे में भी बहुत कुछ जाना जो कि वो बग़ैर बताये बता रहे थे और मैं समझ रहा था कि ये क्या इनके अन्दर होता होगा, इन्हें कैसा लगता होगा। एक तो उनके और फ़ैयाज़ ख़ाँ के आपस के रिश्ते की बात है। नज़दीकी जताने की कोई कोशिश नहीं की उन्होंने..., बल्कि ये जता दिया कि दूरदराज़ के मामू थे। और बहुत ही इज़्ज़त से, बहुत ही प्यार से फ़ैयाज़ ख़ाँ की बात वो कर रहे थे। लेकिन उन्हीं बातों के दौरान शराफ़त हुसैन ने बग़ैर ये बताये कि क्यों ऐसा हुआ, मुझे बताया कि देखिये, मैं कुछ साल उनके साथ रहा और जो कुछ सीखा उन्हीं से सीखा। मैं क्या चीज़ हूँ, सब उन्हीं का दिया है, लेकिन कुछ हो गया। और मैंने कहा कि ख़ाँ साहब, इस बार मामू नहीं, अब आप मुझे इज़ाज़त दें। तो उन्होंने कहा, अरे, अभी कैसे जा सकते हो। मैंने कहा कि नहीं, अब आप मुझे इज़ाज़त दे दें, मैं जाना चाहता हूँ। मैंने पूछा, क्या हुआ था। तो उन्होंने कहा, छोड़िए। बस कुछ।

वो भी समझ गये होंगे कि कोई बात है।

अब ये बताना नहीं चाहते थे और छुपाना भी नहीं चाहते थे कि कुछ हुआ कि वो आख़िर तक नहीं रहे फ़ैयाज़ ख़ाँ के पास। शराफ़त हुसैन ने कहा,

मैं आ गया ख़ाँ साहब के पास से। उसके बाद दो-तीन बार उन्होंने मुझसे कहा कि बेटा, आ जाओ। मैंने कहा कि अब आप...जो कुछ है आप ही का दिया हुआ है लेकिन वापस आने के लिए न कहें। एक तो ये बात उसी वक़्त समझ में आयी। फिर शराफ़त हुसैन ने कुछ और बातें कीं। मसलन, पहले तो उन्होंने मुझसे पूछा कि आपने मुझे कब सुना। मैंने कहा, ख़ाँ साहब कोई एक बार सुना हो तो बताऊँ, इतनी बार सुना है और रेडियो पर तो आपका कोई प्रोग्राम मैं मिस करता ही नहीं। मैंने आपको बहुत सुना है। उनका ये पूछना कि आपने मुझे कब सुना, वह कुछ ऐसा था कि आदमी जानता है कि मैं बहुत बड़ा गवैया हूँ लेकिन उसको ये भी मालूम है कि जो मेरी इज़्ज़त होनी चाहिए, जो वक़त मेरी होनी चाहिए, वो है नहीं। तो कहीं उन्हें अच्छा लगा कि कोई एक ऐसा आदमी है...

जो कि मेरे बारे में, मेरे फ़न को जानता है।

जब वो आश्वस्त हो गये कि ये वाकई मेरे फ़न का मुरीद है, तब उन्होंने थोड़ा खुल के बातें शुरू कीं। मसलन उन्होंने कहा, देखिये साहब, इतने लोग सुनने आते हैं, इनमें से ज़्यादातर को सा और रे का शऊर नहीं होता। आते हैं, शौक़ है, इसलिए आते हैं कि देखे जायें कि हम भी वहाँ आये हैं। मौसिकी नहीं लाती उनको। लेकिन फिर भी दो-तीन जगहें हैं मुल्क में जहाँ पारखी हैं, रसिक हैं। मैंने पूछा ख़ाँ साहब, वो कौन सी जगहें हैं। बोले कलकत्ता, अहमदाबाद, यहाँ पारखी मौसिकी सुनने के लिए आते हैं, दिखायी पड़ने के लिए नहीं आते। फिर लगे हाथ उन्होंने कहा, अब देखिये, क्या बात करें, क्या रोना रोयें। यहाँ तो कुल जमा आठ राग गाके लोग अपना नाम कर रहे हैं। सुबह के तीन राग, शाम के तीन राग, दिन के दो राग, नाम हो रहा है, भाई, आठ राग गाके। अब आप समझ सकते हैं कि ये वो ज़माना था जब भीमसेन जोशी बिल्कुल सीमित राग गाते थे। सुबह अगर उनका कार्यक्रम है तो आप जानते हैं। ललित के वक़्त तो हमारे यहाँ कोई कार्यक्रम होता नहीं इतनी जल्दी। तो आप जानते हैं कि ये तो तोड़ी गायेंगे, आसावरी गायेंगे। अब सवाल यही है आसावरी गायेंगे, कोमल रिषभ आसावरी गायेंगे, मियाँ की तोड़ी गायेंगे, गुर्जरी तोड़ी गायेंगे लेकिन गायेंगे यही। थोड़ा और वक़्त बीतेगा तो सारंग का कोई प्रकार सुना देंगे। इसी तरह शाम को..., शाम को हो रहा है कार्यक्रम तो यमन, पूरिया

धनाश्री और थोड़ा आगे बढ़े तो उनके मालकौंस, कल्याण, दरबारी। अब वो आठ न सही, बारह-तेरह रहे होंगे। सम्भव ही नहीं था कि मैं ये न समझ पाऊँ कि ख़ाँ साहब किस पर निशाना साध रहे हैं। ख़ाँ साहब भी चाहते थे कि मैं जो कह रहा हूँ वो बात समझी जाये।

तो संजय कोई एक दुःख, कोई काँटा ऐसे चुभा रहता था, सालता रहता था, और ऐसा नहीं है कि शराफ़त हुसैन ख़ाँ कोई अकेले थे। कुमार मुखर्जी का मुझसे पूछना हाउ डु यू नो मी। अगर पण्डित मणिराम की बात करने का मौक़ा मिले तो कितने बड़े गायक थे पण्डित मणिराम। कौन, कितने लोग उनको जानते हैं। देखिये ऐसा हुआ कि गीतांजलि और मैं लन्दन के साउथ एण्ड, साउथ बैंक सॉरी, पे टहल रहे थे, ऐसे ही घूम रहे थे कि एक जानने वाला हमको मिला उसके साथ कोई व्यक्ति था। उसने परिचय कराते हुए कहा, ये हैं दिनेश पण्डित। आप तो जानते ही होंगे। हमने माफ़ी माँगी कि नहीं, हम नहीं जानते। उसने कहा कि ये दिनेश पण्डित म्यूज़िशियन। मैंने कहा, अच्छा। उन्होंने कहा कि और पण्डित मणिराम के बेटे। हमने कहा, अरे, पण्डित मणिराम के बेटे। दिनेश पण्डित पलट के कहते हैं आप पिताजी को जानते हैं। हम तो समझते थे कि सब हमारे चाचा को ही जानते हैं। चाचा मतलब जसराज। सोचिये कि पण्डित मणिराम का बेटा ये सुनकर कि उसके पिता को कोई जानता है ये पूछता है कि आप हमारे पिताजी को जानते हैं। और जसराज क्या जसराज होते अगर पण्डित मणिराम ने उन्हें न सिखाया होता।

कितने ऐसे बड़े-बड़े कलाकार हमारे यहाँ उस समय थे और आज भी होंगे जिनको मान नहीं मिलता, सम्मान नहीं मिलता। बात पैसे-वैसे की तो बिल्कुल अलग है। जिस दुःख और अवसाद में ये लोग जीते हैं उसकी तरफ़ कम ही लोगों का ध्यान जाता है। ये बड़ा दुःखद पक्ष है बड़े कलाकारों के जीवन का। अगर मूड हो तो पण्डित मणिराम की अभी चर्चा कर लें, बाक़ी चीज़ों पर बाद में आयेंगे। जब दिनेश पण्डित आश्वस्त हो गये कि वाक़ई ये लोग मेरे पिताजी के प्रशंसक हैं, तो उन्होंने कहा कि आप लोग कल शाम क्या कर रहे हैं। हम लोग कुछ नहीं कर रहे थे। दिनेश पण्डित ने हमको दावत दे दी खाने की। हम शाम को पहुँचे, उन्होंने ख़ैरमक़दम हमारा किया और फिर बोले कि आप लोग क्या लेना पसन्द करेंगे। जो भी हमारी पसन्द थी हमने उन्हें बता दी। ऐसे ही बातें होने लगीं।

फिर दिनेश पण्डित ने कहा कि आप पिताजी का कुछ सुनना चाहेंगे। तो हमने कहा कि भई देखिये दिनेश जी एक तो नेकी दूसरे पूछ-पूछ। हम ज़रूर सुनना चाहेंगे। उन्होंने कहा कि अच्छा एक मिनट रुकिए। इसके बाद दिनेश पण्डित ने एक वीडियो लगा दिया। वो वीडियो जब शुरू हुआ तो हमें अपनी आँखों पर विश्वास ही नहीं हुआ कि जो हम देख रहे हैं वो सच है। लन्दन में एक कार्यक्रम हो रहा था, स्टेज पर पण्डित मणिराम विराजमान थे। उनके दायें-बायें उनकी संगत करने वाले कलाकार थे। पण्डित जी स्टेज पर बैठे सिगरेट पी रहे थे।

स्टेज पर कार्यक्रम के दौरान।

अब हमने तो कभी ये देखना तो दूर, सुना भी नहीं था। जो इसके सबसे नज़दीक चीज़ हमने देखी थी वो ये कि एक वीडियो पण्डित मल्लिकार्जुन मंसूर का जो भारत भवन में उनके गायन का वीडियो...तो उसमें ये ज़रूर हमने देखा कि दो-तीन राग गाने के बाद मल्लिकार्जुन ने कहा, अब अशोक जी मध्यान्तर कर लें तो मैं बीड़ी पी लूँ। ज़्यादा से ज़्यादा ये हम जानते हैं। लेकिन ये कि स्टेज पे बैठके आदमी सिगरेट पी रहा है...तो एक तो यही अविश्वसनीय, सरासर अविश्वसनीय। अब उनका गायन शुरू हुआ। ज़ाहिर है विलम्बित में चला। और विलम्बित में मन्थर गति से पण्डित मणिराम गाये जा रहे हैं और बीच-बीच में अपनी सिगरेट...

अच्छा, गाने के क्रम में भी सिगरेट पिये जा रहे हैं।

अरे भैया एक सेकण्ड, अभी तो कुछ बात हुई नहीं है, यह तो बस इब्तिदा है। उधर संगीत चल रहा है इधर धूम्रपान पण्डित जी का चल रहा है। किसी पॉइण्ट पर तो वह सिगरेट ख़त्म होनी ही थी। बग़ल में ऐशट्रे भी रखी हुई थी, तो उन्होंने बुझा के डाल दिया अपनी सिगरेट का ठुर्रा उसमें। फिर उन्होंने सिगरेट पेपर निकाला, गायन चल रहा है। गायन में कहीं कोई बाधा नहीं आ रही है। उन्होंने सिगरेट का पेपर निकाला, उधर से तम्बाकू निकाली। वो अपनी सिगरेट रोल कर रहे हैं, गाना चल रहा है। फिर जब सिगरेट बन गयी अच्छी तरह, गाना चल रहा है, उन्होंने जेब से लाइटर निकाला और लाइटर से सिगरेट जलायी, गाना चल रहा है। अब इस तरह

गाना चल रहा है और इन्हें तो...अब पूरा कार्यक्रम इन्हीं का था, लम्बा चलना था। तो गायन, सिगरेट बनाना, सिगरेट पीना, उसको बुझाना... फिर एक बार ये हुआ कि इन्होंने सिगरेट बनायी, मुँह में लगायी, लाइटर जलायें, न जले। तो दो-तीन बार उन्होंने अपना..., अब इस बीच तानें भी चल रही हैं, कई बार लाइटर जलाने की कोशिश की, नहीं जला, थोड़ा गाया, फिर लाइटर जलाया, नहीं जला, कोई उनको चिन्ता नहीं, उन्होंने... गायन चल रहा है, लाइटर रखा, फिर जेब में हाथ डाला और एक माचिस निकाली जेब से...

अच्छा।

और फिर उन्होंने माचिस से अपनी सिगरेट जलायी। पूरी तैयारी कि धूम्रपान में किसी तरह का व्यवधान ना पड़े। लाइटर नहीं तो माचिस है, धूम्रपान करते रहे अन्त तक। तो एक तो ये कलेजा। वो भारतीय शास्त्रीय गायन प्रस्तुत कर रहे हैं लेकिन धूम्रपान चलता रहेगा। जब ये हो गया तो हमने दिनेश पण्डित से कहा, दिनेश जी, ये तो कभी देखा नहीं, सुना नहीं। बोले, भाई पिताजी का आपने ये रूप देख लिया और चाचा का ये है कि वो धूपबत्ती तक नहीं पास आने देते। उन्हें डर रहता है कि उनका गला ख़राब हो जायेगा। तो एक रूप हमने एक शास्त्रीय गायक का ये भी देखा पण्डित मणिराम वाला। लेकिन बेसिक बात यहाँ भी...जिस इरादे से ये क़िस्सा सुनाया कि जब बेटे को ये तकलीफ़ रही पिता के जाने के बाद तक, तो जिस व्यक्ति को लेके ये तकलीफ़ रही होगी उस व्यक्ति पर क्या बीतती होगी। बहुत ज़ोर इस बात पर डाल रहा हूँ कि हम सबका ये फ़र्ज़ है कि कम से कम कलाकारों को वो इज़्ज़त तो बख़्शे जिसके ये हक़दार हैं।

अब आवाज़ की बात। जैसे ये हमारा ही शास्त्रीय संगीत है, कण्ठ संगीत जहाँ इस तरह की स्वच्छन्दता अगर उसको स्वच्छन्दता का नाम दिया जा सके तो...ये स्वच्छन्दता शास्त्र देता है कि आपका गला सुरीला हो ये बिल्कुल ज़रूरी नहीं। आप बड़े गायक हो सकते हैं बग़ैर...

गला सुरीला हुए।

सुरीला गला हुए बग़ैर। बल्कि कई बार तो बाधक हो जाता है आपका बहुत सुरीला गला। अगर सुरीला ही सुरीला है तो जो वज़न आता है और जो ऊर्जा आती है गायन की वो मुश्किल हो जाती है।

इस सन्दर्भ में तो भीमसेन जोशी सीधे-सीधे याद आते हैं कि उनके गले को तो सुरीला गला नहीं कहा जा सकता।

भीमसेन जोशी तो इतने सुरीले हैं।

अच्छा, मैं तो नहीं मानता।

भई मैं...अब ये मल्लिकार्जुन जी के मुक़ाबले में भीमसेन बहुत सुरीले हैं इसी सन्दर्भ में एक बात अनुराधा कपूर, थियेटर डाइरेक्टर, उन्होंने हम लोगों को बुलाया अपने घर और वहाँ संगीत चल रहा था। लताफ़त हुसैन ख़ाँ आगरा घराने के वो गा रहे थे। हमारे एक मित्र जिनका मैं पहले भी ज़िक्र कर चुका हूँ जो पण्डित उमाशंकर मिश्र के चेले थे, सितार बजाते थे, इतिहासकार...उन्होंने घुसते ही कहा, ये कौन रेंक रहा है, इसको बन्द करो। अनुराधा, गीतांजलि और मैं तीनों पिल पड़े उन पर कि तुमको तमीज़ भी है सुनने की। लताफ़त की आवाज़, भई क्या उनकी आवाज़...तो भीमसेन जोशी तो...अरे रे रे...नाम इस वक़्त मैं नहीं लेना चाहूँगा लेकिन है एक बड़ा नाम जिसके बारे में, और मुझसे ज़्यादा गीतांजलि को है कि ही इज़ ऑल स्वीटनेस, ही इज़ ऑल स्वीटनेस व्हिच मीन्स और कुछ है ही नहीं। वो आपको झुमा देंगे थोड़ी देर, लेकिन वो झूमना इतनी देर का है बार-बार वो भी नहीं रहेगा, आप उकता जायेंगे उससे। और भीमसेन जोशी तो साहब, वो तो क्या-क्या नहीं करते अपनी आवाज़ से। वहाँ तो कोमल से कोमल और गर्जन जब होता है तो फिर...वो तो ग़ज़ब की रेंज है भीमसेन जोशी की। तो ये कमाल की चीज़ हमारे यहाँ है। जैसे उस दिन मैं बात कर रहा था कि मल्लिकार्जुन मंसूर अपने जवानी वाले..., और जवानी तो उनकी बड़े दिन तक चली है बुढ़ापा तो बहुत बाद में आया..., जब वो प्रपात वाला उनका गायन होता था तो वो तो साँस बीच में लेते थे...तो इस तरह की चिन्तायें..., किसी तरह की चिन्ता हमारे बड़े गायकों को नहीं रही।

पण्डित मणिराम जी का वाक़या सुनने के बाद मेरे दिमाग़ में तब से हलचल मची हुई है। मैं सोच रहा हूँ कि कितने बड़े और सधे गवैये रहे होंगे। चूँकि जहाँ तक धूम्रपान करने की बात है भीमसेन जोशी से लेके तमाम गवैये भी धूम्रपान करते थे, लेकिन गाने के बीच में, गाने के दौरान शायद ही कोई सिगरेट पीता हो।

तार नहीं टूटेगा।

तार नहीं टूट रहा है, भई ज़रा सा ध्यान इधर से उधर हुआ और सुर बिगड़ा। ये तो आप कह नहीं सकते हैं कि आप सिगरेट रोल कर रहे हैं चाहे कितनी भी पुरानी आपकी आदत हो, थोड़ा ना थोड़ा ध्यान तो कहीं बिसरेगा, लेकिन आप बता रहे हैं कि साहब कहीं से भी लय या तान में फ़र्क़ नहीं पड़ता था।

ये जो आपकी प्रतिक्रिया हुई, इस पर मैं एक वाक़या सुनाऊँ। इरादा तो है पूरी लम्बी बातचीत का अगर वक़्त मिलता है तो। गंगूबाई हंगल से जो लम्बी बात हुई...

इसको हम लोग अलग से बातचीत के अगले किसी सत्र में रिकार्ड कर लेंगे।

नहीं, नहीं, ये जो सन्दर्भ है ये बहुत...इस प्रतिक्रिया पर मैं सुना रहा हूँ कि उनको कोई फ़र्क़ ही नहीं पड़ रहा है, सिगरेट रोल हो रही है, लाइटर काम नहीं कर रहा, दियासलाई जेब से निकालनी है, कोई व्यवधान गाने में नहीं आ रहा। गंगूबाई से हुई लम्बी बातचीत के दौरान कुछ भीमसेन जोशी की लम्बी चर्चा छिड़ गयी। बताने लगीं कि बड़ा बुरा लगता है भीमसेन अब बहुत पीने लगा है, गाने के बीच में भी। गाने जाता है, पीता है। मैं कहती हूँ कि अरे तू उसके बाद पी ले, कोई ज़रूरी है पहले पीये। पीता है और कभी-कभी तो ये हाल हो जाता है कि राग एक गा रहा है और बन्दिश दूसरे राग की होती है। इस पर मेरे मुँह से संजय, भई बिल्कुल महामूर्ख मैं,

ये निकल गया कि गंगूबाई फिर सुरों का क्या होता है। तो उन्होंने मुझे घूरा और बोलीं, अब क्या भीमसेन के सुर भी ग़लत लगेंगे। आ गयी मेरी समझ में बात। ये लोग जिस स्थिति को प्राप्त कर लेते हैं, साधना की जो स्थिति इनकी होती है वहाँ सिगरेट रोल...अरे, और तो और, ये तो ऐसी चीज़ें हो रही हैं...हम दोनों एक बार जेएनयू के एक कमरे में भीमसेन जोशी को सुनने गये। स्पिकमैके का प्रोग्राम था। बड़ी भीड़ थी। इतनी भीड़ कि जो छोटी-मोटी सी स्टेज बना रखी थी उसके चारों तरफ़ भी लोग, सामने भी लोग, और एक मेज़ बग़ल में। उस पर लड़के-लड़की खड़े हुए हैं और अचानक बड़ी ज़ोर से जैसे कोई विस्फोट हुआ हो। हम सोचे कि हुआ क्या। वो जो मेज़ थी बग़ल में वो बोझ से...

बच्चे उस पर बैठे थे...

बड़े ज़ोर की उसकी आवाज़ हुई, जो बच्चे थे वो गिरे। भीमसेन जोशी का गायन वैसे ही चलता रहा।

पता ही नहीं चला उनको कि मेज़ टूटी है।

कुछ नहीं, क्षण भर के लिए भी तो वो नहीं रुके। पता नहीं उन्होंने सुना भी या नहीं सुना। उनका गायन वैसे ही चलता रहा। तो वो...ये, ये हमारा सोचना बहुत स्वाभाविक है कि ये कैसे लेकिन...

सचमुच वो साधना के उस सोपान पर पहुँच गये थे कि इन सब चीज़ों से कोई फ़र्क़ ही नहीं पड़ता।

बिल्कुल साधक। सो ये है। अब मैं तो भूल ही गया कि हम कहाँ थे।

कल हम लोग कह रहे थे कि अब चलो दिल्ली छोड़ें, और जगहों की बातें करें, लेकिन दिल्ली है कि पीछा ही नहीं छोड़ रही। इतने अनुभव यहाँ दिल्ली में हुए, इतनी यादें जुड़ गयी हैं दिल्ली से, तो अब वो आ रही हैं जिन चीज़ों को मैं भूला हुआ था। ये...दो कमाल की बैठकें दिल्ली में सुनने को मिली और दोनों ही जाड़े की और सुबह की थी। ज़्यादातर

होता ये है कि अगर कोई ऐसा संगीत समारोह हो रहा है जो दिन में भी होता है तो वो प्राय: ९:०० के आसपास शुरू होता है। लेकिन ये दो बैठकें ऐसी हुईं जो उससे भी पहले...तो जैसा कि मैं पहले कह रहा था कि आप ज़्यादा से ज़्यादा तोड़ी से शुरू करेंगे और उससे पहले के राग धरे के धरे रह जाते हैं। वो तो आप रिकॉर्डिंग में ही सुनिए। किसी से मित्रता हो जाये, तो वो आपको सुनायेगा या सुनायेगी वरना ये तो रह जाते हैं। रिकॉर्डिंग में सुनो। तो हुआ ये कि मैं बासवराज राजगुरु का बड़ा प्रशंसक था और पहले भी इनका मैंने ज़िक्र किया है कि रेडियो पर सुना करता था इनको। फिर इत्तेफ़ाक़ ये हुआ कि हम लोग इंग्लैण्ड में थे। मुझे अपनी रिसर्च के सिलसिले में कुछ काम करना था लन्दन में। वहीं पर गीतांजलि के भाई, मेरे साले ज्ञान पाण्डे...ये वहीं पे उनके साढ़ू फ्रेड हार्डी, जर्मन, संस्कृत के बड़े विद्वान् और डिवोशनल पोएट्री पर इनकी बहुत ही अच्छी किताब है। इनके वाइल्ड मेमोरियल लेक्चर्स जो इन्होंने ऑक्सफ़र्ड यूनिवर्सिटी में दिये, वो भी कमाल के हैं। एक तो ये कि ज्ञान के साढ़ू हैं, तो उनसे तो मिलके अच्छा ही लगेगा। संगीत के रसिक हैं ये सुनके और इच्छा हुई। फ्रेड ने कहा कि अब जब आ रहे हो तो दो-तीन दिन रुको हमारे यहाँ। हम लोग पहुँच लिये फ्रेड के यहाँ। अब फ्रेड का जो कलेक्शन था वो तो ग़ज़ब का कलेक्शन। उसी कलेक्शन में मैंने देखा कि बासवराज राजगुरु की रिकॉर्डिंग्ज़ है। मैंने कहा भैया फ्रेड ये यार ये तो...इतनी कृपा करो कि ये हमें कुछ दे दो। तो बोला कि देखो इसमें कुछ तो मैं दे नहीं सकता हूँ। वो पुराना वक़्त था, ये यूट्यूब वाला नहीं था कि इतना कुछ अब अपलोड कर दिया गया है। मैं जानता नहीं कि ये कैसे होता है, कॉपीराइट का क्या होता है। लेकिन उस वक़्त इतना आसान नहीं था। उसके अलावा जो उसूल के लोग होते थे, उनका ये था कि हमने वादा किया है कि हम सिर्फ़ अपने ही पास रखेंगे, किसी को नहीं देंगे तो वो उस वादे को निभाते थे। सो फ्रेड ने कहा कि कुछ तो मैं तुम्हें दे नहीं सकता हूँ। ये मैंने वादा किया हुआ है। जो मैं दे सकता हूँ वो ख़ुशी-ख़ुशी कॉपी करके दे दूँगा। वहाँ उसने बासवराज राजगुरु ख़ूब सुनाये हमको। फिर उसने कुछ कैसेट्स जो कि वो दे सकता था वो रिकॉर्ड करके दिये जो हमारे पास अभी भी हैं।

सो एक दिन..., ये मैं बासवराज राजगुरु का बता रहा हूँ कि ख़ूब उनका संगीत सुनने को मिला..., एक दिन टाइम्स ऑफ़ इण्डिया में शाम को एक

विज्ञापन देखा कि दिल्ली के श्रीराम सेण्टर में..., ये त्रिवेणी अगर आप जानते हों, उस ज़माने में सांस्कृतिक केन्द्र, असल सांस्कृतिक केन्द्र वही था। आज भी है लेकिन वो रुतबा नहीं रहा। श्रीराम सेण्टर में बासवराज राजगुरु का सबेरे ७:०० बजे गायन होगा। हम पहुँच लिये। उसी रात मुझे शिमला जाना था। ये भी हुआ कि कुछ ज़्यादा ही हो जायेगा। लेकिन अब बासवराज राजगुरु को तो छोड़ा जा नहीं सकता था। तो पहुँच लिये। और ये डर कि बासवराज राजगुरु तो शंकरलाल में आये थे और उसके बाद दिल्ली में पहली बार आ रहे हैं। यहाँ तो बहुत-बहुत लोग पहुँचेंगे, तो ज़रा वक़्त से पहले ही पहुँच लो। लेकिन अब क्या, वहाँ गिने-चुने लोग। इतना ही नहीं कि वहाँ गिने-चुने लोग, वहाँ नाश्ते की भी व्यवस्था थी। पहले तो हम लोगों ने, जो भी वहाँ थे, नाश्ता किया। मैंने तो नाश्ता हचक के किया, चाय-कॉफ़ी भी पी। फिर बड़ा-सा हॉल, थोड़े से लोग और बासवराज राजगुरु का गायन...

सबेरे के राग एक के बाद एक बासवराज राजगुरु ने सुनाये। और उनका भी ये था कि वो घण्टा-डेढ़ घण्टा वाला गायन उनका नहीं होता, एक राग के लिए ३०-४० मिनट, कभी १०-१५ मिनट...तो ये है कि पहला राग थोड़ा विस्तार से गाया और उसके बाद अपना १५-१५ मिनट, २०-२० मिनट...और वहाँ भी, जैसे मैं भारत भवन की मल्लिकार्जुन वाली रिकॉर्डिंग कह रहा था कि अशोक जी मध्यान्तर कर लें तो बीड़ी पी लूँ, तो इसी तरह ये तीन-चार राग गाने के बाद बोले, अब अगर मध्यान्तर कर लें तो मैं दूध पी लूँ। मध्यान्तर हुआ, हम लोग भी निकले, वापस आये और फिर इन्होंने सारंग के प्रकार...और सारंग तो ओहो भाई मैं बताऊँ कि बासवराज राजगुरु का गाना जिस ज़माने में सुनना शुरू किया था उस वक़्त इनका वृन्दाबनी सारंग मुझे बहुत भा गया था। ये बड़े सुरीले थे बासवराज राजगुरु और वो जो सुरीली वाली बात मैंने पहले कही है वो यहाँ इनपे नहीं लागू होती, बिल्कुल नहीं लागू होती...बड़े सुरीले गायक थे। तब से मैं यह वृन्दाबनी सारंग सुनता रहा था। अगर मैं बिल्कुल ही नहीं भूल रहा हूँ या ये नहीं हो रहा है कि राग एक और बन्दिश दूसरी है। मेरे ख़याल से ये ग़लती मुझसे इस समय हो नहीं रही है। अगर हो तो बाद में देख लेंगे। वो उसके बोल थे सिगरी उमरिया मोरी, बीती जात, बीती जात। ये वृन्दाबनी सारंग की पंक्ति...भाई बिल्कुल झुमा देती थी, सिगरी उमरिया

मोरी से...तो वो भी रूबरू उस दिन पण्डित जी से सुनने को मिला। वो अनुभव बड़ा अच्छा रहा और बड़ा प्रसन्न उस दिन मैं लौटा। शिमला की यात्रा भी बड़ी सुखद, अच्छे-अच्छे सपने देखता मैं शिमला पहुँचा।

अच्छा, एक बात और बासवराज राजगुरु की मुझे याद आ रही है कि वो भी अपना बड़े सीधे-साधे आदमी लगते थे। गोल टोपी उनकी होती थी और ये कुर्ता पाजामा...इस तरह पहन के...कुछ कुर्ता भी थोड़ा ऊँचा सा, बहुत ज़्यादा नीचा नहीं। ये जब शंकरलाल में आये तो वो भी मुझे याद है। शंकरलाल में जब आये तो इन्होंने आने से पहले ये कह दिया कि आप जिससे संगत करा रहे हैं वो तो आप कराइये लेकिन वो जो पुराने सारंगिये हैं..., अब बहुत ही प्रसिद्ध सारंगिये वो थे, अरे रेडियो पर और ऐसे भी कितना उनको सुना है, अब मेरी स्मृति मुझे धोखा दे रही है कि इतने बड़े सारंगी वादक का मैं नाम भूल रहा हूँ...ख़ैर फिर उन्होंने ख़ास तौर से फ़रमाइश की कि उनको ज़रूर बुलाया जाये। नतीजा ये हुआ कि उस दिन संगत करने वालों में हार्मोनियम पर महमूद धौलपुरी और सारंगी पर बासवराज राजगुरु के विशेष अनुरोध से ये सारंगी वादक आये। और भाई क्या इन दोनों की मित्रता रही होगी, कितना पुराना सम्बन्ध रहा होगा...बासवराज राजगुरु गायें तो सामने और जब उनको लगे कि वो कुछ बढ़िया कर रहे हैं तो अचानक श्रोताओं से और माइक से मुँह मोड़ लें और सारंगी वादक से मुखातिब हो जायें और फिर दोनों कलाकार एक दूसरे को दाद देने वाले अन्दाज़ में सम पर आ जायें।

वो सारंगी वादक की तरफ़...

हाँ, वो मित्र सारंगी वादक..., वहाँ जाके वो आख़िरी टुकड़ा और सम वहाँ...दोनों के चेहरे देखने लायक़ होते थे कि क्या उनकी मित्रता, दोस्ती रही होगी। ये भी मैंने बासवराज राजगुरु का रूप वहाँ देखा। अभी बताने तो जा रहा था वो दूसरी सबेरे वाली महफ़िल लेकिन वो महमूद धौलपुरी का ज़िक्र आ गया तो एक ऐसा अनुभव बताऊँ जो कि उससे पहले नहीं हुआ और बाद में भी नहीं हुआ और मनाऊँगा ये अपने लिए भी और कलाकार के दृष्टिकोण से भी कि कभी ना हो। हुआ ये कि वहीं मॉडर्न स्कूल के हॉल में किशोरी अमोनकर का गायन हो रहा था। अब किशोरी

अमोनकर के बारे में तो सभी जानते हैं कि वो काफ़ी तुनकमिज़ाज थीं, ज़रा-ज़रा सी बात पे उखड़ जाती थीं। एक बार..., ये किसी दूसरी महफ़िल का ज़िक्र है, ये कमानी ऑडिटोरियम में था। हम लोग बैठे हुए हैं और किशोरी अमोनकर आने का नाम नहीं ले रही हैं। ये भी नहीं कि कोई दूसरा कार्यक्रम उससे पहले होना है वो ख़त्म नहीं हुआ है। अब इन्तज़ार हो रहा है और वो हैं कि आ ही नहीं रहीं। आयोजक बेचारे घोषणा कर रहे हैं कि आप लोग सब्र रखिये, किशोरी जी ग्रीन रूम में तैयारी कर रही हैं, अभी आयेंगी। बहुत देर इन्तज़ार कराया किशोरी अमोनकर ने। अब वो आधा घण्टा ग्रीन रूम में बैठकर आयीं या ४५ मिनट, ये कहना बड़ा मुश्किल है, मुझे ठीक याद नहीं। लेकिन जब इन्तज़ार करना पड़े तो आध घण्टा भी लगता है कि घण्टों बीत गये हैं, बेसब्री बढ़ती है, फ्रस्ट्रेशन होता है, झुँझलाहट होती है कि भई ये क्या बात है। ख़ैर ले-दे के ये आयीं और आते ही अपना सुरमण्डल ठीक करने लगीं। अच्छा उससे पहले ये हुआ कि जब ये आयीं तो कुछ ऐसी करतल ध्वनि हुई जो ये समझ गयीं कि ये स्वागत की नहीं है। स्वागत की ये करतल ध्वनि होती है कि आप आये और तालियाँ बजीं, आप बैठ गये। पर यह करतल ध्वनि थी कि चले ही जा रही थी। वो ये तो समझ गयीं कि ये जनता ने इस वक़्त क्या किया है मेरे साथ। फिर वो सुरमण्डल अपना ठीक करने लगीं, तो हम लोगों को लगा कि यार अभी तो सुरमण्डल है, इसके बाद ये हारमोनियम होगा, फिर...पहले तो तानपूरे दोनों, और तानपूरे, भई, उनके तानपूरे तो वैसे ही बड़ी देर में...

> हाँ, वो तो बहुत वक़्त लेती थीं अपने तानपूरे को ठीक करने और मिलाने में।

थोड़ी देर ये चला, लोग उकता गये, उन्होंने फिर तालियाँ बजा दीं। किशोरी अमोनकर बिफर गयीं। उन्होंने माइक ले के डाँट पिलायी कि आप लोगों को बिल्कुल भी समझ नहीं है। ये तो इबादत है हमारी। ऐसे ही नहीं हम गाना शुरू कर देते हैं, बड़ी तैयारी करनी पड़ती है, एक-एक चीज़ देखनी पड़ती है, इतना सब्र करना तो आप लोगों को सीखना होगा। सब लोगों को उन्होंने एक लेक्चर पिला दिया, उसके बाद सारा सब शान्त हो गया कि जितना समय लेना है वो लो...वो क्या हमारे यहाँ कहावत है कि दुधारू

गाय की...वो कुछ है न कि उसकी लात भी भली। अब ये कहना थोड़ा बुरा लग रहा है लेकिन किशोरी अमोनकर तो किशोरी अमोनकर, कितना भी इन्तज़ार करवायें, कुछ भी करायें। जब वो अपना पहला सुर छेड़ेंगी तो आपको तो किसी दूसरे संसार में ले जायेंगी। चूँकि हमारे वक़्त में ऐसी बढ़त तो कम ही लोगों ने की है। अमीर ख़ाँ भी तो करते थे लेकिन इनका और अमीर ख़ाँ का बिल्कुल अलग था। सो किया भैया इन्तज़ार, सुना और ये बस उनका अच्छा था कि नाराज़ हो गयीं...

तो और अच्छा गायेंगी।

हाँ, नाराज़गी ज़ाहिर भी कर दीं, फिर और अच्छा गायेंगी, और ये है कि देर तक आराम से गायेंगी। वो कभी किसी जल्दी में नहीं रहती थीं। किशोरी अमोनकर की बात चल रही है तो हमारे पास एक इनकी लाइव रिकॉर्डिंग है। और मज़ा ये है कि जिस वक़्त ये चीज़ होती है उस वक़्त तक ये ख़ासी द्रुत में आ चुकी हैं और लग रहा है कि अब ये ख़त्म ही करने जा रही हैं। अचानक एक तान लेते हुए रुक जाती हैं और कहती हैं यू, यू देयर, द लेडी इन येलो साड़ी, सिट अप। अब कौन सी लेडी येलो साड़ी में रही होगी और उस पे क्या बीती होगी। ये तो वहाँ जो रहे होंगे वही जाने, लेडी इन येलो साड़ी जाने, लेकिन मैंने तो वो रिकॉर्डिंग में सुना है। तुरन्त उसके बाद एक-दो तान और ली और वो राग पूरा कर लिया। लेकिन वो उनको डाँटना था तो उन्होंने डाँटा। ख़ैर! ऐसी किशोरी अमोनकर की मैं बात कर रहा हूँ। तो ये मॉडर्न स्कूल वाला कार्यक्रम शुरू हुआ और महमूद धौलपुरी, क़िस्मत के मारे, उनकी संगत हारमोनियम पर कर रहे थे। अब गायन प्रारम्भ हुआ, थोड़ी देर बाद किशोरी अमोनकर मुड़ीं महमूद धौलपुरी की तरफ़ और बोलीं ऐसे नहीं, ऐसे। सकपका गये बेचारे महमूद धौलपुरी। तो जो भी...और कौन जाने इतने नर्वस हो गये हों कि जो ग़लतियाँ हो रही थीं वो और...

बढ़ गयीं।

जो भी हुआ हो...थोड़ी देर बाद फिर वो मुड़ीं, अरे आप संगत करिये, अपना मत बजाइये। तो अब फिर गायन चलने लगा और जब इनका

गायन समाप्त हुआ, तो मुड़ीं महमूद धौलपुरी की तरफ़, बोलीं चौपट कर दिया न प्रोग्राम। ये रूप मैंने ख़ुद देखा है। अब बेचारे महमूद धौलपुरी... उफ़...उसके बाद से मैं जब महमूद धौलपुरी को देखूँ और अक्सर दिल्ली की सड़कों पर दिखायी पड़ जाते थे, ख़ास तौर से त्रिवेणी वाले इलाक़े में, तो मुझे बड़ा तरस आता था महमूद धौलपुरी पर। तो ख़ैर ये...अब मैं तिलक मार्ग वाली एक सबेरे की महफ़िल का ज़िक्र करना चाहूँगा। मैंने कहा था कि दो सबेरे की...

> लेकिन आप किशोरी अमोनकर का ज़िक्र कर रहे हैं, तो एक और बड़ा व्यक्तिगत सा क़िस्सा है आपका...जिसमें किशोरी अमोनकर का एक अलग ही रूप है।

मैं ग्रेटर कैलाश की एक बरसाती में रहता था। पीछे कुलदीप और महेन्द्र का घर था। मेरी बरसाती की रसोई में एक छोटी-सी खिड़की थी। हमारे एक दरवाज़े से और रसोई की खिड़की से इनका एक पूरा कमरा, जो ज़ाहिर है इनका गेस्ट रूम रहा होगा, वो दिखायी पड़ता था। मैं पहले भी बता चुका हूँ कि बड़े-बड़े कलाकार इनके मेहमान हुआ करते थे। उस बार किशोरी अमोनकर इनकी मेहमान थीं। एक दिन मैं उठा, अपनी चाय बनाने के लिए रसोई में गया, तो पहले कमरा खोला, ज़रा सा पैसेज, दाहिने को मुड़े, रसोई का दरवाज़ा, रसोई के अन्दर वो खिड़की...वहाँ से भी किशोरी अमोनकर मुझे दिखायी पड़ रही थीं, कमरे से भी दिखायी पड़ रही थीं। मैंने देखा कि किशोरी अमोनकर ड्रेसिंग टेबल के सामने बैठी हुई हैं। अब इसमें ऐसी तो कोई बात है नहीं और मुझे भी शोभा नहीं देता कि मैं ज़्यादा उधर तवज्जो दूँ। सो मैंने अपनी चाय बनायी और चाय बना के निकलने लगा तो देखा कि किशोरी अमोनकर ड्रेसिंग टेबल के सामने ही बैठी हुई हैं। अब मैं आया अपने कमरे में, मैंने चाय-वाय पी और वो वापस जा रहा था तो देखा...

> कि वो वहीं बैठी हुई थीं।

अब ईमानदारी की बात करूँ कि ये ग़लत काम है,...तब भी जानता था नहीं करना चाहिए, अभी बता रहा हूँ तो भी जानता हूँ कि नहीं करना

चाहिए था। लेकिन अब हो गयी कोई मानवीय कमज़ोरी मेरे ऊपर हावी। और ये भी मैं नहीं चाहता था कि ये मुझे देख लें या कोई और मुझे देख ले घूरता हुआ...

कि मैं उन्हें देख रहा हूँ।

कि मैं उन्हें देख रहा हूँ। मैं ऐसे करूँ कि चोरी-चोरी कभी दरवाज़ा ज़रा सा खोल के देख लिया, कभी किसी काम के बहाने रसोई में घुस के खिड़की से देख लिया। दो घण्टे तक उनका शृंगार चला।

अपने से कर रही थीं, कोई और नहीं था उनकी मदद के लिए।

नहीं, नहीं, कोई और नहीं था। उनके साथ एक थीं जो उनकी देखभाल करने को थीं। लेकिन इस समय वो अकेली थीं। अब इसको देखने का एक ये भी तरीक़ा है कि उनका अपना एक सौन्दर्य-बोध था, जो भी होगा क़रीने से होगा, बारीकी से होगा। अब दो घण्टे कौन सी बारीकी से उन्होंने किया, ज़ाहिर है कि उसमें कुछ...और वो पूरा रस ले के उसमें कर रही होंगी और जिन लोगों ने भी किशोरी अमोनकर को देखा है गाते हुए, चलते हुए, ये तो मानेंगे ही कि इतनी नफ़ासत से वो अपने को ड्रेस करती थीं... अरे ऐसी साड़ी...भई साड़ी अच्छी तो बहुत लोग पहन लेते हैं। गंगूबाई कभी ऐसी-वैसी साड़ी में दिखायी नहीं पड़ीं और शायद हमेशा ये होता था कि गंगूबाई की साड़ी कहीं ज़्यादा भारी होती थी बेटी कृष्णा हंगल की साड़ी से। मैं वो बात नहीं कर रहा हूँ। लेकिन किशोरी अमोनकर साड़ी भी पहनी हैं तो वो साड़ी किस तरह पहनी हैं, कैसे वो फ़ॉल...

हर चीज़ बिल्कुल सलीक़े से...

अरे, वो तो ऐसी बिल्कुल पिक्चर पर्फ़ेक्ट। हो सकता है कि गायन में जिस पर्फ़ेक्शन में उनका विश्वास था कुछ उसी तरह का पर्फ़ेक्शन जीवन के और अंगों और क्षेत्रों में उनका रहा होगा...अब आपने कहा तो मैंने ये बता दिया। ज़ाहिर है कि मैंने ग़लत काम किया लेकिन जो दो घण्टे का देखना था बीच-बीच में, उससे ये बात समझ में आ गयी कि इनकी एस्थेटिक्स

सिर्फ़ संगीत तक सीमित नहीं थी, वो कुछ था उनमें। मैंने चूँकि किशोरी अमोनकर की कोई जीवनी नहीं पढ़ी है तो मैं ये नहीं कह सकता हूँ कि ऐसा...हमेशा...ये तो मैं मान के चलता हूँ कि वो हमेशा ऐसे ही करती रही होंगी क्योंकि वो स्वभाव उनका रहा होगा। आपने इसरार किया तो मैंने अपने को निर्वस्त्र कर दिया आपके सामने।

> वो सजा रही थीं अपने को, पहनावा ओढ़ रही थीं और आप निर्वस्त्र कर रहे हैं अपने को।

भई जो नहीं करना चाहिए था वो किया था उस दिन। बता के तो फिर भी हो सकता है कि कुछ प्रच्छालन कर लूँ अपने अपराध का।

> अब वो दूसरी महफ़िल की ओर चलते हैं जो आपने कहा कि दिल्ली की दो सबेरे की बैठकों की चर्चा करना चाहेंगे। एक का तो वर्णन हो गया बासवराज राजगुरु वाला। उसी के साथ आपने किशोरी अमोनकर वाला क़िस्सा बताया कि जो मॉडर्न स्कूल में महमूद धौलपुरी के साथ जो होना था सो हुआ, दूसरी आप एक और महफ़िल का ज़िक्र कर रहे थे।

अच्छा, वो जो दूसरी महफ़िल हुई।

> जी हाँ, वो दूसरी महफ़िल।

क्या महफ़िल थी वो! जैसा कि मैंने कहा, वो भी जाड़े के दिन थे बिलकुल सवेरे की महफ़िल थी। इसकी भी इत्तला पहली शाम, उससे पहली शाम मिली कि टाइम्स ऑफ़ इण्डिया एक आयोजन कर रहा है जिसमें पण्डित भीमसेन जोशी, गंगूबाई हंगल और मल्लिकार्जुन मंसूर तीन लोग, इन लोगों का गायन होगा। दिल्ली के तिलक मार्ग का एक नम्बर था। तब उस ज़माने में तिलक मार्ग में बँगले ही बँगले होते थे। अब तो कुछ बँगले ख़त्म हो गये और हाईराइजेज़ वहाँ भी आ गये हैं। लेकिन तब सिर्फ़ बँगले हुआ करते थे। मन में ये भी आया कि बँगले में अगर हो रहा है तो कितने लोग आयेंगे और ये तीनों दिग्गज गायक...ये कहाँ से अपने घर में इतना

कर पायेंगे। ख़ैर जो भी हो, हम पहुँच लिये वहाँ। उनके लॉन में व्यवस्था थी इस कार्यक्रम की। अब ये कहने की ज़रूरत ही नहीं है कि खचाखच भरा हुआ था लॉन। गायन प्रारम्भ हुआ। और वरीयता के क्रम में उन्होंने इन लोगों को रखा था। सबसे छोटे भीमसेन जोशी, सो पहले उनका गायन हुआ। जब भीमसेन का गायन हुआ, वैसे ही बड़ा ओजस्वी उनका... उनकी शैली, गायन शैली और ख़याल गायकी को तो बस उन्होंने जो ऊँचाई दे दी है और वो किसी घराने में बँधे भी नहीं। एक व्यापकता उनके गायन में आ गयी थी। भीमसेन जोशी ने किया अपना गायन प्रस्तुत। ये तो हम लोग मान के ही चल सकते हैं कि जब भीमसेन को ये मालूम है कि मेरे बाद मेरी गुरु बहन गायेंगी और उसके बाद मल्लिकार्जुन मंसूर गायेंगे, तो ये एहसास ही काफ़ी रहा होगा कि आज तो रोज़ से कुछ ज़्यादा ही करना है, उससे कुछ ऊपर ही करना है। ग़रज़ ये कि जो मैंने तीन अद्भुत प्रस्तुतियाँ भीमसेन जोशी की सुनी है उनमें एक ये थी। एक बहत्तर में जब रजत जयन्ती भारतीय स्वाधीनता की मनायी जा रही थी, तो लाल क़िले पर कार्यक्रम आयोजित हुआ था। उसमें भीमसेन जोशी ने शाम को एक मारू बिहाग प्रस्तुत किया था। वैसा मारू बिहाग कभी नहीं सुना। एक वो, एक ये और एक दरबार हॉल में...

बड़ौदा के...

बड़ौदा के। उसका ज़िक्र मैं ज़रूर करना चाहूँगा बाद में, विस्तार से उसका ज़िक्र करूँगा। वहाँ उन्होंने पुरिया धनाश्री गाया था, उसकी चर्चा अलग से होगी। ये तीन बार का भीमसेन जोशी का गायन जो सुना है अविस्मरणीय। वो कहीं और पहुँचे हुए थे इन तीनों प्रस्तुतियों में। ऐसा गायन उस दिन भीमसेन जोशी का हुआ। जब उन्होंने गाना अपना गाना पूरा कर लिया तो मैं बताऊँ कि मेरे मन में बड़ा डर पैदा हो गया और कुछ इस तरह का डर जैसे मेरे ही साथ ये होने जा रहा है, मैं सोचने लगा कि अब गंगूबाई हंगल जो उन्नीस नहीं हैं भीमसेन जोशी से...जो अपना गाती हैं, लेकिन इस प्रस्तुति के बाद वो कैसे जमेंगी। और वही हुआ। गंगूबाई ने...

बहुत अच्छा गाया...

उत्तम लेकिन भीमसेन के इस गायन के बाद वो कुछ जमीं नहीं। ख़ैर, आनन्द आया, सब कुछ हुआ। और यही पलट दिया होता क्रम, तो उस तरह का भाव लोगों के मन...उस तरह की परेशानी शायद न होती। ख़ैर जो भी हुआ, गंगूबाई का गायन समाप्त हो गया। अब बारी आयी पण्डित मल्लिकार्जुन मंसूर की और मेरे मन में इनके लिए भी...

वही ख़याल आया।

मैंने कहा कि क्या इन आयोजकों ने किया है, और ये बहुत ही ज़्यादती है। अब पण्डित जी की उमर भी हो रही है, ये...ख़ैर पण्डित जी आये। एक लाल रूमाल गले में बाँधे हुए थे और आ के उन्होंने जैसे हमेशा गाते थे वैसे ही गाना शुरू कर दिया। उनके लिए कोई फ़र्क़ ही नहीं कि मेरे पहले क्या हुआ, मेरे बाद कुछ होगा या नहीं होगा। वो अपना बैठे और हमेशा की तरह, उसी तरह उन्होंने अपना गायन प्रारम्भ कर दिया। और हम लोग हतप्रभ कि एक भीमसेन का गाना...किस तरह से आलाप, फिर विलम्बित और विलम्बित में भी अन्तरा जिस तरह चलेगा भीमसेन जोशी का, अन्तरे के बाद वापसी स्थायी पर, फिर उसके साथ खेल, और तब कहीं जाकर उनका विलम्बित पूरा, तब द्रुत। अब एक तरफ़ तो ऐसा... ऐसी प्रस्तुति एक राग की और दूसरी तरफ़ हमारे मल्लिकार्जुन मंसूर वही ३०-३५ मिनट। लेकिन वो गागर में सागर...वो ३०-३५ मिनट में...उन्होंने तीन या चार राग उस दिन प्रस्तुत किये। सेहरा अगर बँधना होता उस दिन तो वो मल्लिकार्जुन मंसूर के सिर बँधता। मल्लिकार्जुन मंसूर की मैं तो बताऊँ कि जो इसके विशेषज्ञ हैं वो तरह-तरह से इसकी मीमांसा करेंगे। मैं तो एक वही कानसेन, उसी अन्दाज़ में ये कहूँगा कि भीमसेन की कला दिखायी पड़ती है, मल्लिकार्जुन की कला दिखायी नहीं पड़ती कि ये हो क्या रहा है जैसे कि वहाँ कोई प्रयास भी नहीं है। मसलन कुछ उनके रागों को छोड़ दें, जैसे उनका एक है जोगिया आसावरी। उसमें अलग पता लगेगा कि रसोत्पत्ति कर रहे हैं मल्लिकार्जुन मंसूर। एक इनका नायाब जौनपुरी है। अरे उस जौनपुरी जैसी पुकार तो सुनने को नहीं मिलती। बढ़िया-बढ़िया जौनपुरी सुनने को मिली हैं लेकिन मल्लिकार्जुन मंसूर की

वो वाली जौनपुरी...मैं उनकी हर जौनपुरी की बात नहीं कर रहा हूँ। वो एक जौनपुरी है और ये यूट्यूब में भी मिल जायेगी आपको...क्या पुकार है। कभी-कभी तो ये इस इरादे से लगता था गा रहे हैं कि ये रस है और इसकी निष्पत्ति आज होनी है वरना अलग से पता ही नहीं लगता था।

अब मैं संगीत के बारे में कुछ नहीं जानता, क्रिकेट के बारे में जानता हूँ। तो मैं...अगर इस बात को मुझे समझाना पड़े तो मैं कुछ इस तरह समझाऊँगा कि हमारे तीन ज़बरदस्त स्पिनर्स हुए जो एक ही वक़्त में आये : बिशन सिंह बेदी, प्रसन्ना और चन्द्रशेखर। मैं वेंकटराघवन का नाम उसमें नहीं ले रहा हूँ, चन्द्रशेखर। मेरा ये था कि जब मैं देखने जाता था तो बिल्कुल ये जो स्क्रीन होती है, स्क्रीन के बग़ल में बैठ के जितना ऐंगल मुझे मिल जाये पिच का...यहाँ स्क्रीन ख़त्म हुई और यहाँ मैं जगह रखता था। वहीं से देखना है वरना नहीं देखना। तो समझ में आता है...वो जो ऐंगल मिलता है कि बोलर कर क्या रहा है। मैं बिशन सिंह बेदी के कमाल देखता था : क्या फ्लाइट जा रही है, क्या ट्रेजेक्टरी बन रही है, किस तरह से आगे-पीछे...और ये तो जैसे कि सेण्टीमीटर्स का खेल है कितनी घूमेगी, कितनी नहीं घूमेगी, सीधी जायेगी। चन्द्रशेखर का ये था कि कहने को वो लेग ब्रेक बोलर थे, पर ज़्यादा तो उनकी गुगली ही होती थी। प्रसन्ना अपना आ रहे हैं, ये ही नहीं समझ में आ रहा है कि ये कर क्या रहे हैं। जब ये हो जाये कि आप समझ ही नहीं पा रहे हैं कि ये कर क्या रहे हैं, और हो इतना रहा है। मुझे पण्डित मल्लिकार्जुन मंसूर को सुनते हुए कुछ ऐसा लगता है कि ये पण्डितजी क्या कर रहे हैं। बिल्कुल लगता है जैसे बस हर बार वही हो रहा है, हर बार वही हो रहा है लेकिन वो नहीं होता हर बार वही। वो इतना सटल, इतना बारीक खेल उनके यहाँ होता है कि उसको पकड़ पाना...वो अपने प्रभाव में तो आपको महसूस होता है कि ये कुछ हो रहा है। लेकिन अगर आपसे ये उम्मीद की जाये, कम से कम हम जैसों से कि उसका विश्लेषण कर सकें, तो वो विश्लेषण कम से कम हम लोगों के लिए सम्भव नहीं है, और मुझे सच पूछें तो चिन्ता भी नहीं है कि उसका विश्लेषण कैसे किया जायेगा। चूँकि मैं ये जानता हूँ कि कुछ लोग तो ये बात मानेंगे भी नहीं कि ऐसा होता है। ये जो तीन लोगों को, तीन दिग्गजों को एक साथ सुनने का मौक़ा मिला और वो भी सुबह, वो एक बिल्कुल ही अलग तरह का अनुभव था। ये मैं अब उम्मीद कर रहा हूँ कि दिल्ली का प्रसंग...

दिल्ली तो छोड़ेंगे ही। अब छोड़ने के क्रम में चूँकि मल्लिकार्जुन मंसूर की बातें हो रही हैं तो एक और क़िस्सा जो आप हमको पहले सुनाया करते थे उनसे जुड़ा हुआ, उसकी भी चर्चा यहाँ हो जाये। एक तो अशोक वाजपेयी के साथ का जो उनका वाक़या है जब उन्होंने कहा कि हम भी तो ठलुए नहीं हैं, और दूसरा उसी के साथ था कि वो साउथ एक्सटेंशन वाला क़िस्सा जब वो पान की दुकान पर संगीत की बारीकियाँ समझाने लगे। एक तीसरा क़िस्सा भी है वो जो नायकी कान्हड़ा की उनकी लाइव रिकॉर्डिंग वाली है। चूँकि उनकी बात चल रही है तो लगे हाथ इन क़िस्सों का भी ज़िक्र कर दिया जाये।

मेरी कोशिश ये रही है कि जो मेरे अपने संस्मरण हैं, अनुभव हैं ज़्यादा मैं उन्हीं की बात करूँ। अब ऐसे तो कुमार मुखर्जी के हवाले से मैंने फ़ैयाज़ ख़ाँ साहब की बात की, शराफ़त हुसैन ख़ाँ के हवाले से फ़ैयाज़ ख़ाँ साहब की बात की। ऐसा नहीं है कि मैं दूसरों के हवाले से..., और सब कुछ मैं ही तो सुन नहीं सकता था, देख नहीं सकता था। कोशिश वही रही है लेकिन अब ऐसा भी नहीं है कि कोई क़सम खायी है। अब ये जो क़िस्से हैं इनमें एक नाम और आता है और वो है अनिकेत जावड़े।

जी हाँ, उनका भी ज़िक्र मैं करने ही वाला था।

अनिकेत और उर्मिला, इन दोनों को..., उर्मिला भिर्दिकर, ये पति-पत्नी हैं। शुरू उर्मिला और अनिकेत से ही करें, इसलिए कि उनका सीधा सम्बन्ध है। अनिकेत जावड़े अँग्रेज़ी के प्रोफ़ेसर हैं। (इस बातचीत के कुछ ही महीनों बाद अनिकेत का असमय निधन हो गया)

जानता हूँ मैं।

अच्छा, अच्छा। एक दिन सूरत में दस्तक हुई दरवाज़े पे। मैंने सोचा कि मैंने तो किसी को बुलाया नहीं है, ये कौन आ गया। दरवाज़ा खोला तो एक दुबला-पतला सा आदमी, लम्बा-सा। उसने कहा कि सुधीर...आइ सेड येस। आइ ऐम अनिकेत जावड़े। और मेरा संजय ये था कि अगर

पहले से अपॉइंटमेण्ट नहीं है..., अब ये बहुत ही, बहुत ही भद्दी गन्दी बात है लेकिन मुझ जैसे मैनपुरिया को भी ये पाश्चात्य प्रभाव ने भ्रष्ट कर दिया है। तो कुछ ताड़ गया अनिकेत कि ये आदमी ख़ुश नहीं हुआ है मेरे आने से। उसने तुरन्त मुझसे कहा, आइ ऐम अ फ्रेण्ड ऑफ़ राम बापट। अरे उसका ये कहना था कि मैंने तो एकदम उसको एम्ब्रेस कर लिया। मैंने कहा, आओ भाई, आओ भाई। तो अनिकेत आये, बातचीत हुई और हमारी दोस्ती हो गयी। वो यूनिवर्सिटी में बग़ल में, और मैं सूरत सेण्टर में। फिर धीरे-धीरे पता लगा कि ये संगीत प्रेमी है और इसकी पत्नी उर्मिला वो पण्डित राजशेखर मंसूर की शिष्या है। अब भई राजशेखर मंसूर की शिष्या हुई तो वो मल्लिकार्जुन मंसूर की तो पोती हो गयी। बेटे की शिष्या है तो... और अनिकेत जमाई हो गये। इनकी आमदरफ़्त ऐसे होती थी मल्लिकार्जुन के यहाँ जैसे घर के हैं। वो जमाई ये बेटी या पोती, तो ख़ूब इन लोगों का घनिष्ठ सम्बन्ध। इन लोगों ने एक फ़िल्म बनायी मल्लिकार्जुन मंसूर पर। इतनी अच्छी फ़िल्म...चूँकि वो जान रहे हैं, नज़दीक से देख रहे हैं। बड़ी स्वाभाविक, पण्डित जी ऐसे ही बातें कर रहे हैं जैसे हम दोनों।...और एडिट नहीं की उन्होंने। ये कोशिश नहीं थी कि भई ये फ़िल्म फ़िल्म बने। ये हैं पण्डित जी...

जैसे हैं वैसे ही उनको दिखा दिया जाये।

बस, हम फ़िल्म बनाने वाले नहीं हैं और हम इनसे बातें कर रहे हैं। तो जो आप देख रहे हैं वही वहाँ हुआ है। वो आर्टलेस आर्ट भी नहीं है। वो है ही नहीं। हमने तो ये देखा और रिकॉर्ड कर लिया, अब आप जो चाहें। वो वर्चुअली रॉ मेटेरियल है किसी डॉक्यूमेण्टरी का, फ़िल्म का। तो वो भी इन लोगों ने, अनिकेत ने हमें दिखायी। उससे काफ़ी अन्दाज़ हुआ। अनिकेत ने एक-दो बातें बड़ी अच्छी बतायीं। एक दिन मैंने उससे पूछा कि अनिकेत ये बताओ कि मल्लिकार्जुन मंसूर आजकल इतनी बार अकेले गाते हैं और राजशेखर मंसूर उनकी संगत नहीं करते। एक तरफ़ देखो गंगूबाई हंगल हैं और कृष्णा हंगल साये की तरह उनके साथ रहती हैं और मुद्दत हो गयी किसी ने गंगूबाई हंगल के कण्ठ से अन्तरा नहीं सुना। अन्तरा कृष्णा हंगल ही गायेंगी। मैंने कहा एक तरफ़ गंगूबाई का है कि उन्हें अन्तरा भी नहीं गाना पड़ता, कृष्णा हंगल सब सँभाले रहती हैं, तो ये राजशेखर...

तो अनिकेत ने कहा सुधीर हर चीज़ बतायी नहीं जाती है और तुम्हारे क्या अपने पिता से हमेशा अच्छे ही सम्बन्ध रहे हैं, कभी तुम्हारे...मैंने कहा ठीक है, वो कोई...उसने कहा कि चीज़ें होती हैं और अभी तुमने पण्डित जी के बारे में कुछ नहीं जाना है। वो शिव भक्त हैं और अब शिव भक्त में तो...महादेव वाला भी रूप तो शिव का है ना। केवल शिव तो हैं ही नहीं। ख़ैर! तो उसने इशारे से कुछ इस तरह की बातें...भई अब उन्होंने... और कोई चेला तो है नहीं जो उनके साथ गा सके। इस तरह की बातें भी...फिर उसने कुछ और बातें बतायीं। उनमें एक बहुत ही मार्मिक प्रसंग है। और वो मार्मिक प्रसंग ये है कि इनको कैंसर हो गया था, मल्लिकार्जुन मंसूर को। कैंसर का जब ज़िक्र आया, तो जब ये कैंसर से उबरे तो इन्होंने फिर गाना शुरू कर दिया। ये बात मैं अप्रैल ९२ की कर रहा हूँ। इस बार मुझे पूरी उम्मीद है कि मेरी तारीख़ सही है। ये अप्रैल ही होगा और अप्रैल ९२ ही होगा। पण्डित मल्लिकार्जुन मंसूर का कार्यक्रम कॉन्स्टिट्यूशन क्लब में हुआ। हम दोनों पहुँच लिये, गीतांजलि और मैं। मैंने अपने भाई से भी कह दिया, भाई भाभी से कि तुम लोग भी आ जाओ।

ये अप्रैल १९९२ की बात है।

हाँ, अप्रैल १९९२। मैं लम्बा इंग्लैण्ड जा रहा था उसके २ या ३ दिन बाद। मैं अकेले ही जा रहा था..., मैंने सोचा कि ये मौक़ा तो छोड़ना ही नहीं है, वैसे भी मैं पण्डित जी को सुनने जाता। लेकिन इस बार मन में ये भय कि इसके बाद पण्डित जी को सुन भी पायेंगे या नहीं सुन पायेंगे। तो कालिदास, कलाकार स्वामीनाथन, उनका बेटा बिल्कुल इनके साये की तरह इनके साथ रहने लगा था, मल्लिकार्जुन मंसूर के साथ। कालिदास वहाँ मौजूद था जब इनका कार्यक्रम हुआ। कालिदास ने बताया कि अब पण्डित जी ठीक तो हैं लेकिन उनसे कहा है कि अपने गायन को थोड़ा नियन्त्रण में रखिए। अब ज़्यादा तारसप्तक में जाने की ज़रूरत नहीं है और अपने फेफड़ों को भी ज़्यादा परेशान न करिये। अपना...अपनी गायन शैली थोड़ी बदल लीजिये। ये इनके बग़ल में बैठा हुआ था, कालिदास। भाई, जो गाना...और उनको कौन रोकने वाला। कुछ तानें, ऐसी तानें, ऐसी विगरस तानें पण्डित जी ने लीं और कालिदास का घबराहट भरा चेहरा देखने लायक़ होता था।

कि अब क्या होगा।

रोक सकता नहीं है और वो ऐसे ही गा रहे हैं जैसे कि...

जवानी में गाते थे।

वही मेरे लिए उनका अन्तिम कार्यक्रम रहा। उसके कुछ ही दिन बाद पण्डित जी चले गये। अनिकेत बता रहा था कि लेटे रहते थे...शिव भक्त थे, लिंगायत थे और पास में ही एक मठ था जहाँ वो जाते थे। मठ के जो मठाधीश थे, वो इनके मित्र थे। इनको जब लगा कि अब मेरा अन्त आ रहा है, तो इन्होंने कहा कि मैं जाके वहाँ पूजा करना चाहता हूँ और मुझे वचन गाने हैं। सो व्यवस्था की गयी और इनके मित्र मठाधीश से कहा गया कि ये तो किसी की मानेंगे नहीं, दो से अधिक इनको नहीं गाने दीजियेगा। उसने इनको आदेश दे दिया कि दो से ज़्यादा...तो ये गये, दो वचन गाये और दूसरे या तीसरे दिन कर गये कूच...तो ये इस तरह के भक्त थे।

अच्छा बात से बात निकलती है। ये...मैंने कहा ना कि इस तरह के भक्त थे। अब दो ऐसे प्रसंग मैं बताना चाहता हूँ मल्लिकार्जुन मंसूर के जिन पे मेरा विशेष ध्यान गया है। चूँकि मैं इतिहासकार हूँ और सामाजिक-सांस्कृतिक इतिहास में मेरी विशेष रुचि है, तो उस दृष्टि से ये क़िस्से बहुत महत्त्वपूर्ण बन जाते हैं। जो लोग इस विषय पर लिखें, मैं चाहूँगा कि वो इस पर विशेष ध्यान दें। मैंने तो बस ऐसे ही, इत्तेफ़ाक़न मेरे दिमाग़ में ये बात आयी। पण्डित मल्लिकार्जुन मंसूर जो महादेव के भक्त थे यमन की एक बन्दिश गाते थे। ये आगरा घराने की बन्दिश है। बन्दिश है मुकुट पर वारी जाऊँ नागर नन्द। ये इसका स्थायी है। अब मुकुट पर वारी जाऊँ नागर नंद, ये तो आप समझ ही सकते हैं कि किसका वर्णन हो रहा है। तो उसका अन्तरा भी उसी हिसाब से है—मुकुट पर वारी जाऊँ नागर नन्द, सब देवन में कृष्ण बड़े हैं तारन में चन्दा, मुकुट पर वारी जाऊँ नागर नन्द। मल्लिकार्जुन की एक रिकॉर्डिंग मैंने सुनी यमन की और उसमें आप सुनते हैं मुकुट पर वारी जाऊँ नागर नन्द, सब देवन में महादेव बड़े हैं तारन में चन्दा, मुकुट पर वारी जाऊँ नागर नन्द। अब एक तो छन्द बिगड़ रहा है सब देवन में महादेव बड़े हैं लेकिन मल्लिकार्जुन को तो इससे कोई अन्तर

ही नहीं पड़ता। उनका छन्द तो उनके गायन में बनेगा, साहित्य में, काव्य में बिगड़ता रहे छन्द। उनके गायन में तो छन्द बिगड़ना नहीं है। महादेव को बड़ा कर दिया उन्होंने और ये भूल ही गये कि मुकुट कहाँ से आयेगा महादेव के शीष पर, और कौन सी गोपियाँ वारी जायेंगी उन पर। बस भक्त हैं महादेव के, सो स्थायी को भूलकर बना दिया उनको सब देवन में बड़ा।

> ये तो बिल्कुल बनारस वाला क़िस्सा है। बनारस में ऐसा ही होता है कि आप श्रीराम, कृष्ण किसी का स्मरण या जाप करते-करते बीच-बीच में हर-हर महादेव का उद्घोष करते हैं बिल्कुल स्वाभाविक ढंग से मानों अपने आप होता है। शायद कुछ इसी तरह की बात यहाँ भी हुई।
>
> संकट मोचन में बैठे हुए हैं, संकट मोचन संगीत समारोह चल रहा है, हनुमान, श्रीराम, कृष्ण सब चल रहा है, तब तक हर-हर महादेव का उद्घोष, हर गायन के बाद या कभी-कभी बीच में ही हर-हर महादेव।

ये बढ़िया...मैं नहीं जानता था ये। लेकिन यही मल्लिकार्जुन मंसूर एक राग गाते थे और उस राग का नाम बहुत महत्त्वपूर्ण है। वो राग है शिवमत भैरव। इस नाम पर ग़ौर करें शिवमत भैरव। उसका स्थायी सुना रहा हूँ। ये महादेव भक्त मल्लिकार्जुन मंसूर शिवमत भैरव गा रहे हैं और स्थायी है प्रथम अल्लाह, दूजे रसूल। कोई सोच सकता है

> कि महादेव के भक्त और अल्लाह और रसूल का नाम ले रहे हैं।

जो कृष्ण का नाम हटा के महादेव का नाम वहाँ चेप देते हैं, वो प्रथम अल्लाह दूजे रसूल शिवमत भैरव में गायेंगे। अब इसका विश्लेषण करने हम बैठ जायें तो ये इतना रोचक विषय होगा कि क्या होता है हमारी संस्कृति में कि हम कहाँ इस तरह का रवैया अख़्तियार करेंगे और कहाँ हमारा रवैया वो नहीं होगा कि हमारी आपस की जो है हमें कोई चिन्ता नहीं, अब हममें...जैसे आप ही ने कहा कि वो संकट मोचन में भी हर-हर महादेव हो रहा है और कोई कुछ नहीं कह रहा। लेकिन उसी परिस्थिति

को बदल दीजिये और आप मस्जिद में जाके हर-हर महादेव कर दीजिये तो क्या होगा।

इट विल बी कन्सिडर्ड ब्लैस्फ़मी।

है ना। आपका भले ही भाव ये हो कि अरे जैसे हमने संकट मोचन में हर-हर महादेव किया, ऐसे ही हमने यहाँ हर-हर महादेव कर दिया, कौन बात है। तुम आके अल्लाह-हू-अकबर कर दो, हमें कोई चिन्ता नहीं है लेकिन वो तो स्थिति है नहीं। तो जहाँ ये स्थिति हो जिसको हम आज...वो क्या होता है कि आप हाँ...कि अब हम उसको भिन्न धर्म नहीं मानते...सम्प्रदाय और हमारे सारे सम्प्रदाय या तैंतीस करोड़ देवी-देवता थोड़ी बहुत लड़ाई आपस की, नोक-झोंक चलेगी लेकिन कोई बेसिक आधारभूत मनमुटाव इसको लेके नहीं है। कौन जाने कि मल्लिकार्जुन के मन में ये रहा हो कि अरे मैंने महादेव कर दिया तो क्या है लेकिन जब वो प्रथम अल्लाह दूजे रसूल...अरे भाई सुनिए उसको...वो भी भावविभोर हो के। वहाँ प्रथम अल्लाह में उन्हें किसी तरह की कोई परेशानी नहीं हो रही है...

ऐसे तो हम लोग के पास तमाम उदाहरण हैं। मतलब ख़ास करके आप गायकों और वादकों, प्रतिभासम्पन्न कलाकारों पर नज़र डालें तो पीढ़ी दर पीढ़ी मुसलमान कलाकारों की परम्परा चली आ रही है। उनको तो कभी कोई दिक़्क़त ही नहीं हुई। ये तो पूरा का पूरा भक्ति ट्रैडिशन...उसी की बन्दिशें हैं, वो गा रहे हैं एकदम बिल्कुल डूब के, बिल्कुल भावविभोर हो के। धर्म के आड़े नहीं आता उनके।

बिल्कुल, बिल्कुल।

मुझे तो लगता है कि अगर इधर की बात करें, फ़िल्मों की अगर बात करें तो मोहम्मद रफी जैसा भजन गाने वाला शायद ही दूसरा कोई गायक हुआ।

ओ हो हो...

> और ऐसा कभी नहीं प्रतीत होता है कि वो फ़िल्म में पैसे के लिए गा रहे हैं। जब वो गा रहे होते हैं तो लगता है कि बिल्कुल उसमें डूबे हुए हैं।

बिल्कुल सही बात है, बिल्कुल सही बात है।

> ये तो बल्कि आप रिवर्स बात कर रहे हैं कि शायद ऐसा उदाहरण बहुत कम मिलेगा। उनके लिए तो शायद ये बिल्कुल स्वाभाविक ही है कि वो, वो सरस्वती वन्दना से शुरू करेंगे, फिर तमाम और जितनी बन्दिशें हैं और अधिकांश तो कृष्ण के ऊपर होती हैं, वो ये गायेंगे।

और लेकिन उसी में हम लोग तो ये मानते हैं। लेकिन उसी सिलसिले में ये प्रथम अल्लाह दूजे रसूल भी है। ये नहीं है कि यही एक होगी। हम ध्यान नहीं देते उधर और ये जो बात आप कह रहे हैं, इसमें डागरबानी... वो तो ज्वलन्त उदाहरण इसका है। उसकी भी हम लोग बात करेंगे। तो ये मल्लिकार्जुन मंसूर का...अब ये इतिहासकारों के लिए, समाजशास्त्रियों के लिए ये एक चैलेंज है कि इसके महत्त्व को समझें और इस महत्त्व को उजागर करें।

> पूरी-पूरी गुरु-शिष्य परम्परा की बात थी। अब तमाम जो गुरु हुए हैं और उनके घर पे रह के शिष्य शिक्षा ले रहे थे अब बाबा अलाउद्दीन ख़ाँ मैहर में रह रहे हैं, उनके शिष्य रविशंकर से ले के तमाम और जो लोग हुए हैं, तो वो हिन्दू भी हैं, मुस्लिम भी हैं और उनके घर में रह रहे हैं, शायद धर्म इस तरह से उनके आड़े नहीं आता।

बाबा अलाउद्दीन रोज़ मैहर के काली मन्दिर में जाते थे और पाँच वक़्त की नमाज़ पढ़ते थे। उन्हें कोई परेशानी उससे होती नहीं थी। ख़ैर! मैं ज़ोर इसीलिए दे रहा हूँ कि आप जैसे लोग इस पे तवज्जो देंगे तो कुछ बात

बनेगी। पण्डित मल्लिकार्जुन मंसूर के बिल्कुल घर के लोग हैं जिन्होंने मुझे बताया और ये उसी सन्दर्भ में, मुझे वचन वाले सन्दर्भ में याद आ गयी ये दो बन्दिशें।

अब वो ठलुए वाली बात जो आप चाहते हैं मैं बताऊँ। अशोक वाजपेयी ये बहुत ही दिलचस्प क़िस्सा सुनाते हैं। कहते हैं कि भारत भवन का उद्घाटन होना था और उस उद्घाटन के मौक़े पर जिन लोगों को बुलाया गया उनमें पण्डित मल्लिकार्जुन मंसूर भी थे। अशोक वाजपेयी से मल्लिकार्जुन मंसूर के बड़े अच्छे सम्बन्ध तब तक बन चुके थे। मल्लिकार्जुन भोपाल आ गये। एक दिन प्राइम मिनिस्टर ऑफ़िस से फ़ोन आया कि मैडम को जल्दी जाना होगा। तो जो वक़्त आपको उन्होंने दिया है उसमें कटौती हो रही है और आप इस कटौती के हिसाब से अपना प्रोग्राम बना लीजिये। अशोक ने देखा कि हम क्या कहाँ समय काट सकते हैं और काटना ज़रूरी था। हुआ ये कि पण्डित मल्लिकार्जुन मंसूर एक घण्टा नहीं गायेंगे, वो आध घण्टा गायेंगे। ये गये और डरते-डरते कहा कि पण्डित जी एक कठिनाई सामने आ गयी है, समझ में नहीं आता क्या करें। उन्होंने कहा बताइये अशोक जी क्या बात है। उन्होंने बताया कि इस तरह से ये हुआ है और वो जो आपके गायन के लिए एक घण्टा था, उसके लिए आध घण्टे में ही... बोले हमें क्या फ़र्क़ पड़ता है, हमें क्या फ़र्क़ पड़ता है, आप १५ मिनट कहिए, हम १५ मिनट में ख़त्म कर देंगे। आध घण्टा तो बहुत है। ग़रज़ ये कि आध घण्टा पण्डित जी ने अपना गायन वहाँ प्रस्तुत किया और ख़त्म कर दिया। अब जब खाने-पीने का, नाश्ते-पानी का समय आया, तो इन्दिरा गाँधी इनके पास आयीं।

मल्लिकार्जुन मंसूर के पास...

मल्लिकार्जुन मंसूर के पास। वो इस मामले में बहुत ही तमीज़दार थीं। उनके बारे में जो भी हम लोग...और उनकी जो बुराइयाँ रही हों और बुराइयाँ कोई ऐसी-वैसी नहीं थीं, वो तो अलग ही चर्चा का विषय हो जायेगा...उनके शिष्टाचार के बारे में कभी किसी ने शिकायत नहीं की। और अगर वो शिष्टाचार नहीं निभाती थीं तो जानबूझ के,...अगर उन्हें दूसरे को सही करना है तो वो जानबूझ के फिर वो करेंगी। वरना कोई

वो शिष्टाचार...तो फिर वो गयीं और उन्होंने माफ़ी माँगी कि पण्डित जी क्या बताऊँ मैं कुछ कर ही नहीं सकती, मुझे जाना ही है। ये आपको... उन्होंने कहा हमें मैडम क्या परेशानी, वो अशोक जी ने बता दिया था तो हमने उसी हिसाब से अपना आपके सामने रख दिया। तो उन्होंने और कुछ बातें कीं और पूछा कि पण्डित जी दिल्ली तो आपका आना-जाना होता ही होगा। हाँ, हाँ, मैडम दिल्ली तो बहुत आना-जाना होता है। उन्होंने कहा पण्डित जी कभी फ़ुर्सत हो तो दर्शन दीजियेगा, अच्छा लगेगा। हाँ, हाँ, क्यों नहीं मैडम। ये बात हो गयी इन्दिरा गाँधी से। थोड़े दिन बाद फिर अशोक वाजपेयी इनसे मिले। अशोक कहते हैं कि मैंने पूछा कि पण्डित जी इस बीच दिल्ली आना-जाना हुआ। उन्होंने कहा, हाँ, क्यों नहीं अशोक जी, दिल्ली तो आना-जाना होता ही रहता है। तो पण्डित जी फिर इन्दिरा जी से मिले आप। उन्होंने कहा, अब भाई अशोक जी आप तो जानते ही हैं इन्दिरा जी कितनी व्यस्त रहती हैं और हम भी ठलुए नहीं हैं। तो ये जो कि हम भी ठलुए नहीं हैं...ये, ये जो कलाकार का आत्मसम्मान होता है उसके आगे कुछ नहीं।

> मल्लिकार्जुन मंसूर साहब से जुड़े ये तो बड़े ही अद्‌भुत क़िस्से और संस्मरण हैं और ख़ासकर ये अशोक वाजपेयी वाला कि हम भी ठलुए नहीं हैं...

अशोक के पास तो ख़ज़ाना है न सिर्फ़ पण्डित मल्लिकार्जुन मंसूर के...

> जी, उनके तो तमाम कलाकार, चाहे वो गायक हों या वादक, मित्र रहे हैं।

कुमार गन्धर्व की अगर बात शुरू करें, तो कुमार गन्धर्व से तो पारिवारिक सम्बन्ध उनके। उनके बेटे-बेटी तक से अभी भी चल रहे हैं, उनके पोते से। वहाँ तो ख़ज़ाना मिलेगा आपको अगर इनकी कभी, दो लोगों की ख़ास तौर से अगर बात करनी हो। और ना सिर्फ़ ये, वो तो भारत भवन में रहे थे मल्लिकार्जुन जी। तो वहाँ ये जो...उस समय सब छोटे-छोटे हुआ करते थे, जवान थे। तो जैसे अखिलेश हैं कलाकार। अखिलेश के पास तमाम क़िस्से हैं मल्लिकार्जुन मंसूर के।

उस दौरान जो भी भारत भवन में रेज़ीडेंट कलाकार होते थे...

वो तो सब। उनका और कोई काम ही नहीं था, आके बैठ गये और ये ही लोग हैं। ५-७ लोग होते थे, उनकी महफ़िल होती थी। स्वामी भी वहाँ रहे। उन्होंने तो स्थापित ही किया वो जो कला का जितना...वो दो म्यूज़ियम मॉडर्न आर्ट और ट्राइबल आर्ट वाले। तो ख़ैर ये...इन लोगों के पास बड़े क़िस्से हैं। जैसे अखिलेश बताता है कि ये स्वामी के यहाँ रह रहे थे...

मंसूर साहब।

साउथ एक्सटेंशन पार्ट वन में। देखिये, वैसे तो हम लोग बात कर रहे हैं संगीतज्ञों की। लेकिन स्वामी का नाम आ गया, तो एक स्वामी का क़िस्सा आपको बता दें।

ज़रूर, ज़रूर।

इसलिए कि स्वामी के घर की बात हुई है।

स्वामी अद्भुत व्यक्ति। स्वामी को जिसने भी नज़दीक से जाना...एक तो ये कि वो जानते थे कि वो कितने बड़े कलाकार हैं। ये भी जानते थे कि मैं केवल आज ही नहीं, मैं तो भविष्य में भी...तो इस तरह का आत्मविश्वास, उनको किसी तरह की चिन्ता नहीं कि आज मेरी जो स्थिति है और भविष्य में...वो आश्वस्त रहते थे। एक तरफ़ ये बात हुई। दूसरी तरफ़ उनको इससे फ़र्क़ नहीं पड़ता था। अब ये परस्पर विरोधी बातें मैं कह रहा हूँ लेकिन थे स्वामी इस तरह के। अनटच्ड और दोस्तों के दोस्त। वहाँ ऊँचा-नीचा, छोटा-बड़ा इस तरह का कुछ था ही नहीं स्वामी के यहाँ। स्वामी की बातें चलेंगी तो अलग...लेकिन एक बात स्वामी की बता दें चूँकि साउथ एक्सटेंशन के घर की है। तो कोई विदेशी, विदेशी नहीं भारतीय पत्रकार इनसे बात करने के लिए आया। बातों-बातों में उसने पूछा कि आपने ये घर कब लिया। उन्होंने कहा कि मैं तो किरायेदार हूँ, घर कहाँ से ले लूँगा। उसको लगा कि इतना बड़ा कलाकार, पैसे की कोई तंगी इसको तो होगी नहीं और ये किराये के घर में रहता है। उसने कहा कि तो स्वामी जी ये घर आपका घर नहीं है। स्वामी ने अपने सीने पर हाथ रखते हुए कहा कि

भैया जब यही घर अपना नहीं है तो...

फिर इस घर का क्या।

ऐसे थे स्वामी। वहाँ मल्लिकार्जुन जी रह रहे थे मेहमान इनके। अखिलेश भी पहुँचा, स्वामी से भी सम्बन्ध अच्छे, मल्लिकार्जुन से भी अच्छे सम्बन्ध। कुछ हुआ और मल्लिकार्जुन ने कहा कि अरे अखिलेश जी चलिए पान खा आयें। इन्होंने कहा चलिये। पान की दुकान ही कौन बड़ी दूर थी। वो ज़माना था जब पान-सिगरेट क़दम-क़दम पर मिलते थे। आज...

तो जल्दी ढूँढ़े नहीं मिलता।

अब तो मुसीबत है...तो वो रास्ते में अखिलेश से अपने गायन की बात कर रहे हैं। हाँ, पण्डित जी। अब अखिलेश कहता है कि मैं हाँ-हाँ करूँ। पण्डित जी को बहुत सुना है लेकिन ऐसा तो नहीं सुना कि वो बारीकियाँ बता रहे हैं और मैं कहूँ कि हाँ पण्डित जी मैं तो ये सब जानता ही हूँ। मैं हाँ-हाँ किए जा रहा था और पण्डित जी मुझे बता रहे थे और देखो उस दिन ये हुआ और उसमें देखिये ये जो राग है ना बस ऐसा करना होता है। अब ये हाँ-हाँ किए जा रहे हैं और पान की दुकान आ गयी। वहाँ स्थापित हो गये, पण्डित जी। बात करते-करते अचानक उनको दिखाने की ज़रूरत पड़ गयी दिखाने की कि जो बता रहे हैं वो किया कैसे जाता है गाने में। सो शुरू कर दिया पान की दुकान पर।

अच्छा।

तो ऐसे थे पण्डित मल्लिकार्जुन मंसूर। अखिलेश कहता है पानवाला भी प्रसन्न, हम भी प्रसन्न कि पण्डित जी का गाना सुन रहे हैं।

अच्छा, वहीं पान की दुकान पे शुरू हो गये।

ज़ाहिर है कि कोई लम्बा गाना नहीं हुआ लेकिन जो उन्हें दर्शाना था वो उन्होंने दर्शा दिया, उन्होंने वहीं गाना गा दिया। मल्लिकार्जुन इस तरह के

व्यक्ति थे। ये लोग तो इतनी बातें बताते हैं लेकिन मैंने ये तय किया है कि ज़्यादा दूसरों के क़िस्से नहीं बताना है। लेकिन इनसे बात करिये कभी, इन लोगों से। विशेष रूप से अशोक से।

लेकिन मल्लिकार्जुन मंसूर का वो नायकी कानड़ा वाला प्रसंग रह ही गया।

हाँ, हाँ, अब जैसे मैंने कहा ना कि वो तिलक मार्ग पर आये, लाल रूमाल गले में बाँधा हुआ है, गाते-गाते अचानक उनको लगा होगा या कुछ गाने की भी गरमाहट आयी होगी और धूप भी...जब तक उनका, उनकी बारी आयी धूप आ चुकी थी, सारंग का वक़्त हो गया था। वो अपना उन्होंने रूमाल खोला...और हाँ, जब कार्यक्रम सम्पन्न हुआ तो फिर वापस रूमाल...गाँठ बाँध ली। अब ये रूमाल पे एक और बात याद आयी। जब मैंने पहली बार इनको इलाहाबाद विश्वविद्यालय वाले सम्मेलन में सुना तो एक बड़ी दिलचस्प घटना हुई वहाँ। पण्डित जी उस ज़माने में बहुत सज-धज के आते थे, बहुत बड़ा-सा साफ़ा होता था, पीछे वो लटकता भी था। बड़ा साफ़ा, अचकन और धोती। मैं पहले ही बता चुका हूँ कि वो दिसम्बर का महीना था, इलाहाबाद का जाड़ा और उस ज़माने में सेन्ट्रल हीटिंग नहीं होती थी हॉल्स में। एक निरंजन टॉकीज अकेला था जहाँ एयर कंडिशनिंग थी और वो भी एयर कंडिशनिंग सिर्फ़ ठण्डा करने की। जाड़े में आप चाहें कि हीटिंग मिले तो वो नहीं। ये सन ५८ की बात है, ये तो हम सब दूसरी परिस्थितियों में प्रसन्न जीवित रहते थे। सो अब...और मैं फिर से याद दिला दूँ कि वो प्रपात की तरह इनका गाना होता था।

वो तो आपने उसका विस्तार से ज़िक्र किया ही है।

तो उसी...वो गर्मी की बात जो मैं कह रहा था। यहाँ तो सिर्फ़ एक रूमाल खुला। वहाँ गाते-गाते उन्होंने अपना साफ़ा उतारा, साफ़ा किनारे रख दिया, फिर थोड़ी देर बाद उन्होंने अपनी अचकन के बटन धीरे-धीरे... अब अचकन है तो नीचे तक बटन जायेंगे...अब ये तो लोग देख ही रहे थे कि साफ़ा रखा है उतार के, अब बटन धीरे-धीरे खुल रहे हैं, फिर सारी अचकन जो थी वो पल्ले दोनों अलग हो गये और उनका गायन चल रहा

है। फिर उन्होंने अचकन उतारी, तब तालियाँ बज गयीं हॉल में कि ये अब पण्डित जी का ये था कि जब वो गाते थे...मैंने बताया कि वो तो सब कुछ सुध-बुध भूल के गाते थे, गा रहे हैं तो गा रहे हैं। एक बार शंकरलाल संगीत समारोह में उनका गायन हो रहा था और मैं मौजूद नहीं था। इसकी रिकॉर्डिंग मैं लेके आया। ज़ाकिर हुसैन उनकी संगत कर रहे थे। ऐसी संगत तो भूले-भटके सुनने को मिलती है जैसी उस रिकॉर्डिंग में है। पण्डित जी ने नायकी कान्हड़ा गाया। ग़ज़ब का नायकी कान्हड़ा। नायकी कान्हड़ा तो वैसे...वो हमारी मित्र विद्या राव कहती हैं कि कान्हड़ा तो वैसे ही ग़ज़ब का राग है, दरबारी कान्हड़ा। वो कहती हैं और जब नायक गाये...गायकों में श्रेणी होती है नायक...जब नायक कान्हड़ा गाये तो नायकी कान्हड़ा। तो क्या नायकी कान्हड़ा और क्या संगत। वो तो सोने पे सुहागा। और अन्त होता है अद्भुत नायकी कान्हड़ा का और वो अन्तिम सम आया नहीं है और अचानक आप अजीब सी एक खिसियानी हँसी सुनते हैं हें, हें, हें, और वो पण्डित जी की हँसी है।

अरे...

जैसे कि वो आपसे माफ़ी माँग रहे हों या अचरज कर रहे हों कि ये हो क्या गया। तो ये भाई, आपने किसी को ऐसे सुना हो तो सुना हो, लेकिन ये है कि कलाकार ऐसा अद्भुत नायकी कान्हड़ा गाता है, उसके बाद खिसियानी हँसी हँसता है।

इसके तो मतलब दो ही अर्थ निकाले जा सकते हैं कि भले ही आपको या सुनने वालों को वो बहुत दिव्य या अद्भुत लगा हो, शायद वो ख़ुद उस गायन से सन्तुष्ट नहीं हों। ये एक हो सकता है। या एक दूसरा, अब मैं कैसे उसको कहूँ कि शायद उतनी ऊँचाई पे जाके और फिर नीचे उतरने में फिर शायद वैसा ही अहसास होता होगा जैसा उस खिसियानी...ये भी एक बात हो सकती है।

नहीं संजय, दोनों ही सम्भावनाएँ...कौन जाने कोई और सम्भावना।

कोई और भी सम्भावना हो सकती है।

लेकिन ये अपने-आप में...

बिल्कुल कोंट्रास्ट लगता है। आप कितनी ऊँचाई पर हैं और अचानक बिल्कुल खिसियानी सी...

और वो ऐसी खिसियानी हँसी है और मैं तो ख़ुश हूँ कि ये कैसेट, सॉरी सीडी, रिलीज़ करने वालों ने इसको एडिट नहीं किया।

अच्छा।

हँसी एडिट भी कर सकते थे, निकालने में क्या देर लगती थी। उन्होंने उस हँसी को वैसे ही...देख लो ये हैं मल्लिकार्जुन मंसूर। वो तो कमाल की चीज़ है। अच्छा हुआ आपने उसकी थोड़ी व्याख्या भी की। चूँकि जिस तरह से मैं संगीत सुनता हूँ कुछ उसी तरह से यह हँसी भी मैंने सुन ली और मन में कभी इसकी व्याख्या ही नहीं की। मुझे बस..., मेरे...मैं कब व्याख्या करने लगता हूँ मुझे ध्यान नहीं रहता। जैसे वो बन्दिशों वाली बात, उसकी व्याख्या करने का मेरा बड़ा मन होता है। लेकिन ये ज़रूरी है कि उस हँसी को डीकोड किया जाये कि ये हँसी क्या कर रही है यहाँ, क्या बताती है।

या ये भी हो सकता है, एक तीसरी सम्भावना ये भी हो सकती है कि जिसको कहें कि सब्लाइम और बिल्कुल प्रोफ़ेन या वर्डली ये शायद उस कलाकार को ही और उस स्तर पर आभास होता है कि बोथ ऑफ़ देम कोइग्ज़िस्ट। ये भी हो सकता है कि दोनों साथ ही साथ इग्ज़िस्ट करते हैं, कब वो प्रोफ़ेन से सब्लाइम और सब्लाइम से प्रोफ़ेन में तब्दील हो जाये। मतलब ये भी एक सम्भावना हो सकती है। और ये वही, वैसे ही लोग कर सकते हैं, हम-आप नहीं कर सकते हैं। चूँकि मुझे ये लग रहा है कि दे आर आल्सो नॉट ओवरऔड बाई देयर ओन परफ़ॉरमेंस, सो दे आल्सो कम डाउन टु द ग्राउण्ड कि दिस इज व्हाट आइ ऐम। कि वो गाने के क्रम में कह भी तो सकते हैं कि बीड़ी भी पी लें। इस सन्दर्भ में एक बहुत ही मज़ेदार बात याद आती है। गाँव में जब रामलीला होती थी, तो अक्सर ऐसा होता था कि जो कलाकार हनुमानजी की भूमिका कर

रहा होता था, अपनी भूमिका ख़त्म होने के बाद वहीं रामलीला के बाहर बीड़ी पीते हुए पाया जाता था मय हनुमानजी की पूँछ लगाये हुए। एक तरफ़ तो आपके दिमाग़ में हनुमानजी की एक छवि है और दूसरी तरफ़ वो हनुमानजी बाहर बैठ के बीड़ी पी रहा है। इन दोनों का एक साथ आना सब्लाइम और प्रोफ़ेन, आइ वाज रेमायंडेड ऑफ दैट।

हाँ बिल्कुल, ये सही बात है।

तो आज की बातचीत को यहीं हम लोग विराम देते हैं और कल फिर शुरू करेंगे। फिर बड़ौदा की तरफ़ अब चलें। ऐसे दिल्ली से निकल पाना बहुत मुश्किल है, घूम-घूम के दिल्ली आना पड़ेगा, अभी लौटेंगे दिल्ली लेकिन अभी फ़िलहाल दिल्ली से निकलें और बड़ोदा की ओर चलें।

लेकिन जिस दिल्ली में लौटेंगे, वो दिल्ली बहुत बदली हुई है। और जब मैं बहुत बदली हुई दिल्ली की बात कर रहा हूँ तो संगीत की दृष्टि से बहुत बदली हुई...

और अन्य दृष्टियों से तो ख़ैर बदल ही चुका है, वो हमारा विषय नहीं है। तो फिर आज अपनी बातचीत को यहीं विराम देते हैं।

ठीक, भाई, थैंक यू।

आज की बातचीत हम लोग शुरू करते हैं। अब दिल्ली से बाहर निकलते हैं। आपने एक लम्बा वक़्त गुजरात में भी बिताया। ऐसे तो आप सन् ८५ से ९९ के बीच, अगर मैं सही हूँ, तो आप सूरत में सैण्टर फ़ोर सोशल स्टडीज़ में पहले फ़ेलो के तौर पे और बाद में डाइरेक्टर के रूप में रहे। लेकिन उससे पहले ही शायद दिल्ली

में रहते हुए ही आपकी बड़ौदा की यात्रा शुरू हो गयी थी और उस दौरान बहुत सारे संगीत समारोह बड़ौदा में सुनने का, बैठकों में शामिल होने का अवसर मिला तो कुछ उसकी चर्चा आज हम लोग वहाँ से शुरू करें।

ज़रूर। ऐसा ही हुआ था संजय। १९८० में एक सेमिनार के सिलसिले में महाराजा सैयाजीराव यूनिवर्सिटी, मेरा जाना हुआ। वहीं गीतांजलि से मुलाक़ात हुई। और हम लोगों की मित्रता, आप जानते ही हैं बाद में विवाह भी हुआ। १९८० में जो सिलसिला शुरू हुआ, ये मार्च की बात है, फिर वो बहुत दिनों तक बना रहा। और कुछ ऐसा हुआ कि इस सेमिनार के ही दौरान वहाँ दरबार हॉल में एक संगीत कार्यक्रम का आयोजन हुआ। अब दरबार हॉल के बारे में मैं बता दूँ। ये जो गायकवाड़ जो शासक रहे बड़ौदा के, इनमें महाराज सैयाजीराव का तो बहुत ही नाम हुआ है।

जी हाँ, हमारी यूनिवर्सिटी की सेंट्रल लाइब्रेरी की बिल्डिंग महाराजा सैयाजीराव के दिए अनुदान से बनी है और इसीसे उसे सर सैयाजीराव गायकवाड़ सेंट्रल लाइब्रेरी के नाम से जाना जाता है। कला मर्मज्ञ और पारखी थे वो।

उनके दरबार में नवरत्न होते थे। उन नवरत्नों में काफ़ी अरसे तक आफ़ताब-ए-मौसिकी उस्ताद फ़ैयाज़ ख़ाँ भी रहे। उसका ज़िक्र पहले भी हम कर ही चुके हैं। जो दरबार हॉल है ये जो महल है गायकवाड़ों का, उस महल में ये दरबार हॉल है। आजकल उसका सदुपयोग होता है संगीत सभाओं के आयोजन में। एक बड़ी बात वहाँ, ख़ास तौर से इसका ज़िक्र करना ज़रूरी है, वो ये कि एक संगमरमर की प्रतिमा उस्ताद फ़ैयाज़ ख़ाँ की वहाँ रहती है। वो आपके पीछे है, फिर आगे नीचे एक स्टेज सजता है और स्टेज पर कलाकार बैठते हैं। ग़रज़ ये कि हर कलाकार न केवल ये जानता है कि जहाँ उसका गायन या वादन हो रहा है वहाँ आफ़ताब-ए-मौसिकी का गायन हुआ करता था। एक तो ये अहसास और दूसरे कि वो तो साक्षात् पीछे विराजमान हैं तो...

एक तरह से निगरानी भी कर रहे हैं।

बिल्कुल, बिल्कुल। ये मैं बताऊँ कि हमारे संगीतकार इस मामले में बहुत ही परम्परा के प्रेमी होते हैं और ऐसा मान, ऐसा सम्मान अपने पूर्वजों का उनके मन में होता है। अब छोटी-सी चीज़ है कि आपने देखा होगा कि गुरु का या किसी का नाम लेना हो तो तुरन्त कान पकड़ लेते हैं कि नाम लेना भी...तो मैं उन लोगों की बात कर रहा हूँ। हालाँकि उसमें एक अपवाद भी हुआ। वो अपवाद अगर याद रहा तो उसका ज़िक्र भी करूँगा। तो ये कि दरबार हॉल में अगर आप जा रहे हैं संगीत सुनने तो ये गारण्टी है कि आपको बहुत ही ऊँचे दर्जे का संगीत सुनने को मिलेगा। इसके अलावा एक बात और। बड़ौदा को गुजरात की संस्कार नगरी कहा जाता है। अब संस्कार नगरियाँ तो जहाँ भी हैं वहाँ कुछ बिगड़ ही रही हैं लेकिन जिस समय की मैं बात कर रहा हूँ, कुछ संस्कार थे बड़ौदा में। उसके अलावा गायकवाड़ों की वजह से बहुत सारे महाराष्ट्रीयन बस गये थे बड़ौदा में। वहाँ गुजराती भी हैं, वहाँ महाराष्ट्रीयन भी हैं और इनमें हिन्दू-मुसलमान दोनों हैं। महाराष्ट्रीयन का जो संगीत प्रेम है, उसका हिन्दुस्तानी शास्त्रीय संगीत के क्षेत्र में कोई सानी नहीं है। आप कहीं चले जाइये, ऐसा संगीत प्रेम आपको नहीं मिलेगा। फिर दक्षिण में देखने को मिलता है उस तरह का संगीत प्रेम। तो कलाकार ये भी जानते हैं कि यहाँ तो पारखी लोग... आप समझ नहीं सकते चौड़े-चौड़े पायँचे के पाजामे, ऊँचा सा कुर्ता या कफ़नी, कन्धे पे एक अँगोछा भी डाला हुआ है। रास्ता चलते अगर आप ऐसे लोग...तो आप मानेंगे नहीं कि है कोई और ये लोग, ये महा रसिक और पारखी लोग हैं। जब वो सुनते हैं और दाद देते हैं तो कलाकार को आनन्द आ जाता है, और झूठी दाद देना इनको आता नहीं। ९:०० बजे वहाँ के कार्यक्रम शुरू होते हैं प्राय:। अगर बहुत लम्बा नहीं होना है तब तो वो ६:०० बजे से। मान लीजिये कि दो कलाकार हैं, जो भूले-भटके होता है। वरना एक कलाकार होगा, ९:०० बजे कार्यक्रम प्रारम्भ होगा और जब तक चलना है चलेगा, एक मध्यान्तर बीच में होता है। उसी समय पता लगा कि पण्डित भीमसेन जोशी का कार्यक्रम है और भीमसेन जोशी कीर्तन गायेंगे। सो हम लोगों ने तुरन्त फ़ैसला किया कि टिकट लो और शाम को, रात को पहुँच लिये। तो संजय वो और ही शमा था। मैं तो भीमसेन को न जाने कब से सुनता आ रहा था। और ये पहली बार मैंने

देखा कि पूरा एक ऑर्केस्ट्रा वहाँ है। वहाँ ढोलक है, तबला है, मजीरा है, खड़ताल है और एक बाजा जिसका नाम मैं तब भी नहीं जानता था और अब भी नहीं जानता...जैसे ऑर्गन होता है न, ये बहुत बड़ा, विशालकाय हारमोनियम अगर आप सोच सकते हैं,...तो वो पियानो से भी बड़ा, बड़े आकार का, और फिर उसको पीछे बैठके एक आदमी बजाता है। तो ये संगत करने के लिए...

ये व्यवस्था की जाती है।

और तीन-चार लोग भीमसेन जोशी के पीछे। तब तक नहीं समझ में आया कि इनका क्या काम होना है। अब कार्यक्रम प्रारम्भ हुआ, लम्बा चला कार्यक्रम, केवल कीर्तन। मैंने उससे पहले कीर्तन किया। भई बचपन से ही कीर्तन..., लेकिन कीर्तन का क्या अर्थ होता है ये उस दिन समझ में आया। अब भीमसेन जोशी ने प्रारम्भ किया। और वो पहला कीर्तन था जय जय राम कृष्ण हरे। अब जय जय राम कृष्ण हरे, जय जय राम कृष्ण हरे, जय जय राम कृष्ण हरे, ये ही चलता जा रहा है और एक ही पिच पर चल रहा है जय जय राम कृष्ण हरे, जय जय राम कृष्ण हरे। फिर पीछे से वो जो ३-४ लोग बैठे थे अब वो समवेत स्वर में जय जय राम कृष्ण हरे, जय जय राम कृष्ण हरे, और जैसे राग की बढ़त होती है धीरे-धीरे, धीरे-धीरे...तो ये जय जय राम कृष्ण हरे, जय जय राम कृष्ण हरे, जय जय राम कृष्ण हरे,...अब ये ऐसे और फिर क्रेसैण्डो अन्त में, वो तो सारा हॉल गूँज रहा है जय जय राम कृष्ण हरे, जय जय राम कृष्ण हरे। पता नहीं आध घण्टा, पैंतीस मिनट एक कीर्तन चला। और सारा कार्यक्रम... क्या वो अनुभव था...बहुत इच्छा हुई फिर कभी पण्डित जी का कीर्तन का कार्यक्रम सुनने को मिले लेकिन कभी मौक़ा नहीं मिला। पहला कार्यक्रम सुना दरबार हॉल में, वो पण्डित भीमसेन जोशी का कीर्तन। अब दरबार हॉल के और भी क़िस्से हैं। लेकिन एक और मज़ेदार बात इसी बीच हुई कि मैं गया तो था तीन दिन के लिए, रुक गया सात-आठ दिन और कारण था रुकने का। तो इसी बीच वहाँ गाँधी ग्रुह है...

गाँधी...

गाँधी ग्रुह। वहाँ बुद्धादित्य मुखर्जी का सितार वादन था। हम जिनके यहाँ ठहरे हुए थे...गीतांजलि हॉस्टल में थी, रिसर्च स्कॉलर थी और जिनके घर मैं ठहरा था रवीन्द्र श्रीवास्तव और निरत, उसकी पत्नी। रवीन्द्र इतिहास विभाग में था और निरत उसकी पत्नी संगीत सीख रही थी बाद में वो पण्डित उमाशंकर मिश्र की शिष्या बनी जब वो लोग दिल्ली आ गये। इन्होंने कहा कि बुद्धादित्य मुखर्जी को सुनने चलेंगे। मैंने कहा, मुझे तो कोई दिलचस्पी है नहीं। बोले नहीं, नहीं, जाना ही है। मैं क्यों अकेला घर में बैठा रहता। चार टिकट ख़रीद लिये गये। अब मुझे एक मज़ाक़ सूझा। मैंने उन्हें ये नहीं बताया कि मैं क्यों नहीं जाना चाहता बुद्धादित्य मुखर्जी को सुनने। मैंने कहा, चलो इन लोगों को एक सबक़ सिखाते हैं। कार्यक्रम से करीब डेढ़-दो घण्टे पहले मैंने कहा कि उस्ताद विलायत ख़ाँ का वो जो यमन है वो ज़रा लगा दो। इनका यमन का एलपी है और वो ऐसा एलपी है जिसमें कि आलाप, जोड़, झाला कुछ नहीं करते, सीधे विलम्बित गत और दोनों तरफ़ यमन चलता है, सिर्फ़ गत, आलाप नहीं, जोड़ नहीं, झाला नहीं। तो वो यमन...समझ लीजिये क़रीब ऐसे ही ६५-६६ मिनट, नहीं ज़्यादा होगा...ख़ैर जितना भी है तो यमन मैंने इन लोगों को सुनवा दिया। अब हम लोग गाँधी ग्रुह के लिए रवाना हुए। और प्रारम्भ हुआ बुद्धादित्य मुखर्जी का सितार वादन। जब मध्यान्तर हुआ तो निरत ज़ोर से चिल्लाई मेरे ऊपर कि अब समझ में आया, ये थी तुम्हारी शैतानी, यहाँ आने से पहले सुनवा दिया विलायत ख़ाँ को, अब क्या मज़ा आयेगा बुद्धादित्य के सितार में। मैंने कहा, क्यों तुम लोग ज़िद कर रहे थे कि चलना है, चलना है। ये बात मैं इसलिए कह रहा हूँ संजय कि प्रभाव सबके ऊपर सबका पड़ सकता है और पड़ना चाहिए। पण्डित भीमसेन जोशी ऐलानिया कहते थे कि मैं तो चोर हूँ, मुझे जहाँ से जो अच्छा मिल जाता है वो मैं चुरा लेता हूँ। केसरबाई का ज़िक्र करते हुए बताते थे पण्डित भीमसेन जोशी कि जब मैं उनको सुनने जाऊँ तो कहती थीं कि आ गया चोरी करने।

अच्छा।

तो...तो भई चुराने में, दूसरे का असर लेने में कोई बुराई नहीं है। लेकिन मामला आपत्तिजनक तब होता है जब बुद्धादित्य मुखर्जी का बाज तो बिल्कुल वही है और जब अपना परिचय दिलवाते हैं तो विलायत ख़ाँ का

नाम तक नहीं आता। तो इसलिए मुझे...

ये तो सरासर बेईमानी है।

अब भाई बहुत बाद में सुना है कि वो अपने परिचय में कहने लगे थे। लेकिन जो दो-तीन बार मैंने सुना उनको, एक बार भी उनके परिचय में विलायत ख़ाँ का नाम नहीं आया। अब यहाँ कोई डिफ़ेमेशन तो मेरे ऊपर फ़ाइल करने जा नहीं रहा है, या कम से कम उम्मीद यही करूँगा कि डिफ़ेमेशन फ़ाइल ना हो। अब कभी मौक़ा मिले, तो आप आचार्य पण्डित डॉक्टर गोकुल उत्सव आचार्य का संगीत सुनिए।

उनको भी क्या वहीं सुनने का मौक़ा मिला आपको।

नहीं, नहीं, नहीं। उनको एक बार आकाशवाणी पर सुनने का मौक़ा मिल गया। मैंने उनके परिचय में कभी अमीर ख़ाँ का ज़िक्र नहीं सुना है। तो इस तरह की चीज़ें...ख़ैर ये तो याद आ गयी बड़ौदा की बात और उसी दौरान वो जो हफ़्ते भर मैं रहा, तो ये दो कार्यक्रम उस समय हुए। अब हमारा सिलसिला शुरू हो गया बड़ौदा आने-जाने का। फिर सन् पचासी में गीतांजलि और मैं सूरत, जो अभी आपने ज़िक्र किया कि वहाँ सेण्टर फ़ॉर सोशल स्टडीज़ में चला गया। सूरत से बड़ौदा तो डेढ़ घण्टे का रास्ता है। भूपेन खख्खर कलाकार परम मित्र हम लोगों का बन गया। ये कि उसका घर हमारा घर। जब भी मूड बने, आ जाओ। जब वो विदेश जाता था और अक्सर जाता था लम्बा-लम्बा, तो वो हमें अपना घर दे जाता था कि यार यहीं रहो। ग़रज़ ये कि बड़ौदा बहुत आना-जाना हुआ। ढेरों कार्यक्रम और अद्‌भुत कार्यक्रम वहाँ मैंने सुने। उनमें से एक का विशेष ज़िक्र मैं करना चाहता हूँ। ये कार्यक्रम हुआ जो पण्डित भीमसेन जोशी ने अपने गुरु की शताब्दी मनाने के लिए दरबार हॉल में आयोजित किया।

सवाई गन्धर्व की।

सवाई गन्धर्व। ये गुरु की शताब्दी का जो वर्ष था...ऐसे तो भीमसेन जोशी हर साल अपने गुरु की स्मृति में पूना में...

पूना में सवाई गन्धर्व संगीत समारोह हर साल आयोजित करते थे।

वो हर साल होता है और क्या संगीत समारोह होता है वो। लेकिन ये शताब्दी वर्ष था। शताब्दी वर्ष में इन्होंने एक विशेष कार्यक्रम आयोजित किया। एक दिन गंगूबाई हंगल और दूसरे दिन भीमसेन जोशी। गंगूबाई हंगल भी अब गुरु की स्मृति में गा रही हैं। क्या गायन हुआ, भव्य गायन। गंगूबाई का गायन तो भव्य ही होता था। एक मज़ेदार बात बताऊँ। मैं शिमला के उच्च अध्ययन संस्थान में फ़ेलो रहा ढाई साल। वहाँ मेरे एक साथी फ़ेलो थे काइंदे। ये गणितज्ञ थे और महाराष्ट्रियन थे। जब थोड़ी दोस्ती शुरू हुई और हम पड़ोसी भी हो गये इत्तेफ़ाक से, तो काइंदे ने कहा कि सो यू आर इंटेरेस्टेड इन क्लासिकल म्यूज़िक, हिन्दुस्तानी क्लासिकल म्यूज़िक। आइ सेड येस आइ ऐम। सो एक दिन काइंदे ने अपने घर मुझे बुलाया। एक ७८ आरपीएम लगा दिया बहुत ही पुराना। अब ७८ आरपीएम क्या, वो तीन-साढ़े तीन मिनट का होता है। अब मुझसे रहा नहीं गया। वो पूरा भी नहीं हुआ था कि मैंने कहा, काइंदे यार, ये कौन गा रहा है। गा नहीं रहा है, गा रही है।

उनकी आवाज़ तो इतनी मर्दानी थी कि पूछो मत।

तो अब वही...उसने कहा, गा नहीं रहा, गा रही है। मैंने पूछा, कौन। गंगूबाई और फिर काइंदे ने मुझसे कहा कि और देखो ये मैं तुम्हें बता दूँ कि महाराष्ट्र में कहते हैं कि बुवा तो वहाँ एक है गंगूबुवा बाक़ी सब बाई हैं। कि जितने मेल म्यूज़िशयन वोकलिस्ट हैं वो सब इनके आगे बाई हैं, बुवा तो बस गंगूबुवा हैं।

> इससे जुड़ा एक वाक़या याद आ रहा है। गंगूबाई हंगल एक बार बीमार पड़ीं और उनके गले में कुछ इन्फ़ेक्शन हुआ। इसकी वजह से उनकी आवाज़ पुरुषों जैसी हो गयी और उस पे उन्होंने बहुत ख़ुश होके ये कहा कि अब तो मेरे गुरु की आवाज़ मुझमें आ गयी है। तब से वो इसी आवाज़ में गाती रहीं। लेकिन ये वाक़या कितना विश्वसनीय है, ये मुझे नहीं पता।

नहीं, ये, ये, ये ज़रूर हुआ होगा सिवा इसके कि जितना गुरु को मैंने सुना...उससे फ़र्क़ पड़ता है कि हम तो रिकॉर्डिंग सुन रहे हैं...वो गुरु को साक्षात् सुनती थीं लेकिन गुरु की आवाज़ उतनी..., वैसी नहीं है जैसी गंगूबाई की। गंगूबाई की आवाज़ तो...

> सवाई गन्धर्व की आवाज़ तो...मतलब आप अगर पुरुष के लिहाज़ से कहेंगे तो थोड़ी पतली सी है।

मैं ये कह रहा हूँ कि गुरु की आवाज़ से भी बहुत आगे गंगूबाई की आवाज़ थी। ख़ैर! ये वो बुवा मुझे काइंदे का आज भी याद रहता है। पहली शाम गंगूबाई का और हम लोग सब बड़े आनन्दित वहाँ से लौटे। दूसरे दिन भीमसेन जोशी का था। एक बार मैंने पहले कहा था कि तीन मैंने कार्यक्रम भीमसेन जोशी के सुने जो अद्‌भुत थे। वो किसी और लोक में पहुँचे हुए थे। उनमें से एक ये था। शाम को शुरू हुआ उन्होंने पूरिया धनाश्री गाया। जो रचना मैं उनकी सुनता आ रहा था...और पहले भी बात हो चुकी है शराफ़त हुसैन वाली कि भाई...तो शाम को अगर वो गा रहे हैं तो पूरिया धनाश्री तो गायेंगे ही गायेंगे और वही बन्दिश सुनने को मिलती थी। तो मुझे इसमें तो कोई परेशानी नहीं थी कि पूरिया धनाश्री... जो ख़ास बात उस दिन हुई, भीमसेन जोशी ने मराठी में अनाउंसमेण्ट शुरू किया। मैं मराठी तो बोल नहीं सकता लेकिन इतना मुझे याद है उनका 'जास्ती आनन्द आहे'। वो कह ये रहे थे कि तुम लोगों को, आप लोगों को ज़्यादा आनन्द आये इसलिए मैं बन्दिश बताये दे रहा हूँ। उन्होंने बन्दिश बतायी। मैं उम्मीद कर रहा हूँ कि पूरी बन्दिश मुझे याद हो मैं भूल ना जाऊँ अभी बताते-बताते। वो बन्दिश उन्होंने बतायी 'सुमिरो तेरो नाम, जीव दिया सब संसार'।

तो वो जास्ती आनन्द लोगों को आये इसके लिए उन्होंने वो बन्दिश सुनायी। उनका बन्दिश सुनाना और उनकी...वो जो सुना रहे हैं उसकी बन्दिश को सुनना अपने आप में एक अनुभव था। ऐसा अद्‌भुत अधिकार उनका छन्द के ऊपर रहा होगा, ऐसी अद्‌भुत समझ रही होगी कि जो उतार-चढ़ाव इस बन्दिश को सुनाने में आये, वो अप्रतिम थे। तो उस तरह तो मैं नहीं सुना पाऊँगा लेकिन भीमसेन जोशी ने पूरी बन्दिश सुनायी। बन्दिश यों है 'सुमिरो तेरो नाम, जीव दिया सब संसार, हे क़ाजी करीम

अरज करत इब्राहिम, मेरे तो मौला, तुझ बिन कौन निस्तारे, सुमिरो तेरो नाम'। अब सुमिरो तेरो नाम से चला गायन। सुमिरो तेरो नाम, कितनी देर तक नाम सुमिरते रहे वो और फिर धीरे-धीरे...अब जो मैंने पहले एक बार कहा था कि भीमसेन जोशी ने ख़याल गायकी में जिस तरह के परिवर्तन किये, उनमें एक प्रमुख परिवर्तन...कि अन्तरा को ऐसा स्थान दिया, इतना विस्तार अन्तरे का अपने गायन में उन्होंने किया...और ये ऐसा अद्‌भुत अन्तरा, लम्बा अन्तरा...अब वह भी खो गये सुमिरन में, हम लोग भी खो गये सुमिरन में। जब अन्त हुआ, क्या ऐसी करतल ध्वनि हुई है और उसके बाद भीमसेन जोशी ने मारवा गाया। बहुत कम लोग ये करेंगे कि पूरिया धनाश्री के बाद मारवा...मारवा जब उन्होंने गाया तो वो यथावसर गुरु की स्तुति थी। अदभुत गायन...आज भी भुलाये नहीं भूलता। एक अच्छी बात ये हो गयी कि अब आना-जाना हो गया बड़ौदा और दरबार हॉल। वहाँ श्याम भाई एक हुआ करते थे। श्याम भाई सारा म्यूज़िक सिस्टम ऑर्गेनाइज़ करते थे।

दरबार हॉल में जो भी कार्यक्रम होता था उसकी जिम्मेवारी उनकी होती थी।

श्याम भाई की...

सारी व्यवस्था वही देखते थे।

मुझे उड़ती-उड़ती ख़बर मिली कि जो यहाँ होता है वो सब श्याम भाई आपको उपलब्ध करा देंगे। श्याम भाई की एक छोटी-सी दुकान थी बड़ौदा में।

किस चीज़ की।

म्यूज़िक की। रिकॉर्ड्‌र्स, कैसेट, सारी चीज़ें, बहुत छोटी-सी दुकान थी। मैं पहुँच लिया और श्याम भाई से कहा। उन्होंने कहा, हाँ, हाँ, बताइये आपको क्या चाहिए। उनका रजिस्टर मैंने देखा। उस रजिस्टर में रविशंकर का भी था। मैंने कहा कि श्याम भाई ये रविशंकर आपने...और वो

मियाँ की मल्हार। अब वो दो कैसेट्स में मियाँ की मल्हार। मैंने कहा ये रविशंकर का कैसे..., तो श्याम भाई मुस्कुराए। बोले, रविशंकर बहुत शोर करते हैं कोई रिकॉर्डिंग नहीं होगी, कोई रिकॉर्डिंग नहीं होगी। मुझसे भी कहा गया कोई रिकॉर्डिंग नहीं होगी। मैंने भी कहा कि देखें कैसे रोक लेते हैं मुझको। कर ली मैंने रिकॉर्डिंग। चाहिए आपको। मैंने कहा साहब अरे आप भी...ये नेकी और पूछ-पूछ, क्यों नहीं चाहिए। अब वो शायद पैंतालिस रुपया लेते थे कैसेट का। कैसेट आपका, बस भरवाई पैंतालिस रुपया लेते थे। रविशंकर का मियाँ की मल्हार उन्होंने दिया। अब तो ये हो गया कि देर रात लौटे घर और सुबह श्याम भाई के पास कि श्याम भाई पिछली रात की रिकॉर्डिंग...जो वहाँ होता था...तो हमारे कलेक्शन में जो बिल्कुल ही नायाब संगीत है उसमें भीमसेन जोशी का पूरिया धनाश्री मय उस घोषणा के कि जास्ती आनन्द आहे।

वो कीर्तन वाला तो नहीं मिल सका होगा आपको।

कीर्तन वाला मैं तब तक श्याम भाई को जानता नहीं था और जब तक श्याम भाई से मुलाक़ात हुई तब तक वो ध्यान में नहीं रहा कि कीर्तन भी श्याम भाई से ले लें। तो वो मैं नहीं ले पाया। फिर पण्डित रविशंकर भी आये वहाँ। रविशंकर को भी सुनने हम गये। ग़रज़ ये कि दो-तीन-चार महीनों में एक न एक कार्यक्रम तो दरबार हॉल में होता ही था।

ये आयोजन किसकी तरफ़ से होता था, भिन्न-भिन्न लोग या कोई संगीत समिति थी?

वहाँ एक समिति थी। वही ये सारे आयोजन करती थी। और मैं भूल रहा हूँ...ये एक गायकवाड...इन लोगों का तो ये है कि इन्दिरा गाँधी ने सब ख़त्म कर दिया, फिर भी महाराजा हमेशा रहता है और बाक़ायदा अभी भी राज्याभिषेक होता है। तो फतेह सिंह राव गायकवाड़ महाराज हुआ करते थे जो क्रिकेट के मैनेजर, क्रिकेट टीम के मैनेजर होते थे हिन्दुस्तान के। और काफ़ी रंगीन तबीयत के आदमी थे। तो प्रताप, सॉरी, ये फ़तेह सिंह राव गायकवाड़ के छोटे भाई जिनका नाम इस वक़्त मैं भूल रहा हूँ, वो फ़ैकल्टी ऑफ फ़ाइन आर्ट्स में स्टूडेण्ट भी रहे थे। काफ़ी उम्र के, रहे

होंगे ३५-४० साल के। शौक़िया उन्होंने फ़ैकल्टी जॉइन की, कोर्स किया और वो सब इन कलाकारों के भी मित्र हो गये। तो उनका भी कहना ये था कि भई हम इतने दिन से सुन रहे हैं, ऐसा भीमसेन का गायन हमने नहीं सुना। एक और भीमसेन का गायन वहीं...उस दिन तो..., बस अब ये तो तो बार-बार लगेगा कि भई हर बार ये तो, अब भीमसेन का गायन ही कुछ था। इस बार भीमसेन जोशी ने शाम को एक लम्बा राग गाया जो कि मुझे...हाँ, बिहाग, बिहाग गाया उन्होंने। और बिहाग के बाद मध्यान्तर। मध्यान्तर के बाद पता नहीं पण्डित जी को क्या सूझी, मराठी में नहीं, गुजराती में नहीं, हिन्दी में नहीं, अँग्रेज़ी में अनाउंसमेण्ट किया। अनाउंसमेण्ट ये था नाउ आइ शैल सिंग नायकी कान्हड़ा इन बागेश्वरी अंग। भाई, नायकी कान्हड़ा की तो पहले भी हम लोग बात कर चुके हैं कि नायकी कान्हड़ा का तो अपना ही जलवा होता है।

और ख़ासकर जब नायक गाये...

बिल्कुल, भीमसेन तो नायक हैं ही। फिर वो उसमें बागेश्वरी अंग डाल रहे हैं। अब केवल ये कुछ छाया आयेगी। और वो जो छाया आती है, भाई क्या नायकी कान्हड़ा। वो भी हमारे पास है चूँकि अब तो श्याम भाई से मित्रता है। उनका दरबारी भी है, नायकी कान्हड़ा भी है, मालकौंस भी है। ये बड़ा अच्छा अनुभव वहाँ रहा। एक ही बार ऐसा हुआ कि मन ख़राब हुआ, लगा कि धोखा दे गया कलाकार। वो अनुभव भी बता दूँ और वो बताना इसलिए ज़रूरी है कि इसमें सही और ग़लत की बात नहीं है। ये अपने मानने की और समझने की बात है। अगर मुझे लग रहा है कि वो स्वर्णिम काल था और अब कुछ गड़बड़ हो रही है तो मैं हक़दार हूँ वो कहने का। मुझे कोई झिझक ये कहने में नहीं कि ये मार्केट जहाँ और चीज़ों में हावी होता जा रहा है, यहाँ भी हो रहा है। अपवाद पर आने से पहले मैं एक और बात कहूँ कि १९५८ में पहली बार पण्डित रविशंकर को सुना, फिर जुगलबन्दी उनकी और अली अकबर की सुनी, उनको अलग से सुना। ये तो हर साल हिन्दुस्तान आते ही थे। हर साल जब आते थे तो दिल्ली में एक कार्यक्रम होता ही था। मैं इनका कार्यक्रम मिस करूँ, ये सम्भव ही नहीं था। बाद के सालों में रविशंकर का ये शुरू हो गया, छोटा सा आलाप, कभी जोड़ है कभी जोड़ नहीं है, छोटा सा आलाप,

जोड़,...झाला गोल कर दिया। झाला गत में बजेगा और विलम्बित गत पर आ गये। बिल्कुल जैसे कि जो वो पश्चिम में जिस तरह दिया करते थे जो कि समझ में आने वाली बात है...पश्चिम में आप एक घण्टे का आलाप करें, और फिर डेढ़ घण्टे की बन्दिश,...

वहाँ तो आपको उसको प्रेज़ेंटेबल फ़ॉर्मेट में करना होता है।

बिल्कुल, और आप जानते हैं कि ये कितनी देर तक...अब हिन्दुस्तान में जहाँ कि तुम पैदा हुए, जहाँ सीखे, जहाँ लगभग पचास साल तक या चालीस साल तक उसी तरह बजाया, अब ये पैकेजिंग पश्चिम वाली...तो मैं बाद के जो रविशंकर के कार्यक्रम दिल्ली में हो रहे थे, मैं हिन्दुस्तान..., हाँ, एक बार इलाहाबाद में सुनने को मिला। वहाँ दिल्ली से भी बुरा हाल। बिल्कुल ऐब्सोल्यूटली पैकेज्ड। लेकिन एक तो रविशंकर का नाम, दूसरे अल्ला रक्खा या ज़ाकिर हुसैन की संगत...इन लोगों की संगत, ये तो इतना ज़बरदस्त प्रभाव पड़ता था...।

ये तो ख़ुद इतने बड़े सोलो प्लेयर हैं कि जब वो संगत में बैठेंगे तो स्वाभाविक है कि फिर...

है ना। अच्छा फिर रविशंकर उन्होंने ये किया कि जो संगत कर रहा है उसको भी पूरा समय मिलना चाहिए, सम्मान मिलना चाहिए। वो तो फिर वक़्त भी उतना ही देते थे। इस सबसे लोग तो मुग्ध हो ही जाते थे। लेकिन जिन लोगों ने साल दर साल रविशंकर को सुना था, उनके लिए थोड़ा फ्रस्ट्रेटिंग होने लगा था कि अब पण्डित जी भी...उनसे भी हमें परेशानी होने लगी थी, तो औरों की क्या शिकायत करें। ख़ैर! मैं दरबार हॉल में हुए अपवाद पर आ रहा हूँ। राशिद ख़ाँ गाने आये।

बड़ौदा।

बड़ौदा में। अब मुझे ये था कि भई भीमसेन के बाद अगर आवाज़ है तो राशिद ख़ाँ की। उसके अलावा मैं उस्ताद निसार हुसैन ख़ाँ का भारी प्रशंसक रहा हूँ, इनके नाना और इनके गुरु। उनको भी एक बार

शंकरलाल में सुना था। एक ज़माना ये था कि तराने की बात हो, तो निसार हुसैन ख़ाँ का नाम तो एकदम लोगों के मन में आता था। मैं निसार हुसैन ख़ाँ का प्रशंसक, सो राशिद ख़ाँ को सुनने तो जाना ही है। ९ बजे कार्यक्रम प्रारम्भ हुआ और ११:३० बजे ख़त्म। लोग समझे ये मध्यान्तर है। पता लगा कि कार्यक्रम ही समाप्त हो गया। लोगों ने कहा भई ये कैसे हो सकता है। हम इसके लिए नहीं आये थे। जो आयोजक थे उन्होंने बताया कि उनका दूसरा कार्यक्रम कल सुबह है, इसलिए वो चले गये। उस ग़ुस्से का मैं बयान नहीं कर सकता। एक भी आदमी, एक भी औरत वहाँ नहीं जिसको ये ना लगा हो कि हमें छला गया है। जो रविशंकर नहीं कर सकते, भीमसेन नहीं कर सकते, वो राशिद ख़ाँ कर देते हैं। अब कुछ ऐसा था कि इनकी खाला, रिश्ते की खाला नहीं, मुँहबोली, अलकनन्दा भी वहाँ थीं। आई जी पटेल की पत्नी...

जो गवर्नर हुआ करते थे।

जो गवर्नर हुआ करते थे रिज़र्व बैंक के, फिर बाद में लन्दन स्कूल ऑफ़ इकोनॉमिक्स के डाइरेक्टर हुए। तो वो बस गये थे बड़ौदा में। आई.जी. पटेल बहुत ही बढ़िया आदमी। तो आये दिन वो भूपेन के यहाँ आ जाते थे या हम लोग आई.जी. के यहाँ चले जाते थे। आई.जी. से मेरी मित्रता तो नहीं कह सकते, आना-जाना था लेकिन अलकनन्दा से मेरी बहुत दोस्ती हो गयी थी। कभी वो आ जाती थीं, कभी मैं जाता था। संगीत की चर्चा भी होती थी और संगीत सुनाती भी थीं। मैंने अलकनन्दा से कहा दूसरे दिन फ़ोन करके कि कल क्या हो गया था। बोलीं, सुधीर, मैं तो समझ ही नहीं पायी। वो तो चला गया। मैं भी नहीं समझ पायी कि ये क्या हुआ है। मैंने फ़ोन करके उसको डाँटा कि तुम जानते हो तुम क्या करके गये हो। तुम्हें शर्म आनी चाहिए।

अच्छा, अलकनन्दा से हमारी पहली मुलाक़ात धूमाल के यहाँ हुई। धूमाल वहाँ फ़ैकल्टी ऑफ़ फ़ाइन आर्ट्स में ग्रैफ़िक्स का टीचर था और कुछ दिनों वहाँ का हेड ऑफ़, नहीं प्रिन्सिपल भी रहा कॉलेज ऑफ़ फ़ाइन आर्ट्स, बड़ौदा का। बड़ी दोस्ती थी धूमाल से। धूमाल के यहाँ एक दावत थी। जब लौटने का वक़्त हुआ तो उसने पूछा कि तुम और गीतांजलि

कैसे जाओगे। हमने कहा कि हमने सोचा था कि अब लौटते वक़्त स्कूटर चलाना तो ठीक नहीं होगा। बोला, नहीं, नहीं, नहीं, ये तुमने अच्छा किया कि थ्री व्हीलर से आ गये। अब मैं कुछ बन्दोबस्त करता हूँ। अलकनन्दा को उसने कहा, अलकनन्दा बेन आप सुधीर को छोड़ देंगी। कहा कि हाँ, हाँ, हाँ। तो हमलोगों की मुलाकात हुई। रास्ते में पता लगा कि ये तो गायिका हैं और निसार हुसैन ख़ाँ से सीखी हैं।

अच्छा इसलिए वो राशिद ख़ाँ की ख़ाला हुईं।

वो ख़ाला हुईं, मौसी। रास्ते में मैंने कहा कि अलकनन्दा मैंने पण्डित मल्लिकार्जुन मंसूर का एक राग सुना है खोकर। इससे पहले मैंने ये राग सुना नहीं। बाद में ये काफ़ी चल गया। किशोरी अमोनकर ने भी खोकर गाया। लेकिन मैंने पहली बार मल्लिकार्जुन मंसूर का ही खोकर सुना। मैंने पहले सोचा कि खोकर राग ही है या कुछ ग़लत छप गया है। तो बोलीं नहीं, नहीं, खोकर ही है, और उन्होंने तुरन्त सुनाया हमें खोकर। मैंने कहा हाँ, बन्दिश भी यही है, राग भी यही है। तो ऐसी थीं अलकनन्दा। फिर बोलीं मालूम है उसका नाम खोकर क्यों पड़ा। मैंने कहा, नहीं, मुझे तो शक था कि राग है भी या नहीं। बोलीं, एक बार उस्ताद अल्लादिया ख़ाँ कहीं गा रहे थे। जब उनका गायन समाप्त हुआ तो किसी ने पूछा, ख़ाँ साहब, समझ में नहीं आया ये क्या गाया आपने। उन्होंने कहा, खो कर कुछ गा दिया। खो कर कुछ गा दिया, खो कर गा दिया तो खोकर उसका नाम पड़ गया।

लेकिन अब वापस राशिद ख़ाँ के दरबार हॉल में उस रात के रवैये पर मुझे लगता है कि राशिद ख़ाँ का वो जो रवैया था इट वाज़ अ पॉर्टेण्ट ऑफ थिंग्स टु कम।

जी, तो हम लोग यशवन्तबुआ की तो बात ही भूल गये।

ये बात भी ज़रूरी है कि ऐसे अद्भुत संगीतकार हमारे यहाँ लगभग अनजाने रह जाते हैं और बिल्कुल इत्तेफ़ाक की बात होती है कि आप उनको सुन लें। नहीं सुना तो फिर नहीं सुना। तो यशवन्तबुआ जोशी, ये

ग्वालियर घराने के गायक रहे और ८४ साल की अवस्था में २०१२ में स्वर्ग सिधारे। जो मैं बात कर रहा हूँ वह लगभग बीसवीं शताब्दी के अन्त की बात है। ९० का दशक रहा होगा। शाम को बड़ौदा में भूपेन खख्खर के घर महफ़िल जमती थी।

भूपेन खख्खर का घर अड्डा हुआ करता था।

ओपेन हाउस। वो तो संसार भर में ख्याति प्राप्त कलाकार, चित्रकार और हमारा अन्तरंग मित्र। एक तरफ़ निहायत मामूली और दूसरी तरफ़ निहायत ग़ैर मामूली। उसका घर हर वक़्त खुला रहता था। ज़्यादातर कलाकार ऐसे होते हैं कि जिस समय वो काम कर रहे होते हैं, नहीं चाहते कि कोई देखे भी उनको। काम वो अपना देखने ही नहीं देते जब तक वो पूरा ना हो जाये। जब वो साइन कर देते हैं तभी चाहते हैं कि...कुछ लोग ऐसे हैं, जैसे हुसेन थे वो सड़क पर खड़े होकर चित्र बना सकते थे। भूपेन का ये था कि घर में आओ-जाओ, उससे बातें करो, तो वो अपना काम कर रहा है पीठ आपकी तरफ़ करके, और अरे भैया उसका क्या हुआ, वो तो बताओ और कभी बीच-बीच में मुड़ के भी आके बैठ जाता था, चलो एक कप चाय पी लें। तो उसका काम भी चलता था और बातें भी चलती थीं। गाता था बेसुरा अपना पेण्ट करते-करते और शाम को लाज़िम था कि सारे दोस्त उसी के घर पहुँचेंगे। कभी-कभार जब हम लोग कहते थे कि यार ये कोई बात हुई कि जब देखो तुम्हारे ही घर बैठे रहते हैं हम, कभी तो हमारे घर...तो फिर ये होता था कि चलो आज अड्डा बदल लिया जाये। तो जो रेगुलर पहुँचते थे...गुलाम शेख़ हम सबको भूपेन का दरबारी कहता है। तो आता वो भी था लेकिन दरबारी की हैसियत से नहीं। ख़ैर, एक दिन हम मस्ती से बैठे हुए थे कि धूमाल आया। उसने मुझसे कहा, ऐ तू क्या कर रहा है यहाँ। मैंने कहा, आज कोई नयी बात है कि तू पूछ रहा है कि तू क्या कर रहा है। बोला, नहीं, तुझे तो म्यूज़िक कॉलेज में होना चाहिए। मैंने कहा, क्यों। बोला, अच्छा, बहुत बनता है म्यूज़िक में शौक़ है, म्यूज़िक में शौक़ है वहाँ यशवन्तबुआ गा रहे हैं और तू यहाँ बैठा हुआ है। मैंने कहा, ये यशवन्तबुआ कौन हैं।

अच्छा, तब तो और आपकी लानत मलामत की होगी।

उसने मोटी सी गाली दी मुझको, बोला, शर्म आनी चाहिए पूछ रहा है यशवन्तबुआ कौन हैं, यशवन्तबुआ जोशी, जा। मैंने कहा, यार, इतनी देर हो गयी है, अब जाके क्या करूँगा। बोला कि तू बड़ा ख़ुशक़िस्मत है कल भी गा रहे हैं, कल जा। मैंने कहा भूपेन, ये इतने बड़े गवैये हैं, तो चलो साथ चलते हैं। हम लोग दूसरे दिन यशवन्तबुआ को सुनने पहुँचे। एक तो ग्वालियर घराने का गायन ही ओजस्वी गायन है, खुले कण्ठ से जो विस्तार स्वरों का होता है और इनकी आवाज़ भी बुलन्द...वहीं इनकी शैली और छोटे-छोटे ३० मिनट-३५ मिनट...

अच्छा, वही मल्लिकार्जुन मंसूर की तरह।

कुछ उस तरह का उनका और फिर उन्होंने एक चीज़ सुनायी और वो मैं जानता भी नहीं था। एक अज्ञान मेरा ये कि मैं इनका नाम नहीं जानता था और दूसरा अज्ञान ये कि उस दिन जो चीज़ उन्होंने प्रस्तुत की, उसके वजूद का ही मुझे इल्म नहीं था। वो था टप ख़याल। ग्वालियर घराने के लोग तराना भी ख़ूब गाते हैं और टप्पे भी ख़ूब गाते हैं। टप्पा तो बिल्कुल अलग शैली में गाया जाता है पंजाबी...तो ये टप ख़याल जो है टप्पा और ख़याल दोनों के मिश्रण से चलता है।

मैं भी कुछ ऐसा ही अन्दाज़ लगा रहा था।

हाँ, बिल्कुल वही है और एक तान में। ये नहीं है कि एक टप्पे की तान ली और फिर ख़याल की तान ली, एक ही तान में टप्पा भी होगा और ख़याल भी होगा। झुमा देने वाली...एक तो यशवन्तबुआ जोशी का गला, और दूसरे ये टप ख़याल...भाई वाह, आनन्द आ गया। अब मेरी इच्छा हुई कि यशवन्तबुआ जी से कुछ बातें कर लें। बाद में अलग से मैंने कहा पण्डित जी...बोले आप आइये कल। मैं फ़लानी जगह रह रहा हूँ गेस्ट हाउस में, आइये। मैं पहुँच लिया वहाँ। और उन्होंने ख़ूब बातें की। फिर वही मैं दुहराना चाहूँगा कि बार-बार उनकी बातों में...आप देख सकते थे कि एक दुःख साल रहा है इनको। अब मैं क्या बेचता हूँ पर उन्हें इसी

बात की ख़ुशी थी कि एक आदमी ने ये ज़रूरी समझा कि उनसे समय माँगे और आके बात करे। वो एक साल कुछ ऐसा हुआ कि पण्डित जी बहुत बुलाये जाने लगे। इसके तुरन्त बाद दो बार वो दिल्ली आये, गन्धर्व महाविद्यालय में एक बार, दूसरी बार मैं भूल रहा हूँ। दोनों बार मैंने फिर उनको सुना। क्या गायकी थी भाई और मैंने पहले भी कहा कि अब तो वक़्त ये आ गया है...गूगल का ज़माना है, गूगल में आप जाइये, ग्वालियर घराना देखिये, मीता पण्डित छायी होंगी। यशवन्तबुआ जोशी का नाम तक उसमें नहीं होगा। अगर आप अलग से इनका नाम..., तो एक चार लाइनें आपको यशवन्तबुआ जोशी पर मिल जायेंगी। ये भी अच्छा हुआ उसी दौरान कि इनकी कुछ रिकॉर्डिंग्स रिलीज़ हुईं। अगर मौक़ा मिले, वो पुराने कैसेट्स और सीडीज़ मिल जायें, यशवन्तबुआ जोशी को ज़रूर सुनिये। अब ये मेरा कुछ दुर्भाग्य रहा कि हम बहुत इधर से उधर होते रहे, घर बदलते रहे, पहले सूरत, फिर बड़ौदा, बड़ौदा से दिल्ली, दिल्ली में भी दो घर, तो हमारा जो संग्रह है पुस्तकों का और संगीत का, वो काफ़ी उसमें क्षतिग्रस्त हुआ। इनकी कोई रिकॉर्डिंग दुर्भाग्य से हमारे पास नहीं है।

> कहने का तात्पर्य ये है कि ये सिर्फ़ ज़रूरी नहीं है कि आप बहुत अच्छे गायक हों, तो अपने आप आपको प्रसिद्धि और लोकप्रियता मिल ही जायेगी।

बिल्कुल सही बात है। अब तो कभी-कभी...

> आप तो ऐसे व्यक्ति का नाम ले रहे हैं, शायद अधिकांश लोगों ने उनका नाम ही नहीं सुना है। और उनकी गायकी आप बता रहे हैं अद्‌भुत।

अरे, अरे, क्या बात है। अभी जैसे एक ही ये टप ख़याल,...कई लोगों से मैंने बात की है। उन्होंने कहा कि हाँ, हम गाते हैं। लेकिन फ़रमाइश बेकार गयी कि आप गाते हैं तो कृपा करके सुना दें। गाते हैं, कहा, लेकिन सुनाया नहीं। लेकिन बताऊँ, जितनी देर टप ख़याल चल रहा था, सब झूम रहे थे। वो तो अद्‌भुत चीज़ है, और ये प्रसिद्धि वाली बात तो...मैं तो इस हद तक जाने को तैयार हूँ कि अक्सर...मैं कई बार नहीं कह रहा हूँ...अक्सर

ये इन्वर्स प्रोपोर्शन में होता है। आपका नाम कितना हो रहा है और आप कितने पानी में हैं। ये इन्वर्स प्रोपोर्शन तो और दुखी करता है।

तुरन्त मेरे ज़ेहन में ख़याल आता है राशिद ख़ाँ का। जबकि उनमें पोटेंशियल बहुत है लेकिन एक तरह से ही वेस्टेड, प्रोबैब्ली ही वेस्टेड हिज पोटेंशियल, लेकिन लोकप्रियता तो उनकी अपार है।

ओ, हो, हो, क्या लोकप्रियता है और संजय ये जो मैं बार-बार क्रिकेट पे चला जाता हूँ...भई याद करें सचिन तेन्दुलकर और विनोद काम्बली। दोनों एक साथ उभरे और विनोद काम्बली कितने साल खेला होगा, २ साल, ३ साल।

महज़ २-३ साल।

दो नहीं तीन, तीन डबल सेंचुरी लगा गया, तेन्दुलकर ने कब जा के पहली डबल सेंचुरी अपनी मारी। पर वेस्ट कर गया विनोद काम्बली। फ़िल्मों में चला गया, इधर-उधर चला गया फ़ैशन की दुनिया में...वो अगर वैसे ही अपने को...

सँभाल के नहीं रख पाया।

अब नहीं सँभाल पाया। या अलकनन्दा का कहना कि मुझे शर्म आती है कि इसने ये किया। तो केवल टैलेण्ट आपका...फिर रियाज़, लगन, बिल्कुल रम जाना उसमें...ये नहीं है तो नहीं है, और अब आप अगर उसी से सन्तुष्ट हैं, प्रसन्न हैं प्रसिद्धि से, कभी ये सोचने की फ़ुर्सत आपको नहीं है कि मेरा जो पोटेंशियल है, जो मेरी अन्तर्निहित सम्भावनाएँ हैं, इनके साथ मैंने न्याय किया या नहीं किया। मैंने पण्डित भीमसेन जोशी को सुना वो कुरुक्षेत्र में पहली बार जो मैं बता रहा था, मारू बिहाग और मालकौंस। ये लगा कि ये तो भविष्य हैं हमारे हिन्दुस्तानी शास्त्रीय संगीत के। कुछ, कुछ इसी तरह का भाव मेरे मन में आया जब मैंने ए कानन को सुना और रसिकलाल अंधारिया को सुना। भीमसेन जोशी वो कर गये जो मेरे जैसे आदमी ने सोच लिया था कि ये तो भविष्य हैं हमारे संगीत के। जो

भी कारण रहे हों रसिकलाल अंधारिया और ए कानन...बल्कि मालविका कानन का ख़ूब नाम हुआ ए कानन की तुलना में। मैं नहीं जानता क्या कारण रहे होंगे, लेकिन ये भी होता है कि रसिकलाल अंधारिया बेचारे भावनगर में साइकिल ही चलाते रह गये, उनका कोई नामलेवा नहीं। सिर्फ़ एक नेशनल प्रोग्राम ऑफ म्यूज़िक के रसिकलाल अंधारिया को कौन जानता है। मुझे लगता है भावनगर में भी लोगों ने...भूल गये होंगे। अगर ऐसे लोगों की लोग थोड़ी खोज करें, उनकी रिकॉर्डिंग्स उपलब्ध करायी जायें...ये...और क्या ख़ज़ाना...ये सब पता भी ना लगे, इसकी भी कोशिश होनी चाहिए।

> जो अनजान रह गये, अज्ञात रह गये या बहुत कम उनको शोहरत मिली, लोग नहीं जान पाये, उनकी भी कहीं रिकॉर्डिंग्स मिलें और ज़ाहिर सी बात है होंगी ज़रूर...

बिल्कुल होंगी, बिल्कुल होंगी।

> चूँकि वो गाते तो रहते ही थे। तो उसको भी खोजने का काम, इकट्ठा करने का काम किया जाये। अब हम चाहते हैं कि थोड़ा सूरत के दिनों की भी चर्चा हो जाये। हालाँकि वो तो जो बड़ौदा की बात आप कह रहे थे वो उसमें सूरत के भी दिन शामिल थे। लेकिन सूरत में भी बाद में आयोजित होने लगे कुछ संगीत के कार्यक्रम।

हाँ, सूरत। मैंने बड़ौदा के बारे में कहा कि उसको संस्कार नगरी कहा जाता है। उसके बरक्स सूरत में अपार पैसा है। पहले टेक्सटाइल्स और डायमण्ड का, हीरे का केन्द्र है सूरत। तो कितना पैसा है इसका आप अन्दाज़ नहीं लगा सकते। लेकिन सुरतियों को संस्कृति-वंस्कृति से कोई ख़ास लेना-देना है नहीं। वो तो पैसे का खेल खेलते हैं। ये अपने आप में... और ऐसा होना नहीं चाहिए। सूरत ने नर्मद जैसे बड़े साहित्यकार को पैदा किया। गुजराती साहित्य, वर्तमान गुजराती साहित्य क्या है अगर नर्मद और दलपत नहीं हैं। जिस नगर ने नर्मद पैदा किया, आपने अपनी यूनिवर्सिटी का नाम वीर नर्मद विश्वविद्यालय कर दिया, लेकिन बाक़ी तो कुछ नहीं।

लोगों की कोशिश से स्पिकमैके का एक चैप्टर सूरत में शुरू हो गया। वो भी ज़्यादा कुछ कर नहीं पाया। लेकिन शुरू हुआ ये अपने आप में बड़ी बात है। जब ये शुरू हुआ तब मैं अपने सेण्टर का डायरेक्टर था। लोगों ने कहा कि सुधीर तुम भी कुछ करो। मैंने कहा, हम क्या कर सकते हैं। हमारा तो ये है कि लेसेण्दे के सेण्टर...गेस्ट हाउस है। गेस्ट हाउस क्या गेस्ट कमरे हैं। ये सूरत सेण्टर के बारे में बता दूँ...अब तो नगर समुद्र तक पहुँच गया है, जो कुछ भी समुद्र के नाम पर वहाँ है। लेकिन तब हमारा सेण्टर शहर से लगभग १० किलोमीटर दूर था। चारों तरफ़ खेत ही खेत थे। इन खेतों के बीच में एक इमारत सूरत सेण्टर की और बग़ल में साउथ गुजरात यूनिवर्सिटी जो कि अब टेकी वीर नर्मद विश्वविद्यालय के नाम से जानी जाती है। मैंने कहा कि ये जो हमारे एक-दो कमरे हैं ये हम दे सकते हैं और गाड़ी, जो डायरेक्टर की गाड़ी है, वो आपके लिए उपलब्ध हो जायेगी। मुझे तो कहीं आना-जाना होता नहीं, अपना सेण्टर में रहता हूँ। अच्छा जो मैं कह रहा हूँ कि गेस्ट हाउस भी नहीं, हमारे तो गेस्ट रूम्स थे। उससे सम्बन्धित एक वाक़या है, एक मित्रता की शुरुआत हुई इस वाक़ये से।

पण्डित राजन-साजन मिश्र का कार्यक्रम होना था स्पिकमैके के तहत। मैंने कहा कि हम अपना सेण्टर इनके लिए उपलब्ध कर देंगे। एक गाड़ी हमारी गयी, दो गाड़ियाँ और कहीं से उन्होंने जुटा ली। ये गाड़ियाँ स्टेशन गयीं, इनको लेके आयीं। हमारा तो वो सेण्टर वही खेतों के बीच। सो जब ये उतरे तो मैं स्वागत के लिए खड़ा था। और मैं...डायरेक्टर के कमरे के बग़ल में ही एक ऐंटे रूम था, तो मैं उस कमरे में इनको ले गया और मैंने कहा कि आप कुछ कोल्ड ड्रिंक या...तो जो भी था...सो कोल्ड ड्रिंक्स आ गये। मैं राजन मिश्र से...ये बड़े भाई हैं तो इन्हीं से कहना था...मैंने कहा पण्डितजी हमारा बड़ा सौभाग्य कि आप यहाँ पधारे और आपने देख ही लिया है जो हमारा हाल है। आप जिस सुख-सुविधा के आदी हैं वो तो यहाँ हम उपलब्ध करा नहीं पायेंगे। लेकिन दिल हमारा हाज़िर है। कृपा करके ये जो भी असुविधा हो उसको नज़रअन्दाज कर दीजियेगा। वो बोले, अरे कैसी बात करते हैं डॉक्टर साहब। मैंने कहा कि नहीं, जो सही बात है वो...मैं जानता हूँ आप लोग किस तरह के जीवन के आदी हैं, वो यहाँ आपको मिलेगा ही नहीं। हमारी ये बात हो ही रही थी कि स्पिकमैके

की कोऑर्डिनेटर सलोनी आयी और उसने कमरे के बाहर से कहा राजन जी कैन आइ हैव अ वर्ड विद यू। इन्होंने कहा, टेल मी, टेल मी व्हाट इट इज। शी सेड नो, नो, यू कम हियर। उन्होंने कहा, यू टेल मी। उसने कहा, यू आर नॉट गोइंग टु स्टे हियर। उन्होंने कहा, सलोनी, वी आर गोइंग टु स्टे हियर।

मुझे ये नहीं समझ में आ रहा है कि अगर वो आयोजिका थी, तो उनको यहाँ टिकाने से पहले उसने कोई खोज-ख़बर नहीं ली कि यहाँ टिकाने जा रहे हैं।

नहीं, नहीं। वो तो आ रही थी उनके साथ।

अच्छा, उनके साथ दिल्ली से।

दिल्ली नहीं, वो शायद बड़ौदा से, सॉरी, नहीं अहमदाबाद से आ रहे थे। वो तो बेचारी कुछ जानती ही नहीं थी कि ये क्या है, कैसे है। वो जब घुसी होगी तो उसको शक हुआ होगा। वो आयी नहीं इनके साथ बैठने के लिए। वो अपना देखने चली गयी कि व्यवस्था है क्या। उसकी कोई ग़लती थी ही नहीं। अब ख़ैर शाम को इनका गायन हुआ। इन्होंने मोह लिया लोगों को। इंजीनियरिंग कॉलेज में गायन हुआ और लड़के-लड़कियाँ बड़े प्रसन्न और फ़रमाइशें हुईं। सूरत में फ़रमाइश हो, यही एक सुन्दर अनहोनी थी। दोनों भाइयों ने मानीं फ़रमाइशें और ख़ूब सुनाया। प्रायः स्पिकमैके में लम्बे प्रोग्राम होते नहीं हैं। इरादा ये है कि लोग सुन लें, उनको पसन्द आये, उनकी थोड़ी रुचि जगे, और बाद में फिर वो कार्यक्रम करायें, दूसरे लोग करायें, लेकिन इन्होंने जम के गाया, लगा ही नहीं कि स्पिकमैके में गा रहे हैं। गायन-वायन जब सम्पन्न हो गया, तो फिर हमारे एक मित्र जवाहर हैं, जवाहर पटेल, आर्किटेक्ट। वो बड़े शौकीन हैं संगीत के। उनके घर फिर भोजन का बन्दोबस्त हुआ। अब वहाँ और बातें हुईं, फिर सेण्टर आ गये। एक अच्छी मित्रता का सूत्रपात हो गया।

नहीं, मुझे तो जहाँ तक याद आ रहा है कि या तो उस गायन से

पहले या जिस दिन गायन हुआ, उस दिन रात्रि को आप लोग देर रात तक गप्पें लगाते रहे।

नहीं-नहीं, नहीं-नहीं, वो उस रात गप्पें लगाते रहे। ये सुबह आये, शाम को गायन है। स्पिकमैके में लोग इतना समय नहीं देते कि एक दिन पहले आयें और...जो भी गप्पें हुईं वो गायन के बाद। हाँ, एक और बात बताऊँ उस वक़्त की जब राजन-साजन मिश्र कोई नाम नहीं था संगीत जगत् में। कोई समारोह चल रहा था, ये कॉन्स्टिट्यूशन क्लब की बात है दिल्ली में और शायद सेवेंटीज़ की बात, मुझे ठीक साल याद नहीं है कि कौन-सा साल है। मिश्र बन्धु का उसमें मैंने नाम पढ़ा और मैंने मिश्र बन्धु जाने भी नहीं थे और ये उस तरह की बात नहीं थी जैसे यशवन्तबुआ पुरोहित... जोशी कि हैं बड़े और मैं नहीं जानता। इनको कोई नहीं जानता था। तो मैं पहुँच लिया। और मेरे लिए ये डिस्कवरी थी...

कि इतनी कम उम्र में इतना अच्छा गाते हैं।

वो तो लूट ली महफ़िल इन भाइयों ने। मुझे लगा कि भई ये मिश्र बन्धु तो हैं कुछ। ऐसा कुछ इत्तेफ़ाक़ रहा कि उसके बाद सुनने को नहीं मिले। मैं बड़ा प्रसन्न था कि वही मिश्र बन्धु हैं, आ रहे हैं...तब नहीं मालूम था कि इनसे मित्रता हो जायेगी। फिर ये हो गया कि संसार के कई नगरों में हम लोग...और इनका ये है कि दूर से ही डॉक साहब...तो वो डॉक साहब और पण्डित जी...

मुझे याद है कि बनारस में जब हम लोग गये थे...

हाँ, बी.एच.यू. के गेस्ट हाउस में जब मैं रह रहा था और मलिक साहब, इनके परम मित्र, उनका फ़ोन आया कि क्या कर रहे हैं आप लोग। मैंने कहा, अभी शाम का समय है, करेंगे क्या। संजय हैं, राजकुमार हैं, और हमारा एक स्विस मित्र निकोला आया हुआ है। उन्होंने कहा कि हम आ जायें। मैंने कहा, इसमें पूछने की क्या बात है, आपका घर है, आइये। वो २०-२५ मिनट में मलिक साहब, राजन, साजन और एक कोई इनका मित्र था, तो ये चार लोग आये थे। याद है।

हाँ, म्यूज़िक कॉलेज में हैं, कभी-कभी तबले पे इनकी संगत करते हैं। वीरेन्द्र मिश्र या कुछ ऐसा ही नाम है, अभी मुझे ध्यान नहीं आ रहा है।

अच्छा, ओ। अच्छा-अच्छा, तबलची हैं। ये चारों आ गये। और याद है कितनी देर तक बैठे रहे। जो इन्होंने क़िस्से सुनाये बनारस के, वो क़िस्से तो...

सुनाने लायक़ नहीं हैं।

अच्छा है रोक दिया मुझे...वरना मैं तो सुनाने वाला था एक-दो।

नहीं-नहीं, सुनाइये आप। एक-दो तो ज़रूर सुनाइये।

नहीं-नहीं, वो बेहतर है न सुनायें। इनसे तो...वो छोड़ देते हैं। मुझे एक बात और अच्छी लगी कि जब हम इनको नीचे विदा करने गये थे, तो याद है दो स्कूटर पे...

हाँ, वो एक मलिक साहब के पीछे, और वो तबला वाले के पीछे...

तो अब ये...

इतनी सहजता, कहीं कोई दिखावा नहीं। मतलब अब तो इतने बड़े कलाकार हैं और वो स्कूटर के पीछे बैठ के चलें...

ये तो कोई नहीं सोच सकता कि राजन-साजन मिश्र पिलियन राइड करेंगे। इन दोनों भाइयों में...

और ग़ज़ब की दोस्ती है।

जबकि छोटे भाई बड़े भाई का इतना सम्मान करते हैं लेकिन याराना भी ग़ज़ब का है। ये तो अद्‌भुत है। ऐसी मिसाल कम ही

देखने को मिलती है।

बात हो रही थी ना कि वो सिंह बन्धु एक ज़माने में छाने लगे थे और अचानक तिरोहित हो गये और इसीलिए कि नहीं निभी दोनों की। भाइयों में ऐसी...वो तो लगता है कि जैसे ये जुड़वाँ हैं। नहीं हैं जुड़वाँ, लेकिन दोनों के...मैंने तो दो भाइयों को ऐसे कभी कहीं नहीं देखा जैसे ये दो हैं।

हम लोग तो बनारस में इनके तीन प्रोग्राम में गये थे। एक तो इनका प्रोग्राम नहीं था, किसी और का गायन था, गुलाबबाड़ी में जो हम लोग गये थे।

वो जो प्रोग्राम था जिसमें कि इन्होंने साजन मिश्र के ससुर बिरजू महाराज, बिरजू महाराज का नर्तन और इन भाइयों का गायन...

हनुमान प्रसाद पोद्दार अन्ध विद्यालय में वो जो था।

हाँ, तो वो तो एक हम लोग गये थे...

और एक वो जो संकट मोचन के महन्तजी के घर पर हुआ था।

अस्सी घाट पर जो हुआ। वो दोनों कार्यक्रम और ये कि बिरजू महाराज... ये जुगलबन्दी नहीं कभी देखने को मिली थी, बिरजू महाराज अभिनय कर रहे हैं, नृत्य कर रहे हैं, इन लोगों का गायन हो रहा है। मैं ये भी बताऊँ कि मैं काफ़ी हिचकिचाता हूँ बड़े लोगों से मिलने में। सूरत में लाख मस्ती से गप्पें हुई हों, मुझे ये नहीं था कि इनसे कोई मित्रता अब होगी। लेकिन जिस तरह ये अब लन्दन में मिल रहे हैं, एडिनबरा में मिल रहे हैं, वो ऐसे मिल रहे हैं जैसे कि बड़े पुराने मित्र हों। तब मुझे कहीं जाके ये विश्वास हुआ कि यहाँ मित्रता है। ये नहीं कि बस आप संगीतज्ञ हैं और हम आपके प्रशंसक हैं और वो चली आ रही है।

कुछ एक आधा दो क़िस्से इन लोगों से चर्चा के बतायें हम लोगों को, कभी किसी बातचीत, किसी चर्चा का संगीत के बारे में या

इनसे संगीत के बारे में दूसरे गायकों और कलाकारों के बारे में...

इनसे बातें हुई हैं और पण्डित भीमसेन जोशी की बड़ी प्रशंसा इन्होंने की और पण्डित रविशंकर...पण्डित रविशंकर के बारे में मुझे याद है कि राजन मिश्र कह रहे थे कि ताल का ऐसा ज्ञान शायद ही किसी को हो जो रविशंकर...और वो शायद इसलिए भी कि नर्तक रहे थे।

शुरुआत तो उन्होंने उदयशंकर के ट्रुप से की थी।

भीमसेन जोशी के साथ तो इनके बड़े पुराने सम्बन्ध रहे हैं। बताते हैं कि पण्डित गोपाल मिश्र और भीमसेन जोशी...गोपाल मिश्रजी की बात ओंकारनाथ जी के सन्दर्भ में हो ही चुकी है। तो अक्सर संगत करते थे। गोपाल मिश्र और भीमसेन जोशी में बड़ी मित्रता थी। बनारस भी आके इनके यहाँ ठहरे। राजन मिश्र बता रहे थे कि इन्होंने कहीं अपना प्रोग्राम दिया। तब ये अकेले गा रहे थे, राजन साजन दोनों साथ नहीं गा रहे थे।

अच्छा, राजन अकेले ही गा रहे थे।

हाँ, ऐसा भी हुआ है। भीमसेन को ख़बर मिली कि ये लड़का आया, इसने गाया और ये जमा। उन्होंने फ़ोन किया पण्डित गोपाल मिश्र को और कहा कि सुना है, तुम्हारा भतीजा बड़ा गा रहा है। उसे हमारे सवाई गन्धर्व में आना है। राजन मिश्र बताते हैं कि मुझे तो विश्वास ही नहीं हुआ कि पण्डित भीमसेन जोशी...तो इस तरह की चीज़ है कि कैसे प्रोत्साहित करते थे। और ये नहीं है कि गोपाल मिश्र का भतीजा है। गोपाल मिश्र के भतीजे को तो वो जानते ही थे जब...लेकिन जब सुना कि ये तो जम गया, तारीफ़ सुनी तब बुलाने के लिए फ़ोन किया।

अच्छा, इस बात की हमें जानकारी ही नहीं थी कि राजन मिश्र कुछ समय तक अकेले ही गाते थे।

अकेले ही गाते थे। अरे, ये बहुत क़िस्से सुनाते हैं। इनके...

एक-दो क़िस्से बताइये।

नहीं, नहीं, इस तरह के क़िस्से कि कैसे। ये इनके चाचा...अब मैं क्यों भूल जाता हूँ...ये डीसीएम में उनको...उन्होंने कुछ दिन कि आप यहाँ रहिये, ये आपका घर है और आप जैसे चाहें करिये। आपको कोई काम-वाम नहीं करना है।

इनके चाचा को, गोपाल मिश्र।

मेरे ख़याल से गोपाल मिश्र जी ही रहे होंगे और कोई...तो राजन वहाँ भी कुछ दिन रहे। तो इस सबकी बड़ी विस्तार से चर्चा राजन मिश्र ने मेरे साथ एक बार की है लेकिन मैं उसके जो डिटेल्ज़ हैं वो भूल रहा हूँ। लेकिन वो इनके लिए ब्रेक थ्रू हुआ।

जो भीमसेन जोशी के यहाँ सवाई गन्धर्व संगीत सम्मेलन में गाने का निमन्त्रण मिला।

नहीं, डीसीएम। उसी वक़्त ये हुआ कि कुछ यहाँ गा दो, वहाँ गा दो। और बस जम गये ये। अच्छे रिव्यूज़ आये और लोगों ने...और फिर तो वो कहते हैं न द रेस्ट इज़ हिस्ट्री। लेकिन ये कि आज भी उनसे मिलो या कार्यक्रम के दौरान भी...

उसी गर्मजोशी से मिलते हैं।

अच्छा हुआ आप लोग उस दिन थे गेस्ट हाउस में, आपने ख़ुद ही देखा। और याद है मैं आया था एक बार कोई लेक्चर-लेक्चर के लिए और इनको फ़ोन किया था। इन्होंने कहा कि अरे, आप बड़े अच्छे दिन आये हैं, आज शाम को ही कार्यक्रम है। तो तुरन्त...

हम लोग गये।

मैंने तो दुपल्ली टोपी बनारस की सुनी ही सुनी थी, पहली बार भेंट मिली

वो। लेकिन वो भी, भई कैसी चीज़ें हैं...मैं बनारस का तो हूँ नहीं, बनारस के तो आप हैं, आप ज़्यादा जानते हैं। ये कि आपको संगीत भी सुनवायेंगे, नाश्ता-पानी भी करवायेंगे, बूटी भी आपको मिलेगी, दुपल्ली टोपी दी जायेगी...

वो तो गुलाबबाड़ी की वही परम्परा है।

मैंने तो ये चीज़ इससे पहले, इससे पहले क्या...हाँ, कपूर साहब, कपूर साहब के यहाँ ये है। सिवाय इसके कि वो दुपल्ली टोपी नहीं देते हैं...

वो तो ख़ैर बनारस की ख़ासियत है...

वो तो सबका अपना-अपना है।

हर जगह की अपनी ख़ासियत...

कपूर साहब...

उनपे तो हम लोग एक अलग से सेशन करेंगे।

हाँ, एक अलग से...ये अच्छा हुआ कि...तो मैं तो एक ही बार वहाँ गया और...या विश्वविद्यालय में जिस दिन ये गाने आये थे उस दिन भी मैं इत्तेफ़ाक से...

हम लोगों के कॉन्फ्रेन्स का समापन हो रहा था और विश्वविद्यालय का शताब्दी समारोह चल रहा था और हम लोग गये थे तो उस दिन इनका गायन था शाम को।

हाँ, और पता नहीं संजय आपने देखा या नहीं उस बड़े हॉल में

स्वतन्त्रता भवन में...

और तुरन्त उन्होंने...अब वहाँ बैठे हो स्टेज पर और वहाँ से ऐसी गर्मजोशी! इस तरह की चीज़ कहाँ मिलती है देखने को? वैसे एक बार और मेरे साथ ऐसा ही कुछ हुआ। गंगूबाई हंगल गा रही थीं। अच्छा अब ये स्पिकमैके की जब बात चली तो फिर उसकी अलग से ही मैं चर्चा करूँ।

गंगूबाई की तो अलग से बात करें तो अच्छा हो।

तो फिर गंगूबाई वाले प्रसंग में ही इसका ज़िक्र करूँगा। अभी हम लोग विराम दें।

अभी आप अपने सूरत प्रवास के दौरान मिश्र बन्धु से मुलाक़ात की बात और कैसे मित्रता की शुरुआत वहाँ से मिलने के बाद हुई, वो बात आपने बतायी। लेकिन मुझे याद है आपने अपने उस सूरत प्रवास के दौरान ही, मुझे एक बार क़िस्सा बताया था, गंगूबाई हंगल से मुलाक़ात का और वो अविस्मरणीय मुलाक़ात जिसमें आपको घण्टों उनसे बातचीत करने का भी मौक़ा मिला। तो थोड़ा उसके बारे में अभी बातचीत हो तो बहुत ही उत्तम हो।

वो तो ऐसा अद्‌भुत क्षण था गीतांजलि और मेरे लिए। हुआ ये कि उस दिन गंगूबाई को स्टेशन से लाने का काम मुझे सौंपा गया था।

वो स्पिकमैके की तरफ़ से।

हाँ, वही स्पिकमैके की तरफ़ से। गीतांजलि और मैं दोनों गये स्टेशन और जहाँ उनके ठहरने की व्यवस्था थी वहाँ उनको ले गये। वो शुरू इस तरह हुआ कि गंगूबाई उतरीं, हमने पैर छुए, बड़े स्नेह से उन्होंने आशीर्वाद दिया और फिर जब आराम से अपने कमरे में बैठ-वैठ गयीं तो हमने पूछा कि आप चाय, कॉफ़ी, नाश्ता...बोलीं कि नहीं, नाश्ता-वाश्ता सब करके आये हैं, अभी कुछ नहीं चाहिए। हम लोगों ने कहा कि आप हमें इज़ाज़त दीजिये, आपका शाम को कार्यक्रम है और यात्रा की थकान भी आपको होगी। तो बोलीं, नहीं-नहीं, अभी क्यों जा रहे हो, बैठो थोड़ी बातें करेंगे। सो अब मन तो हो ही रहा था कि इनसे थोड़ी बातें हो जायें। मैंने कृष्णा

हंगल की तरफ़ देखा। उनका भाव कुछ ऐसा था कि चाहो तो थोड़ा बैठ लो। सो हम लोग बैठ लिये। अब उनसे बातें शुरू हुईं। पहले उन्होंने पूछा कि आप यहाँ क्या करते हैं। तो बताया उनको इस तरह से है। और ये बात मैं इसलिए कह रहा हूँ कि मैंने ऐसे कलाकार भी देखे हैं जिनको कि आप में कोई दिलचस्पी होती ही नहीं। वो ये नहीं कि व्यक्ति अच्छे नहीं हैं लेकिन नहीं है उनको दिलचस्पी। वो अपनी दुनिया में ऐसे रमे हुए हैं। असल में एक बार अयोध्या से, हाँ, अयोध्या से लखनऊ तक एक ही बड़ी कार में गिरिजा देवी जी के साथ आया और एक जवान सारंगी वादक भी था। सारे रास्ते गिरिजा देवी...

एक शब्द भी आपसे नहीं बोलीं।

उससे जो भी बात कर रही थीं...और हम दो दिन साथ रह चुके थे महाराज अयोध्या के अतिथि के रूप में। न उन दो दिनों में, और न इस यात्रा में... ये नहीं कि परिचय नहीं कराया था महाराज ने, लेकिन उन्होंने ये नहीं पूछ के दिया कि भाई तुम करते क्या हो। पण्डित राम नारायण भी वहाँ थे। वो भी दो दिन साथ रहे। एक बार उन्होंने ये नहीं पूछा कि आप क्या करते हैं, कौन हैं। और मैं तो घोर प्रशंसक पण्डित राम नारायण का। सारंगी वादन को वो कहाँ ले गये, और फिर ये कि अब ये संगत का ही वाद्य नहीं है, एकल वाद्य भी है। पण्डित राम नारायण का योगदान तो सारंगी के लिए बहुत ही कमाल का रहा है। ख़ैर, और ये बात बिल्कुल शिकायत के तौर पर नहीं कह रहा हूँ। सबके अपने तरीक़े होते हैं। हमारे बुद्धिजीवियों में भी बहुत ऐसे होंगे जिनको नहीं है दूसरों में कोई दिलचस्पी। जितनी देर आप उनकी बातें करते रहिए, बहुत प्रसन्न। ख़ैर! पहले तो गंगूबाई ने बहुत आराम से हम दोनों से बातें की। गीतांजलि से, तुम क्या करती हो। बस शायद यही अन्तर था कि गीतांजलि से तुम कह रही थीं और मुझसे आप। मुझे बहुत बुरा लग रहा था कि ये अपनापा मेरे साथ क्यों नहीं है तुम वाला...ख़ैर, कह तो नहीं सकता था। अब यहाँ से बात शुरू होके उन पर आयी जो कि होना ही था। तो कैसे गुरु से शिक्षा लेती थीं। फिर भीमसेन कैसे...अक्सर ऐसा होता था कि नहीं आ पाते थे। कभी किसी कारण से, कभी किसी कारण से। जब वो नहीं आ पाते थे...तो बोलीं कि न आ पाये भीससेन तो मुझसे पूछता था। मैं उसे बताती थी। इस तरह हम लोगों का

साथ-साथ सीखना चला। कितने पुराने दोनों के सम्बन्ध रहे होंगे। फिर मैंने उन्हें बताया कि हमने आपको वहाँ सुना, वहाँ सुना। फिर सेंट स्टीफेंस कॉलेज का ज़िक्र आया। मैंने कहा कि देखिये, आपको पता नहीं याद है या नहीं याद है सेंट स्टीफेंस कॉलेज के एक कमरे में, हॉल में भी नहीं, स्पिक मैके में आपका गायन हुआ और हमें ये विश्वास ही नहीं हुआ... हम दोनों ही थे, गीतांजलि और मैं। कहा कि हमें ये विश्वास ही नहीं हुआ कि आप स्पिकमैके के कार्यक्रम में गा रही हैं। वैसे ही जैसा हमने आपको कमानी ऑडिटोरियम में सुना है...

वैसे ही, कोई अन्तर नहीं।

तो बोलीं, अब गाना तो गाना है। ऐसा थोड़े ही है कि किसके बुलाने पर गा रहे हैं, कहाँ गा रहे हैं। जब गाते हैं तो फिर हम गाते हैं। इस तरह बात और आगे बढ़ी। वो ज़िक्र भी आया जो मैंने कहा था जब पत्रकार ने उनसे पूछा था...

वो तानसेन समारोह वाला...।

हाँ, कि अयोध्या के बारे में आप क्या सोचती हैं। उन्होंने कहा था कि जानते नहीं, मैं यहाँ किसलिए आयी हूँ। फिर भी मुझसे तुम ये सवाल पूछ रहे हो। फिर उन्होंने बताया कि किस तरह से जब वो कर्नाटक लेजिसलेटिव काउंसिल की सदस्या मनोनीत हुईं...बोलीं, मुझसे पहले मल्लिकार्जुन रहे थे। मल्लिकार्जुन के बाद मुझे नॉमिनेट किया गया। अब एक तो ये कि मल्लिकार्जुन के बाद मुझे जाना है। और मल्लिकार्जुन की जगह मैं कैसे ले सकती हूँ और इतने आदर से मल्लिकार्जुन की बात वो करती रहीं...फिर बोलीं कि मैंने भी सोचा कि ऐसा भी क्या है कि मैं नहीं कर पाऊँगी। मैं क्यों परेशान हो रही हूँ। आराम से मैंने अपना वो कार्यकाल पूरा किया। मुझे कोई किसी तरह की परेशानी नहीं हुई। मैंने अपना काम वहाँ ठीक-ठाक किया। फिर कुछ रेडियो की बात बताने लगीं कि कैसे उनको शुरू में कार्यक्रम मिला करते थे, थोड़ा पैसा मिलता था। अपने स्ट्रगल के ज़माने की भी काफ़ी बातें की...अब इस बीच, ये बताना ज़रूरी है कि वक़्त बढ़ता जा रहा था और हमें ये था कि...सो इस बीच दो-तीन

बार हमने कहा कि अब आप आराम करें। नहीं-नहीं, नहीं-नहीं, ऐसे अरे क्या...और जब जितनी बार कहा कि आपको शाम को...शाम को तो गाना है भई, अभी बैठो थोड़ी देर, चले जाना, जल्दी क्या है। आराम के लिए बहुत वक़्त पड़ा है। और जैसे-जैसे वक़्त बढ़े, कृष्णा हंगल थोड़ी सी... अब वो परेशान कि ये ठीक नहीं हो रहा है। हम एक-दो बार कुछ माफ़ी के अन्दाज़ में कृष्णा हंगल को देख भी लें कि आप समझ लीजिये कि हमें अच्छा लग रहा है, रुकना चाह रहे हैं, लेकिन हम जाने को भी तैयार हैं, लेकिन ज़बरदस्ती तो नहीं जा सकते। तो बीच में एक बार वो उठ के भी चली गयीं।

कृष्णा हंगल।

कृष्णा हंगल। बग़ल वाले, दो कमरे जो जुड़े-जुड़े होते हैं ना, स्वीट कहते हैं क्या कहते हैं आप लोग उसे...थोड़ी देर के लिए वहाँ भी चली गयीं। फिर वापस आकर बैठ गयीं। अब उसी वक़्त अख़बार में एक ख़बर आयी थी। अख़बार में न आयी होती तो मेरी हिम्मत ना पड़ती। अब चूँकि ये दुनिया भर को ख़बर है, तो उसमें छुपाने का तो कुछ है नहीं। ख़बर ये आयी थी कि भीमसेन जोशी मिसिंग हैं, लापता हैं। फिर उसके बाद ख़बर आयी नहीं कि मिल गये। मैंने कहा कि वो जो समाचार छपा है वो तो काफ़ी परेशान करने वाला है। बोलीं, अरे उसकी कुछ मत पूछो। तो हमें लगा कि अब ये बताने जाने जा रही हैं। वही हुआ। बोलीं, अरे हुआ ये इसको गाड़ियों का बड़ा शौक़ है और ख़ुद ड्राइव करता है। बीच-बीच में ग़ायब हो जाता है। बताता नहीं घर लेकिन मालूम हो ही जाता है और फिर ये कि गया, तो शाम को आ गया, दूसरे दिन आ गया। उसकी बीवी परेशान होने लगी है। तो वो करती ये है कि किसी को साथ भेजती है कि ये ड्राइव करेगा लेकिन बग़ल में आदमी होगा। ख़बर तो मिलती रहे कि जा कहाँ रहा है ये, क्या कर रहा है। बोलीं कि उसने कहा कि मैं गाड़ी सर्विसिंग के लिए ले जा रहा हूँ। सर्विसिंग के बहाने गया और वहाँ सर्विसिंग-वरविसिंग हो गयी और उस आदमी से कहा कि तुम ये चीज़ ले आओ। उस आदमी को रवाना कर दिया और ख़ुद निकल लिया। बोलीं कि इसकी बीवी का फ़ोन आया मेरे पास कि आपके यहाँ हैं। मैंने कहा कि मेरे यहाँ तो नहीं हैं, कोई ख़ास बात। उसने सारी बात बतायी...बोलीं, अरे

मैं जानती हूँ। मैं अभी पता कर लूँगी और तुमको ख़बर करती हूँ। परेशान मत हो, फ़ोन करती हूँ अभी। मैंने ड्राइवर को बुलाया। अब हुबली और धारवाड़ तो अग़ल ही बग़ल हैं। मैंने ड्राइवर से कहा कि फ़लाँ के यहाँ ले चलो। इसका बहुत अमीर चेला है एक। बहुत चाहता है भीमसेन को। मैं समझ गयी कि ये कहीं और नहीं, वहीं होगा। मैं वहाँ गयी, घण्टी बजायी, वही आया। मैंने कहा कि भीमसेन कहाँ है। उसने कहा कि मैं क्या जानूँ। मैंने कहा, झूठ बोलता है, तेरे यहाँ है। उसने कहा, हाँ, हैं। मैंने कहा, चल, तो मैं अन्दर गयी। दिन का वक़्त था। देखा कि वो पी रहा है। मुझे देखते ही कि ये कहाँ से आ गयीं...तो उसने मुझे देखते ही कहा कि देखो आज मुझसे ये मत कहना मत पीयो। मैं तुम्हारी बात नहीं मान पाऊँगा। तो कहना ही नहीं तुम मुझसे। बोलीं, अब मैं इसके बाद क्या कहूँ। वो पीता रहा, मैं बात करती रही, समझाया-बुझाया, घर आके ख़बर की बीवी को कि तू परेशान न हो, वो यहीं है। इसके बाद हमारी हिम्मत तो हुई नहीं पूछने की कि हुआ क्या था ख़ास तौर से तब जब वो कहती हैं कि ये तो उसकी आदत है, वो तो अपना निकल लेता है। हमने कुछ नहीं पूछा लेकिन फिर वो बात करने लगीं। ये नहीं बताया कि क्यों भागा था। बोलीं कि बड़ा बुरा लगता है उसको देख के। सब समझाते हैं, बीवी समझाती है, मैं भी कहती हूँ अरे भाई ठीक है सभी पीते हैं लेकिन ऐसा भी क्या पीना और तू काहे को गाने से पहले पीता है, गाने के बाद पी लिया कर। अब वो नहीं सुनता। बीच-बीच में हालत ज़्यादा बिगड़ जाती है, कभी सुधर जाता है, पीना बन्द नहीं करता। तभी वो वाली बात हुई जो मैंने पहले बतायी थी। बोलीं कि अब तो प्रोग्राम से पहले पीता है, बहक जाता है, राग एक गाता है, बन्दिश दूसरे राग की होती है। वो जब मैंने अपनी मूर्खता जतायी थी जब काफ़ी बातें हो गयीं और भोजन का समय भी लगभग बीतने वाला था, डेढ़-वेढ़ तो बज ही गये होंगे...तो इस बार हम उठके खड़े हो गये।

> नहीं, ये अभी आपको थोड़ा रोकते हैं। चूँकि भीमसेन जोशी की ही बात हो रही है और उस सम्बन्ध में...मुझे ध्यान है कि एक बार ऐसा भी हुआ था कि स्टेज पे ही वो इतना पी के आये थे कि शायद प्रोग्राम ही न दे सके, वो लुढ़क गये या गाते-गाते...

ये क़िस्सा जो है ये मेरा नहीं है। ये शीला धर का क़िस्सा है। अब मुझे कोई एतराज़ नहीं ये क़िस्सा बताने में चूँकि शीला धर का बताया हुआ है। ये हरिवल्लभ संगीत समारोह जो जलन्धर में होता है, बड़ा भारी समारोह और पुराना समारोह और वहाँ बुलाया जाना किसी भी कलाकार के लिए,...हर नये कलाकार की इच्छा होती है कि हमको वहाँ बुला लिया जाये। जब वहाँ बुला लिए गये तो बस आप...यू हैव अराइव्ड। अब भीमसेन तो न जाने कब से वहाँ जा रहे थे। शीला धर का जो वर्णन है वो कुछ इस तरह से है कि वहाँ का ये बिन लिखा संविधान तब था, अब मैं नहीं जानता क्या स्थिति है, कि जितनी देर जनता आपको सुनना चाहे, आप उतनी देर गायेंगे। दूसरी तरह कहें तो ये कि उतनी देर आप गा सकते हैं। जनता अब नहीं आपको चाहती तो आप बन्द करिये। रईस ख़ाँ का सितार वादन चल रहा था। अब शीला धर का जो वर्णन है वो बड़ा रंगीन है। वो कहती हैं कि रईस ख़ाँ कानों में हीरे, बाली तो नहीं होती टॉप्स टाइप जो चीज़ होती है उस तरह की जो बिल्कुल चमक मारे जैसे बेग़म अख़्तर की पूँगनी चमकती थी दूर से। वो कानों में पहने, सुन्दर रंगीन रेशमी कुर्ता, और सामने एक महिला उतनी ही सजी-धजी जितने कि रईस ख़ाँ थे। बोलीं कि कुछ मैचिंग भी थे उनके कपड़े। वो उन्हीं के साथ, शीला धर का इशारा ये कि वो दोनों साथ थे, और ये बजाये जा रहे थे। ये भी विलायत ख़ाँ के घराने के हैं, शायद उनके भानजे। ठीक इस वक़्त मुझे याद नहीं आ रहा। ये भी नहीं बताया करते थे कि विलायत ख़ाँ का...वो अपने को विलायत ख़ाँ ही समझते रहे। बजाये जा रहे थे, वाह-वाह हो रही थी और अचानक बड़ी ज़ोर से तालियाँ बजीं। ये समझे कि इनके लिए तालियाँ बजी हैं सो इन्होंने आदाब किया। फिर थोड़ी देर बाद उतनी ही ज़ोर की तालियाँ बजीं, ये सलाम तो करने लगे लेकिन इनको लगा कि दाल में कुछ काला है। मैंने ऐसा तो कुछ किया नहीं जिसके लिए इतनी ज़बरदस्त तालियाँ बजी हों। उन्होंने नज़र उठाकर जो देखा तो पाया कि भीमसेन जोशी विंग्स से उधर चले आ रहे हैं और ये तालियाँ उनके स्वागत के लिए बज रही हैं न कि इनके सितार के लिए। दो बार तालियाँ इसलिए बजीं कि भीमसेन जोशी एक तरफ़ से आये तो तालियाँ बजीं तो आयोजकों ने कहा कि इधर के लोगों ने आप के दर्शन कर लिये हैं, उधर के लोगों को भी दर्शन दे दीजिये। फिर वो वापस गये और उधर से आये। ये तालियाँ भीमसेन

के लिए बज रही थीं। रईस ख़ाँ की समझ में आ गया कि पूरा करने की घड़ी आ गयी। उन्होंने पाँच-सात मिनट में समेटा और उठ लिये। इसके बाद पण्डित भीमसेन जोशी आये। अब फिर से बता दूँ ये शीला धर का क़िस्सा है। अब ये अतिशयोक्ति हो, निराधार हो, तो मैं ज़िम्मेदार नहीं हूँ। भीमसेन जोशी के बारे में एक बात बताना ज़रूरी है कि ज़्यादातर गवैये स्वरों के उतार-चढ़ाव के हिसाब से अपने हाथों का भरपूर इस्तेमाल करते हैं। भीमसेन जोशी अपनी पूरी देह से गाते थे।

उनका तो हाथ-पाँव सब कुछ...

अरे, और, और, जिस तरह की तान...

और कभी-कभी तो ऐसे हाथ मारते थे, ज़ोर से अपनी जाँघों पर।

अरे, ये कुछ नहीं है। और ये कि जिस तरह की तान है, कोई बारीक तान है, कभी ग़ौर से भीमसेन जोशी के वीडियो देखिये। बारीक तान जब चल रही है, कोमल तान चल रही है, उस वक़्त भीमसेन जोशी की उँगलियाँ उतनी बारीक चलती हैं। जब उनका गर्जन होता है तो उनकी मुद्राएँ तदनुसार हो जाती हैं। एक बार ऐसा हुआ कि कहीं जगह नहीं थी। तो मैं स्टेज पर ठीक भीमसेन जोशी के पीछे बैठा। वो अनुभव...भीमसेन जोशी गा रहे थे, कुर्ता पहने हुए थे, नीचे बनियान थी, उस दिन मैंने भीमसेन जोशी की रीढ़ को उनकी तानों के साथ थरथराते देखा। अगर मैं पीछे बैठकर उस दिन न सुन रहा होता, तो ये कभी पता ही नहीं लगता। जैसे अंग-प्रत्यंग भीमसेन जोशी का उनके गायन में जा रहा है। एक और चीज़ होती थी। वो कुछ तानें ऐसी लेते थे कि तान लेते समय उनका बिल्कुल सर ज़मीन से, स्टेज से, मिल जाता था और फिर वहाँ से वापस आता था। ये मैंने अपनी आँखों से देखा है।

हमने एकाध उनके किसी वीडियो में देखा है।

देखा है ना ये। बिल्कुल स्टेज से लगा है उनका सर। वो कैसे होता था, कभी उनको चोट भी नहीं लगी, वो हिसाब से जाते होंगे। ये उनके गायन

में...बाद में, बाद में तो ख़ैर ये है कि वो, फिर वो कुर्सीनुमा, वो स्टेज पर पैर नीचे रख के गाने लग गये। मैं उस वक़्त की बात नहीं कर रहा हूँ। जब बिल्कुल अपने उरूज पर थे, उस वक़्त की बात है। सो उस रात हरि वल्लभ समारोह में हुआ ये कि भीमसेन जोशी आये, गाना शुरू किया और किसी तान पर लग गया उनका सर स्टेज से, पर वापस न आया वहाँ से। पहले तो लोगों को हुआ कि ये तो भीमसेन जोशी करते ही हैं, लेकिन वो जब वापस नहीं आये और गाना रुका, तो चिन्ता हुई और आयोजक दौड़े, उठाया पण्डित जी को स्टेज से और लेके गये। तो बीवी ने कहा कि पानी के नीचे डालो इनको।

वो साथ में थीं।

ग्रीन रूम में...

वो साथ में गयी थीं।

वो तो अक्सर...बीच में तो काफ़ी दिनों उनकी संगत भी करती थीं। तमाम ऐसे कार्यक्रम हैं जहाँ कि वो संगत कर रही हैं तानपूरे पर और गायन में। सो उन्होंने कहा कि पानी के नीचे, शॉवर के नीचे डाल दो। अब वो पानी के नीचे डाले गये और इधर लोग हिलने को नहीं तैयार। बिना सुने हम नहीं जायेंगे। भीमसेन जोशी का इन्तज़ार कर रहे हैं। कार्यक्रम रुका हुआ है और अन्दर ये सब चल रहा है। बाहर लोग कि भई क्या है, क्या है। शीला धर का कहना ये है कि थोड़ी देर बाद ये होश में आये, ३० मिनट हुए या ४५ मिनट हुए, ये मालूम नहीं...

लेकिन फिर आके गाये।

फिर आये और उन्होंने एक भजन गाया और नमस्कार कर लिया। तो लोगों ने कहा कि अरे, ये क्या आप एक भजन गाके...उन्होंने कहा कि जो मैं इतनी देर से मालकौंस गा रहा था वो।

अच्छा, उन्हें ध्यान ही नहीं था कि वो...

अब कौन सी अवस्था में रहते होंगे भीमसेन जोशी कि मैं मालकौंस गा रहा था वो? सो ये शीला धर का क़िस्सा है। अब मैं तो ये मानने को तैयार हूँ कि अगर ये बिल्कुल ही अपोक्रिफ़ल है तो भी इतना सही क़िस्सा है।

मैंने आपसे इसलिए भी कहा इस क़िस्से को सुनाने को भले ही वो दूसरे के हवाले से कही गयी हो लेकिन दिस गिव्ज़ अस सच ऐन इनसाइट इनटू भीमसेन जोशी।

इट डज़, येस।

तो इसलिए मैंने आपसे ये आग्रह किया कि ये क़िस्सा...

अरे भई, वो मैंने बताया ही था भीमसेन का कि वो जब मेज़ टूटी...

कुछ पता ही नहीं लगा।

भड़ाम, उनको पता नहीं। एक बार की मुझे याद है। बिजली चली गयी। अब माइक कैसे काम करेगा। भीमसेन जोशी का गाना चलता रहा। ये नहीं कि वो बीच में रुके। जितने सुन सकते हैं बिना माइक के, उतने सुन लें। और भीमसेन की तो आवाज़ ऐसी थी कि कम ही लोग रहे होंगे जो न सुन पाये हों। लेकिन उनको शायद ये इल्म भी नहीं था कि बिजली चली गयी है, माइक नहीं काम कर रहा है, उनका गायन वैसे ही चलता रहा। वो शायद वहाँ होते ही नहीं थे जहाँ हम उन्हें देखते थे कि ये बैठे हुए हैं। वो कहीं और...

चले जाते थे।

हाँ, तो भीमसेन का ये तो...अच्छा वैसे भीमसेन जोशी का मैं बताऊँ कि जिस बन्दिश का ज़िक्र मैंने किया सुमिरो तेरो नाम...एक इनका है मारवा श्री, पूरीया धनाश्री की रचना थी, उस दिन जो गाया। इनका है...

अच्छा, सुमिरो तेरो नाम और उसमें फिर मौला करीम और...ये तो

अरे इसकी तो व्याख्या हम करने बैठें और संजय ये अच्छा हुआ वो आपने यह याद दिला दी। वो मल्लिकार्जुन जी के सन्दर्भ में जो हो रहा था कि सब देवन में महादेव बड़े हैं और इधर प्रथम अल्लाह दूजे रसूल और यहाँ सब मिल रहा है। फिर ये कि अरज करत इब्राहिम, मेरे तो मौला, तुझ बिन कौन निस्तारे, सुमिरो तेरो...अब इसके शब्द...अब क्या अन्तर पड़ता है। कुछ कहते हैं कि इब्राहिम वो सुल्तान जो थे वो हैं। लेकिन क्या अन्तर पड़ता है कि कौन इब्राहिम हैं, इब्राहिम अरज कर रहे हैं, नाम सुमिर रहे हैं, यहाँ भीमसेन गा रहे हैं, जाने कितने इब्राहिम और सुधीर चन्द्र वहाँ बैठे सुन रहे हैं। तो हमारे संगीत ने जो, जिस तरह हमको मिलाया है और लोग भले ही आज गंगा-जमुनी संस्कृति के बारे में कह रहे हैं कि क्या है, बकवास है। अरे! यही गंगा-जमुनी संस्कृति है। अच्छा हुआ आपने इस बार इस तरफ़ ध्यान दिलाया। मैंने तो बार-बार इसकी बात की है कि इस बन्दिश को देखिये, ये बन्दिश क्या कह रही है। ये कौन-सा समाज रहा है, कौन-सी संस्कृति रही है और इस समाज और इस संस्कृति को क्या हो रहा है। भीमसेन जैसे लोग तो बिल्कुल प्रतिमूर्ति हैं उस संस्कृति के। अफ़सोस तो ये होता है कि लोग उसको सुनते हैं, आनन्दित होते हैं, वाह-वाह करते हैं और फिर जैसे कि उनके जीवन में कुछ हुआ ही नहीं, वापस वहीं के वहीं। कुछ तो गुनो सुने को! बड़ा अच्छा किया इस बात की ओर ध्यान दिलाया।

तो हम लोग लौटें फिर गंगूबाई हंगल की तरफ़। लंच का समय होने जा रहा था और...

हाँ, बिल्कुल। फिर उस वक़्त हम उठ लिये। जब हमने देखा कि अब तो बहुत देर होती जा रही है, डेढ़-वेढ़ के आसपास रहा होगा, तो उठके हमने नमस्कार किया कि अब आप हमें अनुमति दे ही दीजिये। आप भोजन करिये, विश्राम करिये और शाम को मिलेंगे। बोलीं कि आ रहे हैं ना शाम को। मैंने कहा ये भी आप क्या पूछ रही हैं कि आ रहे हैं शाम को। हम प्रतीक्षा कर रहे हैं शाम आये, आपका गायन सुनें। ख़ैर! उनको लेके गये। एक हॉल में इन्तज़ाम था गाने का। शुरू हुआ गायन गंगूबाई का। उस

शाम एक ऐसी चीज़ हुई जो बिल्कुल छू जाती है, वो ऐसा अनुभव था। गंगूबाई गा रही थीं और गाते-गाते बीच में उन्होंने अपनी निगाह मुझ पर टिका दी। प्राय: ये संगीतज्ञ जो हैं अभिनेताओं की तरह सामने नहीं देखते। उनकी ट्रेनिंग होती है वो सामने नहीं...भूले-भटके देखते भी हैं...ये देखने के सिलसिले में एक और बात बता दूँ, फिर गंगूबाई पर आऊँ। एक बार मुनव्वर अली ख़ाँ विज्ञान भवन में गा रहे थे। तोड़ी गा रहे थे और बन्दिश थी 'गोरी तेरे नैन, कजर बिन कारे'। मुनव्वर अली बड़े सुन्दर व्यक्ति, डेबोनैर, वो बार-बार जब गोरी आये तब सामने एक मोहतरमा विराजमान थीं, बार-बार उनकी तरफ़ देखें। या एक बार आईआईसी में शराफ़त हुसैन ख़ाँ का गायन हो रहा था। अब आईआईसी हॉल तो छोटा ही सा है और दो दरवाज़े हैं। आप इधर से जाइये या उधर से जाइये। शराफ़त हुसैन से पहले एक सितार वादिका थीं, मैं इस वक़्त उनका नाम भूल रहा हूँ, बड़ी सुन्दर युवती थी। पहले उनका सितार वादन हुआ था और अब शराफ़त हुसैन ख़ाँ गा रहे थे। इन्होंने जब अपना बड़ा ख़याल पेश कर लिया, तो वो मोहतरमा उठीं, जाने लगीं। हमने देखा कि शराफ़त हुसैन ख़ाँ की आँखें जो हैं अब इन्हीं के पीछे लगी हुई हैं। अब सितार वादिका की पीठ, वो क्या जाने कि पीछे क्या हो रहा है। जब बिल्कुल दाहिनी तरफ़ मुड़ के दरवाज़े से वो बाहर निकलने वाली थीं कि शराफ़त हुसैन ख़ाँ ने कहा, सुनिये, सुनिये। तो उनको लगा कि ये सुनिये कहीं मुझसे ही तो नहीं कह रहे। सो वो पलटीं, खड़ी हुईं और शराफ़त हुसैन बोले, अरे कहाँ जा रही हैं, थोड़ा ही और गाऊँगा, आइये, आइये, तशरीफ़ रखिये। वापस बुला लिया, वापस बुला लिया शराफ़त हुसैन ने उनको। जितनी देर उनका गायन चला...कहा थोड़ा ही और गाऊँगा और ख़ूब गाया। लेकिन इनको बिठा के...

इनको जाने नहीं दिया।

ऐसा भी होता है। लेकिन प्राय: वो देखेंगे नहीं। गंगूबाई का वो जो देखना था, मुझे तो लगा कि बस जैसे मेरे ही लिए गंगूबाई गा रही हैं। ख़ैर, उनका गायन पूरा हुआ, फिर जिन लोगों को जाना था बात करने...और बच्चे-बच्चियाँ तो चाहते भी हैं। ख़ूब उनको घेर लिया। जब उनसे इनको छुट्टी मिली तो मैं गया और मैंने कहा, चलिये, भोजन के लिए चलें। जब हम

चलने लगे तो मुश्किल से १५-२० क़दम गये होंगे कि छोटी-सी गंगूबाई ने मेरी तरफ़ आँख उठा के देखा और रुक गयीं। पूछा, कैसा था। ऊफ़!...

वो क्षण तो आपके लिए...

गंगूबाई!!!!! कैसा था। मैंने कहा, गंगूबाई अद्भुत, क्या!!! और मैंने कहा कि गंगूबाई अब जब आप पूछ ही रही हैं तो ये भी कह दूँ कि मन भरा नहीं। गंगूबाई ने अपने पेट की तरफ़, पेट पर यों हाथ रखा, वो भारी सुन्दर साड़ी, गंगूबाई ने हाथ रखा पेट पर और बोलीं, अब दर्द होने लगता है।

उस समय कृष्णा हंगल गाने में संगत तो करती थीं।

हाँ, हाँ। लेकिन इनको तो वैसे ही गाना है। वो जो तानें होती थीं गंगूबाई की, भले ही वो अन्तरा न गायें, वो तो बिजली कौंधती थी। गंगूबाई की तानें तो!!!...तो ये है कि पेट में दर्द। अरे, मैंने कोसा अपने आप को कि क्यों ये कह दिया कि मन नहीं भरा। मैंने कहा, चलिये, चलिये, फिर हम लोग भोजन के लिए गये। और, संजय, कुछ ऐसा सम्बन्ध उस एक मुलाक़ात में हो गया...कई बार उन्होंने कहा कि और देखो, हुबली ज़रूर आना जब मैं समारोह करूँ, हर साल करती हूँ। अब हम नहीं गये या नहीं जा पाये, जाते तो अच्छा ही रहता। गंगूबाई के साथ जो संगीत सुनने का अनुभव था, जो कोई ऐसा-वैसा अनुभव नहीं होता, लेकिन जब ख़बर आयी इनके निधन की और ये तो अन्दाज़ा था ही कि अब कभी भी ये ख़बर मिल सकती है। ९७ साल की थीं जब गयीं। जब ये ख़बर आयी तो मुझे लगा जैसे मेरा कोई अपना चला गया है। उस समय मैं *जनसत्ता* के लिए एक पाक्षिक स्तम्भ लिखता था। दो दिन बाद मेरा स्तम्भ जाना था, उस बार जो स्तम्भ लिखा उसका शीर्षक था 'गंगूबाई का जाना'। गंगूबाई का जाना और मेरे पिता का जाना, दोनों जैसे मेरे लिए बराबर थे। हमारी ही कोई बुज़ुर्ग चली गयीं। अब इस पर मैं ज़्यादा क्या बोलूँ।

बड़ा ही मार्मिक प्रसंग आपने सुनाया। वो आपकी मुलाक़ात और उसके कुछ ही दिनों के बाद उनका गुज़र जाना और फिर उनके

बारे में 'जनसत्ता' में जो आपने लिखा...लेकिन एक और प्रसंग आप कभी-कभी ज़िक्र, मुझे ध्यान आता है, किया करते थे वो है बुद्धदेव दासगुप्ता का...

ये हाँ, अच्छा तो सूरत से ही इसका सम्बन्ध है। बुद्धदेव दासगुप्ता हमारे बड़े सरोदिये, तो एक बार ये भी आये स्पिकमैके में। शाम को मेरी बातचीत इनसे चल रही थी और उनका चेला बग़ल में बैठा हुआ था। मैंने कहा कि एण्ड दादा आई मस्ट टेल यू दैट आइ हैड द प्रिवलेज ऑफ़ लिसनिंग टु योर गुरु। ही सेड व्हाट, माई गुरू। आइ सेड येस, पण्डित राधिका मोहन मोइत्रा। हाउ ओल्ड वेर यू। आइ सेड आइ वाज सेवेंटीन। व्हेयर वाज दैट। तो मैंने बताया कि वो इलाहाबाद विश्वविद्यालय वाला...

जी, जी।

कि वहाँ पण्डित राधिका मोहन मोइत्रा को सुना। बुद्धदेव दासगुप्ता इतने प्रसन्न हो गये सिर्फ़ इस बात से कि मेरे गुरु को इसने सुना है और मेरे गुरु का सुनना इसे याद है, तो अपने चेले की तरफ़ मुड़े और बोले आपनी आमार गुरुर बोंधु। मैं बुद्धदेव दासगुप्ता का भी बन्धु हो गया। इतने प्यार से उसके बाद मिले, ख़ूब बातें करते रहे और कहते रहे कि देखो अब तो उनका नाम भी लोगों को याद नहीं। मैंने कहा कि आप जो कह रहे हैं वो सही कह रहे हैं लेकिन फिर भी भला हो संगीत नाटक अकादेमी का कि उन्होंने पण्डित राधिका मोहन की कुछ रिकॉर्डिंग्स सीडी में रिलीज कर दी हैं। तो जो लोग सुनना चाहें, वो सुन सकते हैं। लगे हाथ ये भी बता दूँ कि फिर उसके कुछ साल बाद जब, जब मैं बनारस में आया हुआ था वो मालवीय पीठ पर...वो २०१३ के शुरू की बात है, तो उस वक़्त विश्वविद्यालय में आये थे बुद्धदेव दासगुप्ता। तब तक उमर हो चुकी थी। लेकिन मुझे तो वो सूरत की याद थी, जब इनका वादन हो गया, तो मैं गया। मैंने कहा कि दादा वण्डरफुल इट वाज़। उन्होंने जैसे कि सुना ही नहीं कि वण्डरफुल इट वाज़ और कोई चेहरे पर एक्सप्रेशन नहीं आया। फिर मैंने कुछ कोशिश की बताने की कि आपसे मैं तब मिला था और पण्डित राधिका मोहन मोइत्रा को मैंने सुना था, तो वो कुछ रजिस्टर नहीं किया। ख़ैर, मैं नमस्कार करके जब आ रहा था, तो उनके चेले ने कहा

कि अब इनको याद नहीं रहता। लेकिन संजय कमाल तो ये है कि वैसे कुछ याद नहीं लेकिन बाज अय हय...

उसमें कोई कमी नहीं...

तो क्या इन लोगों का होता है कि शरीर साथ दे ना दे, दिमाग़...लेकिन ये अन्दर जैसे बैठ गया है...

ये तो वर्षों की साधना है, तो वो तो उनका जैसे साँस लेते हैं वैसे ही उनके...

बुद्धदेव दासगुप्ता से मुलाक़ात भले ही छोटी सी रही लेकिन ऐसा स्नेह... मैंने कहा कि भाई ये है। ये बुद्धदेव दासगुप्ता वाला प्रसंग है।

उसके पलट मुझे समझ में आता है कि आपने कहा कि गिरिजा देवी के साथ दो दिन आप लोग राजा अयोध्या के निमंत्रण पर वहाँ एक ही जगह रुके उन दो दिनों के दौरान और कोई बातचीत नहीं।

एक शब्द नहीं। पण्डित राम नारायण के साथ भी एक शब्द नहीं। लेकिन मैंने ये भी कहा कि हमारी बिरादरी में भी ऐसे लोग हैं।

बिल्कुल, बहुत सारे।

घण्टों आप उनके साथ बैठिये, वो अपनी बोलते रहेंगे और चलते वक़्त कहेंगे कि आपसे बात करके बहुत मज़ा आया। अरे भाई बात क्या हुई, आप बोलते रहे, बात इसको कह रहे हैं। मज़ा आयेगा ही, आपको बोलने का मौक़ा मिला, हमको आपने चुप रखा। मैं ये नहीं कह रहा कि सिर्फ़ संगीतज्ञों में ऐसे लोग होते हैं, तो मुझे ग़लत ना समझा जाये। लेकिन गंगूबाई बिल्कुल अलग श्रेणी में आती हैं। कोई कारण ही नहीं बनता, संजय, बेटी कहे जा रही है, कहे क्या जा रही है, इशारा कर रही है कि अब ख़त्म भी करो इनसे बातचीत, उन्हें कोई चिन्ता नहीं है, करे जा रही हैं बातें, करे जा रही हैं, प्रसन्न हो रही हैं।

और ये जो आपने कहा शाम को गायन के समय आपकी तरफ़ देखा और देखा ही नहीं, फिर जब ख़तम हुआ और जाने लगीं तो आप से पूछना उनका...

अरे ये, मैं बताऊँ ये इतनी बड़ी बात है। अब मेरी भी उमर ख़ासी हो रही है। २५-२६ साल का रहा होऊँगा जब से ये सिलसिला सेमिनार का और ये सब हुआ। तो ५० साल से ज़्यादा का तो अनुभव है। लेकिन कभी भी बोलना हो तो ये धुकधुकी लगी रहती है कि बात बनेगी, नहीं बनेगी। सच बताऊँ कि मन होता है पूछने का कि बात बन गयी या नहीं बनी। अब मैं ये हिम्मत भी नहीं कर पाता बोलने के बाद, ख़त्म होने के बाद कि पूछ सकूँ कि...

ठीक हुआ कि नहीं

उसमें भी मुझे बड़ी अजीब सी...कि ये क्या सोचेंगे। मुझे तो ये डर लगता है कि अगर मैंने पूछ लिया, तो कहीं वो ये ना समझें कि फिशिंग फॉर कम्प्लीमेण्ट, कि अब तारीफ़ तो...गंगूबाई का वो एक निश्छल भाव। ये भी बड़ी बात है।

नहीं, नहीं, और वो तो सीधी सी बात है कि उन कलाकारों को ये पूछने की ज़रूरत ही नहीं है कि वो कैसा गाये हैं। फिर भी आपसे पूछना कि आपको कैसा लगा।

अरे भई!

वो तो इस ऊँचाई पे पहुँच ही चुके हैं कि हमारे आपके कहने की क्या बात है। लेकिन वो देखिये व्यक्तिगत रूप से चूँकि आप से इतने घण्टों बात करीं तो उनका ये...अच्छा वो भी देखिये उनका आपके जाते समय ये कहना कि शाम को आओगे ना और फिर ये कहना कि कैसा लगा, ये तो बड़प्पन है।

हाँ भई, सही बात है।

तब अब हम फिर दिल्ली की तरफ़ लौटें।

बिल्कुल, दिल्ली आयें।

और सूरत के बाद वाली दिल्ली नहीं, ये शायद पहले की ही बात है जब आप विनोद कपूर की बैठकों में जाने लगे।

नहीं, नहीं, नहीं, ये बाद की बात है।

अरे, तब तो बहुत ही अच्छा।

उस वक़्त की बात होती तो मैं ख़ुद उसी समय ज़िक्र करता। इसलिए कि विनोद कपूर जो काम कर रहे हैं, ये बड़े-बड़े लोग नहीं कर पाते और बड़े-बड़े लोगों को छोड़िए, घराने नहीं कर पा रहे हैं। आपको याद होगा आइटीसी सम्मेलन एक शुरू हुआ था। उन्होंने अपनी अकेडेमी भी कलकत्ता में बना ली। निसार हुसैन ख़ाँ साहब वहीं थे।

गिरिजा देवी वहीं थीं। राशिद ख़ाँ अभी वहीं रहते हैं।

नहीं, वहीं बने। राशिद ख़ाँ तो वहीं बने। ये तो फ़ख्र के साथ अकेडेमी कह सकती है कि भई हमने तो राशिद ख़ाँ को प्रोड्यूस किया है। वो संगीत सम्मेलन भी। लेकिन वो सब विज्ञापन है, संगीत की थोड़ी-बहुत सेवा हो रही है, प्रमुख आईटीसी है।

बिल्कुल, बिल्कुल।

विनोद कपूर जो करते हैं वहाँ संगीत प्रमुख है। केवल संगीत है। लगभग २७-२८ साल से ये करे जा रहे हैं। जब इस बैठक की रजत जयन्ती हो रही थी तो उस दौरान इन्होंने कुछ कार्यक्रम किए थे। तब लोगों को पता लगा कि ये तो २५ साल हो गये इसको। कोई पब्लिसिटी नहीं। यहाँ तक कि अगर आप उनकी...जब आप उनकी बैठक में जाते हैं, तो सबसे पहले तो चाय और बिस्किट से आपका स्वागत होता है। कुछ वहाँ नहीं

लिखा होता। आजकल तो ये है कि प्रमोटर्स के विज्ञापन लगे रहते हैं। कार्यक्रम शुरू होता है, तो सबसे पहले प्रमोटर्स का एक-एक का नाम लेके धन्यवाद ज्ञापन होता है, और तब जाके कार्यक्रम शुरू होता है। या कार्यक्रम के अन्त में हर एक का शुक्रिया अदा किया जाता है। आपको मालूम ही नहीं पड़ेगा कि विनोद कपूर काम क्या करते हैं। अब ये ठीक है कि मैं जानता हूँ विनोद कपूर क्या काम करते हैं। चूँकि मैंने उनसे एक लम्बी मुलाक़ात की। जब प्रयाग शुक्ल सम्पादक थे *संगना* के, तो पूरी लम्बी बातचीत विनोद कपूर के साथ उसमें शाया हुई। मैं काफ़ी कुछ विनोद कपूर के बारे में तब जान गया था। थोड़ा मैं उनके बारे में बताना चाहूँगा।

बिल्कुल।

लेकिन उससे पहले ये बताऊँ कि जब मुझे ख़बर मिली कि ये वीएसके बैठक होती है...

अच्छा ये क्या है।

अब वो विनोद कपूर, ये बीच में एस, वो मैं नहीं जानता। तो विनोद कपूर...तो वीएसके बैठक। उसमें भी जब निमन्त्रण आता है, तो विनोद कपूर एक छोटा सा राइट-अप लिखते हैं जिस कलाकार को बुला रहे हैं उसके बारे में। प्राय: होता ये है कि ये पता करते हैं कि कौन आजकल अच्छा चल रहा है, कोई बड़ा गवैया है जिसका नाम नहीं हो रहा है तो बुलायेंगे, और कोई उदीयमान है जिसका नाम होना चाहिए उसे बुलायेंगे। इस तरह से वो बड़े चौकन्ने रहते हैं कि भई ऐसा कोई हो तो तुरन्त उसको बुलाओ और मौक़ा दो। विनोद कपूर को फ़ख्र है कि कुछ लोग उनकी बैठक से ही आगे निकले हैं। लेकिन अब देखिये, कुछ ऐसा है कि ये तो प्रेमी हैं संगीत के, बह जाते हैं और क्यूँ न बहें। मैं इतनी बातें कर रहा हूँ और शुरू में मैंने कहा था कि मुझे सा और रे का शऊर नहीं है। लेकिन उस शऊर के न होने से मैं संगीत का जो आनन्द ले रहा हूँ उसमें कोई कमी तो नहीं आ रही है। मैं बड़ा आनन्द ले रहा हूँ और अगर छोटे मुँह बड़ी बात नहीं तो मैं ये भी जानता हूँ कि जिनको थोड़ी बहुत जानकारी है,

अक्सर ऐसा होता है कि वो नहीं संगीत में उस तरह डूब पाते। मैं ये नहीं कह रहा हूँ कि हमेशा यही होता है लेकिन ये भी होता है कि वो उसकी तकनीक में ही ऐसे उलझे रह जाते हैं...

अक्सर हमने भी देखा है...

अच्छा होता अगर मुझे स्वर का, ताल का ज्ञान होता, तो आनन्द में वृद्धि हो जाती। लेकिन ऐसा नहीं है कि आनन्द में कोई कमी है, प्रसन्न होता हूँ सुन के। विनोद कपूर भी उसी तरह के हैं। उनमें और मुझमें अन्तर ये है या शायद ये भी अन्तर नहीं है कि उनके पास साधन है, मेरे पास साधन नहीं है। क्योंकि न जाने कितनों के पास साधन हैं और विनोद कपूर से कहीं ज़्यादा साधन हैं, लेकिन सब तो वो नहीं करते। कौन जाने मेरे पास साधन होते और मैं बुला-बुला के ख़ुद सुनता और मित्रों को सुनवाता जैसे कि अक्सर हमारे धनी लोग करते हैं। बुलाते हैं शादी-ब्याह के मौक़े पर बुलाते हैं वैसे भी बुलाते हैं। लेकिन उनके मित्र लोग आमन्त्रित किये जाते हैं सुनने के लिए। कपूर साहब की तरह खुली दावत नहीं होती है कि जिसका मन करे वो आ जाये। मुझे ख़बर मिली वीएसके बैठक की। मैं गया। वो उस वक़्त हैबिटेट सेण्टर में हुआ करती थी।

अच्छा, मैं समझता था कि उनके घर पे हुआ करता था।

उसकी भी बात अभी करेंगे। घर की तो, वो तो...वहाँ प्रवेश मिलना उतना आसान नहीं होता। उस वक़्त गीतांजलि कहीं गयी थी, तो मैं अकेला वहाँ गया। वहाँ एक रजिस्टर रखा हुआ था।

इण्डिया हैबिटेट सेण्टर में।

हाँ, ये कपूर बैठक, वीएसके बैठक के बाहर जहाँ चाय का बन्दोबस्त था। ये था कि अगर आप पहले नहीं आये हैं, तो उसमें अपना नाम पता फ़ोन नम्बर वग़ैरह...

ताकि अगली बार आपको...

इत्तिला हो जाये। ये सब करके मैंने सोचा कि चलो एक बिस्किट भी खा लें, कॉफ़ी भी पी लें। तभी कपूर साहब आके बोले, आप पहली बार आ रहे हैं। मैं विनोद कपूर हूँ। मैंने नमस्कार किया कप रख के और कहा, माफ़ करियेगा बग़ैर बुलाये...उन्होंने कहा, मुझे तो आपका नाम भी नहीं मालूम और आप पहली बार आये हैं, इसी से मैं आपके पास आ गया। ऐसा नहीं है कि जिसको बुलाया जायें वही आये। अब आपको भी बुलाया जायेगा। उनसे थोड़ी-बहुत बातचीत हुई। मिसेज़ कपूर भी हमेशा रहती हैं, रानी।

क्या नाम है उनका?

रानी। तो रानी, उनकी बेटी और उनका दामाद, ये चार लोग तो उपस्थित रहेंगे ही रहेंगे। कपूर साहब ने जो भी थोड़ी-बहुत बात करनी थी कर ली मैंने भी कहा कि भूलियेगा नहीं, ज़रूर बुलाइयेगा। बोले कि आप निश्चिन्त रहिये। मुझे लगा कि कैसा आदमी है इसको ये सब भी पता है कि कौन पहली बार आ रहा है। हाँ और फिर उन्होंने ये भी कहा कि देखिये सुधीर जी मैं ये भी आपको बता दूँ जब लोग आना बन्द कर देते हैं, तीन-चार बैठक में नहीं आते तो फिर उनको मैं न्योता देना बन्द कर देता हूँ। मैंने कहा, कपूर साहब ये ग़ज़ब ना करियेगा। मेरी पत्नी अभी आज नहीं आयी हैं, अगली बार वो भी आयेंगी। हम लोग अक्सर लम्बे अरसे के लिए दिल्ली से बाहर चले जाते हैं। तो आप का निमन्त्रण आयेगा, हम ये भी नहीं कह पायेंगे कि हम यहाँ नहीं हैं। न आने की अनुमति दीजिये। तो लीव एप्लीकेशन तो हम भेज नहीं सकते आपको। बोले, अच्छा मैं इस बात का ध्यान रखूँगा। ६-६ महीने हो जाते हैं, हम नहीं आ पाते उनके यहाँ।

अच्छा वो साल भर बीच-बीच में कराते रहते हैं।

गर्मी में ढाई-तीन महीने ऐसे होते हैं, हो सकता है चार महीने हो, जब कार्यक्रम नहीं होता। अप्रैल में, अक्सर अप्रैल में अन्तिम हो जाता है। लेकिन एक बार मई में वो राजन-साजन मिश्र का गायन हुआ था जब वो

बारिश हो गयी थी। मैंने ज़िक्र किया था। लेकिन भूले-भटके मई। फिर ये सितम्बर-अक्टूबर में शुरू करते हैं।

लगभग हर महीने या...

हर महीने एक बैठक हो ही जाती है। वहाँ जो इन्तज़ाम था, वो इस तरह का था कि कुछ कुर्सियाँ लगी हुई थीं और हर कुर्सी पर नाम लगा हुआ था। बाद में पता लगा कि जो लोग ज़मीन पर नहीं बैठ सकते, उन्हें बस कहना होता है कि मैं कुर्सी चाहता हूँ, तो उनके नाम की कुर्सी लग जाती है। आप गये, आपका नाम वहाँ लगा हुआ है, आप कुर्सी पर विराज गये। और नहीं तो ज़मीन पर। वहाँ ये नहीं है कि कौन आगे और कौन पीछे जो जहाँ...बस कपूर साहब का है कि वो सबसे आगे बैठते हैं। दाद देने में कपूर साहब का सानी नहीं है। उनके जो हाथ, वो तो भीमसेन जोशी को मात कर जायें जब वो सुनते हैं, तो उनको देखके ही लोगों को आनन्द आता है कि...

हाँ, कार्यक्रम के प्रारम्भ में कपूर साहब कलाकार का परिचय देते हैं। बड़ा मोहक होता है उनका परिचय। किसी कलाकार को पहले ख़ुद सुने बग़ैर वह नहीं बुलाते। सो उनका परिचय प्राय: यही होता है कि कैसे उन्होंने इस कलाकार को सुना, कितने प्रसन्न हुए उसे सुनकर और फिर सम्पर्क किया उससे। कपूर साहब से मैंने जो लम्बी बातचीत की थी उसके अन्त में मैंने उनसे पूछा कि कपूर साहब आप इतने साल से ये करे जा रहे हैं, आपको कोई इसमें फ़ायदा नहीं होता, विज्ञापन तक आप नहीं करते, तो आप करते क्यों हैं? बोले कि सुधीर जी मुझे आप एक छोटी-सी बात बताइये। आपको कोई ख़ुशख़बरी मिले, आपको आनन्द हो तो वह आनन्द पूरा होगा अगर आप किसी के साथ बाँट ना पायें। सोचिये क्या आपका हाल होगा अगर आप वो आनन्द बाँट ना पायें। इसलिए मैं करता हूँ। मैं आनन्द बाँट ना सकूँ तो मुझे आनन्द नहीं आयेगा। मैं तो इसलिए करता हूँ। ऐसे आदमी! मैंने पूछा कपूर साहब ये लेन-देन? बोले उसकी बात मत करिये। मैंने कहा अच्छा चलिये, बताना नहीं चाहते कि एक बैठक पर कितना ख़र्च होता है। कलाकारों की फ़ीसें बढ़ती चली जा रही हैं। मैंने अपना सवाल बदला। मैंने कहा कि ये मत बताइये, ये बताइये कि कभी मोलभाव करना पड़ा

आपको या किसी ने कहा कि नहीं, मैं नहीं आऊँगा। बोले कि सुधीर जी आज तक ये नहीं हुआ है। न मोलभाव हुआ है, न किसी ने मना किया है। तो कोई बात होगी कि कपूर साहब अगर बुला रहे हैं तो...अब जैसे मंजरी अस्नारे। अब आजकल तो मंजरी अस्नारे का बहुत नाम हो गया है, जगह-जगह बुलायी जाती हैं। लेकिन कपूर साहब ने मंजरी अस्नारे के बारे में तब पता कर लिया जब ये विशेष चर्चित नहीं थीं। मंजरी अस्नारे बड़ी प्रसन्न कि वीएसके बैठक में बुलाया गया है। लेकिन मंजरी अस्नारे के पिता बहुत परेशान। उन्होंने कहा कि नहीं अभी तुम तैयार नहीं हो कपूर साहब के यहाँ गाने के लिए। तैयार नहीं हो इसलिए कि कपूर साहब के यहाँ २ घण्टे और ३ घण्टे नहीं होता। हाँ, ये अब एक ज़रूरी बात। कपूर साहब बैठक में जब किसी को बुलाते हैं तो उससे पहले वो अपने घर आमन्त्रित करते हैं कलाकार को। ये उनके घर की जो बैठक होती है उसमें ओपेन इन्विटेशन नहीं है। वो जिनको कपूर साहब चाहते हैं, वही आते हैं। अब मैं अपना ही उदाहरण दूँ कि मुझे मालूम था कि ये अपने घर में भी बैठक करते हैं। फिर बाद में जो वीएसके बैठक में आयेगा वो इनके घर भी गायेगा। शुरू में जिसको बुलाया जाना है वो पहले घर की बैठक होगी, फिर वो वापस। फिर बैठक के लिए बुलाया जायेगा। जो पहली बार कलाकार...उससे वो कहेंगे कि आप मेरे घर आकर गाइये। गाइये मैं इसलिए कह रहा हूँ कि भूले-भटके कपूर साहब के यहाँ वाद्य संगीत होता है। ये भी मैं उनसे पूछा था। तो बोले कि नहीं ऐसा नहीं है कि नहीं आते। मसलन, शुजात मेरे यहाँ साल-दो साल में एक बार ज़रूर आते हैं। एक-दो नाम उन्होंने और भी बताये कि वे भी आते हैं। लेकिन ज़्यादा कण्ठ संगीत उनके यहाँ होता है। तो उनके घर में सुबह होता है। आप आये, १० के आसपास शुरू हुआ कार्यक्रम और ३-३:३० घण्टा वो चला। १-१:३० बजे मध्यान्तर होता है। कपूर साहब गुड़गाँव में रहते हैं। रईस हैं, तो बड़ा ही सुन्दर उनका बँगला है। उनके बँगले के बग़ल में ही उनका गेस्ट हाउस है जहाँ कलाकार रखे जाते हैं और उसी में ये गायन, ये कार्यक्रम होता है। बाहर बड़ा-सा लॉन है। जब इन्टर्वल होता है और ये सब अच्छे मौसम में होगा, गरमी में तो होगा नहीं। जैसा आपका शौक़ हो, आप बाहर आये, वहाँ कोक भी है, कॉफ़ी भी है, चाय भी है, बीयर भी है। अब पहले तो आप अपने मन का पेय लीजिये। उसके बाद भोजन की व्यवस्था होती है।

ज़ाहिर सी बात है बहुत गिने-चुने ही लोग...

नहीं, वो तो पचास के क़रीब लोग...अब उनके तो गिने-चुने भी...तो उसमें यू हैव टु ग्रैजुएट। मुझे जब पता लगा तो एक दिन इशारे से मैंने कहा कि कपूर साहब सुना आप घर में भी करते हैं। तो वो अपना मुस्कुरा के... अब मैं ये नहीं कह रहा हूँ कि आप घर में करते हैं, आप मुझे बुलाइये। अब मैं कहूँ कि मुझे बुलाइये और वो ना कर दें। मुझे बुरा लगेगा। उन्हें भी बुरा लगेगा अगर वो नहीं बुलाना चाहते हैं। तो कभी उनकी कृपा हुई जब उनको लगा कि अब ये इस योग्य हो गया है कि इनर सर्किल में इसको शामिल कर लिया जाये, तो आ गया निमन्त्रण घरवाली बैठक का। सो ये उनका सिलसिला होता है। अब क़रीब ३ बजे फिर प्रारम्भ। अब वो ६:३०-७:०० तक चलना है। मंजरी अस्नारे के पिता ने कहा कि इतना तुम कहाँ से गा पाओगी।

और वहाँ पारखी लोग होंगे।

वहाँ पारखी लोग हैं। अब ये ६ घण्टा-७ घण्टा तुम्हें गाना है। तो उन्होंने कोशिश की कपूर साहब से ये कहने की कि अभी बच्ची तैयार नहीं है। कपूर साहब ने मंजरी से पूछा होगा, फिर उन्होंने कहा कि नहीं अब आप भेजिये। मंजरी अस्नारे आयीं, पिता उनके साथ। जब इनका गायन पूरा हो गया शाम को, तो पिता से अधिक प्रसन्न कोई नहीं था वहाँ कि मेरी बेटी... तो एक बार इत्तेफ़ाक ये हुआ कि मंजरी अस्नारे नाँत आयी हुई थीं, उदय भवालकर और मंजरी अस्नारे। ये वहाँ कुछ कर रहे थे नाँत में, फ़्रान्स में। मनीष पुष्कले, गीतांजलि और मैं जिस इंस्टीट्यूट में थे, मनीष पुष्कले कलाकार वो तीन महीने के लिए आया था।

वहीं नाँत में।

नाँत में। मनीष और उदय भवालकर ये फ़ेलो रह चुके थे रज़ा फ़ाउण्डेशन के। तो इन दोनों की उस ज़माने की मित्रता। उदय ने कहा होगा इससे कि मैं आ रहा हूँ और उसको मालूम था गीतांजलि और मेरे शौक़ के बारे में। तो बोला उदय भवालकर को जानते हैं। मैंने कहा बड़ा नाम सुना है ध्रुपद में।

ये उदय भवालकर और मंजरी अस्नारे नाँत में उस इंस्टीट्यूट में नहीं आये थे।

नहीं-नहीं, नहीं-नहीं। मनीष ने कहा कि चलेंगे मिलने। मैंने कहा बिल्कुल चलते हैं। मैंने कहा, तय कर लो। उसने कहा कि अब तय-वय नहीं करना, आप चलिये। मैंने कहा, भई फिर मैं बिल्कुल नहीं जाऊँगा। उसने कहा, अच्छा ठीक है मैं तय किये दे रहा हूँ। उसने कहा कि वो कह रहे हैं कि आप ११:०० बजे आइये। मैंने कहा कि एक और मेरी शर्त है। उनसे कह दो कि हम भोजन नहीं करेंगे। ११ बजे बुला रहे हैं तो भोजन की व्यवस्था वो ज़रूर करेंगे। बोले कि ठीक है मैं ये भी कह दे रहा हूँ लेकिन अब जो होगा वो आप जानें। तो ख़ैर वही हुआ। क़रीब ३:०० बजे तक हम लोग वहाँ बैठे रहे। मंजरी और उदय से बातें होती रहीं। क़रीब घण्टे भर बाद मंजरी ने कहा कुछ सुनना चाहेंगे। दो राग मंजरी ने सुनाये बड़े इत्मीनान से और उसका जो आनन्द है, माइक नहीं लगा हुआ, बस चार लोग बैठे हुए हैं। उनके लिए गायन हो रहा है और संगत की व्यवस्था तो वहाँ थी ही। दलबल सहित वो लोग वहाँ पहुँचे हुए थे। वहाँ मैंने कहा मंजरी अस्नारे से कि मेरी कपूर साहब से अच्छी जान पहचान है और कपूर साहब एक बात बताते हैं, तो हँसने लगी। बोली, मैं समझ गयी कपूर साहब क्या बताते हैं। मैंने कहा, वो सही बात है। उन्होंने कहा, एकदम सही बात है, मेरे पिता तो तैयार ही नहीं थे कि मैं जाऊँ। मंजरी कपूर साहब ने एक और अच्छा क़िस्सा सुनाया। बोली कौन-सा। मैं बोला, पण्डित छन्नूलाल मिश्र, तो और ज़ोर से हँसी। बोली वो क़िस्सा तो सारे संगीत जगत् को मालूम है। वो क़िस्सा मैं सुनाना चाहता हूँ कि कपूर साहब किस तरह के शौक़ीन हैं। इन्होंने छन्नूलाल मिश्र को आमन्त्रित किया। अब छन्नूलाल मिश्र दिल्ली में ठुमरी गायक के रूप में जाने जाते थे। आते थे, बड़े लोकप्रिय, लेकिन ठुमरियाँ गाते थे। आप तो बनारस के हैं, आपको मैं छन्नूलाल मिश्र के बारे में क्या बताऊँगा। वो राजन-साजन वाले में भी थोड़ी देर के लिए आये थे, वो बिरजू महाराज वाले में। कपूर साहब ने कहा कि पण्डित जी मेरी एक शर्त है कि आप ख़याल गायेंगे। उन्होंने कहा, अरे कपूर साहब, ये तो आपका उपकार है। जिसको देखो वही मुझे ठुमरी के लिए बुलाता है और मैं अपने को ख़यालिया मानता हूँ। मैं ख़ुशी से आऊँगा। उन्होंने कहा कि और दूसरी शर्त मेरी ये है कि लम्बा गायन होगा। ६-७ घण्टे तो हो ही

जायेंगे। छन्नूलाल बोले ६-७ घण्टे क्या हैं।

वो तो आधे घण्टे तक नहीं गा सकते हैं अब। अब ३-४ मिनट गाके वो बीच में फिर ज्ञान देने लगेंगे। बताने लगेंगे चूँकि एक साथ वो गा नहीं सकते हैं। बिल्कुल उनका यही हाल है।

अरे तो फिर तो आपको और आनन्द आयेगा इस क़िस्से में। मंजरी तो और ज़ोर से हँसी थी सिर्फ़ नाम सुनके कि हाँ मुझे मालूम है। मैं क़िस्सा सुना रहा हूँ। उन्होंने कहा कि अरे ६-७ घण्टा क्या है। कपूर साहब बताते हैं कि छन्नूलाल जी का गायन प्रारम्भ हुआ, फिर वो मध्यान्तर हुआ। फिर दूसरा सत्र गायन का हुआ। कपूर साहब सबको विदा-उदा करके, ये सोच के कि अब पण्डित जी से पूछ लूँ कि कोई ज़रूरत तो नहीं है, पण्डित जी के कमरे में गये, तो देखा कि पण्डित जी लेटे हुए हैं और चेले उनका बदन दबा रहे हैं। बिल्कुल पस्त हो चुके थे छन्नूलाल मिश्र।

अभी मध्यान्तर के बाद गाना होना था।

नहीं, नहीं, ये तो सब मेहमानों को रवाना कर दिया, सब चले गये, कार्यक्रम सम्पन्न हो गया। तो फिर इनको हुआ, आध घण्टा हो गया होगा इस बीच, कि अब ज़रा पूछ लूँ कि पण्डित जी को कोई ज़रूरत हो, तो वो पस्त पड़े बदन दबवा रहे थे। तो कपूर साहब की बैठक जो होती है इस तरह की होती है।

फिर व्यक्तिगत निमन्त्रण आपको मिलना शुरू हो गया था।

हो गया। जब मैंने इशारा किया तब नहीं हुआ। जब उनको लगा कि हाँ सुधीर गीतांजलि को बुलाया जा सकता है या बुलाया जाना चाहिए, तो वो बुलाने लगे। अब ये दूसरी बात है कि हम पटपड़गंज में जहाँ रहते हैं और कपूर साहब जहाँ हैं वहाँ हर बार जाना भी सम्भव नहीं होता है और विशेष रूप से तब जब १०:०० बजे पहुँचना हो। व्यवस्था तो वो छुट्टी के दिन ही करते हैं, लेकिन १०:०० बजे पहुँचना...अच्छा, मुझे प्रवेश मिले उनकी घरवाली बैठक में, उससे पहले जयन्ती को, मेरी साली को मिल चुका था।

अच्छा।

हाँ, उसको...तो मैंने कहा ये तो बड़ी ग़लत बात है!

तो इनसे कैसे परिचय हुआ जयन्ती का।

अब मिल गया तो मिल गया। मैंने कहा कि ये क्या है कि तुमको वो घर बुलाने लगे और गीतांजलि और मेरी बारी बाद में आयी। लेकिन उसका तो ये है कि वो तो गुड़गाँव में रहती है। मुश्किल से आध घण्टे की दूरी पर कपूर साहब का घर है। तब वो जाती है। कपूर साहब जो काम कर रहे हैं वो इतना महत्त्वपूर्ण है, संजय। अब मैं दिल्ली में इस समय संगीत का जो परिदृश्य है उसकी बात करना चाहूँगा। वरना समझ में नहीं आयेगा कि कपूर साहब के काम का क्या महत्त्व है। अब स्थिति ये हो गयी है कि शंकरलाल संगीत समारोह तक घड़ी से चलने लगा है। घड़ी और हिन्दुस्तानी शास्त्रीय संगीत में बैर है। घड़ी से कोई लेना-देना नहीं। हमारा संगीत, वो शास्त्रीय संगीत जिसकी हम बात कर रहे हैं, वो समय को ट्रैन्सेंड करता है। समय वहाँ ठहर जाता है। घड़ी देखके अगर आप गायन-वादन करेंगे तो वो गायन-वादन नहीं होगा। याद करें कि शुरू होने का समय तो होता था शंकरलाल का, ख़त्म होने का नहीं। बसें खड़ी हुई हैं। जब हो जायेगा दिन का कार्यक्रम पूरा, लोग आयेंगे बसों में बैठ जायेंगे।

चूँकि समय की बात आपने करी अभी, तो अचानक मुझे याद आयी उस अनाउंसमेण्ट की।

(ज़ोर का ठहाका)

वो शंकरलाल में ही हुआ था या कहीं और।

वो अनाउंसमेण्ट तो बड़ा मज़ेदार है। ये अनाउंसमेण्ट भी मेरा अपना सुना नहीं है। दूसरों ने मुझे सुनाया है। ये शीला धरवाले क़िस्से की तरह है। मैं कोई ज़िम्मेदारी नहीं लेता हूँ कि वाकई ये अनाउंसमेण्ट हुआ या नहीं हुआ। लेकिन जैसे वो क़िस्सा बहुत ही मौजूँ है वैसे ये भी अनाउंसमेण्ट।

ये असल जो स्पिरिट है, जो भावना है हमारे संगीत की ये उसका...

और यही होता भी है। लेकिन पहले...वी आर जम्पिंग द गन।

वो अनाउंसमेण्ट ये है कि एक संगीत समारोह चल रहा है कलकत्ता में। सुबह ६:००-६:३० बजे कार्यक्रम समाप्त हुआ। अब उसके बाद ये अनाउंसमेण्ट होता है : लेडीज़ एण्ड जेण्टलमैन, दिस एवेनिंग्स प्रोग्राम विल बिगिन ऐट ६:०० पीएम शार्प एण्ड यू आर रिक्वेस्टेड टु बी इन योर सीट्स बाइ ७:०० पीएम शार्प सो दैट द प्रोग्राम मे बिगिन बाइ ८:०० पीएम शार्प। तो ये जो नोशन है टाइम का मैं बताऊँ, संजय, मैं अपने व्यक्तिगत जीवन में समय का बड़ा पाबन्द हूँ। आपको याद होगा कि बनारस में जो आप दु:ख देते थे कि ७:०० बजे का कहा और ८:०० बजे आये। जो मुझ पर बीतती थी और जब गीतांजलि होती थी तो वह तो और चिल्लाती थी कि वे क्यों नहीं सीधे कह सकते कि ८:०० बजे आयेंगे। मैंने कहा वह ८:०० बजे कहेंगे तो वो ९:०० बजे आयेंगे। सो अब मैं और क्या इससे ज़्यादा रोना रो सकता हूँ कि मैं अपने निजी जीवन में समय का पाबन्द हूँ और २ मिनट भी मुझे इन्तज़ार करना पड़े तो मुझे परेशानी होने लगती है। लेकिन शास्त्रीय संगीत का कार्यक्रम समय से शुरू हो तो मुझे परेशानी होती है।

श्रोता भी कभी समय से थोड़े ही पहुँचते हैं।

ये कोई बात हुई। घड़ी के ग़ुलाम हम थोड़े ही ना हैं, संगीत की जब बात आती है। अब स्थिति ये हो गयी है कि आपको मालूम है ११:०० बजे समाप्त हो जायेगा। हॉल की पाबन्दी है, क्या है, मैं नहीं जानता। और हॉल की पाबन्दी हो, तो नहीं होनी चाहिए। तो मैंने...अब हालत ये है...एक मिसाल के तौर पर इमरत ख़ाँ का कार्यक्रम होना था कमानी ऑडिटोरियम में। मैंने कहा गीतांजलि सालों बाद उस्ताद इमरत ख़ाँ को सुनने का मौक़ा मिल रहा है, हम लोगों को चलना चाहिए। लेकिन उससे पहले हम नहीं जायेंगे। टिकट ले लिये और ये हिसाब लगाया कि ये ९:३०-१०:०० बजे शुरू होंगे, उसके बाद सुनेंगे। कहा वो तो ठीक है लेकिन ऐसा भी क्या है, वो जो गायन पहले होना है थोड़ा सुन ही लिया तो कोई नुक़सान नहीं है।

तो मैंने कहा कि चलो थोड़ा पहले चले चलते हैं। तो हम लोग वहाँ ऐसे ही क़रीब ८:००-८:१५ बजे पहुँचे, तो कोई द्रुत ख़्याल चल रहा था। वो समाप्त हुआ। और एक छोटा ख़्याल उसके बाद हुआ। फिर कोई भजन-वजन गाया और इन गायक का कार्यक्रम पूरा हो गया।

अरे!

कल हम बात कर रहे थे कैसे धीरे-धीरे स्थितियाँ बदल रही हैं और बिजली के व्यवधान से बातचीत बीच में ही रोक देनी पड़ी। वहीं से शुरू करेंगे कि कैसे आप कमानी ऑडिटोरियम पहुँचे और...

हाँ। मैं कह रहा था कि हम लोगों ने हिसाब लगाया था कि इमरत ख़ाँ साढ़े नौ-दस बजे शुरू ही करेंगे। लेकिन फिर वो गीतांजलि के इसरार पर जल्दी पहुँच गये। उसका कहना यह था कि कोई नुक़सान नहीं है अगर सुन ही लिया थोड़ा दूसरे कलाकार को, और ये भी देख लेंगे कि जगह मिल रही है, नहीं मिल रही है। अब देर से पहुँचो और जगह ना मिले।

मैं ये बता रहा था कि वो एक द्रुत ख़याल चल रहा था जिसके तुरन्त बाद उन्होंने एक भजन गाया और उनका कार्यक्रम पूरा हो गया। मुझे तो विश्वास ही नहीं हुआ कि सात बजे प्रारम्भ होना था और कुल दो ही कलाकार हैं तो इतनी जल्दी कैसे ख़त्म हो गया। बग़लवालों से पूछा तो पता लगा कि उन्होंने इस बीच तीन राग गाये थे। मैं कह ये रहा था कि वो कोई मल्लिकार्जुन मंसूर नहीं थे कि आप डेढ़ घण्टे में तीन राग गा के... लेकिन वो ऐसी चीज़ थी जो कि अब दिल्ली में होने लगी थी। लेकिन ख़ुद जाओ और देखो तो बुरा तो लगता ही है। ख़ैर जो भी हुआ, इमरत जल्दी आ गये और हम भी ख़ुश हुए कि ये नहीं हुआ कि पहुँचते तब तक वो भी पूरा कर चुके होते। जाना व्यर्थ हो जाता। ख़ैर, इमरत को सुना। लेकिन जो हम इमरत को सुन चुके थे, वहाँ भी, और असल बात ये है, कि जिन कलाकारों की ये शैली है जैसे विलायत ख़ाँ, इमरत ख़ाँ उनमें जब तक

बढ़त ना हो...अब ये बढ़त गत में भी हो सकती है जैसे मैंने बताया कि उनका यमन का एलपी है दोनों तरफ़। लेकिन कोई आलाप जोड़ झाला नहीं होता, सीधे वो विलम्बित गत में आ जाते हैं। लेकिन जो विस्तार इनके यहाँ राग का होता है—धीरे-धीरे, निहायत मंथर गति से सुर प्रतीक्षा कर रहे हैं। वो राग के पूरे सुर तो बड़ी देर में कहीं जाकर लगते हैं। धीरे, धीरे, धीरे आमद होती है। जब वही शैली है, तो आप इस अटपटी अदायगी के लिए तो नहीं जाते। वैसे तो ७८ आरपीएम जब चला था तो उन लोगों ने कहा कि भई इसमें क्या होगा। इतने में तो आलाप भी नहीं होता है। और कलाकारों ने ३:३० मिनट में...वो गागर में सागर वाली बात। उस ज़माने के अगर ७८ आरपीएम आप देखिये तो किसी तरह का फ्रस्ट्रेशन नहीं होता। आप फ़ैयाज़ ख़ाँ की तोड़ी सुनिये, दरबारी सुनिये। ३-३:३० मिनट में वहाँ चमत्कार होता है। मैं ये नहीं कह रहा कि लम्बा है तो अच्छा है और छोटा है तो बुरा। लेकिन वो हो तो जो आप करते रहते हैं। जैसे मैंने बताया कि पहले के रविशंकर जो मैंने सुने थे और बाद के रविशंकर, पैकेजिंग होने लगी थी। यह बुरा लगता है। इमरत का भी...अब इसमें इमरत की क्या ग़लती है, उन्हें बता दिया गया होगा कि इतने समय में... वो जब घड़ी का आतंक आ जाये कलाकार पर और सुनने वाले पर, तो वो जो समयातीत है, समय के परे की स्थिति है वो सम्भव नहीं है। अब इस सन्दर्भ में अगर देखें, आज के सन्दर्भ में तो विशेष रूप से कपूर साहब जो कर रहे हैं, वो निहायत असाधारण है। वहाँ विस्तार होता है, न कलाकार को जल्दी है, न सुनने वालों को जल्दी है, फिर वहाँ दाद दी जाती है। अरे, मैंने पण्डित मल्लिकार्जुन मंसूर की एक लाइव रिकॉर्डिंग, अनिकेत की कृपा से बहुत मिला, एक लाइव रिकॉर्डिंग तो ऐसी है, मैं बिल्कुल भी अतिशयोक्ति नहीं कर रहा हूँ, कोई तान ऐसी नहीं है जिसमें बीच में, वाह, वाह, क्या बात है न होती हो...जब मैंने सुन लिया तो बोला अनिकेत ये क्या चक्कर है। अरे वो पीएल देशपाण्डे बैठे हुए थे आगे। पीएल देशपाण्डे अगर आपको याद हो, असाधारण साहित्यकार मराठी के। देशपाण्डे और मल्लिकार्जुन की बड़ी दोस्ती थी। पीएल देशपाण्डे बैठे हुए हैं और मल्लिकार्जुन गा रहे हैं और वह क्या बात है...ये भी मज़े की चीज़ है। पीएल देशपाण्डे मराठी भाषी हैं, मल्लिकार्जुन कन्नड़ भाषी, पर न मराठी आती है दाद देने में और न ही कन्नड़। क्या किया है हमारे संगीत ने! और इसी सन्दर्भ में हमें कभी इस पर भी सोचना चाहिए कि

ब्रज का यह जो साम्राज्य फैल गया यह कोई राज्याश्रय से तो नहीं था। कौन-सी सांस्कृतिक ऊर्जा होती है भाषा में या किसी संस्कृति में। ब्रज कहाँ नहीं गयी। मैं केवल भक्ति साहित्य की बात नहीं कर रहा, संगीत में जो बन्दिशें आपको मिलेंगी आज भी, सबसे ज़्यादा बन्दिशें ब्रज की हैं...और वाह-वाह और क्या बात है...ख़ैर ब्रज और उस ज़माने की ब्रज और खड़ी बोली भी जहाँ हिन्दी और उर्दू...आहाहा एक मल्लिकार्जुन की बन्दिश है निहार साहिबे दीदार। अब बताइये निहार साहिबे दीदार।

अब इसमें कहाँ उर्दू, कहाँ फ़ारसी।

और भाई लोग शब्द मैत्री की बात करते हैं। आप ने मान लिया शब्द मैत्री ये होती है। ये शब्द मैत्री नहीं है—निहार साहिबे दीदार। तो ये जो पक्ष हैं हमारे संगीत के इनपे भी ध्यान देना चाहिए।

सिर्फ़ संगीत में ही नहीं। भाषा में, आम बोलचाल की भाषा में और साहित्य की भाषा, लगातार इस तरह की...आपने जो कहा अभी कि ब्रज एक तरह से पूरे भारत की वर्नाक्युलर हो गयी जिसको बाद में शेल्डन पोलक ने कॉज़्मपॉलिटन वर्नाक्युलर कहा। मतलब आप सोचिये इधर आसाम तक, उधर गुजरात तक। गुजरात में तो बजाप्ते ब्रज की पाठशालाएँ स्थापित की गयीं ब्रज की शिक्षा देने के लिए और पूरा उसका व्याकरण विकसित किया गया। ये भी बहुत ही अद्‌भुत चीज़ है और कहीं न कहीं इसमें वैष्णव सम्प्रदाय का, भक्ति सम्प्रदाय का बहुत ही बड़ा रोल है।

कोई भक्त कवि किसी भाषा में लिख रहा हो उसकी ये इच्छा ज़रूर होती थी कि छोटी ही सही, एक रचना वो ब्रज में भी कर दे। और जो असम का ज़िक्र किया आपने, वो शंकरदेव जी, ब्रज में अगर रचना नहीं हुई है तो बात पूरी नहीं होगी। ये अब तो ख़ैर उन्होंने नाम...

ब्रजबूलि कहते हैं, मैथिली के बहुत क़रीब है। ब्रज का विस्तार, प्रचार, प्रसार वो तो अद्‌भुत है।

बिल्कुल सही बात है। ख़ैर! कपूर साहब जो काम कर रहे हैं, रुका नहीं है उनका काम। मैं तो ज़बरदस्त, भयंकर प्रशंसक हूँ कपूर साहब का। इस पर ग़ौर करिये यह तो जब मल्टीनेशनल्स नहीं थे, उस वक़्त ये मल्टीनेशनल के आदमी थे। इंग्लैण्ड गये पढ़ने के लिए। पिता ने उनको भेजा और वहाँ से लौट के आये तो विमको में इनको नौकरी मिली। ये स्वीडिश कम्पनी थी। अगर आपको याद हो, माचिस तो एक ही होती थी विमको।

जी, जी, बिल्कुल याद है।

तो विमको और माचिस, अगर आप माचिस इस्तेमाल कर रहे हैं तो विमको आप जानेंगे ही जानेंगे। तो ये रहे होंगे बड़े तेज़ आदमी। जल्दी ही ये जनरल मैनेजर हो गये विमको के। जब जनरल मैनेजर हैं तो फिर तो... कपूर साहब बताते हैं कि जब यह बरेली में विमको के बॉस थे तो रामपुर की नुमाइश देखने गये।

किस चीज़ की नुमाइश।

वो ज़िलों में जो नुमाइशें होती थीं पहले। अब तो नुमाइश का मतलब ही दूसरा हो गया है। तो ख़ैर उस नुमाइश में गये। नुमाइश में मुशायरा भी होता था, कवि सम्मेलन भी होता था, संगीत समारोह भी होता था। बोले कि हम भी जवान थे और एक-दो मेरे सबॉर्डिनेट्स थे, उनसे कहा चलो गाड़ी में बैठो। तीन-चार लोग वहाँ गये। तो कपूर साहब बताते हैं कि मैं इधर उधर घूम रहा था अपने साथियों के साथ कि गाने की आवाज़ आयी। वह आवाज़ इनको अपनी तरफ़ खींच ले गयी। वे सुनते रहे जब तक गायन ख़त्म नहीं हुआ। बोले कि मेरे ऊपर ऐसा उसका प्रभाव पड़ा कि मैंने कहा कि हमें तो विमको में इनको बुलाना है, ये जो भी हैं। बाद में पूछा कि वे कौन कलाकार थीं। आप इन्हें नहीं जानते, ये गिरिजा देवी हैं। मैंने तय कर लिया कि गिरिजा देवी को तो हमारे यहाँ आना ही आना है। मैंने उनसे बात की। तब से, इस आयोजन में मेरी दिलचस्पी हुई। संगीत तो बहुत पहले से वे सुनते रहे थे, वही, रेडियोवाला संगीत। लन्दन में भी एक छोटा-सा रेडियो ख़रीद लिया था संगीत से रिश्ता ना टूटे। बोले और जब मैंने विमको

छोड़ा, और जल्दी ही विमको छोड़ दिया, और दिल्ली आ गया। काका नगर में, दिल्ली के काका नगर में, सुन्दर नगर के पास जो है, वहाँ से बैठक का सिलसिला शुरू हुआ और चले जा रहा है।

दिल्ली में ही प्रेमशंकर झा भी बैठक करते हैं, लेकिन उनकी बैठक उतनी नियमित नहीं हो पाती। प्रेमशंकर झा स्वयं बहुत व्यस्त व्यक्ति हैं, विदेश भी आते-जाते रहते हैं। तो मुझे, मैंने कभी सीधी बात उनसे ये नहीं की कि क्यों उतना व्यवस्थित और नियमित नहीं, उतना नियमित नहीं होता, व्यवस्थित तो बहुत होता है। कपूर साहब जो कर रहे हैं वो बिल्कुल ही अलग काम है, वो और कोई नहीं कर रहा। लेकिन मैं अगर ज़िक्र न करूँ प्रेमशंकर झा का इस सन्दर्भ में, तो ये ज़्यादती होगी। वो अपने घर में, गोल्फ़ लिंक में उनके पिता का जो बँगला है, उसी बँगले में एक कमरे में संगीत का आयोजन करते हैं। उन्होंने एक सदस्यता रखी है, बिल्कुल ही नॉमिनल फ़ी है सालाना। शाम को होता है। अब जाड़ा हो, छुट्टी हो, तो दिन में भले ही हो जाये। भोजन की भी व्यवस्था होती है। अब आप तो जानते ही हैं, अब आपको मैं क्या बताऊँ कि मैथिल लोग कितने भोजन के प्रेमी होते हैं। तो भोजन भी फिर...तो कपूर साहब के यहाँ भी जब भोजन मिलता है तो...जैसा सुन्दर गायन वादन होता है वैसा ही सुन्दर स्वादिष्ट भोजन भी वहाँ मिलता है। ये दिल्ली-गुड़गाँव में अच्छी चीज़ हो रही है।

इस समय के कलाकार असहमत होंगे, कहेंगे कि समय के साथ कला की सब विधाएँ बदलती हैं, ये विधा भी बदल रही है। आप ये क्यों उम्मीद करते हैं कि जैसे आपने सुना, वैसे ही चले। नहीं चले। लेकिन जो हमारी रुचि है, जिसे हम अच्छा मानते हैं, अब यह तो नहीं ज़िद की जा सकती है कि नहीं इसको भी पसन्द करो। मुझे थोड़ी परेशानी होती है, उससे जो संगीत समारोहों में आम तौर से होता है।

> इस पे मुझे लगता है कि थोड़ी विस्तार से बातचीत करेंगे। अभी नये जो कलाकार उदीयमान हैं, जो उभर रहे हैं, उनमें आप क्या सम्भावनाएँ देखते हैं, और क्या परिदृश्य आपको एक ओवरऑल दिखायी पड़ता है। लेकिन एक बहुत महत्त्वपूर्ण गायकी का अंग छूटा जा रहा है। अभी तक जितनी बातें हम लोगों ने कीं, शायद किसी वजह से वो ख़याल के इर्द-गिर्द सिमटी रहीं। ध्रुपद पे तो

कोई बात ही नहीं हुई। मैं समझता हूँ कि उस पर बातचीत किये बिना तो बिल्कुल ही अधूरा होगा। तो थोड़ा हम लोग उधर घूम के...

भई, अरे, ध्रुपद के क्या कहने। लेकिन मैं ये कहूँ कि इस मामले में मेरी एक सीमा है और वो सीमा ये है कि सुनने को तो मैंने पण्डित राम चतुर मलिक को, वो तो आप ही की तरफ़ दरभंगा के हैं...तो मैंने पण्डित राम चतुर मलिक को सुना है। और यह कहना बेमानी होगा कि बड़ा आनन्द उनको सुनके आया। फिर रेडियो पे भी, लाइव उनको एक ही बार सुना। लेकिन कुछ ऐसा रहा कि डागरबानी छायी रही है। तो जो ये घराना है थोड़ा उसे ग्रहण-सा लगा रहा है। उस तरह से उनकी उपस्थिति नहीं बन पायी। ये सही नहीं हुआ और आज भी राम चतुर मलिक के बेटे, वो बात बन नहीं रही। वो डागरबानी...

वैसे गया भी बहुत बड़ा सेण्टर रहा। बेतिया भी, बेतिया घराना।

अब देखिये मैंने बेतिया घराने के किसी गायक को नहीं सुना। ये भी तो सीमा है। इस सीमा में रहके मैं ध्रुपद की बात कर पाऊँगा, मैंने ध्रुपद बहुत सुना है, और दो बातें मैं शुरू में ही बता दूँ कि किसी ज़माने में मैं शिमला में फ़ेलो था। जवानी के दिन थे। काइंदे ने जब मेरा इम्तहान लिया था कि बताओ कौन गा रहा है गंगूबुआ वाला, तो उसी समय एक और फ़ेलो थे इंस्टीट्यूट में—मतीन जुबेरी। मतीन जुबेरी बड़े नफ़ासत पसन्द आदमी और उनको संगीत का बड़ा प्रेम था। इंस्टीट्यूट का ही एक कमरा उनका निवास स्थान भी था। रात में हम लोग डिनर-विनर करते थे इंस्टीट्यूट की बिल्डिंग में और उसके बाद ये होता था कि कुछ बातचीत हुईं, अपने-अपने घर चले गये। एक दिन मैंने मतीन जुबेरी से कहा कि जुबेरी साहब विलायत ख़ाँ का दरबारी सुनिये, संजय वही दरबारी जिसकी मैं पहले भी बात कर चुका हूँ। मतीन जुबेरी ने बड़े ध्यान से विलायत ख़ाँ का दरबारी सुना। उसके बाद बोले कि चलो अब मैं तुमको एक दरबारी सुनवाता हूँ। अब वो अपने कमरे पे ले गये, एक एलपी डागर बन्धु—उस्ताद मोइनुद्दीन डागर और उस्ताद अमीनुद्दीन डागर। पहलेवाले डागर बन्धु। ज़हीरुद्दीन और फ़ैयाज़ुद्दीन उनके छोटे भाई। अब ये दरबारी तो बिल्कुल ही भिन्न

विलायत ख़ाँ के दरबारी से। मैं समझ गया कि जुबेरी साहब को विलायत ख़ाँ का दरबारी पसन्द नहीं आया। जो उनकी अवधारणा दरबारी की थी और ये दरबारी तो विचलित कर रहा है आपको।

डागर बन्धु वाला।

नहीं, नहीं, विलायत ख़ाँ वाला। मैंने कहा था कि जब निर्मल का *एक चिथड़ा सुख* मैंने पूरा किया तो सीधे ये दरबारी लगाया था। ये दरबारी धीर गम्भीर दरबारी नहीं है। शुरू होता है उस तरह से, लेकिन जैसे कि आपको कोई बहुत बड़ा दुःख है और इस दुःख से आप किसी तरह से उबरना चाहते हैं। और उबरना हो ही नहीं पा रहा, कुछ इस तरह की कैफ़ियत होती है वह दरबारी सुनते हुए कि मानो समुद्र की लहरें आ रही हैं, आ रही हैं, आ रही हैं, शायद कोई राहत मिले। पर किनारे से टकरा के लौट जाती हैं। फिर लौट के उसी वेग से आती हैं पर फिर भी शान्ति नहीं मिलती, राहत नहीं मिलती। विलायत ख़ाँ का दरबारी उस कैफ़ियत वाला दरबारी है। आप महसूस करते हैं कि छटपटाहट है इसमें। अब वो छटपटाहट जुबेरी साहब दरबारी से एसोसिएट नहीं कर पाये होंगे। ये जो दरबारी था, जो दरबारी के प्रति हम लोगों का भाव होता है कि दरबारी ऐसा होना चाहिए। क्या दरबारी था। अब मैं दोनों की तुलना नहीं कर रहा हूँ, वो अपनी जगह, ये अपनी जगह। मैं तो हो गया मुरीद मोइनुद्दीन और अमीनुद्दीन साहब का। थोड़े ही दिन बाद ऐसा हुआ कि अमीनुद्दीन डागर का एक कार्यक्रम हुआ। वो कार्यक्रम उनका अकेले का था। अकेले का इसलिए कि मोइनुद्दीन ख़ाँ डागर का इंतक़ाल हो गया।

अच्छा, जी।

अब ये तो हमेशा साथ गाते थे। जब ख़बर आयी कि अमीनुद्दीन ख़ाँ डागर सप्रु हाउस, उस ज़माने में सप्रु हाउस में बड़े प्रोग्राम होते थे संगीत के... तब तक ये कमानी-वमानी थे ही नहीं। शाम को कार्यक्रम था ६ बजे के आसपास। अमीनुद्दीन ख़ाँ डागर आये, बैठे, और बैठ के उन्होंने जो कहा वो मैं बताना चाहता हूँ। उन्होंने कहा कि आप सब जानते हैं कि मैं हमेशा अपने भाई के साथ गाता था। मेरे भाई, मेरे दोस्त, मेरे बुज़ुर्ग, मेरे पिता,

सब कुछ मेरे बड़े भाई थे। आज उनकी बरसी है। पूरे साल मैंने नहीं गाया है। साल भर बाद आज पहली बार गा रहा हूँ और ऊपर वाले से यह प्रार्थना कर रहा हूँ कि जहाँ भी मेरा भाई है इस वक़्त उसे यहाँ भेज दे। ये कहके उन्होंने अपना गायन प्रारम्भ किया। दोनों भाइयों का ये था कि मोइनुद्दीन कुछ चीज़ें करते थे, अमीनुद्दीन दूसरी चीज़ें करते थे। मन्द्र में जब जाते थे तो मोइनुद्दीन जाते थे, तो इस तरह का दोनों का था और दोनों की आवाज़ भी...संगत का यही मज़ा होता है कि कॉम्प्लिमेण्ट करते हैं एक-दूसरे को। उस दिन अमीनुद्दीन का गायन सुनते वक़्त लग नहीं रहा था कि मोइनुद्दीन नहीं हैं। बड़ा ही मर्मस्पर्शी संगीत उस दिन सुनने को मिला। उसके बाद मेरा तो ये हो गया कि अमीनुद्दीन डागर कहीं गा रहे हैं तो इनको तो सुनना ही सुनना है।

एक बार स्पिकमैके में अमीनुद्दीन डागर का कार्यक्रम था। स्पिकमैके में तो ये है कि आप चाहें तो लेक्चर डिमोंस्ट्रेशन भी कर सकते हैं। और अमीनुद्दीन तो गुरुओं के गुरु। उन्होंने अपना आलाप शुरू किया। आप देखेंगे कि आलाप, जोड़, झाला जो वाद्य में होता है, डागरबानी में आप तीनों चीज़ करते हैं। बहुत देर तक उन्होंने आलाप किया। फिर जोड़ में आये और जब जोड़ में चल रहे थे तो उन्होंने गायन अपना रोका और बोले कि मैं आपको समझा दूँ कि हम लोग क्या करते हैं। ये ईश्वर की उपासना हो रही है। समझ लीजिये हम कृष्ण भक्त हैं। हमारा आलाप, आपने देखा कि हमारा आलाप कैसे शुरू हुआ। कितने धीरे-धीरे हमने आलाप किया। भगवान निद्रा में हैं और हम भगवान को जगा रहे हैं। अब डिस्टर्ब तो नहीं कर सकते ना। धीरे-धीरे हम भगवान को जगा रहे हैं। फिर भगवान का श्रृंगार करते हैं और फिर भगवान को आसन पे बिठाते हैं। अगर आप बाल कृष्ण की कल्पना करें तो उनको पालने में लिटाते हैं। अब हमारा जोड़ होता है। पालने को धीरे-धीरे, धीरे-धीरे जैसे हिलाते-डुलाते हैं, ये जोड़ वही काम करता है। फिर झाला में आते हैं। अब हम आनन्दित हैं, ईश्वर जाग चुके हैं। अब ये जो वर्णन है कि हमारी उपासना हो रही है। तो जो स्ट्रक्चर है, उस स्ट्रक्चर का ये इण्टरप्रेटेशन लोगों को बताया। फिर, इनके यहाँ ये है कि आलाप, जोड़, झाला जितना चलते हैं उससे थोड़ी कम ही इनकी बन्दिश होती है। बन्दिशें सब अद्‌भुत होती हैं। इनके तो बोल में ही संगीतात्मकता होती है।

जब उस्ताद अमीनुद्दीन डागर को पहली बार सुना उसी के आसपास मुझे रहीमुद्दीन ख़ाँ डागर को भी सुनने का मौक़ा मिला। वो तो सबसे बड़े थे डागरों में उस समय और वो प्रकाण्ड पण्डित भी थे शास्त्रों के। तो उनके गायन में था कि वे बीच-बीच में आप को समझाते भी थे और ये मैं सबकी बात नहीं कह सकता हूँ लेकिन इनमें से कुछ संस्कृत के पण्डित भी हैं। हाँ, तो संस्कृत के श्लोक भी आपको सुना देंगे।

फिर एक बार ऐसा हुआ कि मैं उस समय नेहरू लाइब्रेरी का फ़ेलो हुआ करता था। वहाँ मैंने एक सेमिनार का आयोजन किया था। उसमें शिकागो से एक जोन एर्डमैन करके एक महिला भी आयीं। उनसे मेरी अच्छी जान-पहचान हो गयी। जोन एर्डमैन उस वक़्त डिफेंस कॉलोनी में एक अपार्टमेण्ट लेकर रह रही थीं। एक दिन जोन आयीं मेरे पास नेहरू लाइब्रेरी और बोलीं कि तुम कहते हो कि तुम्हें संगीत में दिलचस्पी है तो आज शाम मेरे ऑनर में डागर बन्धु गा रहे हैं, आना चाहोगे तुम। अब मुझे ये तो विश्वास हुआ नहीं कि इनके ऑनर में गा रहे होंगे। फिर भी मैंने कहा कि ऑफ़कोर्स जोन थैंक यू वेरी मच फ़ॉर इन्वाइटिंग मी, आइ विल बी देयर। मोइनुद्दीन के बाद बन्धु तो रहे नहीं, अमीनुद्दीन अकेले रह गये। उनके बाद डागर बन्धु के रूप में जाने गये उनके छोटे भाई ज़हीरुद्दीन डागर और फ़ैयाज़ुद्दीन डागर। ज़हीरुद्दीन बड़े और फ़ैयाज़ुद्दीन छोटे। ये लोग निज़ामुद्दीन में रहते थे। मैं शाम को निर्धारित समय पर निज़ामुद्दीन गया। तो थोड़े से लोग वहाँ थे। बड़े ख़ुलूस से ख़ैरमक़दम आनेवालों का हो रहा था और दोनों भाई रिसीव कर रहे थे। अब गायन हुआ। भाई, ऐसा अद्भुत गायन और जब मैं सुन रहा था तो विश्वास नहीं कर पा रहा था, समझ नहीं पा रहा था कि यह सम्भव कैसे होता है।

हो ये रहा था कि दो तानपूरे पीछे बज रहे हैं और इनका जो आलाप है वो तानपूरे से भी नीचे स्वर में हो रहा है। अब उसूल की बात यह है कि भाई नीचेवाला स्वर ऊपरवाला स्वर खा जायेगा। और आप सुन रहे थे। ऐसा मन्द्र कि उससे पहले मैंने कभी सुना ही नहीं था। यह भी था कि मैं पहली बार तो सुन नहीं रहा था इन दोनों को। पब्लिक परफ़ॉर्मेंसेस में ये मैंने नहीं उनका सुना था। वहाँ जाना सार्थक हो गया। बड़ी देर तक यही सिलसिला चला। वाक़ई भगवान ना परेशान हों किसी भी तरह। धीरे-धीरे, धीरे-धीरे, जब भी उनके कान में पहुँच जाये ये आलाप। ग़ज़ब का गायन

उस दिन उनके घर हुआ।

और डागरों का मैं बताऊँ कि इतने शरीफ लोग हैं। मैं जब चलने लगा, तो उन्होंने कहा कि ये तो साहब हो ही नहीं सकता, आप खाना खाये बग़ैर कैसे जा सकते हैं। मुझे कोई ज़रूरी काम था। बड़ी मुश्किल से मैं माफ़ी माँग पाया उनसे, रुख़सती ले पाया। ये क्या, आप संगीत भी सुनिये, भोजन भी करिये उनके साथ। वही चीज़ इनके बेटे में है। ज़हीरुद्दीन अविवाहित रहे। दोनों ही जल्दी चले गये। फ़ैयाज़ुद्दीन तो बहुत ही छोटे थे। पहले फ़ैयाज़ुद्दीन गये, फिर ज़हीरुद्दीन गये। जब फ़ैयाज़ुद्दीन गये, तो ज़हीरुद्दीन ने डागर बन्धु के ही नाम से अपने भतीजे वासिफ़ुद्दीन डागर के साथ गाने लगे। वासिफ़ुद्दीन की तैयारी भी होती रही और डागर बन्धु नाम भी चलता रहा। लेकिन क़िस्मत की क्या कोई करे, ज़हीरुद्दीन साहब भी जन्नतनशीं हो गये। फिर वासिफ़ अकेले रह गये। वासिफ़ अकेले ही गाते हैं। वासिफ़ भी अविवाहित हैं। तो मैं यह इसलिए बता रहा हूँ कि ज़बरदस्त हॉस्पिटैलिटी इस खानदान में है। इनके घर चले जाओ, तो बस क्या बात है।

इत्तेफ़ाक़ कुछ ऐसा हुआ कि जब गीतांजलि और मैं नाँत में थे, तो तीन महीने के लिए वासिफ़ुद्दीन डागर नाँत में फ़ेलो हो के आये। नाँत के इंस्टीट्यूट की ये बड़ी अच्छी बात है कि कलाकारों को, फ़ोटोग्राफ़र्स को, फ़िल्म मेकर्स को, लेखकों को भी बुलाते हैं। हर साल दो-तीन, ज़्यादा भी, कलाकार और लेखक होते ही हैं। बाक़ी स्कॉलर होते हैं। जैसे गीतांजलि राइटर, तो वो लेखक की हैसियत से वहाँ गयी थी। मैं स्कॉलर था। वासिफ़ तीन महीने के लिए कलाकार स्कॉलर बन के वहाँ आये। वासिफ़ को तो मैं जानता नहीं था। एक दिन ये लंच पर आये। हमारे यहाँ दो लंच और एक डिनर नाँत इंस्टीट्यूट में ये अनिवार्य थे। सबको जाना ही है उसमें। और कोई आप पर पाबन्दी नहीं है। बस पाबन्दी ये है कि तीन खाने सारे लोग साथ खायेंगे।

पूरे टर्म में।

नहीं, हर हफ़्ते।

अच्छा हर हफ़्ते। कोई दिन फ़िक्स होगा।

सोमवार और बृहस्पतिवार को लंच है और मंगल को डिनर है। तो जो पहला ही लंच हुआ, तो मैं तो इन्तज़ार कर रहा था कि वासिफ़ आयें, मौक़ा लगे, तो उनसे बात करूँ। लंच के तुरन्त ही बाद जब कॉफ़ी चल रही थी मैं वासिफ़ के पास गया और अपना तअर्रुफ़ कराया और कहा कि कैसे मैं एक बार उनके घर भी गया था। वासिफ़ पता नहीं तब कितने छोटे रहे होंगे। वासिफ़ ने कहा, अरे, आप हमारे वालिद और ताऊ को भी सुन चुके हैं। मैंने कहा, भई सुन ही नहीं चुके, मेहमान भी उनके रहे हैं। जोन एर्डमैन का ज़िक्र आया, तो वासिफ़ तो जोन एर्डमैन को जानते ही थे। बहुत अच्छी तरह वासिफ़ की और मेरी बातचीत हुई। अब मुझे एक और लालच हुआ। मैंने वासिफ़ से कहा कि वासिफ़ भाई, एक इच्छा है। बोले फ़रमाइये साहब। इच्छा ये है कि बग़ैर माइक के कभी आपको सुन लूँ। कभी रियाज़-वियाज कर रहे हों, और मन हो तो फ़ोन कर दीजियेगा। मैं दौड़ा-दौड़ा चला आऊँगा। वो कुछ बोले नहीं। जब कॉफ़ी-वॉफ़ी हो गयी, तो बोले कि सुधीर साहब अभी आप क्या कर रहे हैं। मैंने कहा, कुछ ख़ास नहीं। बोले, चलिए। वो अपनी स्टडी—सब एक ही बिल्डिंग में है...में ले गये। इनको एक बड़ी स्टडी दी गयी थी ताकि इनका रियाज़ सही चल सके। स्टडी के बाहर जूते उन्होंने अपने उतारे। मैंने भी देखा-देखी समझ के कि भई यह तो इबादत का कमरा है जूते उतारे। बोले कि बताइये क्या इच्छा है आपकी। संजय, मैंने कहा, भैया ये तो इतनी जल्दी मेरी बात...तो मैंने कहा वासिफ़ भाई गीतांजलि को भी बुला लूँ। बोले जिसकी इच्छा हो आप बुलाइये। तो गीतांजलि को और एक कोई और मुझे याद नहीं कौन, बुला लिया। अब ये कैसे संयोग होते हैं। मेरी इच्छा एक ख़ास राग सुनने की थी उस वक़्त। मैं इतना माँग चुका था वासिफ़ से और वासिफ़ सब मेरे मन की करते रहे थे, सो मेरी हिम्मत नहीं हुई कहने की कि वासिफ़ भाई यह राग सुना दीजिये। मन में यह भी आया कि हो सकता है भोजन से पहले कोई रियाज़ चल रहा हो, वही राग ये आगे गाना चाहें। मैं कौन होता हूँ इस वक़्त हस्तक्षेप करने वाला। तो मैं उस मामले में चुप रहा। और इन्होंने गाना शुरू किया तो वही राग जो मैं सुनना चाह रहा था।

अरे।

मुल्तानी—वही मुल्तानी जो मैं बता चुका हूँ किसी ज़माने में मैं बर्दाश्त नहीं कर पाता था। अब मुल्तानी मेरा प्रिय राग है। आप ये भी कह सकते हैं कि वह वक़्त ही ऐसा था। उस वक़्त में कितने राग होते हैं। लेकिन ज़रूरी नहीं था और रियाज़ के वक़्त ये लोग ऐसा भी नहीं करते हैं कि वक़्त के हिसाब से ही राग गायें। वो रियाज़ के वक़्त बदल जाता है, बदल भी सकता है। ख़ैर! मुल्तानी गाया। विभोर होके हम लोग सुनते रहे।

वासिफ़ से दोस्ती होने में देर न लगी। एक बार हुआ ये कि अचानक मेरी तबीयत बेहद ख़राब हो गयी और मुझे अस्पताल ले जाया गया। ख़बर फैल गयी पूरे इंस्टीट्यूट में। वासिफ़ को ख़बर मिली तो वे दूसरे दिन सुबह मेरे घर आये। उन्होंने घण्टी बजायी। गीतांजलि ऑफ़िस जा चुकी थी तब तक। मैं उठा, और मैंने दरवाज़ा खोला। अब ये मुझे देखकर चौंक गये। मैंने कहा अरे वासिफ़ भाई आप चौंक रहे हैं कि मैं दरवाज़ा खोल रहा हूँ। बोले, जी, चौंका तो हूँ लेकिन बड़ा ख़ुश हूँ कि आपने दरवाज़ा खोला। मैं तो परेशान हो रहा था कि कल आपको सुना...मैं भी हँसा, हाँ, ले जाया गया था बेहोशी की हालत में और लौटा हूँ बिल्कुल भला-चंगा। और गीतांजलि का भी ऐसा ही हाल हुआ था जब उसने मुझे कल रात दरवाज़े के बाहर देखा कि तुम। मैं बिल्कुल सही-सलामत हूँ। आइये, आइये। तो ये आये। मैंने कहा, चाय-वाय। तो बोले नहीं, नहीं, चाय-वाय कुछ नहीं। बस मैं तो सोच रहा था कि मिज़ाजपुर्सी के लिए जाऊँगा। बड़ा ही अच्छा है आप तो ख़ुदा के फ़ज़ल से बिल्कुल ठीक हैं। मैंने कहा, जी शुक्रिया। ये बैठे ही थे कि बोले कुछ सुनना चाहेंगे। अरे, मैंने कहा, वासिफ़ भाई आप तो जानते हैं और संजय उस दिन फिर वही बात हुई।

और संगत करने वाला कोई नहीं।

नहीं, नहीं। जो आनन्द है, माइक नहीं, संगत नहीं, तानपूरा भी नहीं। ऐब्सोल्यूट अलोन, बस वो, उनका कण्ठ और कुछ नहीं। जो कुछ हो रहा है, किसी तरह का इम्बेलिशमेण्ट वहाँ है ही नहीं। नो इक्स्ट्रेनियस हेल्प। उसका अलग आनन्द होता है। तो इस बार फिर वही हुआ। जो राग मैं सुनना चाह रहा था उन्होंने वही मुझे सुनाया। जब वो जाने लगे तब

मैंने कहा, वासिफ़ भाई, इसको तो चमत्कार ही कहेंगे। उस दिन इच्छा थी मुल्तानी सुनूँ। आज इच्छा थी तोड़ी सुनूँ। और बग़ैर कहे आपने... तो वासिफ़ भाई बड़े प्रसन्न हुए। बोले, अब देखिये इसको तो इतेफ़ाक़ ही कहेंगे। वासिफ़ का एक प्रिय राग है ललित। कोई भी वक़्त हो ललित गुनगुनाने को तैयार हैं, आपको सुनाने को तैयार हैं। तो इस डागर परिवार से, ख़ानदान से, ये तो विशाल ख़ानदान है...तो मैंने इनको बहुत सुना है। और आजकल ये बहाउद्दीन डागर, उस्ताद मोइनुद्दीन डागर के बेटे...

वो रुद्र वीणा बजाते हैं।

रुद्र वीणा...मोइनुद्दीन डागर महान् संगीतज्ञ थे। वो स्कॉलर भी थे संगीत के। जो ध्रुपद केन्द्र बना भोपाल में, अशोक वाजपेयी ने ये भी एक अच्छा काम किया है...तो ये छोटे उस्ताद बड़े उस्ताद। बड़े भाई बड़े उस्ताद और छोटे भाई फरीदुद्दीन डागर छोटे उस्ताद। तो छोटे उस्ताद वहाँ रहते थे और बड़े उस्ताद बीच-बीच में आ जाते थे। छोटे उस्ताद ने भी बहुत सुनाया है, बस ऐसे ही, बैठ जाओ। एक बार तो ऐसा कमाल हुआ कि मनीष पुष्कले कलाकार उसका घर है ये हौज़ ख़ास में, चोर मीनार के ठीक सामने। छोटे उस्ताद उसके मेहमान थे। छोटे उस्ताद से पूछके उसने एक छोटी-सी महफ़िल का आयोजन किया। हम लोग भी उसमें बुलाये गये। वहाँ ये हुआ कि छोटे उस्ताद के साथ बहाउद्दीन तानपूरे पर बैठे। वह तो ठीक है। चाचा के साथ भतीजा तो बैठेगा ही पर उस सुबह कुछ और भी हुआ। बिल्कुल अप्रत्याशित बहाउद्दीन ने गायन में संगत की छोटे उस्ताद की। और क्या गायन था बहाउद्दीन का।

रुद्र वीणा।

गायन की संगत, वीणा नहीं। हम लोग तो जानते थे कि ये वीणा बजाते हैं। वहाँ कण्ठ संगीत चल रहा है बहाउद्दीन का। तो हमने, मनीष से पूछा, तुम्हें मालूम था कि ये गायक भी है। कहा, नहीं भई और मैं भी जा के बबलू से पूछता हूँ कि यार तू गाने कब से लगा। तो मनीष तक को नहीं मालूम था कि बहाउद्दीन, और ये तो दोस्त हैं दोनों। बबलू घरवाला नाम है बहाउद्दीन का। पता चला कि इनकी तो बाकायदा ट्रेनिंग हुई है गायन

की। अब इन लोगों की उपस्थिति इतनी शुभ है मेरे जैसे लोगों के लिए। वरदान कि समय इनको नहीं बाँधता, विस्तार करना ये लोग जानते हैं। कोई हड़बड़ी नहीं, कुछ नहीं। आप घण्टों बैठ के...

> जब ये भगवान को जगाने का काम कर रहे हैं, तो ज़ाहिर सी बात है कि बिना उनको डिस्टर्ब किये जगाना है तो ज़ाहिर सी बात है कि समय की...

जगाने में समय लगेगा, सजाने में समय लगेगा, पालना डोलाने में, और फिर ये है...हाँ, अच्छा हुआ ये बात आपने इस वक़्त फिर से छेड़ दी। ये सिलसिला रात्रि शयन तक चलना है। पूरे दिन की भगवान की जो दिनचर्या होनी है, उस पूरी दिनचर्या का समावेश। ये अमीनुद्दीन वहाँ नहीं रुक गये थे कि अब सिंहासन पे विराजमान कर दिया भगवान को। वो जब तक उनको सुला नहीं देंगे और इसीलिए आप देखेंगे कि जब अन्त होता है इनके गायन का, तो कितने भी द्रुत में क्यों न चले गये हों जब समापन होता है तो फिर बहुत ही धीमे-धीमे। ताल वही चलेगी। ये नहीं है कि वो ताल अब विलम्बित की हो जायेगी। ताल द्रुत में ही जा रही है। गायन अब आपका फिर से अति विलम्बित में आ गया। अब पखावज वाले भी फिर उस समय इनकी जो ध्वनि है उसको बहुत नीची कर देते हैं। उनका समापन प्रायः इसी तरह होता है। और जो अन्तिम स्वर लगता है वो तो, जैसे उसकी गूँज, वो स्वर रुक जायेगा लेकिन उसकी गूँज आपके कानों में...तो वो बड़ा अच्छा हुआ कि ये बात हो गयी...जगाने से लेकर सुलाने तक, सारा कुछ।

अच्छा एक और बात...इन लोगों के साथ ठुमरी की बात नहीं की जाती। आप सोच नहीं सकते कि डागर से आपको ठुमरी सुनने को मिलेगी। एक बार मेरे हाथ एक ऐसा एलपी लगा जो बहुत कम लोग जानते होंगे। वो उस्ताद मोइनुद्दीन ख़ाँ डागर का एलपी है। ये लोग उदयपुर के दरबारी संगीतज्ञ थे, दोनों भाई। तो या तो अमीनुद्दीन रहे नहीं होंगे उस समय, कहीं गये होंगे। या जो भी कारण रहा हो वो गायन सिर्फ़ मोइनुद्दीन का हो रहा है। तो मोइनुद्दीन एक ध्रुपद गाते हैं। अब मैं राग भूल रहा हूँ कि कौन सा राग है। वो एलपी है और वो उदयपुर दरबार ने ही रिलीज किया

है। तो हो सकता है कि वो प्राइवेट सरकुलेशन के लिए रहा हो। जो भी रहा हो कारण। तो ज़्यादा लोग उसके बारे में जानते नहीं हैं। और ध्रुपद के अन्त में मोइनुद्दीन एक ठुमरी गाते हैं।

अच्छा, ध्रुपद के अन्त में। उसी के साथ।

हाँ, ध्रुपद का अन्त होता है उसके बाद। जैसे ख़याल गायक अक्सर ठुमरी गायेंगे, भजन गायेंगे, फिर अन्त होगा। अब हो सकता है कि महाराज की फ़रमाइश हुई हो कि ख़ाँ साहब आज ठुमरी सुना दीजिये। तो वो उसके बाद ठुमरी उन्होंने सुनाई और...अब अमीर ख़ाँ के बारे में कहा जाता है कि जीवन में ठुमरी नहीं गायी उन्होंने फ़िल्म में संगीत दिया है। उनका लोग कहते हैं कि इतनी अच्छी ठुमरी गाते थे लेकिन सार्वजनिक गायन में...

यही बात गंगूबाई हंगल के साथ भी कही जाती है कि ख़याल छोड़ के पब्लिक परफार्मेन्स में कुछ नहीं गाया। लेकिन उनकी रिकॉर्डिंग है ठुमरी और भजन की।

ठुमरी की भी है। ये मैं नहीं जानता। नहीं भजन तो मैं, भजन तो वो गाती थीं। ठुमरी भी उन्होंने गायी है, ये तो मेरे लिए, मैं तो...

मैं इस बातचीत के लिए थोड़ी तैयारी कर रहा था। तो उसी समय मुझे भी ये पता लगा कि स्टेज कार्यक्रम के दौरान गंगूबाई हंगल सिर्फ़ ख़याल गाती थीं। लेकिन ठुमरी और भजन भी रिकॉर्ड की हैं।

ये तो, भई, थैंक यू फॉर टैलिंग मी और कहीं मिल जाये तो मुझे भी सुनवाइयेगा। वाह ये तो अच्छी बात आज...

अभी हम लोग बात कर रहे थे ध्रुपद की और फिर उसमें डागर परिवार की, डागर बन्धुओं की और इस सिलसिले को आगे बढ़ाते हैं डागर परिवार की जो बातचीत हो रही थी ध्रुपद के सम्बन्ध में...

अब मुझे लगता है कि मोटा-मोटी जो मुझे कहना था मैंने बता दिया। लेकिन एक बात और...वो मैं कैसे भूल गया। मैं इन लोगों की मेहमाननवाज़ी की बात कर रहा था कि आपसे जान-पहचान है या नहीं है, आप उनके घर अगर पहुँच गये हैं तो फिर जो आपकी ख़ातिरदारी होगी। एक बार फ़रीदुद्दीन डागर साहब के यहाँ मेरा एक मित्र ले गया। तब तक मैंने इनको सुना ही नहीं था। कहीं हम लोग मिठाई-विठाई खा रहे थे। उसने कहा कि फ़रीदुद्दीन डागर साहब से मिलोगे। मेरे हाँ कहने पर वह बोला, बस अभी चलो। तो ये तय पाया गया कि कुछ रसगुल्ले ख़रीद लें और चलें उनके यहाँ। मैंने कहा भी कि फ़ोन तो कर लो, पर वह बोला फ़ोन-ओन कुछ नहीं, बस चलो। वहाँ पहुँच लिये। दरवाज़ा खुला हुआ था। घण्टी-वण्टी बजाने, दस्तक देने का तो सवाल ही नहीं। घुसे, पहले ही कमरे में उनकी बैठक। तो पाल्थी मारे बैठे थे सोफ़े में। आइये, आइये, आइये शर्मा जी। बोले-कैसे हैं। तो मिलवाया मुझे। तो जो भी पूछना था क्या करते हैं वग़ैरह-वग़ैरह। मैंने माफ़ी माँगी कि माफ़ करियेगा बग़ैर इत्तला के...अरे साहब, ये आपका घर है, जब आपकी इच्छा हो तशरीफ़ लाइये। इधर-उधर की न जाने कितनी बातें वो करते रहे। और शर्मा जी आप कैसे हैं, फिर कभी मुझसे...जब बहुत बातें हो गयीं और रात भी होने लगी, तो हम सोच रहे थे कि अब उठें। बोले कि अरे, आप अपने दोस्त को लाये हैं, तो कुछ तो हो जाये। तो उसने कहा कि ख़ाँ साहब सेहत तो ठीक है। बोले कि भैया सेहत तो नहीं है ठीक, देख रहे हो गले का जो हाल हो रहा है। लेकिन अब आपके दोस्त ऐसे ही तो नहीं जायेंगे। ऐसे ही मुझसे बोले आप सुनना चाहेंगे। मैंने कहा कि इससे ज़्यादा ख़ुशी की क्या बात होगी। आप ये इज़्ज़त बख़्शे कि...उन्होंने एक चेले को इशारा किया। ऊपर पता नहीं कितने ८-१० तानपूरे थे, बड़े-बड़े, विशाल तानपूरे, छोटे नहीं। उन्होंने इशारा किया कि वो वाला निकालो। शागिर्द तानपूरा लेके बैठा, तानपूरा ठीक किया गया। ४-५ मिनट तो वो गाने से पहले माजरत करते रहे। अब देखिये बुढ़ापा भी आ रहा है और गले का जो हाल हो रहा है, ये ज़ुकाम तो पीछा नहीं छोड़ता, नज़ला...देर तक ये सिलसिला चला। फिर उन्होंने गायन प्रारम्भ किया और चेला संगत करता रहा। लम्बा आलाप सुनाया। तो भाई ऐसे लोग...वासिफ़ से कहा वो तुरन्त ले गये...ये वासिफ़ के चचा, इनसे कहा बल्कि इनसे तो कहा भी नहीं। उन्होंने अपने

ही आप कि आप आये हैं तो कैसे फिर बग़ैर सुने जा सकते हैं...तो मुझे तो लगता है कि जो शाइस्तगी इन लोगों में है कम ही देखने को मिलती है। मेरी तो, बड़ी ही मधुर स्मृतियाँ डागर परिवार को लेकर हैं। यहाँ डागर वाली बात अगर हम लोग ख़तम करें तो ठीक रहेगा। एक बात मैं अपनी तरफ़ से करना चाहता हूँ और वैसे तो इसमें कुछ नहीं है। एक बहुत बड़े संगीतज्ञ की मैं बात कर रहा हूँ। लेकिन मेरा उनसे कुछ ऐसा भावात्मक सम्बन्ध रहा है कि उनकी याद ही मुझे रुला देती है।

आप किनकी बात कर रहे हैं।

मैं पण्डित भीमसेन जोशी की बात कर रहा हूँ। बार-बार भीमसेन जोशी का ज़िक्र मैं करता रहा हूँ लेकिन ५-१० मिनट मैं लग के सिर्फ़ उनकी बात करना चाहता हूँ। वो १९६३ कुरुक्षेत्र...पग लागन दे...हाँ वही...

जब आपने पहली बार भीमसेन जोशी को सुना।

और हम लोग नाँत में थे तो गीतांजलि ने बीबीसी, बीबीसी न्यूज़ लगी हुई थी तो उसने कहा, अरे, पण्डित भीमसेन जोशी चले गये। अब पण्डित भीमसेन जोशी का जाना तो सभी जानते थे कि किसी भी दिन ये ख़बर आनी ही है। ऐसा तो कुछ नहीं हुआ कि कोई धक्का लगे सिवाय इसके कि जो होनी है जब होती है तो धक्का लगता है।

नहीं, आपने तो शुरू में ही बड़े फक्र से कहा था कि मैंने तो जब पहली बार सुना, तभी से उनका मुरीद हो गया हूँ।

ऐसा सूनापन...दूसरे दिन सुबह गीतांजलि बोली कि अगर तुम्हारा ये हाल है तो तुम लिख क्यों नहीं देते कुछ। मैंने कहा, मैं क्या लिखूँ। बोली, यही लिखो जो हो रहा है। सो मैं तुरन्त, ये घर की बात है, मैं अपने ऑफ़िस गया...और मैं बहुत ही धीरे-धीरे लिखता हूँ, एक वाक्य भी बनाना मेरे लिए मुश्किल होता है, उसको काटता हूँ, फिर शीर्षक नहीं समझ में आता...पर ये जो लिखा, शीर्षक अपने आप बन गया, पण्डित भीमसेन जोशी के साथ पचास साल। जैसे कि मैं बड़ा कोई उनका निजी रहा हूँ।

मेरा...कभी उनसे अलग से बात नहीं हुई। कुलदीप के यहाँ भी जब वो आते थे या बैठक हुई, कभी बात नहीं हुई। एक ही सम्बन्ध था सुनने का। और दावा पण्डित भीमसेन जोशी के साथ पचास साल का। १९६३ से लेकर के अन्त तक जो उनको देखा-सुना, जो-जो समझ में आता गया उनके बारे में, धीरे-धीरे जो भी समझा, वो सब उसमें मैंने लिखा।

और एक बात। ये बात सुनने में विचित्र लग सकती है मैं तो इतिहासकार हूँ पेशे से, तो कोई आसानी से तो नहीं मानेगा कि भीमसेन जोशी का मेरे बौद्धिक विकास में कोई योगदान रहा हो। पर सच ये है कि किसी भी चिन्तक, लेखक, इतिहासकार, दार्शनिक, विद्वान का जो योगदान रहा है उससे उन्नीस नहीं रहा है योगदान पण्डित भीमसेन जोशी का मेरे बौद्धिक विकास में। मैं एक क़िस्सा सुनाना चाहता हूँ। मुझे एडिनबरा के इंस्टीट्यूट ऑफ़ एडवांस्ड स्टडीज़ फॉर ह्यूमैनिटीज़ में एक लेक्चर देना था। मैंने उस लेक्चर की पूरी तैयारी की और पश्चिम में तो ये आम है कि आप अपना लेक्चर लिख के ले जाते हैं और उसे पढ़ते हैं। मैंने अपना पूरा लेक्चर लिख लिया और घर से जा रहा था। बस रास्ते में मैडोज का रास्ता तय करना था। जब मैं मैडोज में से गुज़र रहा था कि भीमसेन जोशी गूँजने लगे। अब मैं भीमसेन जोशी को सुन रहा हूँ और जा रहा हूँ इंस्टीट्यूट की तरफ़। ये जो मेरे दिमाग़ में भीमसेन गूँजने लगे, तो मैंने कहा कि ये क्या रिटेन टेक्स्ट, इसका क्या मतलब है। पण्डित जी की तरह तुम भी दुस्साहस करो। वहाँ जा रहे हो, अब तक का पढ़ा-सोचा...और उस समय देखो क्या तुम्हें बोलना है। तो वो मेरी जेब में ही टेक्स्ट रह गया और मुझे जो कहना था वो मैंने बग़ैर एक शब्द भी पढ़े-देखे वहाँ बोल दिया। अब अच्छा नहीं लगेगा अगर मैं ये कहूँ कि कुछ प्रभाव पड़ा उस लैक्चर का, लेकिन कहना भी पड़ेगा कि पड़ा प्रभाव। मुझे नहीं लगता कि अगर मैं अपने लिखे हुए टैक्स्ट को पढ़ता तो वैसा कोई प्रभाव पड़ता। ख़ूब बातें हुईं लोगों से।

आप कहेंगे कि भीमसेन जोशी क्यों याद आये। मैं पण्डित भीमसेन जोशी का विकास देखता रहा हूँ। पण्डित भीमसेन जोशी अपने गुरु और अपने गुरुमह, सवाई गन्धर्व और उस्ताद अब्दुल करीम ख़ाँ, इनकी जो रिकॉर्डिंग्स उपलब्ध हैं...ये बात पहले भी हो चुकी है और गंगूबाई के सन्दर्भ में विशेष रूप से। मैंने ये कहा था कि अब्दुल करीम ख़ाँ और

सवाई गन्धर्व कुछ दबे कण्ठ से गाते थे। भीमसेन जोशी का गायन भी कुछ उसी तरह होता था। लेकिन ये बात समझ में नहीं आती थी कि ये...चूँकि वैसा गला तो कम ही लोगों का था, तो ये अहसास नहीं हो सकता था कि ये कुछ दबा के गा रहे हैं चूँकि उस गले से भी कैसे...एक ही तान में वो तीनों सप्तक में आ-जा सकते थे। वो तो अद्‌भुत गाना होता था, चमत्कृत करने वाला। और लगभग ७० के दशक तक इनका गायन ऐसा ही रहा। हम सब सुनने वाले उसी के आदी थे। और फिर...मुझे लगता नहीं कि भीमसेन जोशी ने इसके बारे में कहीं बात की है लेकिन अचानक ये हुआ कि इन्होंने मुक्त कण्ठ से गाना शुरू कर दिया। वो बिल्कुल अलग और अगर मेरी बात को आप पूरी तरह समझना चाहते हैं, तो भीमसेन जोशी का एक सीडी रिलीज़ हुआ है...उस सीडी में एक इनका १९६५ का यमनी बिलावल है और दूसरा १९८७ का विभास है। अब ये १९६५ का यमनी बिलावल और १९८७ का विभास ये सुन लीजिये और जो बात मैं कह रहा हूँ वो आपकी समझ में आ जायेगी। ये है अपने को मुक्त करना उनसे जिनके प्रभाव ने आपको बनाया। अपने प्रेरणास्रोत से अपने को मुक्त करना। भीमसेन जोशी के गायन में जो विकास हुआ मुझे ये चीज़ लगी कि इनका सबसे बड़ा गुण है दुस्साहस। दुस्साहस अतिक्रमण का, कोई सीमा भीमसेन जोशी को नहीं बाँधेगी। बहुत सी सीमाएँ तो उन्होंने पहले ही तोड़ दीं थीं प्रारम्भिक दौर में। मसलन ख़याल, टप्पा, तराना, ठुमरी, भजन ये तो सब बहुत से लोग गाते थे। भीमसेन जोशी दादरा भी गाते थे, नाट्य संगीत भी गाते थे, भजन के साथ-साथ वचन भी, अभंग भी, मतलब सब गाते थे। और फ़िल्मों के लिए कितना उन्होंने गाया, गरज ये कि कोई विधा नहीं छोड़ी। अब आपको याद होगा कि लता मंगेशकर के साथ उनकी जुगलबन्दी है। तो कितने लोग...एक तरफ़ बालमुरली कृष्ण के साथ जुगलबन्दी हो रही है, दूसरी तरफ़ लता मंगेशकर के साथ मतलब, क्या था जो भीमसेन जोशी ने नहीं किया। तो एक ये, लेकिन इससे भी बड़ा काम जो मैं मानता हूँ वो है इनके गले का खुलना और फिर उसके बाद जो इनका गायन हुआ है...वो जो मैं दरबारी की बात करता हूँ 'और नहीं कछु काम के हम सहारे अपने राम के' भई संजय, इसका आलाप जो कि बोल को लेके चलता है, अनिबद्ध आलाप चल रहा है, बोल वही हैं। 'और नहीं कछु काम के' से इनका आलाप शुरू होता है और धीरे-धीरे वो बढ़ता जाता है। ऐसा भव्य आलाप।

अरे एक चीज़ तो मैं भूल ही गया इनकी। रेडियो के ज़माने की मैं बात कर रहा हूँ। उस ज़माने में भीमसेन जोशी का एक भजन आया करता था और वो भजन जो था आर्केस्ट्रा वग़ैरह के साथ, जैसे मैंने कीर्तन वाली बात की थी। अच्छा, कीर्तन की जो मैं बात कर रहा था उसमें चिमटा भी बजता है। मैं चिमटा तो भूल ही गया था। एक बड़ा ही, बड़ा ही मधुर भजन भीमसेन जोशी उस समय गा रहे थे, रेडियो पर आये दिन आता था : 'ऊधो कौन देस को वासी'। उसके बाद मैंने ये भजन कहीं सुना ही नहीं। बड़ी इच्छा रही है कि भई कहीं मिल जाये मुझे ये भजन पण्डितजी की आवाज़ में, तो मैं फिर एक बार सुन लूँ। तो ऐसे प्रतिभा, ऐसी विलक्षण प्रतिभा के धनी थे भीमसेन जोशी। वो जो शराफ़त ख़ाँ वाली बात मैंने की थी जो उन्होंने तंज में कहा था कि भाई नौ राग गा के लोग बड़े गवैये बन जाते हैं, वो ग़लत नहीं थी। और उसके बाद...पहले तो जैसे कि मैंने बताया कि हम भीमसेन जोशी को सुनने जाते थे, तो जानते थे ये समय है, ये राग हमें सुनने को मिलेंगे। ये भी जानते थे कि ये राग है तो ये बन्दिश सुनने को मिलेगी। ये अलग बात है कि आनन्द फिर भी वही आता था। बाद में ये हो गया भीमसेन जोशी का कि आप जा रहे हैं उनको सुनने और समय के हिसाब से आप अन्दाज़ लगा रहे हैं कि आज पण्डित जी क्या गायेंगे। अब ये नहीं है कि ये गायेंगे। अब ये है कि आज क्या गायेंगे। उन्होंने इतने राग उसके बाद गाये। एक ज़माना था वो कहते थे कि मैं मिश्रित राग नहीं गाता। बाद में तो ऐसे-ऐसे मिश्रित राग उन्होंने गाये हैं। भीमसेन जोशी के गायन से और उनके इस दुस्साहस से मैं इतना प्रभावित हुआ कि एक स्कॉलर की हैसियत से मैं इसके लिए धीरे-धीरे तैयार होने लगा कि मुझे पहले की मान्यताएँ बाँधेंगी नहीं। इतिहास अगर इस तरह से अतीत को, वर्तमान को, अनागत को देखता रहा है, एक ख़ास तरह का सम्बन्ध देखता रहा है, ज़रूरी नहीं है कि मैं वो मान लूँ। सम्भावित-सम्भाव्य इन के बारे में लोग किस तरह सोच रहे हैं, कोई मुझे अब चिन्ता नहीं है। मेरे सोच को एक ऐसी स्वतन्त्रता भीमसेन जोशी ने दे दी है कि अब पहले के सोचे से या दूसरों के सोचे से मैं बँधूँ, ये सम्भव ही नहीं है।

और ये बात अब आपके हाल-फ़िलहाल के लेखन में भी दिखायी पड़ती है। शायद उस बन्धन के टूटने में वो भाषा का भी बन्धन टूटा है जिसमें आप बहुत दिन तक...बाद में बातचीत के दौरान

मुझसे आप ये कहा करते थे कि मैं बहुत दिन तक इस भाषा के बन्धन से बँधा ही नहीं, बल्कि उससे आतंकित रहा, उससे दबा रहा। अब मेरी अपनी भाषा जैसी भी है वैसी...और मैं खुल के लिखता हूँ, बिल्कुल अपने आप को आज़ाद पाता हूँ। किसी तरह का दबाव, किसी तरह की...तो कहीं ना कहीं आप इसको भीमसेन जोशी से जोड़ रहे हैं। उनका ये आप पर...ये तो बड़ी ही अद्‌भुत बात है।

हाँ, ये, ये, अरे, अब मैं तो नाम लेने को तैयार हूँ। मैंने कहा कि उन्नीस नहीं है इनका योगदान मेरे विकास और मेरी आज़ादी में। सच बात ये है कि अगर मुझे दो नाम लेने हों जिनका ऐसा प्रभाव पड़ा है जैसा किसी और का नहीं पड़ा, तो वो दो नाम होंगे पण्डित भीमसेन जोशी और देरिदा। एक भव्य दार्शनिक, और दूसरे हमारे भव्य संगीतकार।

ये तो शायद उचित नहीं होगा, हालाँकि हम लोग बन्धनों को तोड़ने की बात कर रहे हैं और मुझे ध्यान है कि आपने कई बार इस चीज़ को, उस घटना का...और वो भी शायद आपके लिए अविस्मरणीय घटना रही आपकी देरिदा से पेरिस में मुलाक़ात... लेकिन शायद किसी और सन्दर्भ में कभी उसकी बातचीत हम लोग करेंगे। तो भीमसेन, भीमसेन जोशी जी की ये जो बातें हो रही थीं तो तभी मुझे ध्यान आया कि एक बार शायद आपने कुछ भीमसेन जोशी के बारे में जो आप कहते हैं

अरे भई...

कि आपने उद्‌दण्डता कर दी थी या जो भी...तो उस घटना का भी ज़िक्र होना बहुत ज़रूरी है कि देखिये जिनसे इतना लगाव था...तो कभी कोई ऐसा क्षण रहा होगा और जो आपने उनके बारे में वैसा कुछ लिखा, तो थोड़ी वो भी बात ज़रूर आनी चाहिए।

अब संजय, मेरी कलई खोलने पर आप आमादा हैं तो अब क्यों ये बात छिपायें। अच्छा है कि इस सन्दर्भ में आपने दुस्साहस नहीं, उद्‌दण्डता की

बात की। चूँकि दोनों में अन्तर है, तो बड़ा अच्छा है कि उद्दण्डता की बात की। ये लेट सिक्स्टीज़ या अर्ली सेवेंटीज़ की बात है। मेरा एक बहुत अच्छा मित्र उस समय था अनिल सारी। अनिल सारी अँग्रेज़ी पढ़ाता था दिल्ली के राजधानी कॉलेज में। क्रिकेट खेलता था, टेनिस खेलता था, और संगीत का प्रेमी था। हमारे ये सारे कॉमन शौक़। बड़ी अच्छी दोस्ती हम लोगों के बीच हो गयी। उसी बीच कृष्णा मेनन ने एक साप्ताहिक अँग्रेज़ी में निकालना शुरू किया *सेंचुरी*। और उसका लिटरेरी एडिटर अनिल सारी नियुक्त किया गया। अनिल ने मुझसे कहा कि तुम हमारे लिए म्यूज़िक क्रिटिसिज़्म क्यों नहीं करते। मैंने कहा, हाँ बुरा आइडिया नहीं है। अब ये उद्दण्डता ही थी कि सा और रे का शऊर नहीं है, चले हैं क्रिटिक, म्यूज़िक क्रिटिक बनने। सो बन गये म्यूज़िक क्रिटिक। उसके पीछे एक और कारण भी था। दिल्ली की ज़िन्दगी, लेक्चरर की नौकरी, किराये का मकान, तो आधी तनख़्वाह तो मकान के किराये में चली जाती थी और ये वो ज़माना था जब डीटीसी का टिकट दस पैसे से शुरू होता था। जो मैं बात कर रहा हूँ वो समझ में नहीं आयेगी अगर ये स्केल न ध्यान में रहे। तो दस पैसा, पन्द्रह पैसा, बीस पैसा...स्कूटर भी नहीं था उस वक़्त। बाद में तो एक सेकण्ड हैण्ड स्कूटर ख़रीद लिया था। जी जे ए ८९ उसका नम्बर भी याद है मुझे, लैम्ब्रेटा था खटारा। तो बस में चलते थे। उसमें भी पाँच पैसा बढ़ेगा। कई बार ये होता था कि इस जगह फेयर स्टेज बदलती है और मैं जहाँ जा रहा हूँ वो सिर्फ़ एक स्टैण्ड आगे है। वहाँ पैदल चल लेंगे और पाँच पैसे बचा लेंगे। ये उस ज़माने की बात है। तो पन्द्रह रुपया...

एक समीक्षा के लिए...

फ़िफ़्टीन गुड रीज़न्स टु डू इट। तो उद्दण्डता अपनी जगह, ज़रूरत अपनी जगह। मज़ा आता था उस वक़्त, करने लगे। उसी वक़्त पण्डित भीमसेन जोशी का एक रेडियो कार्यक्रम हुआ और मैं बता ही चुका हूँ कि वो कार्यक्रम उस ज़माने में ऐसे होता था कि ८:३० बजे होगा, फिर वो ११:०० के आसपास होगा, शाम को और फिर रात में १०:०० से ११:०० तक। असल कार्यक्रम सबेरे का आध घण्टा और रात का एक घण्टा होता था। तो रात में उन्होंने वही मालकौंस, पग लागन दे, गाया। मैंने सुना और मुझे लगा कि वो बात नहीं आयी जो तिरसठ में मैंने सुना था। ठीक

है, वही भीमसेन हैं, वही राग है, लेकिन आनन्द नहीं आया। लिख दिया भाई। अब कानसेन...ईमानदारी की बात ये है कि वो काम ही मुझे नहीं करना चाहिए था। किया, आज शर्मिन्दा हूँ किया। लेकिन एक बात इसी सिलसिले में मैं और कह दूँ। इस वक़्त हिन्दुस्तान में एक तो लिखा नहीं जाता...भई प्रकाश बढ़ेरा हुआ करते थे म्यूज़िक क्रिटिक। अब प्रकाश बढेरा, बाँसुरी वादक, वो म्यूज़िक क्रिटिसिज़्म कर रहे हैं, वो एक ज़माना था। आज जब मैं म्यूज़िक क्रिटिसिज़्म देखता हूँ और उसको पढ़ता हूँ, विशेष रूप से तब जिन कार्यक्रमों में मैं गया और उस पर लिखा हुआ दूसरे दिन अख़बार में देखा, तो विश्वास ही नहीं होता। मुझे लग रहा है कि इस समय जो म्यूज़िक क्रिटिसिज़्म अख़बारों में हो रहा है, जितनी भी हो रही है, उनमें ज़्यादा बेकार है।

उसपे थोड़ी देर के लिए आपको रोकेंगे। चूँकि आपने कहा कि वो फिर *सेंचुरी* के लिए आप म्यूज़िक क्रिटिक हो गये और लगातार कुछ समय तक उसके लिए लिखते रहे, तो आपने कितने समय तक कन्ट्रीब्यूट किया होगा...लगभग

ठीक याद नहीं है लेकिन कम से कम छह महीने तो किया ही होगा, कम से कम।

तो कम से कम १५-२० लेख तो ज़रूर ही लिखा होगा।

हाँ, हाँ, हाँ, अरे बिल्कुल। उस समय तो भैया पन्द्रह रुपये की बात थी। हर हफ़्ते कर दो, तो साठ रुपये महीने के मिलने हैं। ढाई सौ रुपये की आमदनी, तनख़्वाह और उसमें साठ रुपये का इज़ाफ़ा, तो वो तो बहुत...

तो उस, उन लेखों में जो आपने लिखा कुछ याद हो उन लेखों के बारे में तो बतायें।

मुझे तो केवल दो याद हैं।

एक का तो अभी आपने ज़िक्र किया और दूसरा।

एक तो बदतमीज़ी भीमसेन जोशी वाली। और एक...ठीक याद नहीं है, केवल इतना याद है कि बिस्मिल्लाह ख़ाँ का कोई कार्यक्रम हुआ था, वो भी रेडियो का ही था। अब मुझे ठीक याद नहीं आ रहा है कि उनकी तारीफ़ की थी, क्या किया था लेकिन ऐसा नहीं हुआ कि कभी किसी ने अनिल से या कृष्णा मेनन से यह कहा हो कि ये क्या बकवास आपके यहाँ छप रहा है। ये भी नहीं है कि किसी ने कोई लेटर टु एडिटर भेजा हो कि ये क्या हो रहा है। तो बच गये। बचना नहीं चाहिए था लेकिन क़िस्मत ने बचा लिया। आज मैं प्रसन्न हूँ, मुझे नहीं विशेषज्ञ के रूप में लिखना। मैं जानता हूँ कि मैं एक रसिक के तौर पे जो भी कहता हूँ वो रसिक के तौर पे है। ये अलग बात है कि कई बार मैं तो मानता हूँ, जो मेरा कान कह रहा है, जो मेरा इंटूइशन बोल रहा है, उसको लेके मैं विद्वानों से भी भिड़ सकता हूँ कि मैं आपकी बात नहीं मानता। इसको मैं निराधार नहीं मानता। मेरे कान अब कुछ तो सुनते हैं और ये भी बता दूँ कि भाई संजय कितनी बार ये हुआ है कि जो थोड़े-बहुत जानकार हैं उन्होंने राग ग़लत पहचाना। यूट्यूब पर एक तरफ़ इतना अच्छा काम हो रहा है, इतना संगीत आ रहा है, लेकिन आये दिन मुझे परेशानी होती है कि राग एक अपलोड किया गया है, नाम दूसरा लिखा गया है। अभी उसको...एक बिल्कुल ताज़ातरीन उदाहरण, हमारे पड़ोसी हैं गुलाटी साहब। बड़े शौक़ीन हैं संगीत के। उनके घर से हर वक़्त संगीत की ध्वनि आती है। थोड़ा उसको ऊँचा कर लें तो हम लोग सुनते हैं। वो माफ़ी माँगते हैं, तो हम कहते हैं, नहीं, और ऊँचा कर लीजिये। अब वो पता नहीं कहाँ-कहाँ से डाउनलोड कर लेते हैं। एक बार मैंने कहा कि गुलाटी साहब, आप तो माहिर हैं इसमें, कुछ कौसी कान्हड़ा मेरे लिए कर दीजिये। तो उन्होंने एक दिन अपना...क्या उसको कहते हैं पैन ड्राइव होती है, तो पैन ड्राइव ला के दे दी। उसमें कौसी कान्हड़ा था ही नहीं, कुछ और था, पर लिखा हुआ था कौसी कान्हड़ा।

अच्छा।

अब गुलाटी साहब इसमें क्या कर सकते हैं। मैंने कहा, गुलाटी साहब, ये कौसी कान्हड़ा है ही नहीं। सो अब हो जाता है भाई कि स्ट्रक्चर...लेकिन अच्छी बात जो है मेरे कहने से आप...आइ डोंट नो हाउ आइ एम कमिंग अक्रॉस टु यू लेकिन आज मुझे कोई भ्रम अपने और संगीत के सम्बन्ध के

बारे में नहीं है, मैं मात्र श्रोता हूँ संगीत का।

पिछले छः दिनों में हम लोगों ने हिन्दुस्तानी संगीत और संगीतकारों के बारे में तमाम बातें कीं, फ़ैयाज़ ख़ाँ से लेके आज तक की बात की। एक बहुत ही सिग्निफ़िकैण्ट औमिसन जो हुआ इस बातचीत में...कुमार गन्धर्व की कोई बात नहीं हुई। तो ज़ाहिर सी बात है कि उनका सन्दर्भ इसलिए नहीं आया कि आप बातें कर रहे हैं अपने व्यक्तिगत अनुभवों की, उनसे मिलने की, उनके बारे में... तो ऐसा लगता है कि कुमार गन्धर्व से कुछ इस तरह का व्यक्तिगत आपका...

ये व्यक्तिगत बड़ा सही शब्द है। चूँकि वो व्यक्तिगत भीमसेन से कुछ नहीं है लेकिन वो व्यक्तिगत है। मैं व्यक्तिगत को उस अर्थ में लेके अब जवाब दे रहा हूँ कि कुमार गन्धर्व के साथ मेरा सम्बन्ध रहा है और मैंने उनको बार-बार सुना है। लेकिन फ़ेज़ेज़ रहे हैं, कभी मैं सुनता रहा, दिल्ली आये तो ज़रूर गया सुनने। उतना संगीत उनका ख़रीदा नहीं, न ही कोशिश की कि लाइव रिकॉर्डिंग्स...अशोक वाजपेयी और कुमार गन्धर्व के तो बड़े ही घनिष्ठ सम्बन्ध थे और भारत भवन में आये दिन वो आते थे। तो मैं कोशिश करता और भारत भवन आना-जाना होता ही था...मैं कोशिश करता तो ये लोग मुझे काफ़ी कुछ मुहैया करा देते। मैंने कोशिश ही नहीं की, मैं मानता हूँ। तो उस तरह से कुमार गन्धर्व के साथ रिश्ता नहीं बना जैसा कि अमीर ख़ाँ, गंगूबाई हंगल, भीमसेन जोशी, शराफ़त हुसैन...शराफ़त हुसैन की तो इतनी रिकॉर्डिंग्स हमारे पास हैं...तो वो नहीं बना। मैं उनका बड़ा प्रशंसक हूँ और बैठक करके इनके कुछ सीडीज़ निकले, कितने निकले मुझे इस वक़्त गिनती याद नहीं आ रही है और एक मैं केवल मालकौंस...मालकौंस की ये पता नहीं सात या आठ बन्दिशें उस सीडी में सुना रहे हैं। एक से एक अद्भुत। वही पण्डित ओंकारनाथ ठाकुर वाली बात पर फिर मैं जा रहा हूँ। इनके मालकौंस की ये सात-आठ बन्दिशें सुनके आप समझ जायेंगे कि मालकौंस में क्या-क्या...

हो सकता है।

वो सीमित नहीं...रस के अभाव के आधार पर आप कह सकते कि नहीं, केवल यही है मालकौंस। तो वो मेरा प्रिय, मेरे प्रिय सीडीज़ में एक प्रिय सीडी कुमार गन्धर्व का मालकौंस वाला है। तो ऑन एण्ड ऑफ रहा है कुमार गन्धर्व के साथ रिश्ता मेरा। एक बड़ी अजीब बात हुई। उसका भी ज़िक्र मैं कर दूँ। ये विज्ञान भवन में गा रहे थे। शाम से इनका कार्यक्रम शुरू होना था, तीन-चार घण्टे चला। पहला ही राग इन्होंने जो गाया...मैं क्यों राग का नाम भूल रहा हूँ, ख़ैर अभी नहीं आ रहा तो नहीं आ रहा याद। बन्दिश याद है। बन्दिश थी रतियाँ डरावन लागीं। अब रतियाँ डरावन लागीं और आप याद करिये कुमार गन्धर्व की आवाज़...और वो डरावन लागीं और रतियाँ, रात का वर्णन हो रहा है, इसके लिए जो डर...क्या गायन हो रहा था। और पता नहीं मेरे दिमाग़ को क्या हुआ कि मैं एक तरफ़ तो ये सुन रहा हूँ और डूबा जा रहा हूँ, वाह क्या बात है...और उसी के साथ-साथ एक विचित्र प्रक्रिया मेरे दिमाग में हो रही है कि ये आज के ज़माने में इसका क्या मतलब है। परकीया, अभिसारिका आज भी होती हैं लेकिन आज की परकीया, आज की अभिसारिका, उसे रतियाँ काहे को डरायेंगी। वो तो वैसे नहीं जायेगी जैसे उस ज़माने में जाती रही होंगी जिस ज़माने का ये वर्णन हो रहा है। अब ये निहायत बेहूदा बात थी, अब आ गयी मन में तो आ गयी। आदमी के दिमाग़ का कोई भरोसा थोड़े ही है। अब एक तरफ़ तो मैं बह रहा हूँ उनके संगीत में और दूसरी तरफ़ उससे विलग हो रहा हूँ कि क्या प्रासंगिकता है इसकी हमारे जीवन में। ये बेवकूफ़ी मेरे मन में, दिमाग़ में बहुत दिन तक चली। आज तो मैं जानता हूँ कि इसका कोई अर्थ ही नहीं है संगीत में। शब्दों का ही जब कोई विशेष अर्थ नहीं है, तो इसका काहे को हो जायेगा कि रतियाँ डरावन लागीं या नहीं डरावन लागीं। तो दुर्भाग्य से दो-तीन साल अपनी मूर्खता में मैं कुमार गन्धर्व से विमुख हो गया। बस वो आना-जाना लगा रहा। अभी भी स्थिति ये है कि छठे-छमाही मैं कुमार गन्धर्व को सुनता हूँ।

और उनके कबीर को अगर सुन लीजिये...

भाई...

तब तो वो फिर सारी सीमाओं को, फिर तो...

भई संजय, कबीर तो अगर किसी ने गाया है और जब उनके कबीर की बात हो रही है, तो वहाँ तो कुमार जी जब कबीर गा रहे हैं, ये ज़रूरी भी नहीं है कि आपने वो पद सुना हो, ज़रूरी नहीं कि आप जानते हों कि कबीर का है, वो कबीर का अलग से पद है कि ये कबीर का ही हो सकता है किसी और का नहीं हो सकता। लेकिन अगर ये बात चल रही है तो फिर मैं ये भी कहूँ कि उन्होंने जब सूर और तुलसी गाया तो वो बात नहीं आयी। कुछ हुआ, कौन-सा तादात्म्य स्थापित हुआ कि या रहस्यमयी कण्ठ या ये रहस्यमयी कल्पना कुमार गन्धर्व की, वो किस तरह उनका दिमाग़ चल रहा है...

इसका तो उन्होंने ख़ुद अपने आप ज़िक्र किया है।

क्या, क्या किया है।

वो लिंडा हेस वाली किताब जो है ना *सिंगिंग एम्प्टीनेस*, उसमें तो इसका उन्होंने वर्णन किया है। कि कबीर को गाने से पहले वो उसमें 'फेंकना' शब्द...थ्रोननेस वो अँग्रेज़ी में उसका इस्तेमाल करते हैं। कहते हैं कि इसका मतलब ही नहीं समझ में आये और गाते थे, कुछ बात ही नहीं बनती थी। तो जहाँ देवास में रहते थे वो बताये कि वहाँ पास में ही नाथपन्थियों का एक मठ हुआ करता था। जैसे कि नाथपन्थी हुआ करते हैं, वो अपना गाते हुए भिक्षा माँगते थे। एक दिन उनके दरवाज़े पे एक नाथपंथी आया और वो कबीर गा रहा था। जब उन्होंने सुना उसको, तब उन्हें महसूस हुआ कि ऐसे गाना है। और फिर वो ख़ुद उसमें लिखते हैं, लिखते हैं मतलब लिंडा हेस को बता रहे हैं कि उस गाने के लिए मुझे यह लगा कि आइ हैव टु अनलर्न एवरीथिंग, जितना म्यूज़िक जो हमने शास्त्रीय सीखा है आइ हैव टु अनलर्न इट एण्ड लेट गो ऑफ़ एवरीथिंग। तब उनको समझ में आया कि वो थ्रोननेस क्या होती है कि फेंकिये, मारते हैं एण्ड स्टिल इट डज़ नॉट हर्ट। एण्ड दैट इज़ हाउ ही इज़ आल्सो थ्रोइंग हिज़ च्वायस।

ये तो...

> अभी तक जो कुछ भी संगीत उन्होंने सीखा था, कबीर को गाने के लिए वो सब उन्हें भुलाना पड़ा। तब कहीं जाकर वो कबीर गा पाये।

ये उन्होंने ख़ुद लिण्डा हेस को बताया... वो जो अभूतपूर्व प्रभाव उत्पन्न हुआ है ऐसा तो...हाँ, ये जो प्रभाव की बात कि क्या प्रभाव...भीमसेन जोशी...अब मैं तो बता ही चुका हूँ कि मैं मुरीद हूँ उनका...भीमसेन जोशी एक राग...बड़ा प्रिय राग था उनका जोगिया। अब जोगिया का ये है भैरवी की तरह कि आप सबेरे भी गा लेंगे, प्रायः लोग सुबह गाते हैं लेकिन वो जोगिया जो भजन मैं-आप चौबीसों घण्टे गा सकते हैं। तो कुछ ठुमरी अंग में भीमसेन जोशी ने एक जोगिया गाया। प्रिय बन्दिश थी इनकी पिया के मिलन की आस। भीमसेन जोशी इसको गाते थे। ये पिया कभी सांसारिक पिया लगता है और कभी पारलौकिक जो मिलना ही नहीं है। अब विरह के भी दोनों स्तर हो सकते हैं। समझ में ही नहीं आता है कि ये कब, कौन से लोक में हैं। वही जोगिया है, वही बन्दिश है। एक और इनकी प्रिय बन्दिश जो उतनी नहीं गाते थे जितनी कि पिया मिलन की आस, वो है हरि का भेद ना पायो, जोगिया में ही।

> जी, वाह क्या चर्चा छेड़ दी आपने।

अब यहाँ तो गुंजाइश, अब यहाँ तो वो जो रहस्य...और जो हरि का भेद ना पायो...

> वो जिस तरह से हर बार उसको गाते हैं, लगता है कि आप हर बार कुछ नया सुन रहे हैं।

तो कुछ ये भी होता है कि जो कुमार जी ने...अच्छा हुआ संजय मुझे ये बात बता दी। जब मैं तादात्म्य की बात कर रहा था, मैं तो अन्दाज़ लगा रहा था। लेकिन वो नाथ जोगी, भला हो उसका कि उस दिन पहुँच गया इनके द्वारे।

और नाद क्या होता है इसकी समझ उसी से उनको मिली।

ओहोहो, ये अच्छा बताया। अब ये जो हरि का भेद ना पायो, तो होता है किसी कलाकार को जब वो कुछ और ही करने लगता है।

नहीं, सबसे बड़ा तो ये सुनकर बहुत अच्छा लगा कि संगीत का ऐसा प्रभाव पड़ा आपके लेखन पर, आपकी सोच पर, ये नहीं कि आप...

उन्मुक्त कर दिया इन्होंने...

...आप संगीत के प्रेमी हैं। वो तो बहुत सारे लोग होते हैं। लेकिन उसका ऐसा प्रभाव पड़ना कि आपको एक तरह से सारे बन्धनों से मुक्त कर दे...

बिल्कुल...

स्वतन्त्रता का अहसास दिलाये और ये हुआ भीमसेन जोशी के संगीत से...

उन्होंने मुझे...मेरे...मैं तो बार-बार उनको नमन करता हूँ। मेरे तो गुरु...

जबकि आपने कहा कि कई बार उनको देखने-सुनने का मौक़ा मिला लेकिन कभी व्यक्तिगत उस तरह से बातचीत नहीं हुई और उसके  बावजूद उनसे ऐसा सम्बन्ध...

ये बात बताऊँ, बड़ौदा तो बहुत होता था आना इनका और भूपेन से दोस्ती। अब अगर भूपेन से दोस्ती है आपकी बड़ौदा में, तो फिर तो कोई दरवाज़ा ऐसा नहीं है जो आपके लिए बन्द हो। अब भूपेन का ये था कि राजा से लेकर रंक तक सब उसके मित्र थे। बड़ौदा के बड़े-बड़े उद्योगपति, महाराज बड़ौदा, स्टेशन के कुली, ढाबे वाला, ये सब भूपेन के दोस्त थे। सबका उसके घर आना होता था। अगर मैं कहता, भूपेन यार,

एक दिन पण्डित जी से भी मिलवा दो, तो कहता, इसमें क्या है चलो, चलते हैं जब भी वो आयें। कभी मैंने कोशिश नहीं की। कुलदीप से नहीं कहा, कुलदीप से तो मैं कह ही सकता था कि आ जाऊँ १० मिनट के लिए, तुम लोग चाय पी रहे हो तो मैं भी बैठ लूँगा। भूटानी जो विलायत ख़ाँ का प्राइवेट सेक्रेटरी, मेरे साथ रह रहा है, न जाने कितनी बार उसने कहा कि एक बार तो ख़ाँ साहब से मिल लो। मैंने कहा, नहीं, मैं नहीं मिलूँगा। मैं इनसे मिल लिया तो मुझे डर है कि इनके संगीत का मैं आनन्द उस तरह नहीं ले पाऊँगा। मैं इनको न जानूँ, मेरे लिए यही अच्छा है। कई बार आदमी कोई जोख़िम नहीं उठाना चाहता कि व्यक्तिगत तौर पर इनको जान लिया, और कुछ ऐसा...

> इसका मतलब आप ये कह रहे हैं कि मन में ये भय होता है कि उनके संगीत को सुनने से आपके मन में उनकी जो एक छवि बनी हुई है और कहीं ऐसा न हो कि एक व्यक्ति के रूप में मिलने से उस छवि पे आघात पहुँचे या...

हाँ, बिल्कुल ये है। विलायत ख़ाँ के मामले में तो मुझे मालूम था कि आघात पहुँचेगा। कह-कह के हार गया भूटानी। लेकिन मैंने कहा नहीं भूटानी, ये नहीं करूँगा। कार्यक्रम उनका हो रहा है, कोई बैठक हो रही है, ले चलो, मिलवाना कभी नहीं। तो कोई भी मौक़ा मैंने...मैं बना सकता था मौक़ा लेकिन मैं केवल उनको पूजना चाहता था।

> तो बहुत अच्छा लगा ये भीमसेन जोशी के बारे में आपकी ज़ुबानी और आपका समर्पण उनके प्रति, आपकी भक्ति...तो आज यहीं पे विराम देते हैं।

थैंक यू।

पिछले छह दिनों में रोज़ हम लोगों की सवेरे-शाम दो बैठकों में लम्बी-लम्बी बातचीत हुई और बड़े सिलसिलेवार ढंग से गायकों और...ज़्यादातर तो गायकों के बारे में ही लेकिन फिर कुछ वादकों के बारे में भी, कलाकारों के बारे में भी बातें हुईं। लेकिन कुछ लोग अभी भी मेरी समझ से छूट गये हैं। तो ये जो हम लोगों का अन्तिम सेशन चल रहा है, इसमें कुछ ऐसे लोग जो छूट गये हैं तो उनकी बातचीत हम लोग थोड़े-थोड़े में अगर कर सकें तो बहुत ही अच्छा होगा।

देखिये छूटे तो बहुत लोग हैं और ये छूटना कुछ इस तरह है जब आप सालों काम करते हैं और एक किताब तैयार होती है। किताब तैयार होने के बाद एक प्रीफ़ेस लिखते हैं, प्रीफ़ेस के बाद एकनॉलेजमेण्ट्स लिखते हैं और आप जानते हैं कि पूरी कोशिश के बावजूद जिन-जिन लोगों ने हमारी मदद की, उन सबको याद करें, उनके प्रति अपनी कृतज्ञता व्यक्त करें, हमेशा कोई न कोई छूट ही जाता है और कभी-कभी तो ऐसा छूट जाता है जिसके छूटने का न कोई कारण है न कोई औचित्य। तो ये तो सम्भव ही नहीं है कि जिन-जिन लोगों को सुना, उनको बहुत पसन्द किया, वो सारे के सारे इन छह दिनों में आ गये हों। ऐसा भी नहीं है कि भूल से ही नहीं आ पाये। कुछ जानते हुए भी कि उनको आना चाहिए नहीं आ पाये। सबसे बड़ा उदाहरण उसका पण्डित निखिल बैनर्जी हैं। अब मैं सोच ही नहीं सकता कि ये जो इतना लम्बा अरसा सुनने का हुआ है और जैसा मैंने कहा कि इसकी गिनती तो कर ही नहीं सकता, हिसाब तो लगा ही नहीं सकता कि कब से सुनना शुरू हुआ। लेकिन कम से कम पिछले ४५-४८ सालों में निखिल बैनर्जी को नियमित रूप से सुना है। उनकी बात होनी चाहिए, नहीं हुई। अब जब नाम आ गया है तो उनकी चर्चा करूँगा। पण्डित जितेन्द्र अभिषेकी की चर्चा नहीं हुई, मालिनी राजूरकर की चर्चा नहीं हुई। और तो और उस्ताद शराफ़त हुसैन ख़ाँ मुझे जितने पसन्द हैं और जितना मैंने उनको सुना है, उस हिसाब से तो कुछ भी नहीं उनकी चर्चा हुई। तो तमाम हैं जिनकी चर्चा नहीं हुई।

लेकिन जो नाम याद आ गये हैं, अभी थोड़ी चर्चा उनकी तो कर लें।

महालिंगम, अब वैसे तो देखिये सच बात ये है कि मैंने कर्नाटक संगीत हिन्दुस्तानी संगीत के मुक़ाबले में बहुत थोड़ा सुना है। ख़ूब पसन्द करता हूँ, लेकिन ख़ुद अगर सुनने का मन हो जो कि होता ही है तो लगाऊँगा मैं हिन्दुस्तानी शास्त्रीय संगीत ही न कि कर्नाटक। लेकिन जब पहली बार मैंने इनके बारे में सुना या कहिए कि इनको खोजा मैंने, तो बहुत सुनता था महालिंगम को। महालिंगम कैसे रहस्यमय, मनमौजी और विवादास्पद कलाकार थे इसकी थोड़ी चर्चा मैं करना चाहूँगा। मैं १९८३ में पहली बार फ्रांस गया। वहाँ मेज़ों द सिएन्स द लोम, कुछ उस तरह जैसी हमारी आइसीएसएसआर है, तो बहुत ही प्रतिष्ठित संस्थान है फ्रान्स का, ब्रॉदेल ने शुरू किया था उसको। १९८३ में मैं वहाँ पहुँचा। वहाँ एक दम्पत्ति थे कपिल और रमा, कपिल राज और रमा राज। कपिल राज दार्शनिक और रमा राज फ़िज़िसिस्ट। जवान थे उस समय दोनों, ६-७ साल पहले पेरिस पहुँचे थे और बड़े एडवेंचर्स लोग थे। संगीत का दोनों को बड़ा शौक़ था। रमा तमिलनाडु की, सो उसको हिन्दुस्तानी शास्त्रीय संगीत के साथ-साथ कर्नाटक संगीत का भी बड़ा शौक़ था। ऐसी ही कुछ बात चल रही होगी, तो उसने कहा, कि तुमने माली को नहीं सुना। मैंने कहा कि ये माली कौन है। तो उसने कहा महालिंगम, टी आर महालिंगम, तुमने नाम भी नहीं सुना। मैंने कहा, अरे तुम लोग महालिंगम की बात कर रहे हो, द इरैटिक जीनियस ऑफ़ कर्नाटक म्यूज़िक। मैंने उनका नाम ही नहीं सुना है, उन्हें भी सुना है। वह भी दो बार, एक बार ही नहीं। कपिल-रमा को मानो सदमा लग गया हो, मानो सोच रहे हों कि ये आदमी ऐसे ही फेंक तो नहीं रहा। सो रमा बोली कि तुम दिल्ली में रहते हो, साउथ में ही मुश्किल से सुन पाते हैं लोग माली को, तो कहाँ सुन लिया तुमने उन्हें दो बार। जब मैंने कहा, दिल्ली तो उन्हें और भी ज़्यादा ताज्जुब हुआ। पर इसके बाद जो हुआ उसने मुझे ताज्जुब में डाल दिया। कपिल ने मुझसे पूछा, सुनना चाहोगे माली को। सुनते ही मैंने कहा, हाँ, क्या बजा रहे हैं वह पेरिस में? हँसने लगा कपिल। बोला, हाँ, इसी घर में अभी बजा रहे हैं माली ख़ास तुम्हारे लिए। यह कहकर उसने एक एलपी लगा दिया। वह पूरा हुआ तो दूसरा एलपी लगाया। मैं दंग कि महालिंगम तो रिकॉर्डिंग होने नहीं देते अपनी बाँसुरी की और यहाँ दो-दो एलपी लिये बैठे हैं ये लोग उनके संगीत के। पता लगा कि रेडियो फ्रान्स ने विशेष प्रयत्न करके वह काम करवा लिया था महालिंगम से जो और कोई नहीं करवा पाया था। कपिल

भले मानस ने न सिर्फ़ माली का संगीत सुनवाया बल्कि कैसेट में उसकी रिकार्डिंग भी दे दी मुझे।

अरे संजय, वो महालिंगम का बाँसुरी वादन...अब मैं सुनूँ और चकित... ये कैसे बजा रहे हैं। अगर याद हो मैंने विलायत ख़ाँ की बात करते-करते कहा था कि कभी-कभी लगता था कि बिल्कुल ये बच्चों की किलकारी इसमें आ रही है और ऐसी एक मासूमियत...तो महालिंगम का कभी लगे कि चिड़िया चहचहा रही हैं, कभी बच्चे हँस रहे हैं, छोटी-छोटी तानें और फिर कभी इतनी लम्बी तानें, इतनी मुश्किल तानें...तो ये बिल्कुल नयी शैली बाँसुरी वादन की सुनने को मिली।

महालिंगम के बारे में अनगिनत क़िस्से सुनने को मिले। एक बार चामराज वाडियार ने...चामराज वाडियार मैसूर के महाराज स्वयं संगीत के विद्वान और संगीतज्ञ...कहा ये जाता है कि उन्होंने महालिंगम को वेस्टर्न म्यूज़िक का कोई पीस सुनाया, एक छोटा सा पीस और कहा क्या सोचते हो। महालिंगम ने अपनी जेब से बाँसुरी निकाली...अच्छा, महालिंगम की बाँसुरी ये हरिप्रसाद चौरसिया वाली बाँसुरी नहीं थी, वो छोटी सी बाँसुरी। जैसी हमारे यहाँ मेलों में मिलती है न, उस तरह की बाँसुरी...उन्होंने जेब से बाँसुरी निकाली और वही पीस उसी समय बजा दिया। उनके बारे में कहा जाता था कि उनका कार्यक्रम आयोजित हो गया है, टिकट बिक गये हैं, लेकिन आयोजक भी जानते हैं और जो सुनने जा रहे हैं वो भी जानते हैं कि कोई ज़रूरी नहीं है कि महालिंगम आयें ही आयें। आ गये तो आपकी क़िस्मत, नहीं आये तो रोना नहीं। सो मैं तो अब बहुत ही प्रभावित...इस चक्कर में कि कहीं महालिंगम को सुन सकें। और मिल गया मौक़ा। दक्षिण भारत संगीत समाज एक दिल्ली में कोई संस्था थी, उन्होंने महालिंगम को बुलाया। महालिंगम के लिए मैंने टिकट ख़रीद लिया। टिकट मैं और मेरा छोटा सा बेटा...उसकी उमर ऐसे ही ७-८ साल उस समय रही होगी...तो मैं उसको लेके गया।

कौन।

मेरा बेटा ७-८ साल का और मैं। अरे भाई एक तो अजूबा ये हुआ कि जो समय निर्धारित था उस समय पे महालिंगम स्टेज पर विराजमान।

जिनका भरोसा नहीं कि आयेंगे भी वह ठीक निर्धारित समय पर स्टेज पर विराजमान...क्या पश्चिम में होगा समय से, जो महालिंगम का कार्यक्रम शुरू हुआ। और मैं तो मैं, वो छोटा बालक, वो ऐसे ध्यानमग्न होके सुन रहा था महालिंगम को, और दिनों तक घर में वो महालिंगम की नक़ल करता रहा। उसको इतना पसन्द आये महालिंगम। फिर एक और मौक़ा मिला।

ये कब की बात रही होगी जब आप महालिंगम...एक अन्दाज़न...

दोनों ही कार्यक्रम आस ही पास हुए थे। साल-छह महीने के अन्तर पर रहे होंगे। दूसरा कार्यक्रम पक्का याद है। स्वाधीनता की रजत जयन्ती पर दिल्ली के लाल क़िले में आयोजित वह संगीत सम्मेलन जिसमें भीमसेन जोशी के गाये मारू बिहाग का ज़िक्र मैं पहले कर चुका हूँ।

वो जो जीनियस वाली बात है, तो उसी सिलसिले में ये भी बताऊँ कि महालिंगम का जब कार्यक्रम चलता था तो एक फ्लास्क और एक स्टेनलेस स्टील का गिलास वहाँ रहता था स्टेज पर। बीच-बीच में वो उसी गिलास से एक-एक, दो-दो घूँट लेते रहते थे। अन्त तक उनका घूँट लेने का सिलसिला चलता रहता था। अब ये कहने की ज़रूरत तो है नहीं कि स्टील के गिलास में और थर्मस में क्या होता था।

पेय पदार्थ होता था।

तो महालिंगम को दो बार सुना और आनन्द लेके सुना। रिकॉर्डिंग तो थी ही महालिंगम की। लेकिन इसी सिलसिले में...ये बस आख़िरी बात महालिंगम के बारे में बताऊँगा। हमारे एक मित्र हैं विवान सुन्दरम, कलाकार। विवान सुन्दरम के पिता, सुन्दरम साहब आईसीएस अफ़सर होते थे। सुन्दरम साहब बहुत ही विद्वान व्यक्ति थे। संस्कृत के प्रेमी और ज्ञाता। कालिदास के चार नाटकों का उन्होंने अँग्रेज़ी में अनुवाद किया था, जो प्रकाशित हुए थे। संगीत के परम प्रेमी, कर्नाटक संगीत के। उनकी अस्सीवीं वर्षगाँठ पर हम लोगों को बुलाया गया। गीतांजलि और मैं सोचने लगे कि सुन्दरम साहब को क्या भेंट दी जाये। सोचने के बाद लगा कि महालिंगम से अच्छी

भेंट सुन्दरम साहब के लिए कम से कम हम नहीं सोच सकते। दो-तीन महीने बाद विवान से मुलाकात हुई और उसने कहा यार तुमने ये क्या गिफ़्ट दे दी। मैंने कहा कि क्या प्रसन्न हुए। बोला नाराज़ हो गये, बोले, ये, ये, इज दिस कर्नाटक म्यूज़िक, हू ब्रौट दिस गिफ़्ट? तो परम्परावादी रहे होंगे सुन्दरम साहब और उनको गुस्सा आ गया। अब मैंने ये पूछने की भी हिम्मत नहीं की कि भाई वो पहले से माली को सुनते रहे थे या पहली बार उन्होंने माली को सुना। एक जानकार की ये प्रतिक्रिया भी हमें सुनने को मिली जैसी कि सुन्दरम साहब की हुई। मैं नहीं जानता कि और लोग किस...लेकिन ये ज़रूर जानता हूँ कि महालिंगम का अपना एक स्थान है। विवादास्पद रहे हैं ये मैं जानता हूँ, लेकिन इतने विवादास्पद रहे होंगे कि कुछ लोग उनको सिरे से नापसन्द करते थे इसका मुझे कोई ज्ञान नहीं था।

> नहीं, ये हो सकता है, मैं अनुमान लगा रहा हूँ कि उस ज़माने में काफ़ी लोग कन्ज़र्वेटिव और प्यूरिस्ट हुआ करते थे और ख़ासकर आप जिनकी बात कर रहे हैं सुन्दरम साहब की और शायद उन लोगों को थोड़ी सी भी छेड़खानी रागों के साथ या वो स्वरों के साथ, किसी भी तरह का प्रयोग, जिसको हम लोग प्रयोगधर्मिता कहते हैं, शायद वो बिल्कुल सख़्त नापसन्द था।
>
> चूँकि जो रसिक सुनने वाला है वो तो बस बिल्कुल भावविभोर हो कर संगीत का आनन्द लेगा। जैसा कि आपने कहा कि कर्नाटक संगीत से आपका उस तरह से सम्बन्ध नहीं था, बस सुनते थे, अच्छा लगता था लेकिन उस तरह से लगाव या जुड़ाव नहीं था। लेकिन जब आपने महालिंगम को सुना, तो फिर आप तो आप, आपका जो बेटा महज़ ७-८ साल का रहा होगा वो भी घर में बाँसुरी ले के...

हाँ, वो तो...अब तो ख़ैर ये महालिंगम...उसी दौरान बालमुरली कृष्ण को काफ़ी सुना। ये दिल्ली आने लगे थे। रिकॉर्डिंग में एम.डी. रामनाथन को भी मैंने काफ़ी सुना। लेकिन ये मैं नहीं कह सकता हूँ कि नियम, नियमित रूप से...और एक चीज़ ज़रूर ये हुई कि एम.एस. सुब्बलक्ष्मी इनको सुनने की बड़ी इच्छा रहती थी लेकिन कभी इत्तेफ़ाक़ नहीं हुआ कि उनका

कार्यक्रम हो और मैं रहा हूँ, तो मैं उनको नहीं सुन पाया। और बाज़ार जाऊँ सुब्बलक्ष्मी का संगीत ख़रीदने तो केवल उनके भजन मिलते थे। अब मेरा ये था कि मुझे तो राग संगीत सुनना है। ले दे के बड़ी मुश्किल से मुझे एक बार दूरदर्शन के आर्काइव्ज़ से एक सीरीज़ रिलीज़ हुई थी जिसमें वो राधिका मोहन मोइत्रा का सीडी मुझे मिला था, वो सीडी जा के मिला। तो उनको जिनको मैं बहुत सुनना चाहता था उनको बिल्कुल ही थोड़ा सा सुन पाया। बस ऐसा ही छोटा-मोटा मेरा रिश्ता रहा है लेकिन माली को मैंने बहुत सुना है।

एक तो ये, दूसरे वही पण्डित निखिल बैनर्जी जिनसे कि मैं बहुत प्रभावित रहा हूँ, जिनको हम दोनों ने, गीतांजलि ने और मैंने, बहुत सुना है। निखिल बैनर्जी और हमारा कुछ ऐसा था कि हम देश-विदेश जहाँ हैं वहाँ अगर निखिल बैनर्जी का कुछ दिखायी पड़ गया, तो लेना ही लेना है। हमने सबसे ज़्यादा निखिल बैनर्जी अगर कहीं ख़रीदा है तो वो टोक्यो में। इससे भी अन्दाज़ लगा सकते हैं निखिल बैनर्जी की लोकप्रियता का कि टोक्यो में सबसे ज़्यादा उनके सीडीज़ हमें ख़रीदने को मिले। निखिल बैनर्जी की एक बात मैं ज़रूर बताना चाहूँगा। बात तब की है जब थोड़ा-थोड़ा नाम होने लगा था निखिल बैनर्जी का। एक दिन पता लगा कि दिल्ली के मैक्समूलर भवन में निखिल बैनर्जी बजा रहे हैं। अब मैक्समूलर भवन तो वैसे ही उनका छोटा-सा हॉल है, टिकट थे नहीं, पास थे, तो जो लोग पास ले आये वो लोग पहुँच लिये। तो ऐसे ही रहे होंगे ७०-८० लोग सुनने वाले। निखिल बैनर्जी को सुनके जब मैं निकला तो मैंने कहा कि क्या फ़ायदा हुआ आने का। ये तो पण्डित रविशंकर की पेल कॉपी हैं। कुछ वैसा ही भाव था मेरा जो मैं पहले बुद्धादित्य मुखर्जी के बारे में कह चुका हूँ। मुझे कोई दिलचस्पी निखिल बैनर्जी में नहीं हुई। लेकिन एक बार इनका कुछ सुनने को मिला। ध्यान नहीं मित्र के यहाँ सुना, कैसे सुना, बहरहाल सुना। मैं चमत्कृत कि ये तो वो निखिल बैनर्जी नहीं हैं जिनको हमने मैक्समूलर भवन में सुना था। स्वाभाविक इच्छा हुई कि निखिल बैनर्जी अब अगर ये हैं तो इनको सुनना ही चाहिए। तब से सिलसिला शुरू हो गया निखिल बैनर्जी को सुनने का। अब अपार संगीत निखिल बैनर्जी का हमारे पास है। एक वक़्त ऐसा भी रहा है कि हम सोने जाते थे और निखिल बैनर्जी का कोई एक रिकॉर्ड लगा देते थे और उसी को सुनते-सुनते कब नींद आ जाती थी

ये मालूम ही नहीं पड़ता था। सोने के सिलसिले में एक और...ये, ये बड़ी दिलचस्प है जो किसी और संगीतज्ञ को सुनते में मेरे साथ नहीं हुई है। मैंने जितनी बार पण्डित निखिल बैनर्जी को सुना...मैं वो मैक्समूलर वाली बात नहीं कर रहा हूँ, ये जो बाद के निखिल बैनर्जी हैं...जितनी बार निखिल बैनर्जी को सुना, कभी पूर्ण जागृत अवस्था में पूरा कार्यक्रम नहीं सुना।

मतलब नहीं समझा मैं।

गये, उनका वादन प्रारम्भ हुआ और उनका तो बहुत ही एलेबोरेट प्रेज़ेण्टेशन होता था। जो भी राग है, लम्बा आलाप, जोड़, झाला, फिर दोनों गतें। लम्बा-लम्बा होता था उनका। तो आलाप उनका शुरू हुआ, मैं जगके सुन रहा हूँ और फिर कोई एक स्थिति आती थी, और बहुत जल्दी आ जाती थी, जब मैं अर्ध-जागृत अवस्था में होता था, आधा सोया आधा जागा। उनका संगीत मुझे कुछ ऐसी दुनिया में ले जाता था जहाँ कि मैं पूरा जागा नहीं होता था। और हमारे यहाँ भी आप जानते हैं कि अवस्थाएँ बतायी गयी हैं जागृत से लेकर मूर्च्छा तक, अगर अब उसको सुषुप्ता अवस्था कह सकें, कुछ सुषुप्ता अवस्था की स्थिति में निखिल बैनर्जी मुझे ले जाते हैं। और ये मैं समझ नहीं पाता हूँ कि...

एड्गर ऐलन पो की एक कहानी है 'द फ़ॉल ऑफ़ द हाउस ऑफ़ द अशर'। तो उसमें जो एक उनका चरित्र है अशर जो है, रोडेरिक अशर, तो वो ख़ुद तो नहीं कहते हैं लेकिन आलोचक कहते हैं कि उसकी स्थिति जो है बिटवीन वेकफुलनेस एण्ड स्लीप, जिसको कि वो कहते हैं हिप्नोगोगिक स्टेट, ना पूरी तरह जागृत अवस्था ना सुसुप्ता अवस्था, दोनों के बीच की स्थिति।

हिप्नोगोगिक।

हिप्नोगोगिक। तो मुझे आपकी बातचीत से वो ध्यान आ गया।

हाँ, हाँ, संजय, तो ये तो सही शब्द...चूँकि मेरे मन...

और उस समय वो कहते हैं कि माइंड की रिसेप्टिवटी अपने चरम पर होती है, तो जी बारीक से बारीक, सूक्ष्म से सूक्ष्म चीज़ों के प्रति संवेदनशील।

मैं जिसको सुषुप्ता अवस्था कह रहा हूँ वो हिप्नोगोगिक स्टेट से मिलती-जुलती होगी। इसी सन्दर्भ में मैं ये भी बताऊँ कि अगर आप कभी भाँग का सेवन करके संगीत सुन रहे हों लेकिन वो...उसमें दुश्वारी ये होती है कि भाँग का नशा निर्धारित नहीं किया जा सकता। अगर, अगर वो सही नहीं हुआ तो आप छटपटा रहे हैं क्योंकि वो तो आपको कहीं और ले जा रहा है। वहाँ आप जा रहे हैं और पूरा जा नहीं पा रहे तो फिर वो धकेल देता है, नीचे फेंक देता है, तो ये बहुत परेशान करने वाली स्थिति होती है। और ज़्यादा हो गयी तो फिर आप किसी लायक़ ही नहीं रहे। वो जो सही मात्रा उसकी है, अगर सही स्थिति आपको प्राप्त हो गयी, जो हाइटेंड अवेयरनेस होगी, उस हाइटेंड अवेयरनेस में अगर आप संगीत सुनें तो आप पायेंगे कि न केवल एक-एक स्वर अपनी चरम शुद्धता में आता है आपके पास, बल्कि उसकी लय और उसकी गत, उसका जो एहसास आपको होता है, वो अद्भुत होता है। तो ये हिप्नोगोगिक या सुषुप्तावस्था में सुनने की जो कैफ़ियत है वो कुछ उसी तरह की है। लेकिन यहाँ मज़ा ये है कि निखिल बैनर्जी को सुनते समय आपको किसी बाह्य पदार्थ की, किसी इतर पदार्थ की, तत्त्व की आवश्यकता नहीं है। उनका संगीत अपने-आप उस अवस्था में ले जाता है आपको। निखिल बैनर्जी ने उस तरह का आनन्द दिया है जो और संगीतकारों ने नहीं दिया। ये बिल्कुल क्वालिटेटिवली अलग है। मैं निखिल बैनर्जी की भी बात करना चाहता था। अब विस्तार से नहीं, इतना ज़रूर कहूँगा कि समय-समय पर कुछ लोगों को बहुत सुना है, उनमें मालिनी राजुरकर हैं, जितेन्द्र अभिषेकी हैं कि जो मिला इनका वो हासिल किया और ख़ूब सुना।

ये दोनों तो ग्वालियर घराने के हैं।

अब मैंने कभी ये जानने की...नहीं, नहीं, मालिनी राजुरकर मैं जानता हूँ, लेकिन जितेन्द्र अभिषेकी के बारे में मैंने कभी कोशिश ही नहीं की जानने की कि वो किस घराने के थे। चूँकि उनके संगीत को सुनते समय कुछ

वैसे ही लगता है जैसे भीमसेन जोशी को। अब भीमसेन जोशी कहने को किराना घराने के हैं लेकिन बाक़ी किराना घराने के गायकों के मुक़ाबले में उनको कैसे...वो तो इस, इसको भी उन्होंने ट्रैन्सेंड कर लिया था और अब तो ये है कि न जाने कितने गायक हैं किसी भी घराने के हों, कहीं कोशिश उनकी ये होती है कि ख़याल वही है जो भीमसेन...ख़याल गायकी का एक ऐसा नया प्रतिमान भीमसेन ने स्थापित कर दिया कि कोशिश ये होती है कि भई उस तरह से वो एक कम्प्लीट...तो मैंने जानने की ही नहीं कोशिश की कि जितेन्द्र अभिषेकी वो..., लेकिन अब अच्छा हुआ आपने बता दिया कि वो ग्वालियर घराने के थे।

शायद, जहाँ तक मुझे याद आ रहा है।

आजकल स्थिति ये है, संजय, चलते-चलते ये भी कह दूँ कि अब ऐसा कोई कलाकार नहीं है जिसके लिए मैं मीलों जाऊँ कि भई इनको तो सुनना ही सुनना है। अब जो संगीत सभाएँ आयोजित होतीं हैं उनमें तो मैं मुद्दत से जाता ही नहीं। मुद्दत हो गयी है शंकरलाल गये हुए। अब इच्छा ही नहीं होती है। इसलिए कि उसका स्वरूप, उसकी प्रकृति बिल्कुल बदल गयी है। अब उल्हास कशलकर अगर सुनने को मिलेंगे...

अच्छा, देखिये जितेन्द्र अभिषेकी आगरा घराने के हैं।

आगरा घराने के हैं।

जी, थोड़ा ग़लत बोल गया था।

अच्छा अगर ये आगरा घराने के हैं...अच्छा हुआ आपने पता कर लिया... तो बाक़ी आगरा घराने के गायकों से काफ़ी भिन्न...भई शराफ़त, लताफ़त, कुमार मुखर्जी उन लोगों के...

और फ़ैयाज़ ख़ाँ से तो शुरुआत ही होती है...

अब...वो तो मतलब...

यू कट योर टीथ ऑन हिम...

हाँ, हाँ, अब अगर मैं अपने पिता से असहमत हो सकता हूँ जिनकी बदौलत संगीत से ये जुड़ाव हुआ है...फ़ैयाज़ ख़ाँ तो...फ़ैयाज़ ख़ाँ तो फ़ैयाज़ ख़ाँ हैं। ये कोई अगर पूरी, पूरे तरीक़े से फ़ैयाज़ ख़ाँ के मोल्ड में आया मेरे हिसाब से बग़ैर हुबहू उनकी नक़ल...एक सोहन सिंह थे। अरे भाई सोहन सिंह गा रहे हैं और आप ग़ौर से नहीं सुन रहे तो आप भ्रम में पड़ जायेंगे कि फ़ैयाज़ ख़ाँ को सुन रहे हैं। ग़ौर से सुनना पड़ता था, फिर समझ में आता था अरे फ़र्क़ ये है। सोहन सिंह फ़ैयाज़ ख़ाँ हो जाते तो फिर बात ही क्या थी। लेकिन ऐसा उन्होंने गायन अपना बना लिया था कि अच्छों-अच्छों को भ्रम में डाल दें। शराफ़त के यहाँ वो नहीं है। तो किसी ने अगर सारे तत्त्व आगरा घराने की गायकी के अपनी गायकी में शामिल किये और अपने तरीक़े से गाया तो वो मेरे हिसाब से शराफ़त हुसैन ख़ाँ हैं।

उनकी चर्चा हालाँकि बीच-बीच में थोड़ी आयी है, लेकिन थोड़ा उनके बारे में...

अब शराफ़त हुसैन ख़ाँ का जो आलाप होता है, सुकून से आलाप होता है, राग का पूरा रूप ऐसे आपके सामने उतार देते हैं और इतने धीमे-धीमे चलते हैं उनको बिल्कुल जल्दी नहीं और तब जाके वो अपनी बन्दिश पर आते हैं। हालाँकि एक बार ऐसा भी हुआ...जो उनकी लाइव रिकॉर्डिंग है उनमें से एक लाइव रिकॉर्डिंग में वो ये कहते हैं...ये बात बता दूँ उसमें एक छोटा-सा आलाप करते हैं, बहुत छोटा-सा आलाप करते हैं, और विलम्बित शुरू कर देते हैं। फिर अचानक उन्हें कुछ ख़याल आता है कि भई ये श्रोता सोच रहे होंगे कि ये आज ख़ाँ साहब को क्या हो गया, तो वो गाना रोककर कहते हैं कि मेरे दो उस्ताद थे। एक उस्ताद कहते थे कि लम्बा आलाप करो। दूसरे कहते थे कि आलाप की ज़रूरत ही नहीं है, वो तो ख़याल में आ ही जाता है, क्या अलग से...तो आज मैं अपने दूसरे उस्ताद...

कौन थे ये दूसरे उस्ताद।

अब, ये नहीं, जो मुलाक़ात हुई थी वो इससे पहले हो गयी थी वरना मैं ये भी पूछता कि आपके दूसरे उस्ताद कौन थे और कौन जाने जो उन्होंने बताया था कि मैं चला आया फ़ैयाज़ ख़ाँ साहब के पास से और फिर नहीं गया, हो सकता है उस वक़्त कोई...तो मैं जानता नहीं कि वो...तो शराफ़त हुसैन का गायन सुनने में जो सुकून मिलता है, लगता है कि हाँ, आज हमने पूरिया सुना, या आज जय-जयवन्ती सुना। वो जो वृहद उसका रूप आपके सामने प्रस्तुत करते हैं, बहुत कम लोग वो चीज़ करते हैं।

थोड़ा उल्हास कशलकर साहब का भी ज़िक्र करेंगे।

मैं उनका ज़िक्र ज़्यादा इसलिए नहीं कर पाऊँगा कि जाता हूँ, उनको सुनता हूँ, और उनके गाने में जो एक बड़ी सुन्दर बात है कि वो भी किसी जल्दी में नहीं रहते। उनको थियेटर जैसे पसन्द ही नहीं। उनका संगीत है और प्यार से, कोई कोशिश नहीं है इफेक्ट क्रिएट करने की, तालियाँ बटोरने की, बहुत ही सौम्य गायन उनका होता है। और वो सौम्य गायन और बड़े गायक तो वो हैं ही, सुरों पर जो उनका अधिकार है, तो ये है कि ऐसा निष्णात संगीत में और फिर बग़ैर किसी ड्रामे के वो आपको गाना सुना रहा है, वो, वो चीज़ अद्भुत है। इतने कम लोग...वो शैली ही उनकी जो है उल्हास कशलकर की, बड़ी आकर्षक शैली है। इसलिए मैं उन्हें बहुत पसन्द करता हूँ। उल्हास कशलकर कितना भी द्रुत में चले जायें, कितने भी ऊपर चले जायें, कहीं कोई नाटक जैसे हो ही नहीं रहा है। भले ही वो ग्वालियर घराने के हों लेकिन कुछ अमीर ख़ाँ वाला सुख उल्हास कशलकर देते हैं। अमीर ख़ाँ वाला सुख तो...अब इसमें ये है कि जो बड़े कलाकार हैं वो सब अपने-अपने तरीक़े का सुख देते हैं।

हाँ, एक की तुलना दूसरे से की नहीं जा सकती है। जो हम लोग की एक आदत सी हो गयी है रेटिंग करने की। तो शायद बड़े कलाकार सब अपने-अपने क़िस्म के अनोखे हैं, अपने-अपने तरीक़े से हमको प्रभावित करते हैं, आकर्षित करते हैं।

अब मैंने ही अपने कितने साल गँवा दिये इसी मूर्खता में विलायत ख़ाँ और रविशंकर के बीच...ये तो इतनी, इतनी वाहियात निरर्थक बात है कि ये

बड़े या वो बड़े, और बाक़ी बातें सब छोड़ भी दें, तो जो असल महानता होती है...और आप मुझसे बेहतर ये बात जानते हैं, साहित्य के आदमी हैं आप, ये तो सब अनागत में है, ये फ़ैसले तो इतिहास करता है। एक जेनरेशन अगर आपको पसन्द कर ले और कहे कि आप सबसे बड़े हैं, तो वो नाकाफी होता है। जब पुश्तें आपको पसन्द करें, वो जिसको टेस्ट ऑफ़ टाइम कहते हैं, असल फ़ैसले तब होते हैं। तो बिल्कुल सही बात आप कह रहे हैं कि बेमानी है ये बड़ा कि वो बड़ा।

आपने एक बार चर्चा की थी नलिनी देलवुआ की। तो थोड़ा उनका भी ज़िक्र चूँकि उनका भी भारतीय संगीत के प्रति डिवोशन अपने क़िस्म का है, तो थोड़ा उनका भी...

अरे भई संजय, बड़ा अच्छा हुआ नलिनी की याद दिलायी। इसलिए कि नलिनी की बात के ही सिलसिले में पहले थोड़ी देर...नहीं, एक बार हमने फ्रेड हार्डी का ज़िक्र किया था। और अब एक अपनी ग़लती...

उस बात को दुहरा भी दें वो डिवोशनल भक्ति वाली बात...

हाँ, वो जो मुझसे ग़लती हुई थी कि मैं रौ में कह गया कि वो डिवोशनल भक्ति पर उनकी पुस्तक है और फिर मैंने आपसे बाद में कहा था कि भैया आप इसको बदल सकें तो बदल दीजिये। डिवोशनल भक्ति का तो कोई अर्थ ही नहीं होता है, भक्ति तो है ही डिवोशनल। तो फ्रेड की किताब है विरह भक्ति पर, बहुत सुन्दर ग्रन्थ है ये विरह भक्ति पर। तो जैसे अब फ्रैड थे, फ्रैड ने इतना संगीत हम लोगों को दिया। कई बार ऐसा हुआ है कि विदेश में हमें अपना संगीत मिला है। नलिनी देलवुआ ने मुझे कभी कुछ दिया नहीं, लेकिन मैं पहली ही मुलाक़ात में बहुत प्रभावित हो गया उससे। जब १९८३ में मैं पहली बार पेरिस गया, तो कपिल ने कहा, किसने कहा, मुझे ठीक याद नहीं, किसी ने कहा कि भई तुम नलिनी से मिलो। तो मैंने नाम भी नहीं नलिनी का सुना था। फिर जिसने भी बताया हो उसने नलिनी को फ़ोन-वोन किया होगा। बहरहाल नलिनी के घर मिलने का दिन और समय निर्धारित हुआ। मैं पूछ-पाछ के कि कौन से मेट्रो जाना है, कहाँ उतरना है, फिर पैदल का क्या रास्ता है, वो सब नक़्शा-वक़्शा

बनाके मैं नलिनी के घर पहुँच गया। ऐसे ही तीसरे पहर की बात होगी, घण्टी बजायी, नलिनी ने दरवाज़ा खोला, जो भी औपचारिक बातें शुरू की होती हैं वो हुईं। अब उसका घर जो था, वो एक कमरे का घर। वो किचन, किचन भी क्या किचनेट, और छोटा सा टॉयलेट रूम, वरना एक कमरे का उसका घर। उसी कमरे में एक सैटी या चारपाई थी, ठीक याद नहीं। हो सकता है चारपाई भी न रही हो, सैटी रही हो, वो थी, इधर एक कुर्सी थी और उसका कमरा किताबों से, रिकार्डों से, कैसेट से भरा हुआ था। वो सीडीज़ उस वक़्त या तो आये नहीं थे या प्रचलन में नहीं थे, कैसेट और रिकॉड्र्स लिटर्ड। फिर उसने एक जग में ऑरेंज जूस निकाला और दो गिलास रख दिये। अब पेरिस में इस तरह से स्वागत अमूमन नहीं होता। वहाँ तो दूसरे तरीक़े हैं स्वागत के। तो उससे भी मुझे अन्दाज़ लगा कि इसने सिर्फ़ नलिनी नाम ही नहीं लिया है, अपनी जीवन शैली भी काफ़ी बदली हुई है।

जब बातें शुरू हुईं तो उसने मुझसे पूछा कि तुम कुछ सुनना चाहोगे। मैंने कहा हाँ, ख़ुशी से सुनूँगा। यहाँ आये २०-२५ दिन हो गये हैं कुछ मैंने सुना भी नहीं है, तो बहुत अच्छा रहेगा। तो बोली क्या सुनोगे। मैंने कहा कि आप बताइये क्या है आपके पास। उसने जवाब दिया कि तुम बताओ। सुनना तुमको है। उस जवाब से मैं समझ गया कि इसके पास तो अपार संगीत होगा वरना वो ये नहीं कहेगी कि तुम बताओ क्या सुनना है। मैंने भी सोचा चलो ज़रा टेस्ट कर लें इसको। मैंने कहा कि मल्लिकार्जुन का कुछ सुनवायेंगी आप। उसने कहा कि मल्लिकार्जुन का क्या सुनना है। मैंने कहना शुरू किया कि अब ५:०० बज रहे हैं तो...मैं तो ही कर पाया था कि उसने कहा कि तुम पेरिस में हो, हिन्दुस्तान में नहीं। ये सब भूल जाओ कि ५:०० बजे हैं शाम के, ५:०० बजे हैं सवेरे के। जो मन है वो बताओ। अब मुझे याद नहीं कि मैंने क्या कहा कि ये सुनाओ, लेकिन बहुत सम्भव है कि मैंने कोई मुश्किल राग बताया होगा जो कि शायद...अब खोकर तो मैं नहीं जानता था उस वक़्त, सम्भव है मैंने कहा हो खट लगा दो... कि कोई एक मुश्किल राग बताओ...वो अच्छोव राग के महारथी थे। तो उसने तुरन्त अपना एलपी निकाला, मुझे सुनवाया। नलिनी का संगीत प्रेम और समर्पण...कि जो भी उसके साधन रहे होंगे और सीमित साधन ही रहे होंगे, तो उन साधनों का जो वो प्रयोग करती थी, इस्तेमाल करती थी वो

इस सब में जाता था। रहने की जैसे उसे चिन्ता ही नहीं है। एक सैटी है, काफ़ी है गुज़ारा करने के लिए। लोग मिलने आयें वो भी ऐसे ही रहें। तो ख़ैर मैं नलिनी से बहुत प्रभावित हुआ। काफ़ी समय तक हम लोगों की मित्रता रही। अभी भी जब कभी मुलाक़ात हो जाती है तो बहुत ही ख़ुलूस से नलिनी मिलती है। बीच में संजय सुब्रामनियम् से उसका विवाह भी कुछ दिन रहा था, तो उससे कर्नाटक संगीत में भी उसकी रुचि...

> आजकल उनकी ध्रुपद में बहुत रुचि है और पिछले १७ सालों से बनारस में हर साल ध्रुपद समारोह होता है अप्रैल के महीने में, वो हर साल आती हैं चार से पाँच दिनों के लिए और फिर वो ग्वालियर जाती हैं। वहाँ ग्वालियर में कुछ लिरिक्स पे, ब्रज के पदों पे वो काम कर रही हैं और ख़ुद ध्रुपद सीखती हैं। ये बातें हमारी सहयोगी और मित्र प्रो. अर्चना ने बतायीं। अर्चना की उनसे मुलाक़ात पेरिस में एक कॉन्फ्रेन्स में हुई। उसके बाद हर साल जब वो बनारस आती हैं तो अर्चना से ज़रूर मिलती हैं।

अब देखिये, क्या लगन है। तो अच्छा हुआ नलिनी का ज़िक्र छेड़ दिया आपने। मुझे भी अच्छा लगा नलिनी को याद करते हुए वो शाम। उस दिन एक और बात हुई। न जाने कहाँ से नलिनी को ये ख़बर मिल गयी और उसने जब मल्लिकार्जुन मुझे सुना दिये, तो बोली डू यू नो। आइ सैड व्हाट। शी सैड ही इज डैड। बट हू, हू इज़ डैड। मल्लिकार्जुन, डोंट यू नो। अरे संजय, इतना सुनना था कि मैं रोने लगा। मैं तो इतने दु:ख में डूब गया...तो ख़ैर, मैंने अपने को सँभाला और फिर हम लोगों की बातें होती रहीं मल्लिकार्जुन के बारे में। इसके बाद तो किसी और विषय पर बातचीत मुश्किल थी। पता नहीं आपको ये घटना मालूम है या नहीं। एक बार बर्ट्रेंड रसेल की ख़बर आ गयी कि वो मर गये। तो उनकी ओबिचूएरीज़ छप गयीं। बर्ट्रेंड रसेल इस बात का ज़िक्र करते हैं और कहते हैं कि मैं उन फ़ॉर्चुनेट या अनफ़ॉर्चुनेट लोगों में हूँ जिन्होंने अपनी ओबिचुएरीज़ पढ़ी हैं।

> अरे बर्ट्रेंड रसेल तो एक ही बार पढ़े होंगे। मैंने तो जिस ऑथर पे काम किया है, ही हैड द प्लेज़र ऑफ़ रीडिंग हिज़ ओबिचुएरी ट्वाइस विदिन द स्पेस ऑफ़ अ मन्थ।

वो कैसे।

एर्नेस्ट हेमिंग्वे, वो उस समय अफ्रीका में कहीं हंटिंग के लिए जा रहे थे, हिज़ प्लेन क्रैश्ड। ख़बर फैल गयी कि साहब वो तो मर गये। और वो जो हॉस्पिटल अपने बेड में पहुँचे तो लिखते हैं कि आइ हैड द प्लेज़र ऑफ़ रीडिंग माई ओन ओबिचुएरीज़। मज़ेदार बात देखिये दैट वाज़ नॉट द एण्ड ऑफ़ इट। वो थोड़े ठीक हुए तो फिर ही वाज़ फ़्लाइंग एण्ड अगेन द प्लेन मेट विथ ऐन ऐक्सिडेण्ट।

सर्वाइव्ड टू प्लेन क्रैशेज़।

सर्वाइव्ड टू प्लेन क्रैशेज़ विदिन अ मन्थ और दोनों बार उनकी ओबिचुएरी लिखी गयी और वो कहते हैं कि हमें अपनी ओबिचुएरी पढ़के बड़ी ख़ुशी होती थी। तो हेमिंग्वे के साथ तो दो-दो बार ये वाक़या हो चुका। ख़ैर...

ये बहुत कमाल की बात है। अच्छा हुआ, मैं ये नहीं जानता था।

जी, तो हम लोग इस बातचीत की कड़ी के अन्तिम पड़ाव पर पहुँच चुके हैं। थोड़ी-बात आज की पीढ़ी के कलाकारों की भी कर लें। आपने अपने ज़माने के लोगों के बारे में बातचीत की... अभी जो लोग, इस समय कलाकार जो गा रहे हैं, बजा रहे हैं, ज़ाहिर सी बात है कि अब उसमें मल्लिकार्जुन मंसूर या अमीर ख़ाँ या भीमसेन जोशी को ढूँढ़ना या गंगूबाई हंगल को...लेकिन कुछ प्रॉमिस आपको अभी के जनरेशन में जिनमें दिखायी पड़ता हो या नयों को आपने कभी सुना कि नहीं।

ये सवाल बिल्कुल जायज़ है। लेकिन मैं सुपात्र नहीं हूँ इसका उत्तर देने

के लिए। उसका कारण ये है कि मैं अपने अज्ञान के आधार पर कुछ बोल दूँ तो उसका कोई अर्थ नहीं है। वो तो बिल्कुल पूर्वाग्रह होगा और मेरे पूर्वाग्रह हैं ये भी बता दूँ। अब जबकि जाना ही बन्द कर दिया सिवाय उन बैठकों के, तो कोई ऐसी प्रतिभा नज़र नहीं आयी जिसको लेके मैं ये कहूँ कि वाह, क्या बात है। अब एक नाम मुझे याद नहीं आ रहा। ये अशोक वाजपेयी ने रज़ा फ़ाउण्डेशन के तत्त्वावधान में एक चार या पाँच दिन का आयोजन किया था। इसमें एक गायक आया था जो रज़ा फ़ेलो रहा। ये सब रज़ा फ़ेलोज़ के कार्यक्रम थे, एक-एक दिन एक-एक रज़ा फ़ेलो अपनी प्रस्तुति करता था।

तो ये कहीं ख़ास जगह रहते हैं या ये जहाँ भी रहना चाहें, काम करना चाहें...

हाँ, ये लोग जहाँ भी चाहें, पूरी स्वतन्त्रता है। जो भी इनकी राशि निर्धारित है वो राशि इन को दे दी जाती है। तो, ये क्यों भला सा नाम है... महाराष्ट्रीयन...संजय, चमत्कृत कर देने वाला उसका गायन था। लेकिन चमत्कृत कर देने वाला गायन जब तक बार-बार आपको चमत्कृत न करे...आपने एक बार सुना और आप, अरे भाई क्या बात है...और वो सस्टेन न हो या आपके पास एक फॉर्मूला है कि हर राग आप उसी खाँचे में ढाल के प्रस्तुत कर देंगे...तो सिवाय इसके कि स्वर आपने बदल दिये,...तो हर बार जो प्रस्तुति आपकी होगी वही प्रस्तुति होगी। तो जितना मुझे सुनना चाहिए उतना मैं इसको नहीं सुन पाया। और जब दो-तीन लोगों से इस गवैये की मैंने प्रशंसा की, जिनमें पारखी भी थे, उन्होंने कहा कि थोड़ा और सुन लो तब बोलना। मैं समझ गया कि ये कहना क्या चाह रहे हैं। सच ये है कि उसके बाद मैंने कहीं सुना नहीं कि उनका कार्यक्रम हो रहा है। वरना मैं ज़रूर जाता उसी अनुभव के आधार पर। तो इतना कम मैं सुन रहा हूँ...जैसे मंजरी अस्नारे को सुना और ये इत्तेफ़ाक़ की बात है कि हमारे नौंत से लौटने के बाद कपूर साहब ने फिर मंजरी को बुलाया। हम लोग गये और मंजरी से अच्छी तरह मुलाक़ात भी हुई, मंजरी का गायन अच्छा लगा। लेकिन मैं अभी ये नहीं कह सकता हूँ कि अब ये उल्हास कशलकर की जगह या वैसे...और तो और जब राशिद ख़ाँ से

इतनी उम्मीदें बँधी और मोहभंग इतनी जल्दी हो गया और मोहभंग का कारण केवल वो दरबार हॉल का बर्ताव नहीं था, वो उनकी, वो इतनी जल्दी उनकी सीमाएँ समझ में आ गयीं, बस इतना ही है। वो उसके आगे शायद कोशिश भी नहीं करेंगे। तो मैं अगर कोई उत्तर अगर देता हूँ तो उसका कोई अर्थ नहीं होगा। मैं चाहूँगा कि भविष्य उज्ज्वल हो और अच्छे संगीतकार आयें, गाने वाले, बजाने वाले।

ये विनोद कपूर साहब की बैठक अभी बदस्तूर जारी है कि...

हूँ, बिल्कुल, जारी है।

कम से कम वो तो ज़रूर हमेशा ऑन द लुक आउट...

हाँ, वो रहते हैं।

अगर ऐसा कोई होगा उनकी नज़र में, तो ज़रूर...

हाँ, वो ज़रूर लायेंगे लेकिन  इसमें भी ये है कि पण्डित मल्लिकार्जुन मंसूर से किसी ने ये प्रश्न पूछा कि भविष्य में आप क्या देखते हैं। उन्होंने कहा बड़ा उज्ज्वल है भविष्य। तो वो अब क्या देख रहे थे, कहाँ से उज्ज्वल भविष्य दिख रहा था, कुछ देख ही रहे होंगे। कौन जाने इसीलिए कह दिया हो कि लोग ये ना समझें आफ़्टर मी द डिल्यूज, बुड्ढा क्या समझता है। सो उज्ज्वल भविष्य की बात करके टाल गये। सो लोग हैं जो कहते हैं कि भई कुछ और होगा। जैसे आप ही ने कहा जब मल्लिकार्जुन नहीं होंगे, भीमसेन नहीं होंगे, कोई ज़रूरी तो नहीं है कि वही...अब जैसे मल्लिकार्जुन का ही था कि जब किसी ने टोका कि पण्डित जी वो बड़े ख़ाँ साहब तो ऐसे नहीं गाते थे। उन्होंने गाकर दिखा दिया कि बड़े ख़ाँ साहब कैसे गाते थे। और फिर जोड़ दिया कि मैं उनका स्टेनोग्राफर थोड़े ही ना हूँ कि जैसे...फिर विकास कहाँ से होगा। और परम्परा का तो बुनियादी उसूल है कि उसमें परिवर्तन, परिवर्धन, जस का तस रहा तो परम्परा सड़ जायेगी। मेरा इस तरह का कोई इन्सिस्टेन्स, आग्रह नहीं है कि वही हो, लेकिन हो। और जो मैं बार-बार क्रिकेट की बात करता रहता हूँ, भई

तेन्दुलकर, द्रविड़ वग़ैरह, गांगुली, लक्ष्मण, भई ये लोग जब जा रहे थे तो हमें अन्धकारमय लगता था। किसको मालूम था कि उसी वक़्त विराट कोहली आ जायेगा।

लगता है कि सब जने को कहाँ पीछे छोड़ देगा जिस तरह...

है ना। तो ये जो होता है और विराट कोहली का आना तो इसलिए और सुखद लगता है, सुखद आश्चर्य पैदा करता है कि टी-२० और वनडे क्रिकेट के ज़माने में ये टेस्ट क्रिकेट को इतनी ऊँचाई पर ले गया जब ये लग रहा था कि टी-२० तो बर्बाद कर देगा क्रिकेट को। मैं तो आशान्वित रहना चाहता हूँ लेकिन आसार मुझे अच्छे नहीं लगते।

कभी आपने कुमार गन्धर्व के पोते को...

पोते को भई सुनने...ये प्रेमशंकर झा की बैठक में उनका पोता आया था और प्रेमशंकर झा ने ही उनके पोते की रिकॉर्डिंग्स हमें दी थी। वहाँ, वहाँ तो भाई अगर कोई है तो उनका बेटा है।

मुकुल शिवपुत्र।

मुकुल शिवपुत्र वो महालिंगम...

जैसा ही है।

दूसरे महालिंगम पैदा हुए हैं। बातें तो हम लोग कुछ और कर रहे थे लेकिन ये भी लगे हाथ बता दूँ कि अशोक वाजपेयी तो इनके अभिभावक की तरह हैं। कुमार जी चले गये लेकिन अशोक तो अभी हैं। उनके बेटे-बेटी-पोते बहुत अशोक को मानते हैं। अशोक ने एक छोटी सी महफ़िल का आयोजन किया। बीसेक लोग बुलाये गये कि मुकुल शिवपुत्र का गायन होगा। घण्टा भर हम लोग इन्तज़ार कर रहे हैं...

वो आया ही नहीं...

और नहीं आया। आख़िर में बहुत इन्तज़ार करने के बाद अशोक ने माफ़ी माँगी, कहा कि अब क्या करें अगर मेरे साथ भी वो ये कर सकता है, मैं जानता हूँ वो ये करता है लेकिन मुझे ये होती तो मैं आप लोगों को न बुलाता। ये आशंका थी ही नहीं मेरे मन में। बाद में कभी मुलाक़ात हुई तो पूछा कि अशोक हुआ क्या। बोले, होना क्या था, आधी रात को गार्ड ने फ़ोन किया कि ये साहब आप से मिलना चाहते हैं। मैंने कहा उसको भगा दो। बोला, मेरे से एक बार बात करवा दो। मैंने कहा, उसको भगा दो, बात ही नहीं करनी उससे। बोले, लेकिन अब क्या करें। गाना तो मुकुल शिवपुत्र का है...अरे संजय, प्रभाष जोशी उनकी पहली बरसी पर एक बड़ा ही, एक भव्य आयोजन किया गया,...नहीं उनकी बरसी पर नहीं, उनकी जो पहली वर्षगाँठ हुई मृत्योपरान्त उस पर एक भव्य आयोजन किया गया।

किनकी मृत्यु पर।

प्रभाष जोशी। चूँकि उनके जीवित रहते हर साल उनकी वर्षगाँठ बड़े ठाठ से उनके चहेते मनाते थे, तो उन्होंने कहा कि हम इस साल भी मनायेंगे। प्रभाष जी की स्मृति में उन्होंने एक व्याख्यान की योजना बनायी कि एक वार्षिक व्याख्यान होगा और एक संगीत का कार्यक्रम होगा। मुझे व्याख्यान के लिए बुलाया और मुकुल शिवपुत्र को गायन के लिए। मेरा व्याख्यान शुरू भी नहीं हुआ था कि ये दिखायी पड़ गये। पक्का था कि अब तो इनका गायन होगा। मैं बताऊँ कि दे रहा था मैं व्याख्यान, प्रभाष जी को याद करके दे रहा था...तो ये था कि प्रभाष जोशी के सम्मान में, उनकी स्मृति में है तो अपनी सामर्थ्य के अनुसार ठीक-ठाक करूँ, इसमें कोई कोताही नहीं होनी चाहिए। लेकिन जितनी देर मैं बोल रहा था, मैं चाह रहा था कि जल्दी ख़त्म हो और मुकुल शिवपुत्र को...भाई मुकुल शिवपुत्र। तो ऐसे भी हैं, क्या करें भई। बमुश्किल तमाम लोग उनको बुलाते हैं...वो विलायत ख़ाँ का जो मैं ज़िक्र कर रहा था रवि भाई आदाब अर्ज़ करता हूँ...

आपने पढ़ा है कि नहीं कुछ दिन पहले, कितने दिनों पहले की

बात है ध्यान नहीं आ रहा है...जो उनके हालात, बेतरतीब बाल... वो भीख माँगते पाये गये एक मन्दिर के बाहर। तो फिर वो किसी तरह से...

नहीं, नहीं, अरे अब वो भैया सुनने की बात थोड़े ही है। ये तो हम जानते हैं। भोपाल के जो हमारे कलाकार मित्र हैं, ये सब इसके बचपन के दोस्त हैं। तब जैसे अखिलेश, कलाकार भोपाल वाला...वो कहता है कि क्या करें...और भीख माँगते किसलिए कि बस थोड़ी देसी...

दारू मिल जाये।

खाने-वाने के लिए भीख नहीं माँगनी है। ये अखिलेश वग़ैरह जो बातें बताते हैं, तकलीफ़ होती है लेकिन अब अगर कोई बिल्कुल ही अपने को नष्ट करने पर...

तुला हो।

तो वो भई एक है लेकिन उसका होना ना होना बराबर है।

वेस्टेड जीनियस हैं।

हाँ।

अच्छा, एक तरफ़ हम लोगों ने नज़र नहीं डाली हालाँकि बहुत महत्त्वपूर्ण वो ट्रेण्ड नहीं है, लेकिन ये जो थोड़ा प्रयास फ़्यूज़न की तरफ़ हुआ जो प्रयास अली अकबर के समय से और फिर रविशंकर ने उसको नयी ऊँचाई दी, उसकी तरफ़ आप कैसे देखते हैं हालाँकि बहुत ज़्यादा कुछ हुआ नहीं है लेकिन कुछ लोग...

अली अकबर और रविशंकर में एक फ़र्क़ रहा। अली अकबर ने जो भी फ़्यूज़न किया, जो फ़िल्म संगीत दिया, रविशंकर ने भी दिया, अनुराधा क्या वाह, वाह, वाह...फ़िल्म में ऐसा संगीत। तो या विलायत ख़ाँ ने जोलसा

घर...क्या संगीत है। तो ये लोग इस तरह की चीज़ें करें, ये बड़ी अच्छी बात है। लेकिन जो उनका असल धर्म है, उस धर्म में किसी तरह की कोताही नहीं होनी चाहिए। अली अकबर उस धर्म को अन्त तक निभाते रहे। मुझे नहीं लगता कि रविशंकर ने वही किया जो अली अकबर कर रहे थे। मैंने पहले भी शिकायत की कि रविशंकर के तो क्लासिकल म्यूज़िक के परफॉर्मेंसेस में भी बिल्कुल पैकिजिंग होने लगी थी। अली अकबर ने कभी वो नहीं किया, विलायत ख़ाँ ने कभी वो नहीं किया। अरे हम तरस जाते थे उस रविशंकर को सुनने के लिए जिसको कभी सुना करते थे। तो ये बात अपने आप में कम से कम मुझे अच्छी नहीं लगती। आप इसको भी मेरा पूर्वाग्रह कह सकते हैं। लेकिन मैं अगर फ़्यूज़न ऐज सच के ख़िलाफ़ होता तो फिर अली अकबर की प्रशंसा क्यों करता। लेकिन अब जो ट्रेंड देख रहा हूँ, उस को लेके थोड़ी चिन्ता होती है। और चिन्ता ये है कि आप अली अकबर हो जायें और रविशंकर हो जायें और फिर ऍक्सपेरिमेण्ट करें तो ये एक बात है। आप अपने फ़न में माहिर तो हुए नहीं, वो जो ग्राउण्डिंग होनी चाहिए वो तो आपकी हुई नहीं, तो फिर तो आप टी-२० खेल सकते हैं, फिर आप विराट कोहली तो नहीं बन सकते। वो टी-२० भी खेलेगा और टेस्ट क्रिकेट भी खेलेगा और ५० ओवर्स क्रिकेट भी खेलेगा और सब में आप से बेहतर कर ले जायेगा। तो जो परेशानी की बात है वो ये है...पहले अपने को तैयार करें, जब मुकम्मल तैयारी हो जाये तब आप...

> पहले तो दोनों पाँव ज़मीन पर ठोस तरीक़े से, फिर उसके बाद एक पैर आगे बढ़ा सकते हैं। और बिल्कुल सही बात आपने कही...जैसा कि आप कह रहे थे भीमसेन जोशी के सम्बन्ध में कि पहले तो बिल्कुल गिने-चुने उनके राग थे, उसके बाद आगे बढ़के वो मिश्रित राग...तो अब मिश्रित राग तो वही गा सकता है जो कि दोनों रागों पर समान बिल्कुल...

और भीमसेन जोशी ने क्या छोड़ा। कौन सी विधा थी संगीत की...दादरा गा रहे हैं भीमसेन जोशी...तो वो हो जाओ...अब ऊधो कौन देश को वासी, वो तो कीर्तन भी नहीं था, भजन भी नहीं था शास्त्रीय संगीत वाला, वो तो बाक़ायदा जैसे फ़िल्मों-विल्मों में भजन होते हैं आर्केस्ट्रा समेत, वो था।

आज तक मैं नहीं भूल पाया हूँ उस भजन को। मुझे ये है कि भई फ़्यूज़न करो, जो मन में आये करो लेकिन जो तुम्हारा धर्म है...मैं बताऊँ कि मृणाल पाण्डे का संगीत पर आधारित एक उपन्यास है...

*सहेला* रे।

हाँ *सहेला रे* का विमोचन हुआ इण्डिया हैबिटेट सेण्टर में। अब ये था कि मृणाल पाण्डे की पुस्तक है और संगीत पर है, ये प्रकाशक अशोक महेश्वरी ने फ़ोन करके बता दिया था, तो गीतांजलि और मैं पहुँचे वहाँ। तीन लोग बोलने को थे उपन्यास पर जिनमें एक...अरे वो एक इलाहबाद की महिला...शुभा...

शुभा मुद्गल।

शुभा मुद्गल। और बड़ा अच्छा किया आयोजकों ने शुभा मुद्गल को भी बुलाया। अब अगर आप *सहेला रे* पढ़ें, तो जो तत्कालीन परिदृश्य है संगीत का, उसको लेकर नितान्त निराशा इस उपन्यास में व्यक्त की गयी है और ग़ुस्सा है कि ये इतनी शोचनीय स्थिति संगीत की...और मृणाल पाण्डे तो संगीत में पैठी है, मेरी तरह तो है नहीं कि सिर्फ़ पैशन है, तो...उनका फ्रस्ट्रेशन तो बिल्कुल दूसरे ही स्तर का फ्रस्ट्रेशन है। शुभा मुद्गल ने बहुत कोशिश की कि आप देखिये मल्लिकार्जुन जी जब आये तो क्या उन्होंने ऍक्सपेरिमेण्टेशन नहीं किए, कौन-सा ऐसा गवैया आया है जिसने...या कौन-सा ऐसा वाद्यकार आया है जिसने परीक्षण नहीं किये, परिवर्तन नहीं किए। लेकिन बात बन नहीं रही थी। तो ये कौन कहता है कि परीक्षण न करो, बदलाव मत लाओ, लेकिन ये है कि सिरे से ही बदल दो उसके रूप को, तो ये...उस दिन बड़ी अच्छी तरह ये बात उभर के आयी कि सिर्फ़ एक्सपेरिमेण्टेशन चलेगा नहीं।

और एक्स्पेरिमेण्टेशन फ़ॉर द सेक ऑफ़ एक्सपेरिमेण्टेशन का कोई मतलब भी नहीं, वो तो सिर्फ़ एक पाइरोटेक्निक्स की तरह है।

हाँ, और मान लो कि यही विधा भविष्य की विधा है और इसमें बड़ा-बड़ा

काम होगा, तो भी रोने की बात है कि इतनी बड़ी परम्परा, इतनी समृद्ध परम्परा वो समाप्त हो जाये और उसका स्थान ये परम्परा ले ले तो ये कितनी भी समृद्ध क्यों ना हो जाये, विषय खेद का ही रहेगा।

तो चलते-चलते कोई...चूँकि ये पूरी चीज़ क़िस्सागोई के अन्दाज़ में कही गयी और जानबूझ कर हम लोगों ने इस फ़ॉर्मेट को तय किया था ताकि कोई भी श्रोता या कभी शायद भविष्य में इसको हम लोग यूट्यूब या इसपे अपलोड किये तो दर्शक भी एक बड़े मज़ेदार ढंग से इसको देखे और सुने और तमाम उन बड़े कलाकारों के बारे में आपने जो तरह-तरह की कहानियाँ और क़िस्से सुनाये, उन क़िस्सों को सुन के लोगों की रुचि और बढ़ेगी और उनके व्यक्तित्व के बारे में कुछ और समझ में आयेगा कि कैसे वो लोग थे। तो चलते-चलते एक कोई और संस्मरण जिससे हम लोग समापन इस बातचीत का करें।

हाँ, और चलते-चलते मैं संस्मरण, अच्छा इसको संस्मरण भी कहा जा सकता है लेकिन संस्मरण से थोड़ा ज़्यादा भी है। मेरे पिता जिनकी मैं पहले ही बात कर चुका हूँ...मेरे पिता ब्राह्मण कुल में उत्पन्न हुए, बहुत ही परम्परा के प्रेमी थे, जब वो सरकारी सेवा से निवृत्त हुए तो संस्कृत के अध्ययन में बाक़ी जीवन लगा दिया। और ५८ पे रिटायर होके ९२ तक जिये। चौंतीस साल का लम्बा जीवन उनका रहा रिटायरमैण्ट के बाद।

चौंतीस साल और।

चौंतीस साल उन्होंने संस्कृत के अध्ययन में लगा दिये। संस्कृत के अध्ययन में भी उन्होंने पाणिनि के अष्टाध्यायी को चुना। अन्त तक अष्टाध्यायी के अध्येता बने रहे। संस्कृत में कविता भी करते थे। तो ऐसे मेरे पिता...कहा करते थे कि देखौ बेटा, जब हमाऔ अन्त आये तौ गीता मत सुनवइयो, उस्ताद फ़ैयाज़ ख़ाँ लगाइ दीजो। फ़ैयाज़ ख़ाँ हमें सुनवइयो जब हम जान लगैं। मैं तो था नहीं अन्त समय कि फ़ैयाज़ ख़ाँ सुनवाता। लेकिन जो भी पूर्वाभास था नहीं था, लेकिन जाने से एक शाम पहले लालू चाचा से उन्होंने सुन लिया। मैं जब पहुँचा तो अन्त्येष्टि के लिए ले जाने

तक शास्त्रीय संगीत वहाँ बजता रहा। मेरी भी बस इच्छा यही है कि जब मैं जाऊँ तो और नहीं कछु काम के, पग लागन दे, पीर ना जानी, जो भी...और एक और कमाल की बन्दिश है उनकी नायकी कान्हड़ा की बागेश्वरी अंग वाली 'कल ना परे मोका'...कौन जाने सन्तुष्ट जा रहा हूँ तो भी हो रहा हो कल ना परे मोका, सॉरी, कल ना परे मैं का...तो मैं तो यही चाहूँगा कि जब अन्त समय आये और सम्भव हो तो पण्डित जी के सुर सुनता हुआ जाऊँ। बहुत धन्यवाद।

आपको भी। और ये छह दिन कैसे बीते, कुछ पता ही नहीं लगा। लेकिन हमें उम्मीद है कि पाठकों को ये पसन्द आयेगा और आगे भी हम लोग शायद बातचीत ये जारी रखेंगे, संगीत नहीं तो किसी और...संगीत की बात तो अभी अधूरी ही रह गयी, लेकिन ये हम लोगों ने एक प्रयोग के तौर पे कि पाठकों को आप के बोले का रस मिले और शायद वो उनको...उनपे इसका प्रभाव पड़े और शायद शास्त्रीय संगीत की तरफ़ उनकी रुचि जगे या जिसकी रुचि पहले से है वह और प्रगाढ़ हो और इसी उम्मीद के साथ हम लोग इस कड़ी को यहीं विराम देते हैं।

और ये भी उम्मीद कर लीजिये कि मेरी जो अतिविलम्बित लय है उससे लोग कहीं उकता न जायें।

ये तो अब आगे देखा जायेगा कि लोगों को कैसा लगता है, अच्छा लगता है, बुरा लगता है, लेकिन हम लोगों ने कोशिश की कि आपकी जो इतनी लम्बी यात्रा रही है और कम से कम ५०-६० साल की चेतन यात्रा, बाक़ी तो जो आपने बताया कि भई, पैदा होते ही घुट्टी में मिली तो वो तो अवचेतन था, लेकिन चेतन यात्रा और इसमें कितने पड़ाव आये, कितने लोगों से...तो वो लोगों के साथ शेयर करना, ये तो जैसे ओरल हिस्ट्री...आप तो हिस्टोरीयन हैं साहब...तो ये एक तरह से ओरल हिस्ट्री है जो कि लोगों को शायद पसन्द आये। कम से कम पसन्द आये ना आये, इसमें इतनी जानकारी है कि पता नहीं शायद वो जानकारी कभी किसी

काम में आ जाये, कौन जानता है। तो इसी के साथ हम इसको विराम देते हैं।

संजय, वो बिल्कुल ठीक है कि ओरल हिस्ट्री है लेकिन मैं गिनी पिग भी बनाया गया हूँ। थैंक यू सो मच।